THE ARK FILES

EDEN BLACK ARCHÄOLOGIE-THRILLER

LUKE RICHARDSON

D1522200

Der Schlüssel zum Nil ist ein Symbol, das das ewige Leben
im Alten Ägypten repräsentiert.

PROLOG

Al Mina-Kai. Tripoli, heutiger Libanon. 1876.

George Godspeed blickte über die tintenfarbene
Oberfläche des Mittelmeers. Ausgerechnet heute wühlte
und brodelte die normalerweise ruhige See. Eine giganti-
sche Welle schlug gegen den Kai, erschütterte den Boden
unter ihm und schleuderte Gischt in die Luft wie das Gift
einer Viper.

Vor sich hinmurmelnd fragte er sich, warum der Sturm
ausgerechnet heute kommen musste. In dem vergeblichen
Versuch, sich warm zu halten, trat er von einem Fuß auf den
anderen

Er verengte seine Augen zu Schlitzen und betrachtete
das dunkle Wasser. Abgesehen von dem gelegentlichen
Aufflackern eines weißen Wellenkamms im spärlichen
Mondlicht herrschte absolute Dunkelheit.

Ein weiterer Schwung von schneidendem, salzigem
Wasser klatschte ihm ins Gesicht.

Einen Moment lang fragte sich Godspeed, ob sie bei
diesem Wetter überhaupt segeln konnten. Er schüttelte den

Gedanken ab. Diese Männer waren so hart wie das Wetter selbst. Sie hatten ihr ganzes Leben auf dem Meer verbracht, vermutete er. Außerdem hatte er ihnen die Dringlichkeit seiner Mission vermittelt. Jedem Unwetter zum Trotz mussten er und seine kostbare Fracht noch heute Abend diese Küste verlassen. Der Allmächtige hatte das mit dem Unwetter sicherlich übererfüllt, dachte George, als ihm eine weitere Gischt gegen die Wange schlug.

George zog seinen schlecht sitzenden Mantel noch fester um sich. Er wickelte ihn über seiner Brust zusammen und benutzte das dicke Stück Seil, um ihn festzuknoten. Er war gezwungen gewesen, das zerlumpte Kleidungsstück von dem Hotelier zu kaufen, in dessen Obhut er die letzten zwei Wochen verbracht hatte. Da er das Hotel nicht verlassen konnte, waren seine Einkaufsmöglichkeiten begrenzt gewesen, und als der Mann das alte, mottenzerfressene Ding aus einer staubigen Kiste gekramt hatte, war George keine andere Wahl geblieben, als es anzunehmen. Er dachte an die Handvoll Scheine, die er für das Kleidungsstück bezahlt hatte. Es war eigentlich nicht ein Zehntel davon wert, aber er brauchte es, denn er hatte eine lange Überfahrt vor sich. Zuerst über das Mittelmeer und dann über den Atlantik. Die Überfahrt konnte bis zu zwei Wochen dauern. Wenn es mit dem Wetter von heute Abend so weiterging, war jedes bisschen Wärme überlebenswichtig.

Wieder blinzelte George aufs Meer hinaus. Wellen in der Größe und Farbe von Wildpferden stürmten auf ihn zu und warfen sich gegen den Hafenausleger. Gab es da draußen inmitten der Wellen noch eine andere Bewegung? Den Rumpf eines Schiffes vielleicht? Auf diese Entfernung konnte George sich nicht sicher sein.

Er drehte sich um und sah die Kaimauer entlang. Weiter hinten im Hafenbecken lagen zwei große Frachter mit eisernen Rümpfen vor Anker. Selbst in den geschützten Gewässern des Hafens hoben und senkten sie sich bei jedem Wellengang und zerrten an ihren Fesseln, als wollten sie sich befreien. Der nächstgelegene Frachter, ein Schiff von etwa fünfzehn Meter Länge, lag tief und schwer im Wasser. Vielleicht war es voll beladen und abfahrbereit und wartete nur auf einen Wetterumschwung. Warten war ein Luxus, von dem George sich wünschte, dass er ihn hätte.

Irgendwo hinter ihm türmten sich mehrere Gebäude wie Felsen auf. Verpackungsanlagen, nahm er an. Dieser Hafen war eine der Hauptverkehrsadern des Landes, über die die auf den fruchtbaren Böden des Libanon angebauten Produkte in das ganze Mittelmeer exportiert wurden.

Eine Gaslampe auf der Rückseite des nächstgelegenen Gebäudes flackerte unter einem erneuten Angriff des Windes. Die unbeholfene Flamme der Lampe schrumpfte zusammen und ließ die Lichtinsel zu einer Pfütze schrumpfen. Mit elektrischem Licht hätte man dieses Problem nicht, überlegte George und wandte sich wieder der großen schwarzen Wasserfläche zu.

"Wenn das nicht der wandelnde Tote ist." Eine Stimme hallte von irgendwo hinter ihm wider, kaum ein Flüstern gegen Poseidons Gebrüll.

George wirbelte herum und versuchte eine Bewegung auszumachen. Sein Herz schlug doppelt so schnell wie normalerweise.

"Alles in Ordnung, alter Junge", ertönte die Stimme wieder. "Keine Sorge, ich bin's nur. Außerdem bin *ich* derjenige, der aussehen sollte, als hätte er einen Geist gesehen."

"Rassam." George atmete erleichtert auf. Die geschmeidige Gestalt seines Freundes glitt durch die Dunkelheit. George hatte immer gedacht, dass der Mann etwas Katzenhaftes an sich hatte. Er bewegte sich wie in einem Zustand der ständigen Entspannung.

"Das ist richtig. Wer sollte es auch sonst sein? Niemand weiß, dass du hier bist." Rassam tauchte auf und stellte sich neben George. "Wie kommst du zurecht?" Rassams persischer Akzent schnurrte tief und sanft.

"Nun, weißt du, es ist nicht leicht, aber es muss ja", sagte George und musterte den Mann neben sich. Rassam war tadellos gekleidet, wie immer. Sein langer, kamelhaarfarbener Mantel peitschte um seine Knöchel und enthüllte und verbarg abwechselnd ein Paar handgefertigte, hellbraune Lederstiefel. Als Sohn eines wohlhabenden Staatsmannes lebte Rassam ein Leben, das von seinen eigenen Zielen bestimmt wurde und nicht von der einfachen Notwendigkeit des Geldes. Godspeed war sich sehr wohl bewusst, dass ohne Rassams finanzielle Unterstützung viele ihrer exzentrischen Expeditionen nicht möglich gewesen wären.

"Wo sind die Dokumente?", zischte George plötzlich panisch. "Du sagtest, du würdest sie mitbringen."

"Entspann dich, Bruder." Rassam lächelte Godspeed an. "Sie warten in der Kutsche. Meine Männer werden sie zu uns bringen, wenn das Schiff eintrifft. Wir wollen nicht, dass sie hier draußen durchnässt werden. Sieh nur ... ich glaube, das ist es." Rassam deutete in die Leere hinaus.

Wenn er die Augen zusammenkniff, konnte Godspeed gerade noch einen Umriss ausmachen, der auf der anderen Seite des Hafenarms durch die Wellen glitt. Eine trübe Lampe auf der Brücke bot einen winzigen Lichtpunkt, an dem man das Schiff erkennen konnte.

Rassam holte eine Öllampe unter seinem Mantel hervor. Er kramte eine Schachtel mit Streichhölzern heraus und zündete eines an. Dann schaltete er das Gas ein und schob das brennende Streichholz hinein. Die Lampe flackerte, als wolle sie entscheiden, ob sie gehorchen sollte, und leuchtete dann in einem gleichmäßigen orangefarbenen Licht.

Im Licht erkannte Godspeed die Schachtel mit den Streichhölzern. Auf der Vorderseite war die Strandpromenade von Brighton in bunten Ölfarben aufgedruckt. Das Bild passte nicht zu den stürmischen Ufern des Mittelmeers.

"Wie viele hast du davon?", fragte Godspeed. Er wusste, dass es sich nicht um eine gewöhnliche Streichholzschachtel handelte.

"Mehrere", antwortete Rassam, und in seiner Stimme schwang Belustigung mit. Rassam hielt seinem Freund die Schachtel hin. "Du kannst sie haben. Als Erinnerungsstück. Außerdem weiß man nie, wann man sie brauchen könnte."

Godspeed nahm die Streichholzschachtel entgegen und sah dann zu seinem Freund auf. Eine plötzliche Welle der Endgültigkeit brach über ihn herein. "Das war's, nicht wahr? Wir werden uns nie wiedersehen."

"Nicht in diesem Leben, nein", sagte Rassam. Mehrere Sekunden lang sprach keiner der beiden Männer ein Wort. Der Wind heulte um sie herum, und das Meer war aufgewühlt und zerrte. "Es ist im Hafen, schau." Rassam deutete mit der Lampe. Das Schiff glitt hinter die schützende Hafenmauer. Das Dröhnen des Motors röhrte durch die turbulente Luft.

Rassam gestikulierte in die Dunkelheit. Zwei Männer erschienen, die sich unter dem Gewicht eines Koffers abmühten. Halb zerrend, halb tragend beförderten sie den Koffer über den Steg. Als sie Godspeed und Rassam erreichten, waren sie schon ganz außer Atem. Die Männer legten den Koffer zu den Füßen ihres Herren und schlichen zurück in die Schatten.

Das Hämmern des Schiffsmotors wurde nun lauter. Godspeed blickte zu dem Schiff hinauf. Es war etwa achtzehn Meter lang und lag hoch im Wasser. Ein Paar massiver Schornsteine stieß schwarze Rauchwolken aus.

"Das wird es überstehen", sagte Rassam und blickte zum Schiff hinauf. "Ich wette, es hat schon viel schlimmere Stürme überstanden als den von heute Nacht."

Godspeed nickte wortlos.

Der Motor sank auf die niedrigste Stufe, und mit einer Reihe langsamer Bewegungen brachte der Kapitän das Schiff längsseits. Eine Luke an der Seite des Schiffes schwang auf und zwei Männer sprangen heraus, um das Schiff schnell in Position zu bringen. Weit unter ihnen rumpelte und zischte der Motor weiter.

"Wie lange brauchst du, um das alles durchzugehen?", fragte Rassam und blickte auf den Koffer hinunter.

"Zwei Jahre, vielleicht drei", antwortete Godspeed.

Rassam winkte seine Männer herbei. Sie tauchten aus der Dunkelheit auf und trugen den Koffer auf das Schiff.

"Und die Originaltafeln?", fragte Godspeed.

"Sie werden bald verlegt werden. Ich weiß, wo sie hinmüssen, und ich habe den Rest meines Lebens Zeit, um herauszufinden, wie ich sie dorthin bringen kann."

Godspeed nickte. "Das war's dann. Wir sehen uns dann ..."

"Im nächsten Leben", unterbrach Rassam. Die Männer fielen sich in die Arme. "*Inshallah*. Wenn Gott es so will."

Mit einem Kloß im Hals eilte Godspeed den Steg hinauf. Unter seinen Füßen rumpelte die Maschine, die ihn um die halbe Welt bringen würde, hungrig vor sich hin.

Die Matrosen lösten das Schiff aus seinen Fesseln und eilten zurück ins Innere. Der Motor heulte auf und trieb die

Doppelpropeller an, die das Hafenwasser erneut aufwirbelten.

Godspeed eilte eine Metalltreppe hinauf und betrat das Deck. Er blickte hinunter zu den Docks, aber sein Freund war bereits verschwunden.

"Also dann im nächsten Leben", flüsterte Godspeed, wobei seine Stimme zwischen dem heulenden Wind und den dröhnenden Motoren unterging.

1

In der Nähe von Byblos, Libanon. 1998.

"KOMMT ALLE NÄHER. Los, rückt näher zusammen!" Der Fotograf gestikulierte wild und ordnete die Gruppe für das Foto.

Eden tat, was man ihr sagte, und trat dicht neben ihren Vater. Seine beiden Kollegen, Paavak und Giulia, schlurften neben ihnen her.

Eden lächelte Giulia an, und die Frau erwiderte die Geste. Seit Eden zu ihrem Team gestoßen war, waren sie alle Freunde geworden, zumindest sagte Giulia das. Selbst im stolzen Alter von zehn Jahren wusste Eden, dass sie wahrscheinlich nicht hilfreich war, wenn man sie um sich herum hatte, und sie bezweifelte, dass sie wirklich Freunde sein konnten, auch wenn sie es genoss, Teil des Teams zu sein.

Eden schob sich dicht an ihren Vater heran, der in der Mitte der Gruppe stand, stellte sich auf die Zehenspitzen und schenkte ihm ihr herzerweichendstes Lächeln. Der Fotograf schaute durch die Kamera, stellte das Objektiv ein und machte dann mehrere Fotos.

"Nur noch ein paar", rief er und zwang die Gruppe, die Pose viel länger zu halten, als es angenehm war. Schließlich überprüfte er ein Einstellrad an der Kamera und nickte. Erleichtert löste sich das Team schnell auf.

"Machen Sie bitte ein Foto von mir und meiner Tochter", sagte Alexander Winslow und legte seinen Arm um Edens Schultern. "Dies ist ein besonderer Tag, und ich möchte mich daran erinnern."

Eden blickte zu ihrem Vater auf. Er hatte sich seit mehreren Tagen nicht mehr rasiert, und seine Bartstoppeln waren weich geworden, aufgehellt von der Mittelmeersonne.

Der Fotograf nickte und hob erneut die Kamera.

Eden lächelte in Richtung des Objektivs und hörte das leise Klicken der Kamera.

"Danke", sagte Alexander zu dem Fotografen. "Du gehst hoch zur Ausgrabungsstätte. Wir kommen gleich nach."

Eden drehte sich um und blickte auf die Landschaft hinter ihnen. Sie wusste, dass sie sich in einem Land namens Libanon befanden, und dass das Meer, auf das sie blickte, das Mittelmeer war. Das alles wusste sie, weil sie es sorgfältig in ihrem Atlas studiert hatte. Es war immer wichtig zu wissen, wo man sich befand, dachte Eden, nur für den Fall, dass man wieder nach Hause kommen musste. Obwohl die Heimat hier weit entfernt war.

"Eden, hör zu", sagte Alexander, sank auf seine Knie und begegnete Edens Blick. Er fuhr mit der Hand über ihr Gesicht und strich ihr die Haare aus den Augen. "Heute ist ein sehr großer Tag für uns und das Team."

"Ja, ich weiß, Daddy, ich weiß." Eden war bereits seit fast zwei Wochen hier, nach einer besonders turbulenten Zeit in der Schule.

"Aber ich meine, *wirklich* wichtig. Was wir heute zu

entdecken hoffen, wird die Art und Weise verändern, wie die Menschen über die Vergangenheit denken. Wir haben hunderte von Jahren eine Lüge gelebt und gelehrt, und heute werden wir das beweisen."

"Heißt das, dass ich die ganze Geschichte, die wir in der Schule machen, neu lernen muss?", fragte Eden.

Alexander lächelte. "Ich fürchte ja."

Eden tippte mit dem Zeigefinger an ihre Lippen. "Auch die Sache mit den Beatles und dem Yellow Submarine?"

"Die Beatles sind noch nicht Geschichte, ich kann mich noch an sie erinnern", sagte Alexander Winslow.

Eden zuckte mit den Schultern.

"Nun, okay, ich nehme an, für eine Zehnjährige sind sie Geschichte. Aber hör zu, ich habe etwas, das ich dir schenken möchte, damit du dich an diesen Tag erinnern kannst. Alexander ließ eine Hand in die Tasche seiner Jacke gleiten und zog eine schmale Silberkette heraus. "Öffne deine Hand."

Eden tat, was er verlangte, und Alexander legte die Kette auf ihre kleine Handfläche.

"Sieh dir dieses Symbol an", sagte Alexander und nahm den Anhänger zwischen Daumen und Zeigefinger. An der Kette war ein Symbol befestigt, das wie ein Kreuz aussah, aber die Spitze war nicht als Stab, sondern als Schlaufe ausgeführt.

"Das ist der Schlüssel zum Nil. Das Symbol steht für das ewige Leben. Es ist das Symbol der Frau, deren Grab wir heute öffnen."

"Ein Grabmal?", fragte Eden verwirrt. "Wir werden eine tote Person sehen?"

"Sie ist schon sehr, sehr lange tot, also wird ihr Körper nicht mehr da sein. Es gibt noch etwas anderes in der Gruft, das wir finden wollen. Aber hör zu, Eden, das ist wichtig. Ich weiß, dass ich vielleicht nicht immer bei dir sein kann, weil ich oft weg muss, aber ich bin immer für dich da. Deshalb habe ich das für dich gekauft. Wenn du mich jemals vermisst, kannst du darauf schauen und weißt, dass ich über dich wache." Alexander streifte Eden die Kette über den Kopf und steckte sie in ihr Hemd.

"Wie ein Schutzengel".

"Wie ein Schutzengel", stimmte Alexander zu. "Und schau, ich habe auch einen." Er zog eine passende Kette mit Symbol aus einer anderen Tasche und legte sie sich um den Hals.

"Dann werde ich auch dein Schutzengel sein", sagte Eden und umarmte ihren Vater.

"Das wäre perfekt", sagte Winslow und schlang seine Arme um seine Tochter. "Einfach perfekt. Und jetzt komm, wir müssen die Geschichte neu schreiben. Auch wenn das nichts mit den Beatles zu tun hat."

Zehn Minuten später erreichten Eden und ihr Vater die Ausgrabungsstätte. Das in den Berghang außerhalb von Byblos, Libanon, gebaute Grab war Tausende von Jahren verborgen gewesen. Obwohl sie noch nicht in die Hauptkammer des Grabes eingedrungen waren, war der Eingang bereits ein dunkler Schlund im Berghang.

Ein großes weißes Zelt in der Nähe diente als Haupteinsatzzentrale, umgeben von kleineren Vordächern, die empfindliche Bereiche der Ausgrabung vor der grellen Sonne schützten. Andere Teile des Hangs waren sorgfältig terrassiert worden und legten mit jeder Schaufel Erde neue Schichten der Geschichte frei. Das Team war ganz darauf konzentriert, das Grab und seinen geheimnisvollen Inhalt zu finden, und hatte Artefakte aus verschiedenen anderen historischen Epochen zur Seite gelegt, um sie später zu untersuchen.

Es war ein steiler Weg den Hang hinauf, und obwohl die Sonne gerade erst aufgegangen war, war es bereits heiß. Winslow zog ein Tuch aus seiner Tasche und tupfte sich die Stirn ab. Er deutete Eden an, auf einem Felsen im Schatten eines einsamen Baumes Platz zu nehmen, von wo aus sie das Geschehen beobachten konnte, ohne im Weg zu sein.

"Meine Damen und Herren, sind wir bereit?", fragte Alexander Winslow und schritt auf den Eingang der Gruft zu.

Eden betrachtete ein paar knorrige Bäume, die direkt neben der Öffnung aus der Felswand wuchsen. Die Bäume waren verdreht und missgebildet; eindeutig der rauen Umgebung geschuldet. Einer aus dem Team hatte die Äste zurückgebunden, um die Öffnung des Grabes freizulegen. Neben dem Baum war das gleiche Symbol wie auf ihrer Halskette in den Felsen geritzt. Eden berührte ihre Brust und drückte das kalte Metall der Halskette gegen ihre Haut.

Winslow warf einen Blick auf sein Team. Paavak und Giulia grinsten breit und warteten mit bereitgehaltenen Werkzeugen auf Winslows Anweisung. Der Fotograf lief umher und schoss Fotos von den Archäologen und der Ausgrabungsstätte.

Die Hände in die Hüften gestemmt, drehte sich Winslow um und begutachtete die Ausgrabungsstätte. Mehrere Kilometer entfernt, am Fuße des Hügels, lag die Stadt Byblos dicht über dem schimmernden Meer. Er konnte die kräftigen, blockartigen Umrisse der Zitadelle der Stadt erkennen, die von einigen Betongebäuden umgeben waren. In den nächsten Jahrzehnten, so vermutete Winslow, wenn die Einheimischen erst einmal erkannt hätten, dass sich mit dem Tourismus Geld verdienen ließe, würden überall auf den Hügeln Villen und Hotels entstehen. Boote, die einst für den Fischfang genutzt wurden, würden für Tagesausflüge umfunktioniert, die Häuser der Vorfahren würden zugunsten von Hotelketten platt gemacht und die kurvenreichen Bergstraßen für klimatisierte Busse verbreitert werden. Er hatte das Gleiche in ganz Europa gesehen - in Griechenland, in Spanien und kürzlich in Kroatien.

Winslow setzte ein Lächeln auf und drehte sich wieder zu seinem Team um. Wie immer war der erste Blick, den er traf, der von Eden. Er nickte seiner Tochter zu und wandte sich dann an Paavak und Giulia.

"Da ist sie", sagte Winslow und näherte sich dem Symbol, das sie am Vortag kurz vor Sonnenuntergang entdeckt hatten. Ein großer *Schlüssel zum Nil* war neben der Tür des Grabes in den Stein gemeißelt. Es hatte bereits vier Tage Arbeit gekostet, die Stätte bis zu dieser Ebene auszuheben. Aber jetzt, wo sie hier waren, hatte er nicht das Bedürfnis, sich zu beeilen.

Nach zwei Jahrzehnten auf diesem Gebiet hatte Winslow verstanden, dass Archäologie Tausende von Stunden des Lesens, Berechnens und Planens für nur ein paar Minuten der Aufregung bedeutet. Er wollte die Aufregung so weit wie möglich auskosten.

"Würden Sie sich die Ehre geben?", fragte Paavak und bot Winslow eine Schaufel an.

Winslow blickte von der Schaufel zu dem Mann. Er streckte eine Hand aus, um sie anzunehmen, und zog sie dann wieder zurück. "Ganz und gar nicht. Sie haben hier die meiste Arbeit geleistet. Es ist nur richtig, dass Sie es sind, die durchbrechen."

Paavak und Giulia nickten und strahlten über beide Ohren. Winslow erkannte die Begeisterung der beiden über ihre erste echte Entdeckung. Er trat zurück, als die beiden sich daran machten, die Felsen abzutragen. Einen Moment lang dachte Winslow an seine eigene erste Ausgrabung, tief in den Bergen Kambodschas. Ihn schauderte bei dem Gedanken. Obwohl sie gefunden hatten, was sie suchten, war die Ausgrabung nicht gut ausgegangen.

Zehn Minuten später entdeckten Giulia und Paavak einen Durchgang, der direkt in den Berghang geschnitten war. Die steinerne Fassade bröckelte ab und gab einen dunklen Hohlraum frei, der seit Jahrtausenden kein Licht mehr gesehen hatte.

Winslow näherte sich der Öffnung, sein Magen kribbelte vor nervöser Aufregung. Der Geruch von feuchtem Gestein und abgestandener Luft strömte ihm entgegen und trug den muffigen Geruch der alten Geschichte mit sich. Für einen Mann wie Winslow war das der Duft der Entdeckung.

Paavak stöhnte, als er die letzten Felsen beiseiteschob und das Loch groß genug machte, um hindurchzuklettern. Staub und kleine Kieselsteine fielen herab und setzten sich in einer feinen Schicht zu ihren Füßen ab.

Winslow kam näher und streifte mit den Fingern über die grob behauenen Wände. Er untersuchte die Abdrücke der Werkzeuge der Arbeiter; selbst nach fünftausend Jahren waren sie noch deutlich sichtbar. Meißelspuren erzählten die Geschichte der alten Handwerker, deren Arbeit in Stein konserviert wurde. Die Tiefe und die Qualität der Konstruktion des Grabes hier ließen darauf schließen, dass es für eine wichtige Person gebaut wurde.

Der Fotograf schwirrte weiter umher und knipste alles.

Winslow holte eine Taschenlampe aus seiner Tasche und schritt auf die Öffnung zu.

Er kannte das Protokoll - als Teamleiter sollte er anbieten, andere zuerst gehen zu lassen. Aber viele Aberglauben umgaben das Öffnen von Gräbern wie diesem. Und wenn eine Heuschreckenplage, ein Nest von Riesenvipern oder welcher Fluch auch immer in den Hollywood-Filmen gerade angesagt war, tatsächlich wahr werden sollte, war es nur fair, dass er als Erster ging und den anderen eine faire Chance zur Flucht gab. Er lächelte bei dem Gedanken - Flüche hin oder her. Er war so aufgeregt, dass er es kaum erwarten konnte, hineinzukommen.

"Ich gehe rein", verkündete er mit ruhiger Stimme trotz des Adrenalins, das durch seine Adern floss. "Bleibt in der Nähe, aber seid vorsichtig. Wir wissen nicht, wie stabil dieses Bauwerk nach all der Zeit noch ist."

Er schritt in den schmalen Tunnel und ging in die Hocke, um der niedrigen Decke auszuweichen. Winslow ließ den Strahl seiner Taschenlampe über die Wände streifen und entdeckte dabei komplizierte Schnitzereien, die seit Tausenden von Jahren in der Dunkelheit verborgen waren. Symbole und Hieroglyphen, deren Bedeutung im Laufe der Zeit verloren gegangen war, schienen in dem künstlichen Licht lebendig zu werden. Er hielt inne und konzentrierte sich auf einen Abschnitt.

"Das sieht aus wie eine Art religiöses Ritual", sagte er. "Seht euch die Leute hier an." Er richtete das Licht auf eine der Figuren, die neben etwas stand, das wie ein Elefant aussah.

"Die Menschen auf den Illustrationen", sagte Giulia, mit Erstaunen in der Stimme. "Wenn sie neben dem Elefanten stehen, müssen sie über zwei Meter groß sein."

Winslow nickte und wandte sich wieder dem Gang zu, der vor ihnen lag. Die drei gingen weiter, die Luft wurde immer dichter, je weiter sie kamen.

Nach zwanzig Schritten verbreiterte sich der Gang zu einer Kammer. Winslow richtete sich auf und blickte auf die gewölbte Decke hoch über ihm. Stalaktiten hingen wie steinerne Dolche, deren Spitzen im künstlichen Licht vor Feuchtigkeit glitzerten.

Er schwenkte seinen Lichtstrahl um den Raum herum und enthüllte einen großen und zugleich intimen Raum. Die Kammer war ungefähr kreisrund, vielleicht neun Meter im Durchmesser. Die Wände waren mit verblassten Fresken geschmückt, die Figuren in kunstvollen Gewändern darstellten, deren Gesichter einem zentralen Punkt zugewandt waren.

Winslow richtete seine Aufmerksamkeit auf eine erhöhte Steinplatte in der Mitte des Raumes, deren Oberfläche mit spiralförmigen Mustern und weiteren geheimnisvollen Symbolen verziert war. Stofffetzen und Staub umrissen die Stelle, an der eine menschliche Gestalt gelegen hatte. Winslow konnte den Eindruck eines Kopfes, von Schultern und den längeren Umrissen eines Körpers erkennen. Derjenige, der hier geruht hatte, war groß gewesen - weit größer als ein durchschnittlicher Mensch.

Um die Platte herum, in einem perfekten Kreis angeordnet, standen zwölf Steinsockel. Auf jedem stand ein anderer Gegenstand - ein Tontopf, ein verrostetes Metallgerät oder etwas, das wie ein Zepter aussah.

Dann traf die Erkenntnis Winslow wie ein Schlag, der ihm den Wind aus den Lungen nahm. Sein Verstand raste und versuchte zu verarbeiten, was er sah - oder vielmehr, was er nicht sah.

Er versuchte, Worte zu formulieren, um seinem Team zu erklären, was das bedeutete, aber es kam kein Ton heraus. Sein Mund bewegte sich, doch er blieb stumm, während er den Strahl seiner Taschenlampe hektisch durch den Raum schwenkte, in der Hoffnung, dass er es irgendwie übersehen hatte.

"Es ist ...", sagte er und schaffte es endlich zu sprechen, seine Stimme war ein heiseres Flüstern in der antiken Kammer. "Es ist nicht hier."

"Das macht nichts", sagte Giulia und betrachtete ehrfürchtig den Raum, in dem sie standen. "Hier gibt es genug, um Karriere zu machen."

"Nein", sagte Winslow mit harter Stimme. "Das ist nicht genug. Wir müssen hier raus und die Sache zu Ende bringen."

2

Sarajevo, Bosnien und Herzegowina. Gegenwart.

PAAVAK MAHMUD EILTE durch die Menschenmassen, die sich in den Straßen der Altstadt von Sarajevo drängten. Dieser Teil der Stadt, der nach einem mittelalterlichen Plan angelegt war, diente seit über vierhundert Jahren Händlern, Trinkern, Rauchern und Prominenten. Die eng gewundenen Kopfsteinpflasterstraßen hatten den Untergang von Imperien, die Verwüstungen des Krieges und - vielleicht am überraschendsten - den heimtückischen Aufstieg des Automobils überstanden.

Paavak überquerte den zentralen Marktplatz und blickte zu dem ikonischen Holzbrunnen hinauf, der seit fast zwei Jahrhunderten in der Mitte stand. Er hielt einen Moment inne und betrachtete die bewaldeten Hügel, die die Stadt von allen Seiten umgaben. Die Minarette zahlloser Moscheen ragten aus den Vororten empor, und die Muezzins darin waren bereit, die Gläubigen zum Mittagsgebet zu rufen. Paavak warf einen Blick auf seine Uhr, dann ging er weiter. Er wollte nicht zu spät kommen.

Er umging zwei Hidschab tragende Frauen mit Kindern und bog dann in die enge Gasse ein, die zu seinem Lieblingscafé in der Stadt führte. Obwohl es versteckt lag, war das Café Nafaka immer gut besucht. Von zehn Uhr morgens bis weit nach Mitternacht servierte das engagierte Personal bosnischen Kaffee, Fruchtsäfte und die aromatisierten Wasserpfeifen, die in der gesamten arabischen Welt üblich waren. Heute würde Paavak einen Eistee trinken, beschloss er. Vielleicht auch zwei. Frisch, köstlich und kühl, das wäre genau das, was er an einem heißen Sommernachmittag brauchte.

Paavak schlurfte an einem Mann auf einem Fahrrad vorbei, dann an einem anderen, der einen großen Wagen mit Getränkedosen schleppte, und trat auf den kleinen Platz. Er musterte die farbenfrohen Sitze in Grün und Lila. Die Person, die er treffen sollte, war noch nicht da. *Gut*, dachte Paavak. Er wollte der Erste sein.

Er fand einen leeren Tisch - kein leichtes Unterfangen in dem belebten Café - und ließ sich in den Schatten sinken. Das war perfekt. Von hier aus konnte er das Kommen und Gehen im Café beobachten, ohne ins Schwitzen zu geraten.

Das blubbernde Geräusch einer Shisha-Pfeife erfüllte das Café, gefolgt von einer nach Apfel duftenden Rauchwolke.

Paavak bestellte beim Kellner einen Eistee und entspannte sich, so dass sich sein Puls verlangsamte und sich seine Atmung nach dem zügigen Lauf durch die Hitze der Stadt wieder normalisierte. Heute war Paavak mit seiner Freundin Giulia verabredet. Giulia und er arbeiteten seit mehr als einem Jahrzehnt in demselben Bereich. Aufgrund der relativ geringen Größe ihres Fachgebiets und des verfügbaren Budgets kannte jeder jeden. Als er und Giulia sich 1998 bei einer Ausgrabung im Libanon zum

ersten Mal begegnet waren, begann eine tiefe Freundschaft. Während dieser dreiwöchigen Ausgrabung gab es
Zeiten, in denen Paavak in Giulias eisblaue Augen blickte
und sich fragte, ob aus ihrer Beziehung mehr werden
könnte. Aber das war nie geschehen. Die Welt der Archäologie war schnelllebig, hektisch und brachte es mit sich,
dass man innerhalb kürzester Zeit um die ganze Welt
reiste. Beziehungen hielten kaum länger als ein paar
Wochen. Es war klug, sich aus der ganzen Sache herauszu-
halten, vor allem wenn es um andere Mitglieder der
Gemeinschaft ging.

Giulias unerwartete Nachricht von heute Morgen hatte
Paavak überrascht. Als er Giulia von seiner Abordnung an
die Universität von Sarajewo erzählt und ihr vorgeschlagen
hatte, sie zu besuchen, wann immer sie wolle, hatte er nicht
damit gerechnet, dass dies tatsächlich geschehen würde.
Von allen Forschern, die Paavak kannte, war Giulia die am
meisten gefragte und als solche immer auf Achse.

Wie sich herausstellte, war sie gerade auf dem Weg zu
einer Ausgrabung in der Nähe von Mostar in Sarajevo, was
bedeutete, dass sie heute den ganzen Nachmittag und
Abend zusammen verbringen konnten.

Der Kellner brachte Paavak den Eistee in einem hohen
Glas mit viel Eis. Paavak nickte zum Dank. Er nahm einen
Schluck von dem Getränk und hing weiter seinen
Gedanken nach. Er lehnte sich in die Couch zurück und
legte einen Arm auf den Sitz neben sich, dann zog er ihn
zurück und legte beide Hände unbeholfen in seinen Schoß.
Er wollte nicht, dass Giulia ihn für aufdringlich hielt.

Der chaotische Lärm der Innenstadt von Sarajevo
dröhnte über die Dächer. Irgendwo in der Nähe rumpelte
eine Straßenbahn über eine Kreuzung. Der Lärm von
Verkaufsgesprächen vermischte sich mit dem fernen Groove

arabischer Musik, untermalt vom allgegenwärtigen Schnauben des Verkehrs.

Paavak stellte sein Glas ab und ließ seinen Blick über das Café schweifen. Dabei verweilte er kurz auf dem Eingang, gerade rechtzeitig, um eine Gestalt aus der Dunkelheit auftauchen zu sehen. Die Gestalt war das genaue Gegenteil von Giulia: ein großer muskulöser Mann mit langem, zu einem Pferdeschwanz gebundenem Haar und stahlhartem Gesichtsausdruck. Ein zweiter, vielleicht noch größerer Mann, der dem ersten seltsam ähnlich sah, gesellte sich einen Moment später dazu. Zwei Jungen im Teenageralter sprangen gerade noch rechtzeitig aus dem Weg.

Paavak schenkte den Männern keine Beachtung. Er drehte sich um und blickte auf den anderen Zugang zum Platz. Jeden Moment würde er Giulias strahlendes Lächeln sehen, unterstrichen von den funkelnden Augen, an die er sich so gut erinnerte.

In seinem peripheren Blickfeld bemerkte Paavak, wie die Männer in das Café stürmten. Der vordere Mann schob den Kellner zur Seite. Nur paar Schritte von Paavak entfernt blieben die Männer Seite an Seite stehen.

Paavak drehte sich langsam um. Die beiden Muskelpakete blickten auf ihn herab. Zuerst war sich Paavak nicht sicher, ob tatsächlich er es war, der im Mittelpunkt ihrer Aufmerksamkeit stand. Er warf einen Blick über die Schulter, in der Erwartung, dass jemand anderes dort sein könnte. Als ihm klar wurde, dass sie niemanden sonst im Blick haben konnten, drehte sich Paavak wieder zu den Männern um und musterte sie. Jetzt, da er ihnen so nah war, bemerkte er, dass sie zwar fast gleich aussahen, aber einer von ihnen eine gezackte Narbe über einem Auge hatte, dessen Augapfel blass war und nicht mehr sehen konnte.

Die Männer blickten finster drein und beobachteten Paavak wie Raubtiere ihre Beute. Dann traten sie einen Schritt vor, ihre gewaltigen Gestalten warfen Schatten auf Paavak. Muskeln wölbten sich an Stellen, von denen Paavak nicht einmal wusste, dass es dort Muskeln gab. Die Männer trugen lässige Hemden und hellbraune Shorts. Es war, als ob sie versuchten, sich unter die Touristenmassen zu mischen, was ihnen jedoch nicht gelang. Ihre Körperhaltung war viel zu angespannt und ihre Aufmerksamkeit viel zu konzentriert, als dass sie müßige Touristen sein könnten.

Ein kalter Schauer der Angst lief Paavaks Wirbelsäule langsam auf und ab. Er versuchte zu schlucken, aber seine Zunge klebte in seinem Mund wie eine vertrocknete Schnecke. Paavak richtete sich auf, als ob Strom durch seine Wirbelsäule fließen würde. Seine Hände tasteten nach den Polstern neben ihm. All seine Sinne richteten sich auf die Bedrohung aus, während Kampf- oder Fluchtinstinkte in ihm wüteten. Er schluckte schwer und gelangte zu einer weiteren Erkenntnis. Diese traf ihn wie ein Faustschlag, aber in diesem Augenblick wusste er, dass sie wahr war.

Giulia war tot.

An diesem Morgen hatten sie per SMS kommuniziert. Giulia hatte sonst nie per SMS kommuniziert.

"Meine Gedanken auf ein paar hundert Zeichen beschränken? Du machst wohl Witze. So zu reden, ist etwas für Idioten", hatte Giulia oft gescherzt. Paavak erinnerte sich sogar daran, dass sie eines dieser einfachen Handys benutzte, mit denen man nur telefonieren konnte. Und selbst das benutzte sie kaum. Die wochenlangen Aufenthalte an den entlegensten Orten der Welt hatten sie vom technischen Fortschritt abgeschnitten.

Die Schläger machten einen weiteren Schritt nach vorne und rissen Paavak in die Gegenwart zurück.

Die Leute im Café plauderten, rauchten und tranken weiter, ohne Paavaks Albtraum zu bemerken.

Er versuchte zu sprechen, zu atmen, zu schreien, aber es kam kein Ton heraus. Was auch immer diese Männer geplant hatten, es in der Öffentlichkeit auszuführen, schien für sie kein Problem darzustellen.

Die Männer traten wieder im Gleichschritt vor, die wulstigen Unterarme hingen an ihren Seiten herab. Der Mann mit dem einen Auge zog eine winzige Spritze aus der Tasche seiner Shorts. Sie war nicht länger als einen Zentimeter. Er zog den Deckel mit den Zähnen ab und spuckte ihn auf den Boden.

Paavaks Herz schlug wie ein Presslufthammer. Sein Puls raste wie die Hufe von Wildpferden. Ihm war klar, dass sie vorhatten, ihm dieses Ding zu injizieren und dann einfach in der Menge zu verschwinden. Bis jemand seine Leiche bemerken würde, wären sie längst weg.

"Aber, aber", versuchte Paavak zu sagen, versuchte zu hinterfragen, ja sogar zu verstehen. Er war ein Forscher mit einem durchschnittlichen Projekt - warum sollte ihn jemand tot sehen wollen? Er hantierte nicht mit irgendwelchen Geheimnissen. Er wusste nichts Wichtiges oder Gefährliches.

Der Einäugige ließ die Spritze in seine Handfläche gleiten und schloss seine Faust um sie, so dass die tödliche Waffe unsichtbar wurde. Die Männer schoben sich weiter vor. Sie waren jetzt nur noch ein paar Schritte von Paavak entfernt.

Der andere Mann hob einen Finger an die Lippen, als wolle er Paavak bedeuten, keine Szene zu machen.

Paavak blickte wild von einem Mann zum anderen und wieder zurück.

Aus einer großen Gruppe von Touristen auf der anderen

Seite des Cafés ertönte schallendes Gelächter. Sie nippten an bunten Getränken und zogen an einer gut gefüllten Wasserpfeife - ihre Welt war meilenweit von der Paavaks entfernt.

Die Schläger stürzten sich auf Paavak und umzingelten die Tische. Im letztmöglichen Moment schoss Paavak auf die Beine und sprang rückwärts über die Couch.

Die Männer schlugen nach Paavak, verfehlten ihn aber um Haaresbreite.

Pavaak fiel auf der anderen Seite der Couch auf den Boden. Ohne einen Moment innezuhalten, stürzte er halb rennend, halb kriechend in Richtung des Ganges am anderen Ende des Cafés. Der einäugige Schläger brüllte etwas, und die Männer, denen es jetzt egal war, wer sie sah, stürmten hinter ihm her.

Im Café herrschte Stille, als sich das halbe Dutzend Kunden dem Geschehen zuwandte.

Paavak rappelte sich auf und rannte mit Volldampf los. Er sprang über einen Tisch, verschüttete Getränke und zerschmetterte Gläser auf dem Kopfsteinpflaster. Auch eine der Wasserpfeifen flog durch die Luft. Heiße Kohlen und Tabak hüpften über die Steine. Wütende orangefarbene Funken stoben in einen Stapel von Kissen, die in der trockenen Hitze sofort anfingen zu schwelen.

Eine Gruppe von Gästen schrie auf und sprang gerade noch rechtzeitig aus dem Weg, um Paavaks fuchtelnden Armen auszuweichen.

Paavaks Schuhe knirschten über die Scherben, die nun den Boden des Cafés bedeckten. Paavak kümmerte sich nicht darum. Er rannte jetzt. Er rannte um alles, was er hatte - das Leben, die Freiheit und Giulia.

Paavak schluckte. Ein Sandsturm von saharischem Ausmaß wirbelte in seinem Magen. Er erreichte die andere

Seite des Cafés und bog in die Gasse ein, die zurück in die
Altstadt führte. Kurz riskierte er einen Blick über seine
Schulter. Die Männer vergaßen jedes Feingefühl und
stürmten auf ihn zu. Sehnen wölbten sich aus ihren Hälsen
wie Lianen im Dschungel.

Paavak beschleunigte, wich einer Gruppe von Eis
essenden Teenagern aus und bog dann in die Gasse der
Metallhändler ein.

Im Sarajevo von einst säumten alle Händler und
Hersteller eines bestimmten Produkts dieselbe Straße, so
dass die Käufer in wenigen Minuten alle angebotenen
Produkte durchstöbern konnten. In vielen Fällen ist diese
Tradition verschwunden, außer in der Gasse der Metallar-
beiter. Hier belegten ein Dutzend Männer oder mehr, die
Bronze, Zink und Stahl verarbeiteten, eine der engen
Gassen.

Paavak rannte die Straße so schnell hinunter, wie es
seine abgetragenen Slipper zuließen. Er schoss an einem
Stand mit Ornamenten aus alten Kugeln vorbei und atmete
schwer. Jedes Ausatmen klang wie ein anstürmender
Hengst und doch schien er nicht genug Luft zu bekommen,
um sein Tempo aufrechtzuerhalten.

Paavak warf einen Blick über seine Schulter. Seine
Augen weiteten sich vor Schreck und Angst. Die Männer
liefen hintereinander und hatten ihn fast eingeholt.

Das andere Ende der Gasse lag in weiter Entfernung. Bis
er es erreichte, würden die Männer ihn schon erwischt
haben. Paavaks Augen suchten nach einem näheren Fluchtweg, oder zumindest nach einer Waffe. Ein paar Zentimeter
rechts von ihm standen Dutzende von Töpfen und Pfannen
aus Bronze und Kupfer auf einem kleinen Tisch. Ohne zu
überlegen, trat Paavak zur Seite und kippte den Tisch um,
so dass die gesamte Auslage über das Kopfsteinpflaster

klapperte. Ein unangenehmes Klirren hallte durch die Gasse und veranlasste die Händler, nach vorne zu eilen.

Die Verfolger verlangsamten ihren Schritt, bahnten sich einen Weg durch die Händler und umherspringende Metallteile.

Paavak stürmte weiter und vergrößerte den Abstand zwischen sich und den Männern. Sein Herz kletterte ihm bis in die Kehle und fühlte sich an, als könnte es ihm jeden Moment aus dem Mund rutschen.

Paavak erreichte den nächsten Laden. Eine Sammlung von Teekannen stand neben Soldatenhüten und nachgebauten Gewehren. Mit einem Grunzen kippte Paavak auch diesen Tisch um. Er drehte sich um und stürmte weiter. Am Ende der Gasse schwenkte Paavak nach rechts und bog in eine breitere Straße ein, die von ein paar Dutzend Restaurants und Cafés gesäumt war. Wie immer war die Straße sehr belebt. Die Menschenmassen gaben Paavak ein erstes Gefühl der Hoffnung. Vielleicht, nur vielleicht, konnte er sich unter die Menge mischen, um sich in Sicherheit zu bringen.

Paavak bog nach rechts ab und kehrte ins Zentrum der Altstadt zurück. Er schlängelte sich um zwei Familien herum, trat zwischen ein paar langhaarigen europäischen Männern hindurch und tauchte dann in den Eingang eines Restaurants ein. Er drehte sich gerade noch rechtzeitig um, um zu sehen, wie seine Verfolger am Ende der Gasse innehielten und in alle Richtungen schauten. Seine Hoffnung blühte weiter auf. Die Männer hatten ihn offensichtlich aus den Augen verloren. Vielleicht konnte er ja doch noch entkommen.

In gebückter Haltung schlüpfte Paavak zwischen einer Gruppe älterer Frauen mit hellen Kopftüchern hindurch. Die Frauen, die in ihr Mittagsgespräch vertieft waren, bemerkten den seltsamen Mann kaum, der zwischen ihnen hindurchschlich. Nach etwa zwanzig Metern versteckte er sich hinter einem Paar, das vor einem Restaurant aß.

Noch einmal warf er einen Blick zurück auf seine Verfolger. Paavak sah das vernarbte Gesicht des Anführers, der sich durch die Menge drängte, aber sein Partner war nirgends zu sehen. Das musste eine gute Nachricht sein. Einem Mann zu entkommen, war sicher einfacher, als beiden zu entwischen. Paavak war fest entschlossen - er würde hier herauskommen und herausfinden, was mit Giulia geschehen war.

Er überquerte den Marktplatz, schlängelte sich an Eis essenden Menschen und fotografierenden Touristen vorbei und bog in eine andere Gasse auf der anderen Seite ein. Juwelierläden mit glitzernden Auslagen säumten den Gang. Paavak bog in die Tür eines der Geschäfte ein und betrachtete die Szene hinter sich. Es sah nicht so aus, als würde ihm jemand folgen. Vielleicht hatte er sie ganz und gar abgehängt. Jetzt war keine Zeit zum Ausruhen. Er musste sich in Sicherheit bringen.

Seine Sinne immer noch in voller Alarmbereitschaft, verlangsamte Paavak seinen Schritt. Er wollte keine unnötige Aufmerksamkeit auf sich lenken, und es fühlte sich bereits so an, als würde sein Herz gleich aus der Brust springen. Er widerstand der Versuchung, anzuhalten und zu hyperventilieren.

In Gedanken stellte sich Paavak eine Luftaufnahme der Altstadt vor. Er war schon einige Wochen hier und kannte viele der Durchgangsstraßen und Abkürzungen. Sie waren zu winzig, um auf einer Karte verzeichnet zu sein, und existierten nur in der Erinnerung der Menschen, die sie häufig passierten. Für das ungeübte Auge waren viele von ihnen nicht mehr als eine schattenhafte Lücke zwischen den

Geschäften. Paavak würde in wenigen Augenblicken an einer solchen Gasse ankommen. Wenn er seine Berechnungen richtig anstellte - was meistens der Fall war -, würde sie ihn direkt zu einer Straßenbahnhaltestelle auf der Nordseite der Altstadt führen.

Er hielt inne und blickte hinter sich. Eine Gruppe von Frauen, die einen Hidschab trugen, betrachtete glitzernde Juwelen in einem Schaufenster. Ein europäisches Paar in bunten Westen schleppte sich mit schweren Rucksäcken ab. Seine Verfolger waren nirgends zu sehen.

In seiner Brust wurde die Hoffnung immer größer, als er um die Ecke in die kleine Gasse bog. Noch immer hinter sich blickend, prallte Paavak gegen etwas Hartes. Er blieb stehen, seine Füße rutschten über die unebenen Steine.

Paavak versuchte zu schlucken, aber die Sahara war in seine Speiseröhre zurückgekehrt. Er versuchte, aus dem düsteren Gang herauszukommen, aber seine Füße tappten nur vergeblich auf die Steine. Er versuchte zu sprechen, zu schreien, zu brüllen, aber seine Lungen fühlten sich an, als ob alle Luft aus dem umgebenden Raum gesaugt worden wäre und es keine mehr für ihn gab.

Alles, was Paavak tun konnte, war, in das eine kleine, schweinsartige Auge des Mannes vor ihm zu starren. Der zweite Mann trat in den Gang hinter Paavak und versperrte den Rückweg. Paavak blickte von einem Mann zum anderen und wieder zurück, wie ein Reh, das von den Lichtern eines entgegenkommenden Zuges erfasst wird. Er wich wieder zurück und versuchte, sich ins Sonnenlicht zu drängen, aber eine fleischige Hand streckte sich aus und packte ihn. Die Hand erwischte erst seinen Arm, dann schloss sie sich um seinen Hals und hielt ihn fest.

Die Schläger zogen Paavak durch den Gang, wobei seine Füße auf dem unebenen Boden umherrutschten.

Paavak versuchte, Luft zu holen, aber starke Muskeln drückten gegen seinen Hals. Er versuchte vergeblich, sich loszureißen, aber seine Kraft war nichts im Vergleich zu der der Schläger. In der Ferne hörte er Stimmen aus einem nahe gelegenen Café. Er versuchte erneut zu sprechen, versuchte zu schreien, aber seine Stimme kam nur in kurzen, scharfen, kehligen Stößen heraus.

Der Schläger zog seinen Griff noch fester an.

Paavaks Lunge stach und bettelte um Luft. Der Gang drehte sich um ihn herum.

Der Mann mit dem Narbengesicht zerrte Paavak bis zum Ende der Gasse und hielt dann inne. Der andere Mann spähte auf die Straße hinaus. Er sprach mit seinem Kollegen in einer Reihe von kurzen, kehligen Grunzlauten.

Dann drang ein weiteres Geräusch an Paavaks Ohren. Die mittelalterlichen Ziegel des Marktplatzes begannen zu rumpeln und zu vibrieren. Paavak nutzte seine letzten Funken des Bewusstseins, um aufzublicken. Wie er sich erinnert hatte, fuhren die Straßenbahnen hier nur wenige Meter von ihm entfernt.

Der Anführer grunzte erneut. Paavaks Entführer packte ihn hart, fast so hart, dass seine Knochen zu brechen drohten. Der Anführer grunzte noch zweimal, dann wurde Pavaak nach vorne geschubst. Paavak stolperte auf die Straße hinaus, ins Sonnenlicht, und fuchtelte mit den Armen.

Mit zitternden Beinen drehte sich Paavak um und sah eine Straßenbahn auf sich zurasen. Die Bremsen quietschten und eine Hupe heulte. Paavak blickte dem Straßenbahnfahrer in die Augen, der offensichtlich versuchte, das Fahrzeug anzuhalten. In einem Moment, der weniger als einen Herzschlag dauerte, wurde Paavak klar, was gleich passieren würde. Er blickte über die rasende Straßenbahn hinaus, und irgendwo im Äther sah er Giulia. Vielleicht lächelte sie ihn sogar an, Paavak war sich nicht sicher.

Dann dröhnte ein lautes Zischen in Paavaks Ohren, gefolgt von einem Knacken und einem dumpfen Schlag, der den Boden erschütterte. Dann wurde alles still. Dunkel und still.

3

Luftfrachtanlage des Flughafens Gatwick, in der Nähe von London, England. Gegenwart.

EDEN BLACK PACKTE MILO FEST an der Taille, als das Motorrad beschleunigte. Milo fuhr schnell und sicher. Sollten sie später in eine brenzlige Situation geraten, würde er ihre beste Chance sein, zu entkommen. Nach fast zwei Jahrzehnten als professioneller Motorradrennfahrer und einigen Jahren, in denen er seine Fähigkeiten in einem Geschäft mit weniger Skrupeln entwickelte, war er der Beste für ihr Vorhaben. Deshalb hatte Eden ihn eingestellt.

Milo drehte sich heftig, das Motorrad neigte sich in einem unmöglichen Winkel. Eden widerstand dem Drang, sich aufzurichten, hielt sich an den Haltegriffen fest und lehnte sich mit ihm gemeinsam in die Neigung. Vor ihnen tauchte der Flughafenzaun auf, eine zwei Meter hohe Maschendrahtbarriere, die in beide Richtungen verlief. Spiralen aus Stacheldraht schlängelten sich an der Spitze entlang.

Eden betrachtete eine der Sicherheitskameras, die an

einem hohen Mast angebracht waren. Sie wusste, dass die Übertragung in der drei Kilometer entfernten Sicherheits-zentrale des Flughafens überwacht wurde, und sie wusste, wie sie damit umgehen würde, wenn es soweit war.

"Das Einzige worauf man sich vorbereiten muss, ist das Scheitern", flüsterte sie sich selbst zu und wiederholte damit eines der Mantras, die ihr Vater oft gesagt hatte. Sie warf einen Blick auf ihre Uhr. Es war 2:15 Uhr nachts.

"Stell es zwischen den Bäumen ab", sagte Eden. Dank des in den Helm eingebauten Kommunikationssystems brauchte sie nicht einmal zu schreien.

Milo schaltete sofort einen Gang zurück und verlang-samte das Motorrad auf einen Kriechgang. Er klappte den Ständer herunter und schaltete den Motor ab. Der 200-PS-Turbo-Einspritzmotor grummelte und starb dann ab.

Eden stieg ab, brauchte einen Moment, um sich zu beru-higen, dann nahm sie den Helm ab und schüttelte ihr tief-schwarzes Haar. Als sie in der Ferne das laute Heulen von Düsentriebwerken hörte, wandte sie sich dem Flughafen zu.

Das helle Licht eines ankommenden Flugzeugs funkelte am Himmel, wie ein Stern auf Steroiden. Eden nahm ihren Rucksack ab und holte ein Nachtsicht-Fernglas heraus. Das Flugzeug setzte zur Landung an, wobei die Markierungen an der Seite des Rumpfes sichtbar wurden.

"Genau zur rechten Zeit", sagte Eden und drehte sich zu Milo um. "Wenn du mein Signal bekommst, weißt du, was zu tun ist?"

Milo nickte, trat vom Motorrad weg und holte ein Päck-chen Zigaretten aus der Innentasche seiner Lederjacke. Er bot Eden eine an, aber sie bemerkte es nicht einmal.

Eden kramte ein Smartphone aus ihrer Tasche, und ihre Finger flogen in einem geübten Muster über den Bildschirm.

Das Aufheulen der Triebwerke wurde lauter, als sich das riesige Flugzeug näherte. Die AN-225, das größte Flugzeug der Welt, zog normalerweise bei jeder Landung eine Menschenmenge an, aber nicht heute Abend. Der Flug heute Abend fand offiziell überhaupt nicht statt – und tauchte deswegen auch in keinem Flugplan auf.

Mit dem Aufheulen der Triebwerke näherte sich die Antonow der Landebahn. Die Nase neigte sich in den Himmel, als die Reifen mit quietschendem Gummi aufsetzten. Das Flugzeug bremste ab, die Triebwerke dröhnten beim Umkehrschub. Als es langsamer wurde, schien die enorme Spannweite der Flügel die gesamte Landebahn auszufüllen.

Eden beobachtete das Monsterflugzeug ein paar Sekunden lang und wandte sich dann wieder ihrem Telefon zu. Sie schickte eine Nachricht an eines ihrer Support-Teams in der Türkei. Der Mann in Istanbul war einer der besten Hacker, mit denen sie je zusammengearbeitet hatte. Er nannte sich selbst den *Wächter der Wahrheit* und schien ihrer Sache treu zu sein. Einen Moment später summte ihr Telefon.

Alles bereit.

Der *Hüter der Wahrheit* würde auf Edens Befehl hin die Übertragung von den Sicherheitskameras des Flughafens verzögern. Sobald sie aus der Deckung käme, hätte sie fünf Minuten Zeit, bevor die Übertragung die Bildschirme im Kontrollzentrum einholte und die Hölle losbrach. Sie stellte den Timer auf ihrer Uhr ein - dreihundert Sekunden, um zu finden, was sie brauchte, und zu verschwinden. Sie steckte ihr Handy weg und schlich zum Zaun.

Ein Rumpeln erfüllte die Luft, als sich das Flugzeug näherte, das mit seinen zweiunddreißig Reifen eine Nutzlast von über zweihundert Tonnen in ihre Richtung rollte.

Eden schob sich geräuschdämpfende Stöpsel in die Ohren und atmete tief ein. Sie ballte die Hände zu Fäusten und ließ sich dann in die Position eines Sprinters auf den Blöcken fallen. Den Plan noch einmal durchdenkend, stemmte sie sich gegen die aufkommenden Zweifel und überblickte den Flughafen jenseits des Zauns. Dann, ohne einen Blick zurückzuwerfen, stürmte sie aus dem Schutz der Bäume.

Sie hielt sich bedeckt und sprintete auf den Zaun zu. Da die Überwachungskameras vorübergehend außer Betrieb waren, war die einzige wirkliche Bedrohung, dass sie die Augen auf den Boden gerichtet hielt. Ein paar Schritte vor dem Zaun ließ sie sich in einen Kriechgang fallen und hielt inne. Sie blickte nach oben und sah, wie das riesige Flugzeug in ihre Richtung abbog. Das Dröhnen der Düsentriebwerke lag nun in der Luft.

Sie kroch an den Zaun heran und löste einen Laserschneider von ihrem Gürtel. Dann schaltete sie das Gerät ein und schnitt den Draht durch. Auf halber Strecke warf sie einen Blick auf die nächstgelegene Kamera. In weniger als viereinhalb Minuten würde das Signal das Kontrollzentrum erreichen und ein ganzes Polizeiteam würde darauf reagieren. Nein, vergiss die Polizei, mit dem, was sie in der Laderampe der Antonow vermutete, würden sie sich direkt an das Militär wenden. Der Flughafen war heute Abend in höchster Alarmbereitschaft.

Eden war mit dem Schneiden des Drahtes fertig und befestigte das Gerät wieder an ihrem Gürtel. Sie zog den Zaun zur Seite und duckte sich hindurch. Bäuchlings kroch sie auf das Flugzeug zu, das jetzt so nah war, dass der Boden bebte. Sie warf einen Blick nach rechts und sah drei Fahrzeuge, die aus einem Hangar fuhren, um der Antonow auf dem Rollfeld entgegenzukommen.

Eden senkte ihr Gesicht so weit wie möglich und kroch dann an den Rand der Rollbahn. Sie duckte sich hinter eines der gelben Schilder, die den Piloten Rollanweisungen für die Bahnen geben.

Das Heulen der Düsentriebwerke erfüllte ihre Ohren, selbst mit den besten Stöpseln. Sie spähte über das Schild hinweg und sah, wie die Antonow auf das letzte Stück der Rollbahn einbog. Die Nase des Flugzeugs ragte jetzt über sie hinaus, die Aluminiumhaut glänzte. Sie duckte sich wieder hinter das Schild und wartete. Der Blick auf ihre Uhr verriet ihr, dass noch vier Minuten und fünfzehn Sekunden übrigblieben.

Die Antonow rumpelte weiter und verdeckte das grelle Flutlicht des Flughafens.

Eden blickte auf und sah die Piloten durch die Fenster des Flugdecks. Sie holte ihr Telefon heraus und drückte auf "Senden", um eine Nachricht zu verschicken.

Schalt den Strom ab!

Eine Sekunde später fiel der Strom auf dem Flughafen aus. Die flackernden Lichter der Flugzeuge und die Scheinwerfer der wartenden Fahrzeuge waren nun die einzige Beleuchtung in dieser Ecke des Geländes.

"Fünfzehn Sekunden", murmelte Eden vor sich hin und sprang aus ihrem Versteck. So lange würde es dauern, bis die Notstromgeneratoren ansprangen. Sie sprintete über das Rollfeld und rannte hinter das riesige Flugzeug. Von dieser Position aus würde die Antonow sie selbst vor den Menschen am Boden verbergen.

Das Flugzeug verlangsamte sich bis es nur noch kroch. Obwohl die Triebwerke nur mit einem Bruchteil ihrer Leistung liefen, zerrte die heiße Luft an Edens Haut und Gesicht und drohte sie aus dem Gleichgewicht zu bringen. Sie ließ sich auf die Rollbahn fallen und kroch zum Flugzeugrumpf.

Mit einem hohen Heulen erstarrten die Motoren vollständig.

Eden kam wieder auf die Beine und lief hinter dem Flugzeug her. Einen Moment später sprangen die Notstromgeneratoren an und die Flutlichtanlage des Flughafens leuchtete wieder.

Eden ließ sich auf die Landebahn fallen und kroch unter das Flugzeug. Trotz seiner Größe saß es sehr nah am Boden. Sie kroch zwischen den Rädern außer Sichtweite. Da die Triebwerke nun abgeschaltet waren, zog Eden ihre Ohrstöpsel heraus und verstaute sie, dann schüttelte sie ihren Rucksack ab.

Entfernte Dieselmotoren stöhnten auf. Aus dem Inneren des Flugzeugs zischte etwas.

Eden schaute auf ihre Uhr - sie hatte noch einhundertsiebzig Sekunden.

4

Luftfrachtanlage des Flughafens Gatwick, in der Nähe von London. Gegenwart.

MEHRERE FAHRZEUGE KAMEN am Heck der Antonow zum Stehen. Eden konnte sie unter dem breiten Bauch des Flugzeugs nicht sehen, aber sie hörte die Geräusche. Stiefel polterten auf den Boden und ein Mann bellte in ein Funkgerät. Von ihrer Position aus konnte sie nicht verstehen, was er sagte.

Das Flugzeug surrte und zischte, und plötzlich senkte sich die riesige Aluminiumplatte, aus der der Bauch des Tieres bestand, auf sie zu. Edens Hände schossen auf den Beton. Sie blickte nach links und rechts. Die schweren Räder versperrten ihr auf beiden Seiten den Weg. Das Flugzeug senkte sich Zentimeter für Zentimeter.

Eden kroch auf die Nase des Flugzeugs zu, während das Heck des Flugzeugs auf die Rollbahn sank. Mit dem Zischen der Hydraulik und dem Aufheulen der Motoren senkte sich die Rampe am Heck des Flugzeugs. Für Eden fühlte es sich in dem winzigen Raum unter der Maschine an, als ob das Ding lebendig wäre. Die Rampe polterte auf die Rollbahn, und Stiefel stapften um den Rumpf herum nach hinten.

Eden sah auf ihre Uhr - in weniger als zweieinhalb Minuten würde ihre Anwesenheit hier entdeckt werden. Sie warf einen Blick auf die entfernten Flughafengebäude. Obwohl die Sicherheitskräfte einige Minuten brauchen würden, um das gesamte Flughafengebiet zu durchqueren, war sie sich nicht sicher, ob sie bis dahin schon wieder weg sein würde. Sie hofft es.

Sie öffnete ihren Rucksack und holte alles heraus, was sie für den nächsten Teil ihrer Mission brauchen würde. Dann legte sie eine Gasmaske und drei Kapseln von der Größe eines Golfballs neben sich auf den Boden. Sie stülpte sich die Gasmaske über das Gesicht und bedeckte Nase, Mund und Augen. Die Vorrichtung schränkte ihre Sicht ein, aber sie würde sie nicht lange tragen müssen.

Sie senkte ihr Gesicht auf den Boden und spähte unter dem Bauch der Antonow hindurch. Im hinteren Teil des Flugzeugs polterten Stiefel die Rampe hinauf und in den Frachtraum.

Eden griff nach einer der Kapseln. Sie bewegte ihre Hand auf und ab und schätzte instinktiv die Kraft ein, die sie brauchen würde, sie zum Heck des Flugzeugs zu werfen. Sie schleuderte die Kapsel über das Rollfeld, als würde sie Steine im See springen lassen, dann senkte sie ihr Gesicht auf den Boden und sah zu, wie die Kapsel unter dem Flugzeug hindurchrollte. Als sie aus dem Schatten auftauchte, drückte Eden einen Knopf auf ihrer Uhr. Die Kapsel löste sich in einer Rauchwolke auf. Sie zählte drei dumpfe Schläge, als das Gas seine Wirkung tat. Sie kroch unter dem Flugzeug hervor und sprintete zum Heck. Drei Männer in unauffälliger schwarzer Kleidung lagen komatös auf dem Boden.

Sie blickte die Rampe hinauf in den Frachtraum. Reihen und Reihen von Kisten zogen sich über die gesamte Länge des Flugzeugs, mit Zugängen auf beiden Seiten. Auf den Fußballen laufend, rannte sie die Rampe hinauf und in das Flugzeug hinein. Sie lauschte aufmerksam und hörte zwei Stimmen, die von irgendwoher aus dem Inneren kamen. Es hörte sich so an, als würden die Männer die Fracht am anderen Ende des Laderaums inspizieren.

Sie nahm die zweite Kapsel und ging in die Hocke, um sich vorzubereiten. Der Boden im Inneren des Flugzeugs war mit Befestigungsschienen und -schlaufen übersät, so dass sie die Kugel nicht in Position rollen konnte. Sie lehnte sich um eine Kiste herum und spähte in die Tiefen des Flugzeugs. Vorsichtig setzte sie einen Fuß vor den anderen und pirschte sich tiefer in den Frachtraum. Irgendwo in dem riesigen Raum sprach eine Stimme und eine andere antwortete.

Eden hörte aufmerksam zu und versuchte, die genaue Position der Männer herauszufinden. Sie zog ihren Arm zurück, um sich auf den Wurf vorzubereiten. Kurz bevor sie die Kapsel abwerfen wollte, tauchte ein Mann hinter einem Kistenstapel neben ihr auf. Er war viel näher, als sie erwartet hatte. Beim Anblick der Gasmaske tragenden Eindringlings verzog sich das Gesicht des Mannes wie das eines verstörten Seeigels. Die Verwirrung wich der Wut und dann der Angst.

"Wer sind Sie?", brummte der Mann, die Hand an seiner Waffe. Sein Akzent verriet osteuropäische Herkunft.

Eden reagierte schnell, sie änderte ihr Ziel und schleuderte die Kapsel hoch in die Luft. Der Mann verfolgte den

Weg der Kapsel und war kurzzeitig von dem seltsamen Projektil abgelenkt.

Eden nutzte die Gelegenheit und verringerte den Abstand. Sie täuschte eine Bewegung mit der Linken an und schlug dann mit der Rechten zu, wobei ihre Faust den Magen des Mannes fest traf. Als er sich keuchend umdrehte, ließ sie ein spitzes Knie in sein Gesicht folgen. Der Mann stolperte zurück, Blut floss aus seiner Nase.

Schwere Schritte hallten vom hinteren Teil des Flugzeugs wider und eine tiefe Stimme rief in einer Sprache, die Eden nicht verstand. Sie wirbelte herum und sah einen zweiten Mann, der noch größer war als der erste, auf sie zukommen. Sie wich dem wilden Schlag des Neuankömmlings aus und nutzte seinen Schwung gegen ihn. Sie packte seinen Arm, drehte sich und ließ ihn gegen einen Kistenstapel krachen. Holz splitterte, als die Kisten umstürzten und ihr Inhalt sich auf dem Boden verteilte.

Der erste Mann hatte sich erholt und zog ein Messer mit stark gebogener Klinge aus seinem Stiefel. Er holte aus und die Schneide pfiff nur Zentimeter vor ihrem Gesicht durch die Luft. Eden wich zurück, ihre Augen suchten nach allem, was sie als Waffe benutzen konnte. Sie sah einen Schraubenschlüssel, mit dem die Gurte der Ladung festgezogen wurden, und stürzte sich auf ihn. Gerade noch rechtzeitig erreichte sie das Werkzeug und schwang sich herum, um das Messer mit einem Klirren abzuwehren. Dann konterte sie mit einem schnellen Tritt gegen das Knie des Mannes und spürte, wie etwas unter ihrem Stiefel nachgab. Er heulte vor Schmerz auf und sank auf ein Knie.

Der größere Mann war wieder auf den Beinen. Er griff wieder an, aber diesmal war Eden bereit. Sie wartete bis zur letzten Sekunde, dann ließ sie sich fallen und rollte sich ab. Der Schwung des Mannes zog ihn vorwärts, er konnte nicht mehr stoppen. Eden sprang ihn von hinten an und traf ihn hart. Er stolperte, die Arme drehten sich, und er krachte gegen einen hohen Kistenstapel.

Eden sah ihre Chance. Mit einem angestrengten Stöhnen stieß sie gegen den schwankenden Stapel. Die Kisten ächzten, kippten und stürzten dann auf den Mann. Er verschwand unter einer Lawine aus Holz.

"Süße Träume, Jungs", murmelte sie und tippte auf ihre Uhr.

Ein scharfes Zischen erfüllte die Luft, als Gas aus der Kapsel strömte, die sie gerade gesprengt hatte. Der Mann mit dem Messer versuchte, auf sie zuzukrabbeln, aber seine Bewegungen wurden bereits langsamer. Unter dem Kistenstapel lallte der größere Mann, seine Stimme war kaum mehr als ein wirres Gemurmel.

Eden blieb regungslos, während beide Männer von der Wirkung des Gases überwältigt wurden. Innerhalb von dreißig Sekunden verflüchtigte sich das Gas und gab den Blick auf zerschlagene Kisten und verstreute Fracht frei.

Eden schaute auf ihre Uhr. Ihre Anonymität würde noch fünfundfünfzig Sekunden lang gewahrt bleiben.

5

Brighton, England. Gegenwart.

DAS SCHRILLE KLINGELN von Alexander Winslows Telefon hallte durch sein Büro im Dachgeschoss. Er warf einen Blick auf die Uhr im Bücherregal gegenüber seinem Schreibtisch. Wenn der antike Zeitmesser richtig ging, war es bereits nach 2.00 Uhr morgens. Winslow schimpfte mit sich selbst, denn die Uhr, die von Gamaliel Voyce in London hergestellt worden war, zeigte seit über zweihundert Jahren die richtige Zeit an. Es stand ihm sicher nicht zu, jetzt an dem Uhrmachermeister zu zweifeln.

Winslow nahm die Brille ab, mit der er eine Reihe von Fotos von der Ausgrabung 1912 auf dem Gizeh-Plateau betrachtete und griff zum Telefon.

"Richard Beaumont", flüsterte er zu sich selbst und las den Namen, der über den Bildschirm lief. "Was könnte Richard Beaumont um diese Zeit wollen?"

Zögernd strich Winslow mit dem Finger über den Bildschirm und nahm den Anruf entgegen.

"Hast du es schon gehört?", fragte Beaumont und kam

ausnahmsweise direkt zur Sache. Der Mann, der gerne um den heißen Brei herumredete, zeigte damit, dass er etwas Ernstes zu sagen hatte.

"Was?", fragte Winslow, lehnte sich in seinem Stuhl zurück und unterdrückte ein sorgenvolles Zittern.

"Paavak und Giulia. Sie sind ..." Beaumont hielt inne, offensichtlich unsicher, wie er die Nachricht überbringen sollte.

"Was ist los, Richard?", fragte Winslow und benutzte den Vornamen seines alten Freundes – was er selten tat.

"Sie sind beide tot. Giulia gestern in Spanien und Paavak heute Morgen in Sarajewo."

Beaumonts Worte trafen Winslow wie eine Gewehrkugel. Er schlug sich die Hand vor die Brust und sein Mund öffnete und schloss sich mehrmals, ohne dass er ein Wort herausbrachte.

Obwohl er die beiden jungen und talentierten Archäologen seit mehreren Jahren nicht mehr gesehen hatte, schätzte er sie außerordentlich. Sie waren beide professionell, kompetent und absolut loyal.

Beaumont fuhr fort. Er klang aufgeregt und seine Worte kamen in einem Sturzbach heraus. "Paavak ist vor eine Straßenbahn gelaufen. Er hat anscheinend nicht darauf geachtet, wo er hinläuft. Und sie sagen, Giulia hatte eine Art nicht diagnostiziertes Herzleiden."

"Ich verstehe nicht ... Beide am selben Tag?" Winslow stotterte.

Beaumont schwieg einige Sekunden lang, um seinen alten Freund die Nachricht verarbeiten zu lassen.

"Es ergibt einfach keinen ... keinen Sinn", sagte Winslow und starrte ins Leere an der gegenüberliegenden Wand seines Büros. "Sie waren beide so jung und gesund."

"Es ist schon merkwürdig", bestätigte Beaumont. "Es tut

mir leid wegen der Uhrzeit. Ich habe es erst jetzt erfahren und musste es dir sofort sagen."

"Du hast das Richtige getan, keine Sorge", sagte Winslow und fuhr sich mit der Hand durch die Haare. "Dass Paavak vor eine Straßenbahn gelaufen ist, macht einfach keinen Sinn. Er war einer der vorsichtigsten Menschen, die ich je getroffen habe. Er würde nie die Straße überqueren, ohne ..." Die Angst schloss sich um Winslows Herz wie eine Faust. Der Raum um ihn herum schien sich zu drehen. Mit zitternder Hand klammerte er sich an den Tisch. "Du glaubst doch nicht, dass es etwas mit dem ..."

"Gipfeltreffen zu tun hat", sagte Beaumont. Unterbrechungen gehörten zu den nervigen Angewohnheiten des Mannes, aber in diesem Fall war Winslow froh, den Satz nicht beenden zu müssen. "Ich weiß es nicht. Du wolltest wohl eine Menge Staub aufwirbeln, nicht wahr?"

Winslow versuchte zu sprechen, aber seine Gedanken liefen schneller, als er sie artikulieren konnte. "Ja. Es ist sicherlich etwas Brisantes, etwas, auf das ich viele Jahre gewartet habe, um es zu veröffentlichen."

"Aber ich verstehe nicht, wie ... ich kann mir einfach nicht vorstellen, wie Giulia und Paavak darin verwickelt waren? Hatten sie damit zu tun?", wollte Beaumont wissen.

"Sie waren an der ursprünglichen Ausgrabung beteiligt, damals 1998", sagte Winslow. Er konzentrierte sich auf seine Gedanken und entschied sich für eine bestimmte Vorgehensweise. In vielerlei Hinsicht hatte er sich zwei Jahrzehnte lang auf diesen Fall vorbereitet. "Wir haben dort nichts gefunden. Allerdings habe ich inzwischen erfahren, wo sich die Tafeln wirklich befinden. Aber niemand sollte ..."

"Du willst sagen, du hast sie gefunden?" Beaumont atmete scharf ein.

"Ja. Ich habe sie nicht nur gefunden, sondern ich bin auch der einzige, der weiß, wo sie sind", sagte Winslow. "Ich hatte vor, sie zu holen und sie kurz vor dem Gipfel an einen sicheren Ort zu bringen."

"War noch jemand mit dir im Libanon?", fragte Beaumont.

Drei Stockwerke tiefer beschleunigte ein Auto. Winslow starrte zum Fenster, das Geräusch klang wie eine Drohung.

"Ja, da waren ... Aber zu ihrer Sicherheit werde ich nicht ..." Winslow hörte mitten im Satz auf zu sprechen. "Danke, dass du mich angerufen hast." Winslows Hände zitterten unkontrolliert. "Ich werde mich bald wieder melden."

"Pass auf dich auf", sagte Beaumont, aber Winslow hörte nichts. Er ließ das Telefon fallen, schoss auf die Beine und war bereits auf halbem Weg die Treppe hinunter.

6

Luftfrachtanlage des Flughafens Gatwick. Gegenwart.

MILO RAUCHTE seine Zigarette zu Ende und schnippte die
Kippe auf den Kies hinunter. Er zerquetschte sie unter der
Spitze seines Stiefels, hob sie auf und steckte sie in eine
Tasche. Es war keine gute Idee, hier Beweise zu hinterlassen
- was immer Eden auch vorhatte, es war definitiv illegal.

Er atmete eine volle Lunge Rauch aus und spähte durch
die Baumkronen auf den Flughafen. Er sah zum sechsten
Mal auf seine Uhr. Eden war vor fast fünf Minuten hinein-
gegangen. In drei Minuten würde er von hier verschwinden,
ob sie nun zurück war oder nicht. So hatten sie es
abgemacht.

Jenseits des Zauns saß regungslos das riesige Flugzeug.
Milo kramte eine weitere Zigarette aus der Schachtel und
zündete sie an. Obwohl er die Grundzüge von Edens
Vorhaben kannte, erzählte sie ihm keine Einzelheiten des
Auftrags. Er war froh, dass er es nicht wusste, denn so
konnte er alles abstreiten. Er wurde dafür bezahlt, sie
hierher zu bringen und sie wieder herauszuholen. Nicht

mehr. Nicht mehr und nicht weniger. Was auch immer sie in dem Flugzeug wollte, es ging ihn nichts an. Das sagte er sich jedenfalls und unterdrückte eine kleine Flamme der Neugier, die in ihm aufzusteigen versuchte.

Er nahm einen Zug von der frisch angezündeten Zigarette und blickte zurück zum Motorrad. Es juckte ihn in den Fingern, sich auf die Maschine zu setzen und loszufahren - das Fahren war einfach, nur das Warten gefiel ihm nicht. Er schaute auf seine Uhr und wusste, dass die Zeit nur unmerklich fortgeschritten war.

Er ging die verschiedenen Fluchtwege durch, die er geplant hatte. Einige waren einfach, andere komplexer. Welchen sie benutzten, hing davon ab, ob sie entdeckt wurden, und wenn ja, wie viel Feuerkraft sie verfolgte.

Ein schriller Schrei erfüllte die Luft. Milo drehte sich so schnell zum Flughafen zurück, dass er fast das Gleichgewicht verlor. Beim Ausatmen, verschluckte er sich am Rauch.

Irgendwo jenseits des Zauns ertönten Alarme, und in der Ferne rasten mehrere Fahrzeuge über den Asphalt. Edens Zeit war eindeutig abgelaufen.

Er drückte die Zigarette aus und klappte das Visier seines Helms herunter. Edens Helm auf seinen Arm schiebend, sprang er auf das Motorrad und startete den Motor. Die kraftvolle Maschine erwachte zum Leben. Er zog den Gashebel und schwang das Motorrad herum, wobei er einen ausladenden Bogen in den weichen Boden schnitt. Schlamm und Gras spritzten hinter ihm auf.

Als er eine gedämpfte Stimme im Wind hörte, hielt er inne und drehte sich um. Die Fahrzeuge kamen jetzt näher, ihre Scheinwerfer durchschlugen den Drahtzaun. Dann fiel ihm etwas anderes ins Auge - eine schwarz gekleidete Person, die auf den Zaun zu sprintete.

Eden.

Was auch immer sie gesucht hatte, es sah so aus, als hätte sie es gefunden - ein silberner Aluminiumkoffer schwang in einer Hand.

Milo spannte sich an, bereit zum Handeln. Er blickte von Eden zu den herannahenden Fahrzeugen, deren Motoren aufheulten und die Nacht durchschnitten. Scheinwerfer leuchten in die eine oder andere Richtung und blaue Lichter blitzten auf.

Milo berechnete ihre Geschwindigkeit und sah dann Eden an, die ihre Beine so schnell wie möglich bewegte. Sie würde es niemals vor den Fahrzeugen, die sie verfolgten, bis zum Zaun schaffen, geschweige denn unter ihm hindurch und zurück zum Motorrad.

Milo überprüfte die düstere Straße, die bis jetzt frei war. Er sollte einfach von hier verschwinden, das war der Deal. Er schwenkte zurück zu Eden, denn er wusste, dass er sie nicht einfach zurücklassen konnte. Er straffte seinen Blick, kniff die Augen zusammen und gab Gas. Er beschleunigte in Richtung des Lochs, das Eden in den Zaun geschnitten hatte. Normalerweise wäre die Lücke viel zu klein, um mit dem Motorrad hindurchzufahren.

Milo schaltete einen Gang höher und beschleunigte das Motorrad wie wild. Ein paar Meter vor dem Zaun schwenkte er nach rechts und geriet ins Schleudern. Die Reifen zerrissen den Boden und schleuderten Erdklumpen in alle Richtungen. Das Motorrad rutschte über den Boden und prallte hart gegen den Zaun. Eine Druckwelle rollte in beide Richtungen über das Kettenglied und der Aufprall spaltete den Draht in zwei Teile. Milo verkrampfte sich und versuchte, auf dem Motorrad zu bleiben, als es durch den Zaun raste. Auf der anderen Seite angekommen, richtete Milo das Motorrad auf und gab kräftig Gas. Das Motorrad preschte vorwärts, als ob nichts passiert wäre.

Das Geräusch der sich nähernden Fahrzeuge war jetzt lauter. Milo warf einen Blick auf sie und sah mindestens zehn Lastwagen, zweifellos mit Militär, die auf sie zurasten.

Milo beschleunigte auf Eden zu und trat dann auf die Bremse, als er nur noch ein paar Meter entfernt war. Das Motorrad kam quietschend zum Stehen, und Eden sprang auf. Sie stellte den Koffer zwischen Milo und sich auf den Sitz und hielt sich an den Haltegriffen fest. Milo reichte Eden den Helm und sie setzte ihn auf.

"Du hast knapp geplant, oder?" Milos Stimme drang sofort durch das Headset.

"Mir ging es gut. Ich habe dir gesagt, du sollst ohne mich abhauen", erwiderte Eden.

Milo sah sich um und überlegte, wie er am besten entkommen konnte. Er wendete das Motorrad und raste zurück zu dem zerstörten Drahtzaun. Der Draht hing jetzt durch, in der Mitte klaffte ein Loch.

Drei Polizeiautos mit Blaulicht kamen auf der anderen Seite des Zauns zum Stehen. Die Türen flogen auf, und mehrere Beamte sprangen heraus.

Milo trat auf die Bremse und lenkte das Motorrad in eine Kurve. Er raste zurück zu den Flughafengebäuden. Von links rasten die Militärfahrzeuge heran. Rechts leuchteten die Landelichter der großen, leeren Start- und Landebahn fast so weit sie sehen konnten.

"Festhalten", rief Milo und grinste unter seinem Helm. "Wir setzen zur Landung an."

Eden hielt sich gut fest. Das Motorrad beschleunigte über die Wiese in Richtung Startbahn.

Milo drehte den Gasgriff bis zum Anschlag. Das Motorrad

rüttelte, als sie über unwegsames Gelände fuhren. Eden presste den Aluminiumkoffer fest zwischen ihren Bauch und Milos Rücken. Sie hatte nicht die Absicht, das zu verlieren, weswegen sie hierhergekommen war. Sie schossen auf das glatte Rollfeld der Hauptlandebahn. Das Rattern des Motorrads ging in ein leises Summen über, als sie über den glatten Asphalt rasten.

"Das wollte ich schon immer mal machen", ertönte Milos Stimme durch den Ohrhörer. Er drückte die frisierte Honda fester und schaltete die Gänge hoch.

"Ja, darauf wette ich", antwortete Eden, die durch die Beschleunigung zurückgezogen wurde. Sie drückte ihre Oberschenkel gegen den Sitz. Auf der linken Seite zogen die Flugzeughangars in Fetzen vorbei.

"Das ist seltsam", sagte Eden und blickte über ihre Schulter. "Sie verfolgen uns nicht mehr."

Die Fahrzeuge, die ihnen auf den Fersen waren, hielten an, als warteten sie darauf, dass etwas passierte. Ein allmächtiges Brüllen umgab sie. Das verwirrende, gewaltige Heulen erschütterte das Motorrad und ließ Edens Haut unter ihrer Schutzkleidung kribbeln. Sie blickte sich um, ihre Augen waren wild vor Panik. Sie blickte gerade noch rechtzeitig auf, um die Nase eines Flugzeugs über sie gleiten zu sehen.

Das schrille Kreischen der Düsentriebwerke dröhnte durch die Luft. Das Flugzeug raste über den Himmel, die riesigen Räder berührten sich fast.

Eden duckte sich und rückte noch näher an Milo heran. Sie spürte, wie sich seine Körpermuskeln anspannten, während er versuchte, die Maschine auf einer geraden Bahn zu halten.

Der Jet, eine Boeing 747, dröhnte vor sich hin und polterte auf die Landebahn, wobei der Boden erschüttert wurde. Das Aufheulen der Triebwerke wurde lauter, als das Flugzeug langsamer wurde und nur noch kroch.

Milo schwang das Motorrad auf das Gras am Rande der Landebahn. Sie hüpften und schlitterten bedenklich. Milo trat auf die Bremsen und die Kupplung, um die Kontrolle zu behalten.

Nachdem das Motorrad wieder unter Kontrolle war, atmete Eden tief durch, während sie weiter Richtung Terminal fuhren.

"In welche Richtung?", fragte Milo, seine Stimme klang in Edens Kopfhörer weit entfernt.

"Es hat keinen Sinn, es über die normalen Ausgänge zu versuchen, die sind mit Sicherheit verschlossen", rief Eden. Sie erinnerte sich an die Pläne des Flughafens, die sie in Vorbereitung auf ihre Flucht studiert hatte, und ging mögliche Lösungen durch. Sie fuhren auf eine Rollbahn und Eden warf einen Blick nach hinten. Die Militärfahrzeuge waren wieder in ihre Richtung gefahren und schränkten ihre Fluchtmöglichkeiten weiter ein.

Eden holte ihr Handy heraus und scannte die Pläne des Flughafenterminals.

"Ich habe eine Idee." Eden grinste. "Sie ist so beknackt, dass sie bestimmt funktioniert."

7

EDEN ZEIGTE über den Flughafen in Richtung Terminal und erklärte ihren Plan.

Milo beschleunigte das Motorrad so stark, dass es sich auf das Hinterrad hob. Sie schossen an unzähligen Flugzeugen vorbei, von viermotorigen Ungetümen bis hin zu kleinen Privatjets. Eden blickte auf, als sie unter der Luftbrücke hindurchfuhren - einem Fußgängersteg, der den Passagieren einen Blick auf die Flugzeuge aus der Luft ermöglichte.

Nach ein paar Minuten sah Eden, wonach sie gesucht hatte.

"Gepäckausgabe", sagte sie und deutete auf eine Öffnung in einem der Terminalgebäude.

"Verstanden", antwortete Milo und nickte. Er erhob sich und schlängelte sich um einen langsam fahrenden Gepäckzug.

Eden drehte sich um und winkte dem verblüfften Fahrer zu.

Sie rasten durch die großen Plastikklappen, die über dem Eingang zur Gepäckausgabehalle hingen. Glücklicherweise war die große Halle zu dieser Tageszeit weitgehend leer. Zwei Gepäckabfertiger am anderen Ende der Halle, beide in leuchtend orangefarbenen Warnwesten, liefen zu einer Tür im hinteren Teil des Raums.

Der Raum sah ähnlich aus wie die Abfertigungshalle auf der gegenüberliegenden Seite, nur mit nacktem Beton und Leuchtstoffröhrenbeleuchtung. Mehrere große Förderbänder standen leer und waren bereit, das Gepäck nach Ankunft der Flugzeuge in das Terminal zu befördern.

"Bist du sicher, dass du das schaffst?", fragte Eden, als sie auf das erste Förderband zufuhren.

"Ein Kinderspiel. Du musst dich nur festhalten."

Eden schloss ihre Finger wieder um die Haltegriffe und spannte ihre Rumpfmuskeln an. Sie drückte sich so nah wie möglich an die Maschine heran und bereitete sich auf eine holprige Fahrt vor.

Milo wurde langsamer und lenkte das Motorrad auf eines der Förderbänder zu. Er drehte den Gasgriff, als würde er mit dem Motorrad spielen. Sie sprangen auf das Förderband und fuhren auf die Rampe zu, über die die Gepäckstücke in die Gepäckausgabehalle gebracht wurden.

"Bleib unten", zischte Milo und beugte sich über den Lenker.

Eden ahmte seine Position nach, hielt den Atem an und spannte ihren ganzen Körper an.

Milo drehte den Gasgriff zurück. Das Motorrad schoss vorwärts, bäumte sich auf und fuhr dann über das Gepäckband in die Gepäckausgabehalle.

Eden richtete sich auf und sah sich um. Blendend helles Licht durchflutete den Raum.

Das Geräusch des leistungsstarken Motors hallte auf dem harten Boden wie ein Alarm wieder. Gruppen von müden Fahrgästen rannten in verschiedene Richtungen, einige schrien, andere stürmten schweigend davon. Unter dem Helm grinste Eden über die chaotische Szene.

Milo wich aus und lenkte die Maschine vom Gepäckka-russell hinunter auf den Boden. Der Alarm schrillte durch das Gebäude. Mehrere Polizeibeamte kamen mit erhobenen Pistolen angerannt. Bevor die Beamten die Möglichkeit hatten sie ins Visier zu nehmen, drückte Milo aufs Gas und raste zum "Nichts zu verzollen"-Ausgang. Sie bogen um die Ecke und beschleunigten auf die Ausfahrt des Gebäudes zu. Die Polizeibeamten verfolgten sie zu Fuß, aber keiner von ihnen riskierte es, in der Nähe von Zivilisten zu schießen.

Durch die doppelten Ausgangstüren kamen zwei Strei-fenwagen der Polizei zum Stehen. Die Beamten stiegen aus den Fahrzeugen aus und richteten im Schutz der Türen ihre Waffen auf das Motorrad. Ein weiteres Polizeifahrzeug kam hinter den ersten beiden Fahrzeugen zum Stehen und versperrte ihnen den Ausgang vollständig.

Milo stellte sich auf die Fußrasten, wich ein paar verlas-senen Gepäckwagen aus und beschleunigte dann auf die Blockade zu. Als er sich den Beamten näherte, schwang er die Maschine in einem Bogen und drehte den Hinterreifen über den Boden. Dichter Rauch und der Geruch von bren-nendem Gummi erfüllten die Halle.

Eden drückte sich an Milos Rücken und beobachtete die Beamten, die versuchten, freie Sicht auf das schnell fahrende Motorrad zu bekommen.

"Halt dich fest", zischte Milo durch das Headset, als der Rauch der brennenden Reifen den Raum fast ausfüllte.

"Oh, glaub mir, das tue ich", antwortete Eden.

Milo riss den Gasgriff zurück und zerrte den Lenker hoch. Die Honda röhrte nach oben, das Vorderrad hob voll-ständig vom Boden ab. Die Lautstärke des Motors stieg um eine weitere Oktave an.

Die Polizeibeamten richteten ihre Waffen auf das herannahende Motorrad. Da sie offensichtlich das nötige Signal
erhalten hatten, eröffneten sie das Feuer. Mehrere Schüsse
prasselten von der Unterseite des Motorrads und drei
weitere sausten in der Nähe durch die Luft. Sie schossen mit
äußerster Präzision, erkannte Eden. Sie schossen, um zu sie
zu stoppen, nicht um zu töten. Sie warf einen Blick auf den
Koffer, der zwischen Milo und ihr eingeklemmt war.

Milo beschleunigte direkt auf die Polizisten zu. Der
Motor der Honda heulte auf, glücklicherweise unbeschädigt
von den Schüssen, die auf ihn eingeprasselt waren. Als sich
das Motorrad den Polizisten näherte, wich die Farbe aus
ihren Gesichtern. Ihre Augen weiteten sich und blickten von
dem herannahenden Motorrad auf die Autos neben sich.
Zwei Beamte ließen ihre Waffen sinken und sprangen aus
dem Gefahrenbereich.

Die Honda stieß mit einem Knirschen gegen die Front
des vorderen Streifenwagens. Einen Moment lang rutschte
der Hinterreifen des Motorrads auf dem Asphalt. Dann, mit
einem weiteren Ruck am Gasgriff, schoss die Maschine nach
oben und auf die Motorhaube des Fahrzeugs. Die Motorhaube knackte und ächzte unter dem Gewicht der Honda.
Jetzt, wo er auf dem Auto war, stabilisierte Milo das
Motorrad und fuhr weiter. Die Windschutzscheibe des
Streifenwagens zersplitterte in ein Spinnennetz, als sie auf
das Dach fuhren und den blinkenden Signallichtbalken in
zwei Hälften teilten. Dann, mit einem letzten Aufheulen des
Motors, prallten sie auf den Asphalt.

Auf dem Boden angekommen, ließ Milo die Nadel auf
dem Armaturenbrett in den roten Bereich springen. Die
Reifen rutschten auf dem Asphalt, als er eine Reihe von
kurzen, scharfen Kurven fuhr, um den schießenden Polizisten kein leichtes Ziel zu bieten.

"Brillant!", rief Eden und blickte hinter sich, um zu sehen, wie die Polizisten zurück in ihre Autos kletterten.

Sie fuhren die Ausfahrt hinunter und bogen scharf in einen Kreisverkehr ein.

"Aber wir sind sie noch nicht los." Eden warf einen Blick über ihre Schulter. Blaue Lichter flackerten durch den Nachthimmel.

"Kein Problem", reagierte Milo überraschend ruhig. Sie fuhren auf die Flughafenstraße zu, während rechts ein schattiger Parkplatz vorbeiflog. Eden biss die Zähne zusammen, als sie ohne abzubremsen in einen weiteren Kreisverkehr fuhren und einen Moment später zwei Polizeiautos an der Ausfahrt auftauchten.

Die Straße wurde gerader, und Milo riss den Gasgriff zurück, so dass das Motorrad mit hoher Oktanzahl aufheulte. Hinter ihnen schrien die Sirenen, und irgendwo über ihnen hörte Eden den rotierenden Propeller eines herannahenden Hubschraubers.

Hinter ihnen beschleunigten die Streifenwagen stark und fuhren Seite an Seite. Auf der offenen Straße holten sie das Motorrad ein.

"Links rum!", schrie Eden, als sie sich einem weiteren Kreisverkehr näherten. Milo gehorchte, ohne die Bremse zu berühren, und neigte das Motorrad um mehr als fünfundvierzig Grad. Sie schlitterten auf eine vierspurige Autobahn und fuhren an einem Tankwagen vorbei, der auf der äußeren Spur fuhr. Wälder flogen auf beiden Seiten der Straße vorbei. Die Polizeiautos schossen von der Auffahrt und erhöhten ihr Tempo.

Der Hubschrauber schwebte über der Straße, seine Rotoren peitschten die Luft und brachten die Bäume auf beiden Seiten in Aufruhr. Ein heller Scheinwerfer tanzte über den Asphalt und zielte auf das Motorrad.

"Da vorn ist es, mach dich bereit zum Wenden", rief Eden.

Milo verlangsamte die Honda. Der Hubschrauber schoss über das Ziel hinaus und kehrte dann um. Die Straße versank wieder in Dunkelheit.

Eden blickte nach hinten. Die Polizeiautos holten mit halsbrecherischer Geschwindigkeit auf. Milo trat erneut auf die Bremse und zwang das Motorrad auf unter fünfzig. Die Polizeiautos schlossen die Lücke.

Sie näherten sich einer Öffnung in der Mittelleitplanke der Straße. In letzter Sekunde trat er auf die Bremse und die Räder blockierten. Er beugte sich vor, schwang das Motorrad durch die Öffnung und gab dann Gas. Sie fuhren auf den Mittelstreifen und schossen durch die winzige Lücke in der Absperrung. Die Polizei raste weiter und kam dann quietschend zum Stehen, weil ihre Autos nicht durch die Öffnung passten.

Eden lockerte ihre Finger und packte die Griffe wieder, gerade rechtzeitig, um in die entgegengesetzte Richtung zu fahren. Der Lichtkegel des Hubschraubers fegte über die Straße und fixierte sie in seinem Scheinwerferlicht.

"Bereit", sagte Eden und erteilte Milo die nächsten Anweisungen.

Milo verlangsamte das Tempo und der Suchscheinwerfer des Hubschraubers schoss nach vorne. Sie schwenkten nach links, verließen die Straße und fuhren einen Feldweg hinauf in den Wald.

Eden spähte zu den dichten Baumkronen über ihnen hinauf. Ein Lichtfleck aus dem Strahl des Hubschraubers schwirrte ziellos über die Äste, offensichtlich nicht in der Lage sie zu finden.

Milo schaltete das Licht aus und drosselte die Geschwindigkeit. Mehrere Minuten lang fuhren sie durch den

dunklen Wald, während die Formen von Bäumen und
Sträuchern zu beiden Seiten vorbeirauschten.

Als sie sich den Lichtern eines Wohngebiets näherten,
drosselte er ihre Geschwindigkeit noch weiter.

Eden behielt den Himmel genau im Auge. Der Baumbe-
stand war hier dünner, was bedeutete, dass sie gut zu sehen
sein würden, wenn der Hubschrauber über ihnen
auftauchte.

"Wir haben nicht viel Zeit", erklärte Eden und schaute
auf ihre Uhr. "Sie werden den ganzen Bezirk abriegeln,
wenn wir nicht bald wieder rauskommen."

Milo schaltete den Gang höher, und sie fuhren in eine
ruhige Wohnstraße. Sie bogen in eine Seitenstraße ein und
hielten neben einem Lieferwagen mit Rostflecken und
abblätternder Farbe.

Eden sprang vom Motorrad und entriegelte die hinteren
Türen des Vans. Sie zog eine Rampe heraus und gemeinsam
hievten sie die Maschine hinein. Eden kletterte hinter das
Motorrad und warf Milo die Schlüssel zu. Er fing sie mit
einer Hand auf und schlug die hinteren Türen des Vans zu,
so dass Eden in völliger Dunkelheit saß. Sie tippte auf ihre
Uhr, und der digitale Bildschirm leuchtete auf. Die ganze
Aktion hatte vierzehn Minuten und fünfundfünfzig
Sekunden gedauert.

8

"GLEICH DA OBEN", sagte Eden und zeigte Milo die Richtung des Waldweges, den sie so gut kannte. Milo hatte die Fahrt schnell bewältigt, indem er sich mit dem Lieferwagen durch die Anonymität des Autobahnverkehrs bewegte. Vor Fünfundzwanzig Kilometern hatten sie den Van stehen lassen und die letzte Etappe auf dem Motorrad zurückgelegt, wobei sie nur unkontrollierte Straßen und Wanderwege benutzten. Nachdem sie fast zwei Jahre in diesem Waldgebiet gelebt hatte, kannte Eden die Wege im Schlaf.

Sie holperten und beschleunigten die zerfurchte Strecke hinauf. Der starke Scheinwerfer des Motorrads schimmerte durch die Bäume und beleuchtete für einen Moment ein Beet mit frühen Glockenblumen. Die schalenförmigen Köpfe der Blumen schienen einen Moment lang zu glühen, bevor sie wieder in die Dunkelheit getaucht wurden.

Für Eden sah alles so aus, wie es sein sollte. Außer ihr, den Rehen und den Füchsen kam niemand hierher, und das war auch gut so. Ein Hauch von Frühnebel schlängelte sich zwischen den Bäumen hindurch, als ob er nach etwas Unsichtbarem suchte. Sie blickte zum Himmel hinauf, der meist unter einem dichten Frühlingsdach aus Eichen- und Buchenblättern verborgen war.

Das Motorrad schwappte durch eine Pfütze, und ein Schwall schmutzigen Wassers spritzte hinter ihnen hoch. Milo fuhr langsam und vorsichtig durch das Gelände.

"Ungefähr einen Kilometer hier hinauf", erklärte Eden, als sie eine Steigung hinaufzuckelten. Der tief zerfurchte und unebene Weg ließ sie nur langsam vorankommen, was Eden sehr gelegen kam. Die Abgeschiedenheit des Ortes machte es schwierig, wenn nicht sogar unmöglich, dass jemand hier hinaufkam, ohne dass sie ihn vorher sah. Selbst zu Fuß war es wegen des dicken Schlamms und des unebenen Bodens Schwerstarbeit.

Einige Minuten später tauchte Edens Lastwagen zwischen den Bäumen auf. Das in mattem Grün lackierte und teilweise mit Tarnnetzen verkleidete Fahrzeug war nur aus nächster Nähe zu sehen. Zwei große Antennen ragten in die Baumkronen.

"Halt hier an!", befahl Eden, als sie noch fünfzig Schritte vom Lastwagen entfernt waren.

Milo verlangsamte den Motor und das Motorrad kam zum Stehen. Er klappte den Ständer herunter und deutete Eden an, vom Motorrad abzusteigen. Mit von der Fahrt wackeligen Füßen stieg sie ab. Sie nahm ihren Helm ab und klemmte sich den Aluminiumkoffer unter den Arm.

Milo sprang vom Motorrad, nahm ebenfalls seinen Helm ab und bog seinen Rücken, um seine Muskeln zu dehnen.

"Was ist das?", fragte Milo und deutete auf den Lastwagen.

"Das ist ein DAF T244. Militärausführung", sagte Eden und ging Richtung Fahrzeug.

"Hier wohnst du?"

"Schon fast zwei Jahre. Komm rein!", sagte sie und winkte ihn herüber. "Ich habe etwas für dich."

"Schön", erwiderte Milo und schritt hinter Eden her.

Eden stieg die Leiter hinauf und entriegelte die Tür. Sie knipste das Licht an, welches das Innere des Lastwagens in ein warmes orangefarbenes Licht tauchte.

Milo kletterte hinein und begutachtete die Behausung. Mit einer Länge von nur drei Metern enthielt es alles, was in einer viel größeren Wohnung vorhanden wäre. Ein Bett, eine Kochnische und ein kleiner Duschraum nahmen die eine Hälfte des Raumes ein, während die andere Hälfte von einem Arbeitsbereich eingenommen wurde. Mehrere große Bildschirme waren neben verschiedenen Tastaturen und Computern an der Wand angebracht.

Eden legte den Koffer auf den Schreibtisch und untersuchte ein kleines elektronisches Tastenfeld, das auf dem Deckel angebracht war. Sie tippte ein paar Mal auf ihr Telefon und legte es dann neben den Schließmechanismus. Der Koffer surrte und klickte dann, als sich das Schloss öffnete. Sie legte ihr Handy zur Seite und zog das Koffergehäuse auf. Das Metall ächzte und war durch die zahlreichen Stöße, die es während der Reise erlitten hatte, aus der Form geraten. Der Schaden war jedoch kein Grund zur Sorge, denn diese Koffer waren so konzipiert, dass sie ihren Inhalt in allen möglichen Situationen schützen. Sie nahm einen kleinen Glaskasten aus dem Koffer und hielt ihn gegen das Licht.

"Igitt, was ist das?", fragte Milo und schreckte zurück, als er sah, was sich in dem Glas befand. Das Objekt sah aus wie eine menschliche Hand mit schuppiger, orangefarbener Haut.

"Dies ist die rechte Hand des Heiligen Franz Xaver."

Milos Augen weiteten sich, und sein Mund stand

offen. Er deutete zurück auf das Motorrad. "Das haben wir alles für die Hand eines toten Typen gemacht? Das ist ekelhaft!"

"Etwas mehr Respekt, bitte", forderte Eden und stellte die Glasvitrine vorsichtig zurück in den Koffer. "Xavier ist nächsten Monat vor vierhundertachtzig Jahren gestorben. Wenn ich schnell arbeite, sollte er rechtzeitig zu den Feierlichkeiten wieder an seinem rechtmäßigen Platz sein."

Milo schüttelte den Kopf und verstand offensichtlich nichts.

Eden klappte einen ihrer Laptops auf und scrollte durch die Anwendungen.

"Warte mal, warte", sagte Milo schließlich. "Wir haben all das getan, du weißt schon, Tod oder Gefängnis riskiert, für die Hand eines Kerls ..."

"Des Heiligen Franz Xaver", unterbrach Eden.

"Okay, gut, den Heiligen Franz Xaver. Wir haben das alles für seine Hand getan, weil ..."

Eden sah zu Milo auf. "Weil sie gestohlen wurde. Der Körper des heiligen Franz Xaver ist in der Kirche Bom Jesus in Goa, also Indien, ausgestellt. Vor sechs Monaten, als der Leichnam dem routinemäßigen Einbalsamierungsprozess unterzogen wurde, brach jemand dort ein und stahl die Hand."

"Warum sollte jemand so etwas tun?"

Eden schüttelte den Kopf. "Der Reliquienmarkt ist riesig, besonders für Heilige. Wie auch immer, ich habe ein wenig nachgeforscht und herausgefunden, dass sie heute in Großbritannien ankommen sollte. Sobald sie hier ankommt, würde sie in einer Privatsammlung landen und nie wieder gesehen werden."

Milo zuckte mit den Schultern.

"Diese Reliquie gehört den Menschen in Goa. Sie gehört

nicht in den Keller eines Milliardärs mit einem Fetisch für tote Heilige."

Milo atmete langsam aus und schüttelte den Kopf. Er ging auf den Koffer zu und schloss dann den Deckel mit der seltsam aussehenden Hand.

"Na gut, schön", sagte er und stellte sich neben Eden. "Hast du etwas zum Frühstück?"

"Ich frühstücke nicht", antwortete Eden, ohne aufzublicken. Sie scrollte durch die verschiedenen Registerkarten des Laptops, ihre Finger flitzten über die Tasten. "Oh, das erinnert mich an etwas." Sie sah auf und fing Milos Blick ein, der dort war, wo er nichts zu suchen hatte.

Milo wandte den Blick ab, seine rasche Bewegung war das Eingeständnis einer gewissen Schuld.

"Da drüben auf dem Tresen liegt ein Umschlag." Eden zeigte in Richtung der Küchenzeile.

Milo ging hinüber und nahm den Umschlag in die Hand, der etwa die Größe eines Taschenbuchs hatte. Er schob seinen Daumen unter die Klappe, klappte ihn auf und blätterte den Stapel Scheine durch.

"Wofür soll das sein? Du hast mich doch schon bezahlt." Milo drehte sich zu Eden um.

Eden richtete sich auf, schnappte sich ihr Telefon vom Schreibtisch, ging zur Tür und stieg die Leiter hinunter.

"Das ist für das Motorrad", rief Eden und tippte auf ihr Handy.

"Was willst du ..." Eine Explosion unterbrach Milos Frage. Er eilte gerade noch rechtzeitig zur Tür, um zu sehen, wie ein Flammenball sein Motorrad verschlang. Die Flammen züngelten hinauf zur Baumkrone.

"Oh Mann, ich habe die Maschine geliebt. Warum hast du das gemacht?", rief Milo und sprang auf den Boden.

"Tut mir leid", sagte Eden und zuckte halbherzig mit den

Schultern, ihr Gesicht war leer. "Es war rückverfolgbar, also musste es weg."

Milo wollte protestieren, aber Eden unterbrach ihn. "Die nächste Bushaltestelle ist sechs Kilometer in diese Richtung." Sie deutete in Richtung der Bäume. "Wenn du dich beeilst, bist du rechtzeitig zum Frühstück zu Hause."

Eden huschte die Leiter hinauf und kletterte zurück in den Lastwagen.

Als Milo sich umdrehte, schlug gerade die Tür zu und das Schloss rastete ein.

"Typisch", murmelte er vor sich hin, steckte den Umschlag in seine Jacke und ließ die Arme an die Seiten sinken. "Ich habe das Motorrad wirklich geliebt."

9

Hotel Bellevue. Kriens, Schweiz. Gegenwart.

DER MANN, der als Helios bekannt war, stand auf der
Terrasse des Hotels Bellevue und blickte auf die Szene unter
sich. Auf dem Gipfel des Pilatus erbaut, lag das Hotel über
zweitausend Meter über dem Meeresspiegel. Helios blickte
hinunter auf das schimmernde Wasser der Luzerner Bucht.
Sein Blick wanderte über das Auf und Ab der umliegenden
Berge. Die Seilbahn und die Zahnradbahn - die einzigen
beiden Möglichkeiten, die Bergstation zu erreichen -
standen still und schweigend da. Die Gondeln der Seilbahn
schaukelten träge in der Brise. Niemand kam oder ging,
während der Rat von Selene tagte, das war die Regel. In den
letzten sechs Wochen hatte kein einziger Gast das Hotel
Bellevue betreten, damit alles für die Versammlung des
Rates vorbereitet werden konnte, und das Hotel würde vier
Wochen lang geschlossen bleiben, nachdem der Rat abge-
reist war. Das gesamte Personal war durch loyale Mitarbeiter der Organisation ersetzt worden, und alle
elektronischen Geräte waren entfernt worden. Nach Beendi-

gung der Versammlung würde ein Team rund um die Uhr daran arbeiten, das Hotel wieder in seinen Originalzustand zu versetzen.

Trotz der wunderschönen Umgebung blickte Helios finster drein. Die Verhandlungen kamen wieder einmal nur sehr langsam voran. Obwohl er der Vorsitzende der Organisation war, brauchte er den Rückhalt des Rates, um wirkliche Fortschritte zu erzielen. Seine Position und die damit verbundenen Einschränkungen waren in den Statuten des Rates festgehalten, einem Dokument, das im Laufe der langen und komplexen Geschichte des Rates über Generationen hinweg weitergegeben worden war. Obwohl der Vorsitzende den Anschein erweckte, das Sagen zu haben, war er in Wirklichkeit nur der Wächter. Seine Aufgabe, die er sehr ernst nahm, bestand darin, die Zukunft des Rates für die nachfolgenden Generationen zu sichern.

In den letzten vierundzwanzig Stunden hatte es jedoch keinerlei Fortschritte gegeben. Bei jeder Sitzung schien es, als würden sie immer wieder dieselben Themen besprechen. Sie waren sich alle einig, dass die Welt vorankommen musste, und der Rat von Selene war dabei von zentraler Bedeutung, aber wie sie diesen Wandel herbeiführen konnten, war eine komplexe Frage.

"Der Rat ist bereit für Sie", ertönte eine Stimme aus der Türöffnung hinter ihm. Helios atmete noch einmal tief die kühle Bergluft ein und wandte sich wieder dem Gebäude zu.

"Danke", sagte er und nickte Athena zu, die zu den engsten Mitgliedern seines Teams gehörte. Obwohl Athena bei den Sitzungen nicht anwesend war, konnte sie offensichtlich erkennen, dass die Besprechungen nicht gut verlaufen waren.

"Machen Sie weiter, Sie werden sicher eine Lösung

finden", sagte sie, drehte sich auf dem Absatz um und ging
wieder hinein.

Zwei Minuten später schritt Helios zurück in den Rats-
saal und nahm wie gewohnt seinen Platz ein. Die Kammer
des Rates lag tief im Hotelkomplex verborgen und war von
der Außenwelt völlig abgeschnitten. Der Raum wurde völlig
dunkel gehalten, um die Anonymität der Mitglieder zu
schützen, auch voreinander. Niemand, auch nicht Helios
selbst, kannte den Namen, die Herkunft oder gar das
Geschlecht der Personen, die vor ihm saßen.

Die aus allen Teilen der Welt rekrutierten Mitglieder der
Organisation wurden ausgewählt, um einen Querschnitt der
Menschheit zu repräsentieren. Bei ihrer Vereidigung
wurden die Ratsmitglieder auf Lebenszeit ernannt.
Während seiner Amtszeit im Rat schlug jedes Mitglied
sieben geeignete Personen für seine Nachfolge vor und nach
dem Tod eines Ratsmitglieds wählten die verbleibenden
Mitglieder einen Nachfolger aus ihren Vorschlägen.

Während ihrer Amtszeit im Rat benutzten die
Mitglieder die Namen, die ihnen von ihrem Vorgänger
vererbt worden waren.

"Zurück zum Thema", sagte Helios, beugte sich vor und
sprach in das Mikrofon, das seine Stimme verzerrte, so dass
sie von den anderen Mitgliedern nicht erkannt werden
konnte. Jedes der Mitglieder hatte ein solches Gerät vor sich
stehen. "Azrael, vor der Pause haben Sie Ihren Bericht über
die Auswirkungen dieser Biotechnologie auf die Pflanzen-
welt Südostasiens vorgestellt."

Azrael räusperte sich und fuhr fort. Der Rat debattierte
über die Freigabe eines Mikroroboters, der den Ertrag von
Nutzpflanzen ohne den Einsatz von Chemikalien steigern
könnte. Sollte die Technologie so eingesetzt werden, wie sie
geplant war, hätte das enorme Auswirkungen auf die

Nahrungsmittelproduktion. Azrael und sein Team hatten die Aufgabe gehabt, das System ein Jahr lang in einem abgelegenen Teil Chinas zu testen. Die Ergebnisse waren mehr als bemerkenswert.

Helios hörte schweigend zu, als Azrael seinen Bericht abschloss.

"Danke, Azrael, eine sehr gründliche und ermutigende Untersuchung", fasste Helios zusammen. "Ich werde nun das Wort für Fragen erteilen. Mitglieder, Sie kennen das Protokoll."

Der Bildschirm vor Helios leuchtete auf, als verschiedene Mitglieder ihren Wunsch äußerten, Fragen zu stellen.

"Fangen wir mit Ihnen an, Uronion. Haben Sie eine Frage zur Sicherheit der Technologie?"

"Das ist richtig", bestätigte Uronion. "Ich danke Ihnen, Azrael, für diese interessante Untersuchung, aber wie können wir sicherstellen, dass die Technologie nur in der von Ihnen beschriebenen Weise verwendet wird? Was soll verhindern, dass sie von weniger skrupellosen Organisationen zum persönlichen Vorteil genutzt wird?"

Helios unterdrückte einen Seufzer. Obwohl die Vorhersage und Abschwächung möglicher Risiken zu den Aufgaben des Rates gehörte, schien dies in den letzten Sitzungen die meiste Zeit in Anspruch genommen zu haben. Die imaginären Krisensituationen, die die Mitglieder erfanden, nahmen kein Ende und wurden nach Helios' Meinung immer unwahrscheinlicher, je länger sie redeten.

Azrael überlegte sich die Antwort genau und erläuterte dann mehrere Minuten lang die in die Nanobots eingebauten Sicherheitsvorkehrungen. Uronion hörte aufmerksam zu, obwohl Helios bezweifelte, dass es einen Unterschied machte.

Weitere drei Fragen ähnlicher Art wurden von anderen Mitgliedern gestellt, die Azrael souverän beantwortete.

"Wir werden uns jetzt zurückziehen, um die Antwort des Rates zu bedenken", sagte Helios. "Wir werden unsere Entscheidung bekanntgeben, sobald wir zu einer Einigung gekommen sind."

"Bevor wir unterbrechen, Sir, habe ich eine Frage an Sie." Helios schaute sich im Raum um und sah finster drein. Es war gegen das Protokoll, ohne vorherige Genehmigung Fragen zu stellen. Uriel, eines der jüngsten Mitglieder des Rates, zeigte an, dass er sprechen wollte.

Helios dachte einen Moment lang nach. Er könnte sich weigern, eine ungeplante Frage zu beantworten, aber das schien sinnlos. Während seiner Amtszeit hatte Helios sich bemüht, den Rat für seine Mitglieder transparenter zu machen. Sie wurden ermutigt, Fragen zu stellen - allerdings nur zum richtigen Zeitpunkt.

"Wie Sie wollen, Uriel. Wir haben noch einige Minuten Zeit, also werde ich Ihre Frage beantworten."

"Bei unserem letzten Treffen haben Sie uns von einer Entdeckung berichtet, die, wenn sie an die Öffentlichkeit gelangt, den Rat und unsere Arbeit in Verruf bringen könnte. Uns wurde gesagt, dass dies unter Kontrolle sei, und natürlich habe ich volles Vertrauen in Ihre Fähigkeiten, aber haben Sie ein Update für uns?"

Ein Rascheln erfüllte den Raum, als sich die Mitglieder von Uriel zu Helios und wieder zurück wandten.

Helios räusperte sich. "Ja, natürlich. Eines unserer Abhörteams hat vor einiger Zeit erfahren, dass eine Sammlung von Steintafeln entdeckt wurde, die auf die Zeit der Gründung des Rates zurückgeht ..."

"Entschuldigen Sie die Unterbrechung, Sir, aber nur damit wir uns richtig verstehen: Wenn diese Tafeln gefunden und entschlüsselt werden, könnte das die Existenz des Rates aufdecken?"

Helios verengte die Augen, wollte aber seine Frustration nicht zeigen. "Es ist sehr unwahrscheinlich, aber es ist möglich, ja."

Die Männer und Frauen im Raum stießen einen kollektiven Seufzer aus. Einige flüsterten besorgt.

"Ich darf Sie beruhigen", sagte Helios und streckte die Hände aus, "wir sind dabei, uns der Sache anzunehmen. Zwei der Leute, die die Tafeln entdeckt haben, wurden bereits eliminiert, ein weiterer wird in Kürze erledigt sein, dann werden wir den letzten dazu benutzen, uns zum Ort des Grabes zu führen, damit wir die Tafeln selbst an uns nehmen können. Während der Pause werde ich mit meinem Team vor Ort kommunizieren."

10

Der Landsitz Godspeed, England. Gegenwart.

ARCHIBALD GODSPEED HOCKTE auf dem Rasen des
Landsitzes, der sich seit mehr Generationen im Besitz seiner
Familie befand, als er zählen konnte. Das Haus, so wie es
jetzt dastand, war von seinem Ururgroßvater, Montgomery
Godspeed, mit dem Geld erbaut worden, das er als Besitzer
mehrerer sehr erfolgreicher Plantagen in der Karibik ange-
häuft hatte. Die Tatsache, dass sein Familienvermögen auf
dem Rücken der Sklaverei erwirtschaftet worden war,
spielte für Archibald keine Rolle. Tatsächlich hatte er nie
einen Gedanken daran verschwendet.

Godspeed holte sein Jagdgewehr aus dem Koffer und
legte es neben sich ins Gras. Er blickte liebevoll auf das
Gerät hinunter, dessen mattschwarzer Lauf im frühen
Morgenlicht glänzte. Das Gewehr repräsentierte alles, was
Godspeed an menschlichen Erfindungen liebte. Es war
elegant, effektiv und tödlich.

Godspeed schwang sich mit einer Leichtigkeit in eine
liegende Position, von der viele Menschen seines Alters nur

träumen konnten. Sein teures persönliches Trainingspro-
gramm mit einem ehemaligen Armeehauptmann in Verbindung mit einer auf ihn zugeschnittenen, wenn auch
eintönigen Diät sorgte dafür, dass er in Topform blieb.
Godspeed streckte sich und ignorierte den Morgentau, der
seine Jacke und Hose durchnässte. Wenn es eine bessere Art
gab, den Tag zu beginnen, als ein wehrloses Tier zu töten,
dann hatte er noch nichts davon gehört.

Godspeed nahm das Gewehr, legte es auf den Ständer
und blickte durch das optische Visier. Mit einer Genauig-
keit von bis zu dreihundert Meter hatte die arme Kreatur
nicht den Hauch einer Chance. Sie würde wahrscheinlich
nicht einmal den Knall des Gewehrs hören oder spüren, wie
die Kugel ihren Schädel durchschlägt, wenn er richtig
zielte.

Godspeed nahm einige Einstellungen am Gewehr vor
und scannte das Waldgebiet auf der anderen Seite des
Rasens. Dichtes, grünes Laub bedeckte die Bäume und
machte ihm die Sicht ins Innere des Waldes unmöglich. Im
Winter, wenn der Wald weniger dicht war, konnte er seine
Beute zwischen den Bäumen zur Strecke bringen. In den
Sommermonaten war er jedoch gezwungen, kreativ zu
werden. Da er erkannte, dass der Hunger die ultimative
Motivation war, hatte er ein paar Meter vom Waldrand
entfernt eine Futterkrippe aufgestellt.

Godspeed ließ den Blick über die Baumgrenze
schweifen und suchte nach Bewegung in den Ästen. Er
betrachtete die Blätter, die sich sanft in der leichten Brise
wiegten. Da er schon unter allen Bedingungen gejagt hatte,
würde ihn eine leichte Brise nicht von seinem Ziel abbrin-
gen. Er schwenkte das Visier erneut von rechts nach links
und hielt Ausschau nach einem verräterischen Hinweis -
einem Aufblitzen von weißem Fell oder einem abgebro-

chenen Ast -, der darauf hindeuten würde, dass seine Beute in der Nähe war.

Er blieb regungslos stehen und beobachtete. Ohne den Blick von der Linse zu nehmen, holte er eine Zigarette aus seiner Jackentasche und ein Feuerzeug. Er steckte sich die Zigarette in den Mundwinkel, zündete sie an und paffte kräftig.

Während er den ersten Nikotinrausch des Tages genoss, suchte er erneut den Wald ab. Sie würden kommen, sie kamen immer, und er würde bereit sein, wenn sie kamen. Eine blitzartige Bewegung zwischen den Bäumen erregte seine Aufmerksamkeit. Er schwenkte das Gewehr darauf zu und sah, wie ein Ast zurückschnappte.

Godspeed stellte das Objektiv ein und vergrößerte den Bereich des Waldes, in dem er die Kreatur gesehen zu haben glaubte. Etwas tief im Unterholz bewegte sich erneut. Diesmal war es näher dran. Ein Aufflackern von weißem Fell folgte der Bewegung.

Godspeeds Puls erhöhte sich, weil er sich stark konzentrierte. Dies sah nach etwas Großem aus, etwas, das seine tödlichen Anstrengungen wert war. Sein Kiefer schob sich in der Konzentration nach vorne. Er nahm eine kleine Einstellung am Gewehr vor und legte dann den Finger auf den Abzug. Das Tier bewegte sich zum Waldrand und starrte hinaus, als ob es die Gefahr witterte.

Godspeed atmete aufgeregt ein, als ein Damhirsch seinen schlanken Kopf durch die tiefhängenden Äste schob. Es war ein junges Tier.

"Perfekt", flüsterte Godspeed und leckte sich die Lippen.

Das Tier schaute hin und her, seine intelligenten Augen suchten den Rasen nach Anzeichen einer Bedrohung ab. Es bemerkte das Futter und hielt inne.

Die Zigarette, die er nun vergessen hatte, fiel Godspeed

aus den Lippen und erlosch im nassen Gras. Er atmete langsam ein, um kein Geräusch zu machen.

Der Hirsch trat vor und wurde immer selbstsicherer, als er keine Bedrohung wahrnahm.

Godspeed neigte das Gewehr nur einen Bruchteil eines Zentimeters nach oben. Das Fadenkreuz befand sich nun direkt vor dem Tier.

"Nicht dorthin zielen, wo es ist, sondern dorthin, wo es sein wird", murmelte Godspeed und sagte voraus, dass das Tier direkt ins Fadenkreuz geraten würde.

Der Hirsch machte Anstalten, sich zu bewegen, dann erstarrte er und suchte den Rasen ab. Die Muskeln unter seinem glänzenden Fell waren steif.

Dann geschah etwas Seltsames. Der Hirsch drehte sich langsam und bewusst um und schaute in Godspeeds Richtung. Es hielt inne und starrte direkt in den Lauf, als würde es seinem potenziellen Mörder in die Augen sehen.

"Sir, da ist ein Anruf für Sie, Sir. Sie sagen, es sei wichtig und sie müssen sofort mit Ihnen sprechen", kam eine Stimme und unterbrach Godspeeds Konzentration.

Godspeed grummelte und drehte sich um, um den Mann auf sich zukommen zu sehen.

"Was gibt es, Baxter? Sie wissen, dass ich um diese Zeit nicht gestört werden will, deshalb ist mein Telefon im Haus."

"Ich weiß, Sir, aber das ist wichtig", erwiderte Baxter.

Godspeed sah zu der imposanten Gestalt des Mannes auf. Baxter arbeitete seit fast einem Jahr als sein einziger enger Bodyguard. Der Mann war intelligent, scheinbar unverwüstlich und konnte jede Maschine bedienen, die Godspeed besaß.

"Wer ist es?" Godspeed schaute finster und kämpfte sich auf die Beine.

"Der Mann wollte seinen vollen Namen nicht nennen", erwiderte Baxter, fast schon nervös. "Aber er sagte, Sie kennen ihn als Helios."

Godspeed wurde blass, seine Hände glitten von der Waffe ab.

Am Waldrand ging der Damhirsch zwischen den Bäumen zurück in den Wald, sein Leben blieb verschont, und er hatte eine Lektion gelernt.

"WIE GEHT ES IHREM ALTEN HAUS?", FRAGTE HELIOS IN DEM Moment, in dem Godspeed das Telefon an sein Ohr hob.

Die Aktualität der Bemerkung überraschte Godspeed. Er ging über den abgenutzten Teppich zum Fenster, nur um sich zu vergewissern, dass niemand ihn beobachtete.

"Ich nehme an, der Unterhalt ist eine große Belastung", fuhr Helios fort. "Gebäude wie dieser wurden sicher nicht gebaut, um wirtschaftlich zu sein."

Nachdem er sich vergewissert hatte, dass niemand draußen war, drehte Godspeed sich um und schritt durch den Raum zurück. Obwohl er Helios und seine Organisation kannte, hatten sie noch nie miteinander telefoniert. Als Godspeed ihn sprechen hörte, stellte er fest, dass er einfach ... normal klang. Seine Stimme war nicht dröhnend, und er war auch nicht besonders charismatisch; aber wenn die eigene Organisation so mächtig war wie der Rat von Selene, dann war es vermutlich egal, wie man am Telefon klang.

Godspeed war überrascht gewesen, als er als junger Mann vom Rat von Selene erfuhr. Damals hatte er über eine Zukunft in der Politik nachgedacht und fälschlicherweise geglaubt, dass die Männer und Frauen in den

Häusern des Parlaments, des Kongresses, des Senats oder der Versammlung die Macht innehaben. Leute wie sie waren nur Show, wie er bald feststellte. Sie waren nicht viel mehr als eine Truppe von Schauspielern, Troubadouren oder Narren, die auf den Brettern, die die Welt bedeuten, herumtrampelten und in kurzen Sätzen für die Öffentlichkeit sprachen.

In Wahrheit, das wusste Godspeed jetzt, hatten die Regierungen keine Macht. Die wirklichen Entscheidungen wurden im Verborgenen getroffen, alles unter dem wachsamen Auge des Mannes am Telefon.

"Tut mir leid, dass Sie warten mussten", sagte Godspeed. "Ich war ..."

"Das ist kein Problem. Ich weiß, dass sie ein Fan von frühmorgendlichen Schießereien sind."

Godspeed schluckte. Er hatte Helios nicht gesagt, dass er geschossen hatte, und er wusste, dass Baxter es auch nicht getan hatte. Das Schweigen, das folgte, verriet, dass Helios viel mehr wusste, als Godspeed lieb war.

"Ich weiß, Sie sind ein vielbeschäftigter Mann, also komme ich gleich zur Sache", fuhr Helios fort. "Ich weiß eine Menge über sie, Godspeed. Ich weiß von ihrer Familie. Sie sind der jüngste in einer sehr langen und bedeutenden Reihe von Männern. Vor allem das Werk Ihres Urgroßvaters inspiriert mich."

"George", unterbrach Godspeed und bereute es sogleich.

"Ja, genau. Ich bin froh, dass wir uns verstehen. Ich weiß, dass sie mit ihrem Interesse an Antiquitäten in die Fußstapfen ihres Urgroßvaters getreten sind."

"Vielen Dank", sagte Godspeed und nickte, als sei die Bemerkung ein Kompliment.

"Es ist jedoch bedauerlich, dass Sie weit weniger erfolgreich sind."

Godspeed öffnete den Mund, als wolle er etwas sagen, überlegte es sich dann aber anders.

"Vor fünfzig Jahren gehörte die Familie Godspeed zu den reichsten des Landes. Ihr Name wurde zu den höchsten Rängen der Gesellschaft gezählt", ergriff Helios erneut das Wort. "Jetzt aber, fürchte ich, ist er fast wertlos."

"Aber, wir, ich habe noch ..."

"Natürlich weiß ich von Ihrem geheimen Tresor unter dem Haus. Sie haben recht, Sie haben eine schöne Sammlung."

Godspeed wurde blass. Er hatte nur einer Handvoll sehr vertrauenswürdiger Personen Einblick in seine Privatsammlung gewährt. Er überlegte krampfhaft, woher Helios solche Dinge erfahren hatte.

"Machen sie sich keine Gedanken darüber, woher ich das weiß", sagte Helios, der wieder einmal voraussah, was Godspeed dachte. "Es ist meine Pflicht, viele Dinge zu wissen. Es ist eine beeindruckende Sammlung, aber ich fürchte, sie sind trotzdem in keiner glücklichen Lage, wenn man den Unterhalt ihres Eigentums, die Kosten für ihr Personal, ihre Fahrzeuge und Flugzeuge berücksichtigt. Seien wir ehrlich, alter Mann, Sie werden pleite sein, bevor das Jahrzehnt vorbei ist."

Godspeed ballte die Fäuste und stotterte eine Antwort.

"Ich nenne nur Fakten", bemerkte Helios, sein Tonfall war emotionslos. "Ich bin hier, um Ihnen einen Ausweg zu bieten. Ich muss eine Aufgabe erledigen, etwas Wichtiges für meine Organisation, wichtig für die Menschheit, und ich denke, es wird auch für Sie wichtig sein."

Godspeed legte den Kopf schief und entspannte sich leicht. "Wichtig, hm? Was ist da für mich drin?"

"Ich dachte mir, dass Sie das fragen würden. Ich biete Ihnen einen Ausweg aus dem Treibsand, in dem Sie sich befinden. Wenn Sie diese kleine Aufgabe erledigen, bekommen Sie genug Geld, um wieder einer der reichsten Männer des Landes zu werden. Sie können das Haus in seinem alten Glanz wiederherstellen, oder sie können es verkaufen und sich irgendwo eine Privatinsel kaufen. Das liegt ganz bei Ihnen."

"Was ist die Aufgabe?", bellte Godspeed und wurde ungeduldig.

"Warten Sie einen Moment", sagte Helios, um seine Dominanz über das Gespräch zu demonstrieren. "Wenn Sie das tun, werden Sie auch öffentlich als der Mann bekannt, der eine Entdeckung gemacht hat, die die Welt verändert hat. Sie werden eine öffentliche Persönlichkeit sein, über die man noch in Hunderten von Jahren schreiben wird, in einer Reihe mit Bingham, Kolumbus und natürlich ..."

"Meinem Urgroßvater."

"Genau", bestätigte Helios. "Und jetzt hören Sie auf, ihre Teppiche zu zerlaufen, sie sind ohnehin schon abgenutzt. Setzen Sie sich und ich erzähle Ihnen alles."

Godspeed wirbelte herum und war erneut verwirrt darüber, dass Helios genau wusste, was er tat. Da er nichts Ungewöhnliches sah, schritt er durch den Raum und ließ sich in einem der roten Ledersessel nieder. Er hörte schweigend zu, als Helios ihm den Auftrag erklärte.

"Das scheint ganz einfach zu sein", bemerkte Godspeed, als die Erklärung beendet war.

"Ja", stimmte Helios zu. "Es gibt noch ein paar andere Details, die Sie wissen müssen. Dies ist eine sehr heikle Angelegenheit. Niemand darf wissen, dass Ihre Anweisungen von mir stammen, verstehen sie?"

"Ja. Kein Problem. Wann werde ich ..."

"Zunächst müssen Sie nur wissen, dass dies unter keinen Umständen auf mich oder meine Organisation zurückgeführt werden darf. Keiner darf davon erfahren. Aber ich bin sicher, dass das für Sie kein Problem sein wird, denn Sie sind mehr als fähig, subtil zu sein."

"Ja, natürlich, aber wann werde ich ..."

Eine Benachrichtigung von Godspeeds Telefon unterbrach ihn. Er nahm das Telefon vom Ohr und sah nach. Als er die Benachrichtigung von seiner Bank las, weiteten sich seine Augen vor Erstaunen.

"Das haben Sie gerade. Um sicherzugehen, dass Sie keine Probleme bekommen, habe ich zwei meiner vertrauenswürdigsten Männer geschickt, um Sie zu begleiten."

"Das wird nicht nötig sein. Ich habe einen sehr vertrauenswürdigen ..." Godspeed verstummte, als die Tür aufschwang und zwei der größten und gemein aussehenden Männer, die er je gesehen hatte, hereinkamen. Ihre Stiefel donnerten über die alten Dielen und schüttelten zweifellos Staub von den Decken herunter. Die Männer waren so breit, dass sie im Gänsemarsch durch die Türöffnung gehen mussten. Sie schienen Kopien voneinander zu sein - beide trugen schwarze Kleidung, die ihre gewölbten Muskeln kaum verbarg, und ihr Haar war lang und zu einem Pferdeschwanz zurückgebunden. Der einzige Unterschied, den Godspeed bemerkte, bevor er sofort wieder wegschaute, war, dass der eine Mann eine hässliche Narbe über einem Auge hatte. Das Auge selbst war perlweiß und blind.

"Meine Männer werden Sie auf Schritt und Tritt begleiten." Helios sprach, als sollten die Worte beruhigend wirken. "Mr. Stone ist der Mann auf der linken Seite, und Mr. Croft ist der auf der rechten."

"Freut mich, Sie kennenzulernen, Mr. Godspeed", sagten Croft und Stone unisono.

Godspeed fragte sich, woher die Männer wussten, was Helios sagte und bemerkte dann kleine Kommunikationsgeräte in ihren Ohren. Wahrscheinlich haben sie das ganze Gespräch mitbekommen, während sie draußen gewartet hatten.

"Meine Herren, Sie werden für die Dauer der Mission dem Kommando von Mr. Godspeed unterstellt sein", verkündete Helios. "Sie werden ihm auf jede erdenkliche Weise helfen. Ist das klar?"

"Ja, Sir", reagierten Croft und Stone wieder einmal unisono.

Die beiden brutalen Männer sahen Godspeed in die Augen, als warteten sie in diesem Moment auf Anweisungen.

"Wann fangen wir an?", wollte Godspeed wissen und wandte sich wieder dem Gespräch mit Helios zu.

"Oh, das haben wir schon", entgegnete Helios. "Das nächste Ereignis steht sogar schon vor der Tür."

Dann war die Leitung tot.

11

Terminal drei des Flughafens Heathrow in der Nähe von London.

DIE MORGENDÄMMERUNG BRACH LANGSAM über die flickenteppichartigen Städte und Felder Südenglands herein und tauchte den Himmel in malvenfarbene und violette Töne. Nebel hing in der Luft und wurde von den frischen Sonnenstrahlen durchdrungen.

In einer der vielen First-Class-Lounges des Terminals überprüfte Alexander Winslow zum hundertsten Mal seine Uhr. Es schien, als sei die Zeit entgegen den Regeln der Wissenschaft tatsächlich stehen geblieben - oder zumindest hatten sich die letzten zwanzig Minuten auf ein Vielfaches ihrer normalen Länge ausgedehnt.

Er nahm seine vierte Tasse Kaffee und leerte sie, dann betrachtete er die Kaffeemaschine auf der anderen Seite des Raumes und überlegte, ob er sich noch eine einschenken sollte. Er wusste, dass vier schon zu viel waren. Das Koffein strömte durch seine Adern und half nicht gegen das wachsende Gefühl des Grauens.

Winslow betrachtete die Schachtel mit den Kamillenzigaretten auf dem Tisch. Eigentlich wollte er sich eine davon anzünden, aber der Raucherbereich war mindestens zehn Minuten Fußweg entfernt. Er beschloss, im Flugzeug eine zu rauchen. Glücklicherweise musste man sich bei Privatflügen nicht an die üblichen Regeln halten.

Winslow tippte mit den Fingern auf den Tisch, als ihm der Anruf von Beaumont noch einmal durch den Kopf ging. Giulia und Paavak waren tot. Wie war das möglich? Sie waren mindestens fünfzehn Jahre jünger als er, und sie hätten noch viele Jahre verdient.

Alexander wandte sich dem Fenster zu und blickte auf die verschiedenen Rollbahnen des Flughafens hinaus. Die Flutlichter waren im weichen, milchigen Licht der Morgendämmerung erloschen.

Worauf hatten sie sich eingelassen, um auf diese Weise getötet zu werden?, fragte sich Alexander, bevor er sich sofort selbst zurechtwies. In was hatte *er* sie da hineingezogen?

Ein Mann im Anzug, die einzige weitere Person in der Lounge zu dieser frühen Tageszeit, blätterte in seiner lachsfarbenen Zeitung.

Winslow hatte seit Jahrzehnten gewusst, dass er auf etwas Großem saß. Sogar größer, als er es sich vorstellen konnte. Vielleicht war er zu voreilig gewesen, als er einen Vortrag über den Inhalt der Akten halten wollte. Sicher, er hatte sie noch nicht vollständig erforscht, aber er wusste genau, wo sie waren. Sie befanden sich an demselben Ort, an dem sie sich in den letzten zweihundert Jahren befunden hatten, nach einer geschickten Irreführung durch einen Mann namens Rassam.

Winslow hatte es immer für wichtig gehalten, dass er die Tafeln nicht zu früh enthüllte. Der gefährlichste Teil des ganzen Prozesses wäre der Punkt, an dem er den Standort der Tafeln preisgeben würde, bevor er der Welt den Inhalt mitteilen würde. Sobald der Inhalt veröffentlicht wäre, würde die Gefahr vorüber sein, und deshalb hatte er so lange damit gewartet.

Winslow ging noch einmal die Elemente seines Plans durch. Er war clever, aber nicht perfekt. Er beruhte auf mehreren beweglichen Teilen, die bei Winslows analytischer Prüfung zusammenpassen sollten.

Winslow hatte den Plan auf die einzige Weise gesichert, die er kannte. Er war nie auf ein einziges Stück Papier, einen Computercode oder gar eine Rede übertragen worden. Er existierte ausschließlich in den Grenzen seines Gehirns. Er war, wie die Computergemeinde sagen würde, von der übrigen Welt abgeschirmt. So sollte es auch sein, dachte Winslow und wusste, dass Rassam sicherlich zustimmen würde.

Sein Telefon surrte auf dem Tisch vor ihm, sein schriller Klingelton schallte durch die Lounge. Winslow nahm das Gerät in die Hand und starrte auf die unbekannte Nummer, die auf dem Display erschien.

"Hallo", sagte Winslow und ließ seinen Blick misstrauisch durch die Lounge schweifen. Die einzige andere Person im Raum blätterte unbeteiligt auf die nächste Seite seiner Zeitung.

"Wir sind bereit, Sir. Alles ist bereit, genau wie Sie es gewünscht haben", informierte ihn der Mann in der Leitung, ohne sich vorzustellen. Winslow wusste genau, wer es war.

"Ausgezeichnet." Winslow schob seine Finger in den Kragen seines Hemdes und zog es von seiner Haut weg. Es fühlte sich an, als hätte sich die Temperatur im Raum gerade dramatisch erhöht.

"Sie und das Team sind bereit?"

"Absolut. Genau wie gewünscht."

"Gut, gute Arbeit", lobte Winslow und bereitete sich darauf vor, das Gespräch zu beenden.

"Es war mir ein Vergnügen, mit Ihnen zu arbeiten, Sir." Die Stimme klang jetzt wehmütig.

"Gleichfalls", entgegnete Winslow, wobei ein Hauch von Traurigkeit in seinen Augen aufblitzte. "Wir werden uns wiedersehen, in diesem oder im nächsten Leben."

Winslow beendete das Gespräch, sammelte seine Sachen ein und verstaute sie in der Aktentasche. Er erhob sich so ruhig wie möglich, verließ den Aufenthaltsraum und ging in Richtung Tor fünfunddreißig.

Zwanzig Minuten später brummte der erste Pratt-and-Whitney-Turbolüfter eines in die Jahre gekommenen Hawker 400xp Privatjets auf, dicht gefolgt vom zweiten. Die Hawker war auf dem Weg nach Washington mit einem Passagier und drei hochqualifizierten Mitarbeitern an Bord.

Mit einem dumpfen Geräusch begann der Pushback, bevor das Flugzeug zum letzten Mal in seinem langen und beschwerlichen Leben in die Luft steigen sollte.

12

EINE KLEINE HERDE Damhirsche trottete im frühen Morgenlicht durch den Wald. Nebelschwaden und -streifen hingen in den Bäumen, und Tau glitzerte an den tiefhängenden Ästen. Dampfwolken strömten aus den Schnauzen der Hirschkälber, die sich beeilten, mit den Älteren mitzuhalten. Eine Hirschkuh, die größte in der Gruppe, reckte ihre Nasenlöcher zum Himmel und atmete die Morgenluft ein. Sie betrachtete die Szene aufmerksam, als ob sie an diesem Morgen etwas anderes am Geruch des Waldes wahrnehmen würde. Offensichtlich zufrieden, dass alles so aussah, wie es sollte, führte sie die Herde zu einem kleinen Trog in der Mitte einer Lichtung und begann zu fressen. Wie das Futter dorthin kam, oder warum es über Nacht immer wieder aufgefüllt wurde, schien sie nicht zu interessieren. Manchmal sollte man bei einer Gratismahlzeit einfach keine Fragen stellen.

Eden tippte wütend auf der Tastatur, während sie sich in ihrem Truck versteckte. Sie schaute auf, als ein Alarm ertönte, der Bewegung in der Nähe signalisierte. Auf einem der Bildschirme über ihr sah sie wie jeden Morgen die

Hirsche bei der Fütterung. Dieselbe Herde Damhirsche besuchte sie schon seit über einem Jahr. Sie hatte beobachtet, wie ihre Jungen von hüpfenden Kälbern zu den Erwachsenen heranwuchsen, die sie jetzt waren.

Sie blickte aus dem Fenster zu ihrer Rechten und sah, wie sie sich um das Futter versammelten, das sie jeden Tag bereitstellte. Ein schwaches Lächeln erhellte ihr Gesicht. In einer Welt des Kampfes und der Komplexität hatte es etwas Einfaches und Schönes, das Kommen und Gehen der wilden Tiere zu beobachten.

Eden wandte sich wieder dem Bildschirm zu, obwohl sie sich nicht darauf konzentrierte. Als sie den Lkw über mehrere Briefkastenfirmen von einer Auktion für Militärüberschüsse erworben hatte, waren die einzigen Fenster zwei quadratische Lüftungslöcher im Dach gewesen. Sie hatte das sofort korrigiert, indem sie ein großes Fenster in jede Wand und eines in die Decke geschnitten hatte. Dadurch hatte sie einen einzigartigen Blick auf den Wald, so als wäre sie selbst ein Teil des Waldes. Außerdem hatte sie Stahlabdeckungen angebracht, die sich auf Knopfdruck über das Glas schieben ließen und ihr sowohl Privatsphäre als auch Sicherheit boten, falls sie sie brauchte. Sie drückte jetzt einen solchen Knopf, und das morgendliche Sonnenlicht verschwand zusammen mit ihrem Blick auf die äsenden Hirsche.

Eden schüttelte den Kopf, konzentrierte sich auf den Bildschirm und begann erneut zu tippen. Wie immer war die Beschaffung des Artefakts nur die eine Hälfte der Herausforderung. Die andere Hälfte, manchmal die schwierigere, bestand darin, es sicher und ohne dass jemand herausfand, dass sie daran beteiligt war, zu seinem rechtmäßigen Besitzer zurückzubringen. Die Art von Leuten, die diese Artefakte stahlen, neigten dazu, unfreundlich zu reagieren, wenn etwas verschwand, was sie gerne haben wollten und waren bereit, hohe Kosten auf sich zu nehmen, um das wieder in Ordnung zu bringen.

Ein schrilles Summen erfüllte den Wagen und lenkte Eden wieder einmal von ihrer Arbeit ab. Sie warf erneut einen Blick auf den Bildschirm, der Kamerabilder aus dem umliegenden Wald zeigte. Das Waldgebiet war leer; die Hirschherde hatte ihr Futter aufgefressen und war zwischen den Bäumen verschwunden. Sie warf einen Blick auf die Uhr - es war kurz vor 10.00 Uhr. Als sie sich mit der Hand über das Gesicht rieb, wurde ihr klar, dass sie schon mehrere Stunden ohne Pause gearbeitet hatte.

Das Geräusch ertönte wieder. Eden warf einen Blick auf den Schreibtisch und sah, dass ihr Telefon im Dunkeln leuchtete und eine unbekannte Nummer über den Bildschirm wanderte. Sie runzelte die Stirn. Ein Anruf war ungewöhnlich, denn nur wenige Leute hatten ihre Nummer, und sie war auch in keinem öffentlichen Register verzeichnet. Sie griff zum Telefon und wollte das rote Auflegen-Symbol drücken.

Ein Schauer der Angst durchfuhr sie bei dem Gedanken, dass jemand hinter ihr her sein könnte. Sie beäugte den Koffer misstrauisch. Bereits im Lieferwagen hatte sie den Gegenstand sorgfältig nach Peilsendern untersucht und dann noch einmal mit einem ausgeklügelten Scanner, als sie zum Lastwagen zurückgekehrt war.

"Sei keine Idiotin", murmelte sie vor sich hin. "Wenn sie wüssten, wo ich bin, würden sie nicht das Telefon benutzen."

Langsam, und aus Gründen, die Eden nicht verstand, stieg ein trockenes, unangenehmes Gefühl in ihrer Kehle auf. Sie holte tief Luft und tat etwas, das für sie fast beispiellos war - sie nahm den Anruf entgegen.

Eden hielt das Telefon an ihr Ohr, aber mehrere Sekunden lang geschah nichts. Sie wollte gerade auf das Telefon schauen und überprüfen, ob die Verbindung unterbrochen worden war, als sich eine entfernte Stimme in der Leitung meldete.

"Hallo, ich möchte mit Eden Winslow sprechen."

Das ungute Gefühl kroch nun in Edens Kehle hoch. Nachdem sie vor einigen Jahren ihren Namen geändert hatte, kannten nur wenige Leute sie überhaupt als Eden Winslow, geschweige denn nannten sie sie so. Sie hatte den Namen nicht geändert, weil sie ihren Vater nicht mochte, oder das, was er tat, aber seine Bekanntheit half ihr nicht weiter. Dass die Leute wussten, dass sie die Tochter eines weltberühmten Archäologen war, war nicht hilfreich, und sie mochte es auch nicht, wenn man sie nach ihrem Vater fragte.

"Wer ist da?", wollte Eden mit heiserer Stimme wissen.

Einige Augenblicke herrschte Schweigen in der Leitung. Schließlich sprach ein Mann.

"Mein Name ist Daniel Grant. Ich bin von der britischen Verkehrspolizei. Spreche ich mit Eden Winslow?"

Eden verengte ihre Augen. Wenn es nicht um die Reliquie ging, was wollten sie dann?

"Ja", erwiderte sie zögernd. "Ich bin Eden."

"Miss Winslow", fuhr der Mann fort, diesmal etwas schneller. Für Eden hörte es sich an, als wolle er den Anruf schnell hinter sich bringen. "Ich habe ziemlich schlechte Nachrichten. Es geht um Ihren Vater."

13

Friedhof von Brighton. Drei Wochen später.

EDEN BLICKTE HINAUF zu den Gewitterwolken, die sich über ihr zusammenbrauten und drohten, literweise Regen über sie, den Friedhof und die ungleiche Gruppe von Trauernden zu ergießen, die sich um das Grab versammelt hatte.

Der von dichten Bäumen und überwucherten Büschen umgebene Friedhof schien von den umliegenden Straßen der Stadt abgekoppelt zu sein. Sie betrachtete den kantigen Kirchturm der Kapelle, der ein paar hundert Meter entfernt die Baumkronen durchbrach.

Der Priester, der sich gegen die untypische Kälte des Tages mit einem schwarzen Mantel schützte, stand an der Spitze des Grabes. Seine Stimme hob und senkte sich in geübter Wiederholung der Worte.

Eden hörte nicht zu. Sie hatte kein Wort mehr gehört, seit sie vor fast einer Stunde den Friedhof betreten hatte. Alles um sie herum fühlte sich an, als sei es unter Wasser oder hinter Glas. Obwohl ihr die Tränen in den Augen kribbelten, wollten sie nicht fallen. Sie rieb sich mit einer Hand über das Gesicht und schob ihre Emotionen weiter in sich hinein - ihr war heute nicht danach, ihre Gefühle zu zeigen.

Eden sah auf ihre Schuhe hinunter, die nun mit Schlamm bespritzt waren. Sie waren neu, ebenso wie das langärmelige schwarze Kleid und die Jacke, die sie trug. Sie blickte über den Friedhof, wobei ihre tränenden Augen ihre Sicht etwas trübten. Auf der anderen Seite, unter dem Schutz einer riesigen Eiche, rauchte ein Mann in einer Warnweste neben einem kleinen Bagger eine Zigarette.

Eden erinnerte sich an solche Maschinen bei den Ausgrabungen, an denen sie als Kind mit ihrem Vater teilgenommen hatte. Sie erinnerte sich an die Aufregung, mit der sie Geheimnisse gelüftet hatten, die seit Tausenden von Jahren verloren gegangen waren. Sie dachte an die Fähigkeit ihres Vaters, jedes Objekt in eine fesselnde Geschichte zu verweben. In seinen Händen war der Gegenstand, den sie gefunden hatten, nicht nur ein Stück Keramik, sondern eine Scherbe des Topfes, in dem der Eintopf für die Krieger gekocht wurde, oder des Taufbeckens, mit dem der König getauft wurde. Da diese Geschichten nur noch in Edens Erinnerung existierten, waren sie für die Welt verloren.

Die Stimme des Priesters verstummte, und er nickte und wies Alexander Winslow den Weg zu seiner letzten Ruhestätte. Schweigend ließen vier Männer, die um das Grab herumstanden, den Sarg in die Erde hinab. Langsam und mühsam sank der Sarg außer Sichtweite.

Eden schaute von einem zum anderen. Diese hatte der Bestatter engagiert, da Alexander Winslow keine Familienangehörigen hatte, die den Sarg in das Grab hinablassen konnten. Auch Eden hatte keine Angehörigen, nicht mehr. Ihr Blick wanderte über die um das Grab versammelten Trauernden. Einige erkannte sie von den archäologischen Ausgrabungen, die sie als Kind besucht hatte, oder von der

Universität, an der ihr Vater Professor gewesen war. Einige hatten sie in der Kirche mit Umarmungen und besorgtem Lächeln begrüßt. Aber alle schienen zu wissen, wer sie war, auch wenn sie sie nicht kannten.

Eden bemerkte einen Mann, der sie ansah. Einen Moment lang sahen sie sich in die Augen.

Der Mann stand ihr gegenüber, ein paar Schritte von den anderen entfernt. Er trug einen gutsitzenden schwarzen Anzug und einen Mantel, der ihm bis zu den Knöcheln reichte. Eden schätzte ihn auf Anfang sechzig. Er war klein, hatte feine Gesichtszüge und einen glatt rasierten Kopf.

Eden unterbrach den Blickkontakt, als der Sarg sanft auf seinen Platz rutschte. Die Bestatter, die ihre Arbeit nun beendet hatten, traten vom Grab zurück. Eden trat einen Schritt vor und blickte auf den Sarg hinunter.

Sie betrachtete den Deckel des Sarges und erkannte, dass dies in gewisser Weise das letzte Bild war, das sie von ihrem Vater haben würde. Ein Schauer durchlief sie. Es fühlte sich an, als ob sie in diesem Moment einen Teil von sich selbst verloren hätte. Die Welt um sie herum schien zu verblassen, die Farben verwandelten sich in Schwarz-Weiß.

Ihr Blick richtete sich auf die Messingplakette in der Mitte des Sargdeckels. Warum hatte sie diese Plakette vorher nicht bemerkt? In einer überraschenden Wendung des Glücks - wenn man in dieser Situation überhaupt von Glück sprechen kann - hatte ihr Vater die Weitsicht gehabt, seine eigenen Beerdigungsvorbereitungen zu treffen, lange vor dem Ereignis, das ihn das Leben gekostet hatte. Er hatte einen Bestattungsunternehmer engagiert, den Sarg und die Gebete ausgesucht, seinen Platz auf dem Friedhof gewählt und den Text für seinen Grabstein und den Sarg geschrieben. Es war fast so, als hätte er gewusst, dass es passieren würde.

Wie sich herausstellte, brauchte Eden nur zu erscheinen.

Eden las die Worte, die auf der Messingtafel eingraviert waren - Alexanders Name, seine Geburts- und Sterbedaten, gefolgt von einem Symbol. Es war ein Symbol, das Eden sofort erkannte: Der Schlüssel zum Nil.

Eden griff an ihren Hals und zog die Kette heraus, die sie mehr als ihr halbes Leben lang jeden Tag getragen hatte. Sie spannte die Kette vor ihrer Brust, fand den Verschluss und nahm sie ab. Dann schloss sie ihre Hand um das Metall. Der Gegenstand fühlte sich warm an, als ob er selbst noch etwas Leben besäße. Sie öffnete ihre Hand und blickte auf dasselbe Symbol - das Kreuz mit der Schlaufe oben - in Silber gegossen.

Obwohl sie inzwischen vom Alter abgestumpft war, erinnerte sich Eden an den Tag, an dem ihr Vater ihr den Anhänger geschenkt hatte, als wäre es erst vor einer Stunde gewesen. Wieder einmal drohten Tränen aus ihren Augen zu fließen.

Der Priester ergriff erneut das Wort und bat die versammelten Trauergäste, vorzutreten und Rosen auf den Sarg zu legen. Viele taten dies, und die Blumen landeten mit einem sanften Aufprall.

Eden spürte, wie sich etwas um ihre Brust schloss, und ihre Füße weigerten sich, sich zu bewegen. Es war, als sei sie wie angewurzelt, wie die großen Eichen, die den Friedhof seit Jahrhunderten säumten.

Als die Trauernden ihre Rosen niedergelegt hatten, nickte der Priester erneut, und die Bestatter kehrten mit Schaufeln zurück. Die Männer hievten nasse Erde auf den Sarg.

Eden stand wie in Trance da und sah schweigend zu, bis der Sarg zugedeckt war. Sie blinzelte heftig und wandte sich ab, als die ersten Regentropfen auf Eden und die versammelten Trauernden niederprasselten. Der Wasserschwall riss Eden aus ihrer Trance. Sie drehte sich um und ging, ohne einen weiteren Menschen anzusehen, in Richtung des Friedhofsausgangs. Sie passierte das Friedhofstor und bog nach links ab. Auf der einen Seite der Straße umwucherte Efeu die hohe Friedhofsmauer. Auf der anderen Seite reihte sich eine Reihe hell gestrichener viktorianischer Reihenhäuser in beide Richtungen.

Das Wasser prasselte in großen Tropfen auf die Straße, die geparkten Autos und Eden. Sie warf einen Blick durch das Fenster eines rosa gestrichenen Hauses und bemerkte einen flimmernden Fernseher. Einen Moment lang dachte sie an die Bewohner, die sich gegen das Schmuddelwetter zusammenkauerten. Sie wünschte sich mehr als alles andere, wieder in ihrem Truck zu sitzen, den kleinen Ofen anzuschalten und ihren nächsten Einsatz zu planen. Obwohl das hier alles bald vorbei sein würde, bezweifelte sie, dass es jemals so sein würde wie früher. Sie steckte die Hände tief in die Taschen, drehte sich um und schritt den Hügel hinauf.

Eine Minute später hörte sie, wie der Motor des Baggers ansprang. Sie stellte sich vor, wie die Maschine ihren Vater von der Außenwelt abschottete. Sie musste zugeben, dass es passend erschien, dass ein Mann, der gerne unter der Erde nach Dingen suchte, dorthin zurückgebracht wurde.

Wieder dachte sie an das Symbol. Obwohl sie wusste, dass das Symbol eine Bedeutung für sie beide hatte, wusste oder verstand sie nicht, warum er es für die Gedenktafel auf seinem Sarg gewählt hatte.

Die Gedanken kreisten durch Edens Kopf und nahmen mit jeder Drehung und Wendung an Geschwindigkeit zu. Vielleicht war das Symbol eine letzte Zuneigungsbekundung ihr gegenüber, vielleicht war es aber auch mehr. So oder so, es beunruhigte sie. Es fühlte sich an, als würde er versuchen, mit ihr aus dem Jenseits zu kommunizieren.

Eden stemmte ihren Kopf gegen den Regen und beschleunigte ihren Schritt. Das Wasser rann durch ihr Haar und ihren Nacken hinunter und ließ sie frösteln. Sobald sie den Friedhof verlassen hatte, würde sie ein Taxi rufen. Im Moment musste sie sich einfach nur bewegen.

Ein Automotor schnurrte hinter ihr. Das Getriebe rastete ein und der Wagen fuhr los.

Eden beschleunigte ihr Tempo und ihr Atem ging schneller. Sie achtete nicht darauf, als ein schwarzer Bentley an ihr vorbeiglitt und das Wasser unter den Reifen zischte. Der Wagen hielt ein paar Meter vor ihr am Straßenrand und die getönte Heckscheibe fuhr herunter.

"Miss Black", rief ein Mann aus dem Auto.

Ihre Gedanken drehten sich immer noch mit Lichtgeschwindigkeit und schlossen sie von der Außenwelt ab. Sie ging an dem Auto vorbei, ohne auch nur innezuhalten.

"Miss Black, ich würde Sie gerne sprechen, wenn Sie erlauben", wiederholte der Mann, diesmal dringender.

Eden erstarrte auf halbem Weg, als hätte sie ein elektrischer Schlag getroffen. Langsam drehte sie sich auf der Stelle um und sah dem Mann auf dem Rücksitz des Bentleys in die Augen. Sie machte einen halben Schritt nach vorne, um den Sprecher besser sehen zu können. Sie erkannte ihn als einen der Trauernden vom Friedhof, als den Mann, der sie vom anderen Ende des Grabes aus angesehen hatte.

Der Mann stieß die Autotür auf. "Steigen Sie ein, Sie holen sich da draußen noch den Tod."

Eden antwortete nicht, ihr Blick verengte sich.

"Tut mir leid, das war ungeschickt", der Mann räusperte

sich, "aber ich muss unbedingt mit Ihnen sprechen. Es geht um Ihren Vater. Es gibt etwas, das Sie wissen müssen."

Ein anderes Auto rauschte vorbei, spritzte dabei Wasser von der Fahrbahn und seine Scheibenwischer wirbelten im schnellsten Takt über die Frontscheibe.

Eden machte noch einen Schritt nach vorn und erstarrte dann. Ein Schaudern von etwas, das dringlicher war als Kälte, durchzuckte ihre Nerven. Der Mann hielt die Tür offen und wartete darauf, dass Eden einstieg. Der Regen spritzte auf die hellbraunen Lederpolster. Der Mann drehte sein Handgelenk in einer unbewussten Geste, die Eden den Eindruck vermittelte, dass er es nicht gewohnt war zu warten.

Eden betrachtete den Mann auf dem Fahrersitz. Er war etwa so alt wie Eden selbst, trug einen grauen Anzug und saß unbeweglich, den Blick auf die Straße gerichtet.

"Wir werden hier draußen reden", beschloss Eden und trat vom Auto weg.

Der Mann blickte finster drein und wartete ein paar Sekunden, als ob Eden ihre Meinung ändern würde. Eden verschränkte ihre Arme und schüttelte ihr Haar.

"Wie Sie wünschen. Baxter, Schirm bitte."

Der Fahrer stieg vom Regen unbeeindruckt aus dem Auto aus und holte einen Regenschirm vom Beifahrersitz. Baxter war über zwei Meter groß und trug eine Anzugjacke, die bei jeder Bewegung über seiner Brust spannte. Ex-Militär, dachte Eden und konzentrierte sich auf seine Statur.

Baxter öffnete den Schirm und hielt ihn seinem Chef hin.

"Er bleibt im Auto", sagte Eden und zeigte auf Baxter. "Wenn Sie mit mir reden wollen, können Sie das allein tun."

Verärgerung flackerte für einen Moment über das Gesicht des älteren Mannes. Er schluckte sie hinunter, eine

Geste, die ihm sehr unangenehm zu sein schien. Er schnaufte, kletterte aus dem Auto und nahm den Regenschirm.

"Warte im Auto, Baxter. Ich komme schon klar."

Baxter nickte und kletterte zurück in den Bentley, dessen Federung unter seinem Gewicht knarrte.

Der Mann schritt auf Eden zu und reichte ihr die Hand. "Archibald Godspeed", sagte er und wartete darauf, dass sie die dargebotene Hand nahm.

Eden ignorierte die Hand, und es vergingen ein paar unangenehme Sekunden, bevor Archibald weitermachte. Er trat neben sie und hielt den großen Schirm über sie beide.

"Meine Freunde nennen mich Archie, obwohl es nicht mehr viele von ihnen gibt." Godspeed kramte eine Zigarettenschachtel aus seiner Manteltasche, schob eine heraus und steckte sie sich in den Mundwinkel. "Sie haben doch nichts dagegen, oder?", fragte er, wobei die Zigarette auf und ab wippte.

"Das ist ein freies Land", entgegnete Eden und zuckte mit den Schultern.

Er zündete sich die Zigarette an, als ob er ohne sie nicht sprechen könnte. "Im Laufe der Jahre haben ihr Vater und ich viel zusammengearbeitet. Mein Metier ist der Antiquitätenhandel, wissen sie. Meine Familie gehört zu den führenden Sammlern von Antiquitäten und Artefakten im ganzen Land. Wir ..."

"Mein Vater hat nicht mit Antiquitäten gehandelt. Er war Archäologe."

"Oh, meine Liebe", Godspeed stieß eine Rauchwolke aus, "es gibt weniger Unterschiede, als Sie vielleicht denken. Archäologische Ausgrabungen sind teuer. Man muss die Arbeiter bezahlen, die Einrichtungen, Regierungsbeamte bestechen."

"Kommen sie zum Punkt", schnauzte Eden.

Godspeed nahm einen weiteren Zug seiner Zigarette.

Eine Frau mit einem kleinen Hund, der an der Leine zerrte, schlurfte vorbei, beide waren vom Regen durchnässt.

Eden wippte mit dem Fuß und blickte zum Ende der Straße. Sie widerstand der wachsenden Versuchung, wegzulaufen.

"Okay, wie ich sehe, sind Sie eine sehr beschäftigte Frau", stellte Godspeed fest und wartete offensichtlich darauf, dass die Hundeausführerin außer Hörweite war. "Ich glaube, Ihr Vater ist vor einigen Jahren bei einer seiner Ausgrabungen auf eine Reihe von Tafeln gestoßen. Das war so um achtundneunzig, irgendwo im Libanon. Jedenfalls enthalten die Tafeln so etwas wie ein Tagebuch, ein Journal, wenn Sie so wollen." Er nahm einen weiteren Zug von der Zigarette. "Ich habe Grund zu der Annahme, dass der Inhalt dieses Tagebuchs, nun ja, für viele Leute sehr unangenehm ist. Ich kann hier in der Öffentlichkeit nicht auf den genauen Inhalt eingehen, aber sagen wir einfach, dass er lebensverändernd sein könnte."

Eden drehte sich zu Godspeed um und unterdrückte den kleinsten Funken Interesse an seinen Worten.

"Diese Tafeln könnten dazu verwendet werden, so viel Gutes in der Welt zu bewirken, aber sie könnten auch manipuliert oder verzerrt und für das Böse verwendet werden."

"Lassen Sie mich raten: Sie wollen verhindern, dass die Tafeln in die falschen Hände geraten?", tippte Eden und verschränkte ihre Arme.

"Ich fürchte, die Sache ist ernster, als Ihnen lieb ist, Miss Black. Das könnte für Sie und viele andere Menschen unglaublich gefährlich werden." Godspeed drückte seine Zigarette aus, ließ sie fallen und zerdrückte sie unter seinem Schuh.

Edens schwelende Frustration stieg zum Siedepunkt.

"Ah, ich verstehe", versetzte Eden und warf den Kopf lachend zurück. "Ja, natürlich. Warum haben Sie das nicht gleich gesagt? Sie sind mein Ritter in glänzender Rüstung, oder? Ich sage Ihnen, was ich tun werde: Ich werde zum Haus meines Vaters gehen, des Vaters, den ich gerade beerdigt habe, seine Sachen durchwühlen und Ihnen geben, was Sie wollen. Ist das so in Ordnung für Sie, Mr. Godspeed?" Eden spuckte die Worte aus.

"Ich denke, es wäre für uns alle das Beste, wenn Sie das tun, ja. Ich habe bei mir zu Hause eine Möglichkeit, die Tafeln sicher zu verwahren. Dann sind sie außer Gefahr, bis wir entscheiden, was wir mit ihnen machen." Godspeed grinste.

"Tolle Idee", sagte Eden und unterdrückte einen Schauer.

"Ausgezeichnet", tönte Godspeed und sein Grinsen wurde noch breiter. "Ich kann Sie jetzt hinbringen." Er deutete auf den Bentley im Leerlauf.

"Und ich habe eine bessere Idee." Eden wandte sich an den kleinen Mann. "Sie halten sich aus meinen Angelegenheiten raus und lassen mich um meinen Vater trauern." Mit diesen Worten stapfte sie durch den Regen davon.

14

EDEN BEZAHLTE das Taxi und schlüpfte wieder in den Regen hinaus. Obwohl es noch nicht besonders spät war, hatten die Gewitterwolken den Himmel in eine frühe Nacht gezwungen.

Sie starrte hinauf zum Haus ihres Vaters. Das dreistöckige viktorianische Gebäude ragte über ihr auf, seine Fenster waren düster und leblos. Obwohl die Papiere für die Eigentumsübertragung auf sie noch nicht vorlagen, hatte Eden von einem der Nachbarn einen Schlüssel erhalten. Da sie kein Interesse daran hatte, in der Stadt zu leben, hatte sie vor, das Haus und seinen Inhalt so schnell wie möglich zu verkaufen.

Eden stieg das Dutzend gekachelter Stufen hinauf, die vom Bürgersteig zur Eingangstür führten, und hielt sich am eisernen Geländer fest, um sich zu stützen. Zwei Scheiben aus Milchglas vermittelten einen seltsamen, schattenhaften Eindruck vom Inneren. Sie steckte den Schlüssel in das Schloss und stieß die schwere Tür auf. Die Tür schwang sanft zurück, als ob sie eintreten sollte. Eden ging hindurch und knipste das Licht an.

Sie schaute sich in dem großen Foyer um und betrachtete liebevoll die schwarz-weißen Bodenfliesen, die geschwungene Treppe und die Wandteppiche, die die Wände schmückten. Mit einem Anflug von Bedauern versuchte sie sich daran zu erinnern, wann sie das letzte Mal hier war - es war mindestens zwei Jahre her. Instinktiv kramte sie den Inhalt ihrer Manteltasche hervor und ließ ihn zusammen mit dem Haustürschlüssel in eine große Glasschale auf der Anrichte fallen.

"Was zum ...", sagte Eden laut und blickte auf eine Visitenkarte, die sie gerade aus ihrer Tasche gezogen hatte. Die Karte war dick und eindeutig teuer, die Worte schimmerten in Gold: *Archibald Godspeed, Antiquitäten.*

"Hinterhältiger Mann", fluchte Eden und drehte die Karte um. Auf der Rückseite der Karte war in krakeliger Handschrift eine Notiz gekritzelt.

Sie haben recht, wenn Sie niemandem trauen. Es geschehen seltsame Dinge. Wir müssen reden.

Eden betrachtete sich in einem an der Wand befestigten Spiegel. Dann sah sie erneut auf die Karte hinunter und tippte sie gegen ihre Finger. Kopfschüttelnd steckte sie die Karte zurück in ihre Tasche. Vielleicht würde sie mit Godspeed reden, wenn die Zeit reif war. Was immer er wollte, war wahrscheinlich seit Hunderten, wenn nicht Tausenden von Jahren verschollen, ein paar Tage mehr würden keinen Unterschied machen.

Eden hängte ihren Mantel an den Haken und ging in die Küche, wobei sie das Licht einschaltete. Nachdem sie den Raum durchquert hatte, öffnete sie die Hausbar ihres Vaters. Sie schob mehrere verstaubte Whiskeyflaschen zur Seite, wählte einen Cognac aus und betrachtete die seltsam geformte Flasche in ihrer Hand.

"Remy Martin Louis", las sie das Etikett laut vor. "Das ist angemessen."

Sie zog den Korken heraus, der mit einem satten Plopp heraussprang, wählte einen Cognac-Schwenker und genehmigte sich einen großen Schluck. Sie trank gierig und spürte, wie der sanfte Alkohol ihre Kehle und ihren Magen wärmte.

Mit dem Glas in der Hand ging Eden von Raum zu Raum und betrachtete die Aufgabe, die vor ihr lag. Alle Regale waren mit Büchern und antiken Kuriositäten vollgestopft. Bilder, Wandteppiche, seltsame Masken, Speere und Dinge, deren Verwendungszweck Eden nicht einmal bestimmen konnte, bedeckten jeden freien Platz. Das Problem war nur, dass ohne die Anwesenheit ihres Vaters jeder dieser Gegenstände genau das war - ein Gegenstand.

Sie erreichte die Schlafzimmer im zweiten Stock und fühlte sich plötzlich einsamer als je zuvor. Um dieses Gefühl, das ihr wie ein körperlicher Schmerz erschien, zu betäuben, trank sie den Cognac aus und ging in die Küche, um einen neuen zu holen. Diesmal schenkte sie sich eine noch größere Menge ein und nahm sofort einen weiteren Schluck.

Dann, das Glas mit weiß werdenden Fingern haltend, stieg sie die Wendeltreppe hinauf zum Büro ihres Vaters. Mit jedem Schritt auf der knarrenden Holztreppe verstärkte sich das Gefühlsknäuel in ihrem Magen. Das Büro ihres Vaters war zweifelsohne sein Lieblingsort im Haus, vielleicht sogar auf der ganzen Welt.

Eden hielt auf dem Treppenabsatz inne, um tief einzuatmen und einen stärkenden Schluck Cognac zu nehmen. Dann, als sie sich so bereit fühlte, wie es nur möglich war, stieß sie die Tür auf und trat ein. Obwohl im ganzen Haus eine beunruhigende Stille herrschte, schien sie hier den Raum wie ein Leichentuch zu umhüllen.

Eden trat in die Mitte des Raumes und sah sich um. Die Decke des Büros war niedriger als in den Räumen darunter, und die Dachschräge bedeutete, dass sie nur in der Mitte geradestehen konnte. Sie blickte auf den großen Eichenschreibtisch und konnte sich fast bildlich vorstellen, wie ihr Vater dort saß und über einem alten Manuskript brütete oder etwas mit der Hand schrieb, wie er es gerne tat.

Eden ging zum Schreibtisch und ließ sich in den Stuhl sinken. Ihre Schultern sanken und sie lehnte sich über das grüne Leder, das in die Schreibtischplatte eingelassen war. Unwillkürlich und ohne zu verstehen, warum, fragte sie sich, wie ihr Vater das riesige Ding überhaupt die enge Treppe hinaufgeschafft hatte. Sie nahm einen Schluck aus dem Glas, lehnte sich im Stuhl zurück und betrachtete die Gegenstände auf dem Schreibtisch vor ihr. Tief einatmend fühlte sie sich plötzlich von Trauer übermannt. Mit der gleichen Intensität wie ein Ertrinkender an einem Rettungsboot klammerte sie sich an die Tischplatte und hielt sich daran fest. Erneut versuchte sie, das Gefühl zu verdrängen. Sie wollte das jetzt nicht fühlen, sie konnte das jetzt nicht fühlen, nicht wenn es so viel zu sortieren und zu tun gab.

Erneut atmete sie ein und unterdrückte die Tränen. Der Geruch der Kamillenzigaretten ihres Vaters, kombiniert mit dem von alten Büchern und gealtertem Leder, erfüllte ihre Nase. Die Stummel mehrerer Zigaretten in einem Aschenbecher auf dem Tisch zogen ihren Blick an. Sie nahm eine in die Hand, hielt sie sich unter die Nase und atmete den eigenartigen, süßen Geruch ein. Als sie den Geruch in sich aufnahm, fühlte sie sich ihrem Vater seltsam nahe - als ob er gerade etwas holen gegangen wäre und in ein oder zwei

Minuten zurückkommen würde. Bei seiner Rückkehr würde er sich eine weitere Zigarette anzünden und mit der Geschichte fortfahren, die er gerade erzählt hatte.

Eden ließ die Zigarette zurück in den Aschenbecher fallen. Tränen glitzerten in ihren Augenwinkeln, als sie sich an die Zeiten erinnerte, in denen sie ihren Vater wegen seiner dummen Rauchgewohnheit angemeckert hatte - jetzt war sie froh, dass er nie aufgehört hatte.

Sie drückte eine Träne weg, nahm einen Schluck Cognac und sah sich auf dem Schreibtisch um. Nachdem sie die grün schimmernde Lampe auf dem Schreibtisch angeknipst hatte, blickte sie auf die Rekonstruktion eines menschlichen Schädels aus einer Art Stein, den ihr Vater als Briefbeschwerer benutzt hatte.

"Was guckst du denn da?", fragte sie und hob den Gegenstand auf, der überraschend schwer war. Außerdem hörte sie etwas im Inneren klappern.

"Der ist offensichtlich kaputt", bemerkte sie und stellte ihn wieder hin. Sie schaute einige Sekunden lang in die leeren Augenlöcher des Schädels und dachte dann daran, was ihr Vater immer über dieses Ding gesagt hatte. "Der Schlüssel zur Wahrheit liegt in den Augen der Toten", erinnerte sie sich. Sie betrachtete das Objekt genau, und sein zahnloses Grinsen wirkte noch unheimlicher als zuvor. "Aber ich kann mir nicht vorstellen, dass du mir etwas Nützliches sagen kannst."

Eden hob den Papierstapel auf, auf dem der Schädel gelegen hatte, und blätterte ihn durch. Sie zog eine Seite heraus und überflog den Text. Es sah aus wie ein Bericht von einer Ausgrabung auf Zypern im Jahr zuvor. Sie legte die Papiere zurück auf den Stapel und wandte ihre Aufmerksamkeit einem Paar gerahmter Fotos zu, die auf der gegenüberliegenden Seite des Schreibtisches standen. Auf einem von ihnen grinsten Eden und ihr Vater in die Kamera. Sie erkannte das Foto als eines, das bei einer Ausgrabung im Libanon aufgenommen worden war, als sie noch ein kleines Kind war. Sie nahm das Foto in die Hand und drückte es an ihre Brust. Die Augen schließend stellte sie sich vor, wie die Stimme ihres Vaters von alten Zivilisationen, gnadenlosen Königen oder furchtlosen Kriegern erzählte.

Sie atmete schwer aus und verdrängte den Kummer. Trauer passte nicht zu ihr. Sie wollte nicht, dass sie zu ihr passte. Alexander Winslow war ein Mann der Arbeit und der Leidenschaft gewesen, und obwohl er seine Tochter eindeutig geliebt und für sie gesorgt hatte, konnte sie ihn nur sehen, wenn sie mit ihm zur Arbeit ging.

Sie bemerkte ein weiteres Bild auf dem Schreibtisch. Es war vor einigen Jahren aufgenommen worden und zeigte ihren Vater mit mehreren anderen Männern. Auch hier sah es aus, als wäre es auf einer Ausgrabungsstätte aufgenommen worden. Hinter den versammelten Männern zogen sich Gräben im Zickzack durch den Sand.

Eden musterte die Männer auf dem Foto einen nach dem anderen. Die Erkenntnis traf sie wie ein Schlag. Sie nahm das Bild in die Hand. Es war nicht zu verkennen: Der Mann rechts von ihrem Vater war Archibald Godspeed. Sie betrachtete das Bild mehrere Sekunden lang genau.

"Vielleicht hat er ja doch mit meinem Vater zusammengearbeitet", bemerkte Eden, und ihre Finger krallten sich um den Rahmen. "Habe ich dich wirklich so wenig gekannt?" Sie wandte ihren Blick zu ihrem Vater, der in der Mitte der versammelten Männer stand.

Eden stellte das Bild ihres Vaters und Godspeed zurück

auf den Schreibtisch und nahm das Bild in die Hand, auf dem sie ein Kind war. Sie wünschte sich, sie könnte noch einmal mit ihrem Vater sprechen, um ihn zu fragen, was sie tun sollte.

"Was soll ich mit all dem Zeug machen?", fragte sie und blickte auf die Regale, die jeden Zentimeter des Dachgeschosses säumten. "Ich weiß nicht einmal, wo ich anfangen soll."

Als sie das Bild betrachtete, erinnerte sie sich an die einfachen Tage ihrer Kindheit. Ihr Blick fiel instinktiv auf das Bücherregal auf der anderen Seite des Raumes. Das Regal war in die hintere Wand des Dachgeschosses eingebaut und enthielt mehrere Reihen rot-goldener Bücher, etwas, das wie ein Tierschädel aussah, und zwei kleine Terrakotta-Töpfe. Sie lächelte, als eine Erinnerung in ihr aufblitzte. Hinter dem Bücherregal befand sich ein kleiner Raum, der durch die Dachschräge entstanden war und in den sie hineingekrochen war, um so zu tun, als sei auch sie auf einer Art archäologischer Ausgrabung und entdecke Schätze, die seit Tausenden von Jahren für die Welt verloren waren. Seltsamerweise hatte sie sich ihrem Vater nie näher gefühlt als in jenen Tagen, als sie hinter dem Regal hervorgelugt und ihn bei der Arbeit an seinem Schreibtisch beobachtet hatte.

Sie leerte das Glas Cognac, schluckte die warme Flüssigkeit und durchquerte den Raum. Dann schob sie eine Truhe beiseite und legte den Spalt hinter dem Regal frei. Mit dem Licht ihres Telefons spähte sie in die Leere. Der Raum erstreckte sich hinter dem Regal über etwa drei Meter und wurde immer flacher, bis die Dachschrägen auf den Boden trafen. Sie kroch in den Raum hinein, schlängelte und rutschte, wo sie früher mit Leichtigkeit gehen konnte. Sobald sie in Position war, schob sie die Truhe zurück in die

Lücke und spähte zwischen den Büchern hervor. Alles war so, wie sie es in Erinnerung hatte - nur er fehlte.

Heiße Tränen strömten ihr über das Gesicht. Diesmal waren sie nicht mehr zu stoppen. Sie rollte sich auf dem Boden zusammen, vergrub ihren Kopf in den Armen, schloss die Augen und ließ den Gefühlen freien Lauf.

15

EIN KRACHEN HALLTE durch das Haus und weckte Eden mit einem Ruck. Sie schaute sich mit großen Augen um und versuchte, zu begreifen, wo sie gerade war. Sie erinnerte sich, vor einigen Stunden geweint zu haben, aber danach war nichts mehr. Die Erschöpfung, die Emotionen und die Cognacs hatten sie wohl eingeholt. Sie rieb sich die Augen und spähte in das Arbeitszimmer ihres Vaters. Alles war so, wie sie es verlassen hatte, außer dass das Dachfenster jetzt nur noch einen Ausschnitt des schwarzen Nachthimmels zeigte. Sie überprüfte ihr Telefon - es war kurz vor 2 Uhr morgens. Sie hatte mehrere Stunden geschlafen.

Ein weiterer dumpfer Schlag hallte durch den Boden unter ihr. Erneut rieb sie sich die Augen. Sie erinnerte sich daran, dass das Haus ihres Vaters in der Nacht immer Geräusche von sich gab, wenn sich die Dielen den Temperaturschwankungen anpassten oder die Heizung abkühlte. Als Kind hatte sie diese Geräusche als seltsam beruhigend empfunden, so als ob das Haus lebendig wäre und auf sie aufpasste.

Jetzt ertönte ein anderes Geräusch aus einem der unteren Stockwerke.

Eden spannte sich an und bewegte sich etwas vorwärts. Dieses Geräusch war nicht das übliche Knacken des Hauses, es kam von einer Bewegung. Sie hielt den Atem an und lauschte. Ein leises, rhythmisches Klopfen hallte durch das Gebäude, als jemand die Treppe zwischen Erdgeschoss und erstem Stock hinaufstieg.

Eden lauschte aufmerksam, als die Eindringlinge von Raum zu Raum gingen. Von dort, wo sie lag, klang es wie zwei Personen. Jemand bewegte sich, dann wurde es still, dann bewegte sich die andere Person, bevor sie ebenfalls innehielt. Wer auch immer sie waren, sie suchten etwas, und sie kamen in ihre Richtung.

Eden schob sich rückwärts, weiter in den Hohlraum hinter dem Bücherregal. Sie hatte die Truhe bereits vor den Spalt geschoben, durch den sie gekommen war. Die einzige Möglichkeit, sie zu sehen, bestand darin, mit einer Taschenlampe direkt durch die Regale zu schauen.

Dann drang eine Stimme die Treppe hinauf, gefolgt von einer Antwort. Von ihrem Versteck aus konnte Eden die Worte nicht verstehen, aber sie konnte erkennen, dass die beiden Eindringlinge männlich waren. Zuerst langsam, dann immer schneller, stapfte einer der Eindringlinge die Treppe hinauf und kam auf sie zu.

Tief in der Enge des Verstecks ihrer Kindheit blieb Eden völlig still. Ihre Finger krallten sich in die staubigen Dielen, als ob sie nach einem Ausweg suchte, von dem sie wusste, dass es ihn nicht gab. Sie atmete langsam ein, jeder Atemzug ein flacher, aber leiser Hauch Luft.

Der Eindringling erreichte das obere Ende der Treppe und blieb stehen. Einen langen Moment geschah nichts, dann drückte er die Klinke. Das Schloss öffnete sich und die Tür schwang auf.

Schweigend spähte Eden durch das Bücherregal hindurch. Das einzige Licht im Raum kam von der grün beschirmten Lampe auf dem Schreibtisch. Sie verfluchte sich dafür, dass sie sie vorhin eingeschaltet und vergessen hatte, sie wieder auszuschalten.

Ein Lichtstrahl fegte wie ein tastender Finger durch den Raum. Der Eindringling trat ein. Er hielt einige Sekunden inne, während der Strahl seiner Taschenlampe über die Regale glitt. Dann umrundete er den Raum und blieb neben dem Schreibtisch stehen. Der Mann sprach in eine Art Kommunikationsgerät, und die Antwort zischte einige Augenblicke später aus einem In-Ear-Headset.

Der Mann trat an eines der Bücherregale auf der anderen Seite des Raumes heran, so dass Eden ihn besser sehen konnte. Er war groß und muskulös und trug sein langes Haar zu einem Pferdeschwanz zurückgebunden. Er war schwarz gekleidet und eine Ausbuchtung an seiner Hüfte deutete auf eine versteckte Waffe hin. Dieser Mann war ein Profi, daran bestand kein Zweifel.

Der Eindringling trat vor und leuchtete mit seiner Taschenlampe über die Regale, wobei er systematisch jedes Buch und Artefakt untersuchte. Er hielt inne und schob mit seiner behandschuhten Hand ein Buch aus dem Regal. Er drehte das Buch mal in die eine, mal in die andere Richtung, wobei das goldgeprägte Leder glänzte. Als er merkte, dass es nicht das richtige war, ließ er es auf den Boden fallen.

Edens Angst verwandelte sich in Wut darüber, wie der Mann mit den geliebten Besitztümern ihres Vaters umging. Sie biss die Zähne zusammen und spannte ihre Arme an.

Der Mann trat an ein anderes Regal heran und nahm eine kleine Statuette heraus. Eden erkannte das Objekt als eine Nachbildung von einer Ausgrabung, die ihr Vater in Kambodscha geleitet hatte. Das echte Artefakt befand sich natürlich in einem Museum, in der Nähe des Fundorts.

Der Verbrecher warf die Statue zu Boden und zerschmetterte sie in Stücke.

"Genug davon", zischte Eden und stürmte aus ihrem Versteck. Sie sprang in den Raum, ihr Puls rauschte in ihren Ohren und sie stürzte sich auf den Eindringling.

Der Mann hörte eindeutig eine Bewegung hinter sich, wirbelte herum und zog seine Waffe. Bevor er zielen konnte, drehte sich Eden auf dem Fußballen und holte zu einem Tritt aus. Ihr Fuß traf das Handgelenk des Mannes und trat die Waffe weit weg. Der Mann feuerte und der Schuss ertönte wie eine Explosion, aber die Kugel schlug im Boden ein.

Eden drehte sich mit der Bewegung des Kicks weiter und griff nach einem schweren mykenischen Bronzedolch, den ihr Vater vor Jahren erworben hatte. Obwohl er mindestens dreitausend Jahre alt und nicht mehr so scharf wie früher war, machte das Gewicht des Artefakts ihn immer noch zu einer bedrohlichen Waffe. Sie schwang den Dolch und schlug dem Eindringling auf den Unterarm. Die Waffe flog quer durch den Raum und rutschte unter eines der Regale.

"Wer sind Sie, und was wollen Sie?", forderte Eden zu wissen, bewegte sich zurück und richtete den Dolch auf die Kehle des Eindringlings.

Ein Lächeln huschte über das Gesicht des Mannes, der Eden mit einer Geste von oben bis unten musterte, die ihr ein ungutes Gefühl gab. Wenn der Dolchstoß ihm

Schmerzen bereitet hatte, zeigte er sie nicht. Mit einer fließenden und offensichtlich gut geübten Bewegung stürzte er
sich auf Eden und griff ihr an die Kehle.

Glücklicherweise war Eden ebenso geübt in der Kunst
des Kämpfens und duckte sich unter seinem ausgestreckten
Arm weg. Sie drehte sich und schlug dem Kerl mit dem
Griff des Dolches in die Rippen. Der Eindringling stöhnte
auf und wich zurück, wobei sich seine Augen verengten.
Eden war eindeutig eine geschicktere Gegnerin, als er
erwartet hatte. Ohne einen Moment zu verschwenden,
stürmte er vor und versuchte, seine größere Kraft und
Masse als Vorteil zu nutzen.

Eden wich aus, aber die Schulter des Brutalos erwischte
sie und schleuderte sie gegen ein Bücherregal. Mehrere
uralte Bände krachten auf den Boden. Die Hände des
Mannes hoben sich und wollten sich erneut um Edens Hals
schließen, aber sie schwang nach hinten und schlug ihm die
Waffe in den Magen. Der Schock des Schlags ließ den
Einbrecher auf den Rücken fallen und verschaffte Eden eine
Sekunde Bedenkzeit. Sie ging vorwärts und stellte ihre Füße
fest auf den Boden, bereit für das, was als Nächstes kommen
würde.

Der Eindringling schlug mit seiner Faust wie eine
Abrissbirne nach Edens Kiefer. Sie wich zurück, stieß gegen
ein Bücherregal und schickte ein paar weitere antike Bände
zu Boden. Obwohl sie keinen Platz mehr hatte, hatte sie sich
gerade genug bewegt. Die Faust des Schlägers verfehlte
ihren Kiefer nur um Haaresbreite.

Eden duckte sich und schwang dann den Dolch in
einem weiten Bogen. Das Metall traf den Kopf des Mannes
mit einem dumpfen Aufprall. Der Mann taumelte nach
hinten, und Eden nutzte ihren Vorteil und versetzte ihm

einen schnellen Tritt gegen das Knie. Er stolperte und verlor das Gleichgewicht.

"Gute Show, gute Show", kam eine Stimme von der Tür.

Eiskalter Schauer überkam sie. Eden drehte sich um und sah einen weiteren Mann in der Tür stehen. Dieser Mann sah ähnlich aus wie der erste, nur vielleicht noch größer, und seine Gestalt war so riesig, dass sie den Eingang zum Dachgeschoss ausfüllte. Er hielt eine Waffe direkt auf Edens Brust gerichtet.

"Steh auf", sagte der Mann und sah seinen Partner stirnrunzelnd an. "Hast du es gefunden?"

Eden sah sich den Mann mit der Waffe genau an und bemerkte eine tiefe, gezackte Narbe, die über sein rechtes Auge verlief.

"Nein, hier ist es nicht", erwiderte der andere Mann, keuchte und stand auf. "Hast du etwas?"

"Vielleicht weiß sie, wo es ist", vermutete der Mann mit der Waffe und wandte seine Aufmerksamkeit wieder Eden zu.

"Die verlorene Tochter, sie weiß nichts." Der erste Mann taumelte durch den Raum. "Wir lassen sie hier. So wird es wie ein Unfall aussehen. Ist da unten alles bereit?"

Der Mann mit der Waffe nickte nur.

"Was auch immer Sie vorhaben, Sie werden nicht damit durchkommen", rief Eden und machte einen Schritt auf die Tür zu.

Die Waffe ging los und ein Geschoss schlug neben Edens Fuß auf dem Boden ein. Sie erstarrte in ihrer Position.

"Du bleibst, wo du bist!", zischte der Einäugige und trat durch die Tür, um dem anderen den Weg ins Treppenhaus freizumachen. Als der erste Mann die Treppe hinuntergehumpelt war, schlug der Einäugige die Tür zu.

Eden hörte das Knirschen eines Schlüssels im Schloss auf der anderen Seite, gefolgt von den Schritten des Mannes, der die Treppe hinunterging. Dann roch Eden etwas: den unverkennbaren, stechenden Geruch von Benzin.

16

EDENS HERZ SCHLUG ihr bis zum Hals, und Übelkeit brandete in ihrem Magen. Sie presste ihr Ohr an die Tür und versuchte zu hören, was unten geschah. Die gedämpften Stimmen der Schläger drangen nach oben, gefolgt von dem Geräusch einer Flüssigkeit, die gegen das Holz spritzte - mehr Benzin wurde ausgegossen. Sie versuchte, die Tür zu öffnen, aber wie erwartet war sie fest verschlossen. Sie schlug mit der Schulter gegen das Holz, aber da die Tür nach innen aufging, war es sinnlos, sich dagegen zu stemmen.

Die Männer hörten auf zu reden, und ihre Schritte wurden leiser, als sie davonstapften. Die Haustür schlug zu, und eine unheimliche Stille erfüllte das Haus.

Eden hielt den Atem an, jeder Muskel in ihrem Körper war vor Erwartung angespannt.

Dann ging ein Zischen durch das Haus, gefolgt von einem intensiven Knistern. Das Entzünden des Benzins war wie eine Miniatur-Explosion, die eine Schockwelle durch alle Zimmer und die Treppe hinauf zur Dachbodentür schickte. Eine Hitzewelle strömte unter der Tür hindurch und durch die Ritzen in den antiken Dielen. Schweiß trat auf Edens Haut, während die Luft dick und drückend wurde. Das Knistern verstärkte sich und verwandelte sich in ein Brüllen, als die Flammen das benzingetränkte Holz verschlangen.

Eden stolperte von der Tür zurück und sah entsetzt zu, wie die Flammen darunter wie sich windende Schlangen leckten. Rauch drang zwischen den Dielen hervor und trug den beißenden Geruch von brennendem Holz und Chemikalien in den Raum.

Eden hustete unkontrolliert, der Rauch reizte bereits ihre Lunge. Sie konnte hören, wie das Feuer unten wütete, und die Geräusche der Zerstörung wurden mit jeder Sekunde lauter. Die hölzerne Treppe war wahrscheinlich bereits verschlungen und schnitt ihr den einfachen Fluchtweg ab. Als ihr die Realität ihrer Situation bewusst wurde, schalteten ihre Überlebensinstinkte auf Hochtouren. Sie wirbelte herum und suchte verzweifelt nach allem, was ihr helfen könnte, dem Inferno zu entkommen, das das Haus schnell verzehrte.

Obwohl sie um ihr Überleben besorgt war, war Edens erster Gedanke, herauszufinden, worauf die Männer aus waren. Sie schnappte sich eine Tasche, die neben der Tür hing, rannte durch den Raum und stopfte Dinge hinein. Zuerst nahm sie das Foto von ihr und ihrem Vater aus dem Rahmen und steckte es in die Tasche, dann legte sie das Foto von Godspeed daneben.

Eine Hitzewand bewegte sich das Treppenhaus hinauf, brach die Tür auf und bahnte sich ihren Weg in den Dachboden. Die Hitze drückte Edens Kleidung eng an ihre Haut. Sie drehte sich mit dem Gesicht zur Tür, ihre Lunge und ihre Kehle schmerzten, sie hustete immer mehr. Sie hielt sich am Schreibtisch fest und fühlte sich plötzlich schwindlig. Ihre Augen tränten und ließen ihre Sicht verschwimmen. Das Knistern und Knacken von brennendem Holz drangen von unten nach oben, unterbrochen von einem gelegentlichen Krachen, wenn etwas Schweres nachgab.

Eden zwang sich zu Konzentration. Die Tasche war nun voll mit allem, was sie für nützlich hielt, und sie konzentrierte sich darauf, zu fliehen. Ihr Blick fiel auf das einzige Fenster im Dachgeschoss, das hinter dem Schreibtisch in die Decke eingelassen war. Sie sprintete quer durch den Raum, entriegelte das Fenster und stieß es auf. Die Scheibe bewegte sich etwa zehn Zentimeter und blieb dann stehen, so dass ein Hauch kühler Nachtluft hindurchströmen konnte. Sie drückte ihr Gesicht an den Spalt und saugte einen Lungenzug frischer Luft ein. Dann drückte sie gegen das Glas und versuchte, es weit zu öffnen.

Eden stöhnte auf, als sie sich an das Sicherheitssystem erinnerte, das ihr Vater am Fenster installiert hatte, als er von Edens Vorliebe erfuhr, durch die Fenster ihres Schulwohnheims zu klettern. Offensichtlich hatte er sich vorgestellt, dass sie vom Dach ihres Hauses in den Tod stürzen würde, und hatte es zu ihrer Sicherheit installiert. Die Ironie war nun, dass die Sicherheitsmaßnahme sie daran hinderte, sich in Sicherheit zu bringen.

Eden warf einen Blick zurück zur Tür und sah, wie Flammen durch die Ritzen leckten, ein höllischer roter Schein, der ihre Ankunft im Raum prophezeite. Unten krachte etwas und der Rauch, der durch den Boden strömte, verstärkte sich.

Eden versuchte, Luft zu holen, aber die Luft war jetzt so verqualmt, dass jeder Atemzug schmerzte. Sie zog ihr Oberteil über Nase und Mund, was ein wenig zu helfen schien. Auf der Suche nach etwas, mit dem sie das Glas zerschlagen konnte, blickte sie sich um. Vor Panik schlug ihr Herz im

Eiltempo. Ihr Blick fiel auf den steinernen Schädel auf dem Schreibtisch. Die flackernden Flammen verliehen den längst verstorbenen Augen des Schädels ein teuflisches Aussehen. Sie nahm den Schädel in die Hand, dessen Steinoberfläche kalt und schwer auf ihrer brennenden Haut lag. Den Schädel über ihren Kopf hebend, schlug sie ihn mit aller Kraft gegen die Fensterscheibe. Ein großer Sprung breitete sich auf dem Glas aus, aber es zersprang nicht.

Eden hustete, ihr Körper zitterte und ihre Lungen schmerzten. Die Luft war jetzt so heiß und voller Rauch, dass sie nicht einmal mehr Luft holen konnte, ohne dass es brannte. Jedes Husten machte es noch schlimmer. Sie ließ sich auf den Boden hinter dem Schreibtisch fallen, aber mit dem Feuer darunter war die Hitze unerträglich.

Ein weiteres Krachen trieb die Treppe hinauf und brachte eine neue Rauchwolke mit sich. Eine weitere Hitzewelle strömte in den Raum.

Eden dachte, dass ihr nur noch Sekunden blieben, bevor sie endgültig ohnmächtig wurde, und kletterte schwankend auf die Beine. Selbst wenn sie bei Bewusstsein blieb, würde es nicht lange dauern, bis das Gebälk des alten Hauses seine Kraft verlor und in die Flammen stürzte.

Eden stemmte sich gegen die aufsteigende Hitze und klammerte sich an den Schreibtisch. Sie ließ ihre Finger in die Augenhöhlen des Schädels gleiten und schwang ihn wie eine prähistorische Bowlingkugel. Diesmal krachte der Schädel durch das Glas, zersplitterte die Scheibe in winzige Stücke und brach den Schädel in zwei Teile.

Luft strömte herein und verschaffte Eden ihren ersten richtigen, belebenden Atemzug seit viel zu langer Zeit, schürte aber auch das Feuer. Die Flammen schlugen aus der Tür, zerbarsten das Holz zu Splittern und verzehrten die Bücherregale auf beiden Seiten.

Sie ließ die Überreste des Schädels auf den Boden fallen und bemerkte, dass sich etwas darin befand.

"Der Schlüssel zur Wahrheit liegt in den Augen der Toten", wiederholte sie, und die Worte ihres Vaters über das Artefakt bekamen plötzlich eine ganz andere Bedeutung. Sie bückte sich, um durch den aufgewirbelten Rauch zu sehen, was aus dem Schädel gefallen war. In der Mitte des Schädels lagen ein großer Schlüssel und ein zusammengerolltes Stück Pergament.

Eden schnappte sich beides, kletterte dann auf den Schreibtisch und sprang mit durchgestreckten Armen durch das Fenster hinaus auf das Dach. Sie hangelte sich hinüber zu der Stelle, an der das Haus ihres Vaters mit dem der Nachbarn verbunden war, und zog sich dann allein den Grat zwischen den beiden Häusern hinauf. Oben angekommen, nahm sie sich einen Moment Zeit, um durchzuatmen. Sie spuckte den Geschmack des Feuers aus.

Sie blickte hinter sich. Jetzt, da das Fenster fehlte, verursachte der einströmende Sauerstoff einen Feuerball, der den Dachbodenraum verschlang. Flammen schossen in die Nacht und erhellten die Dunkelheit mit einem feurigen Schein. Dichter, schwarzer Rauch wogte auf und verbreitete den beißenden Geruch von brennendem Holz und Chemikalien. Das dröhnende Geräusch des Feuers verstärkte sich, unterbrochen vom Knistern und Knallen des sich auflösenden Gebäudes.

Darauf achtend, dass sie nicht den Boden unter den Füßen verlor, rutschte sie auf dem Dach des Nachbarhauses hinunter. Sie spähte über die Dachrinne hinunter in den Garten des Nachbarn. Hier gab es nichts, was ihr beim Abstieg auf den Boden helfen konnte, aber zumindest war sie vom Feuer entfernt. Sie drehte sich zur Vorderseite des Grundstücks und blickte auf die Straße hinunter. Auf der gegenüberliegenden Straßenseite stand ein schwarzer Lieferwagen am Straßenrand, dessen Motor im Leerlauf lief. Als ob er auf ihre Anwesenheit reagierte, gingen die Lichter des Lieferwagens an, und das Fahrzeug fuhr auf die leere Straße hinaus.

Dann, ganz plötzlich, verließ jede Energie Edens Körper. Während ihr Atem flach wurde und ihr Kopf sich drehte, kämpfte sie darum, sich aufrecht zu halten. Sie blickte auf die Stadt um sie herum, konnte sich aber auf nichts konzentrieren. Als sie sich hinhockte, stützte sie sich auf einem der Schornsteine ab.

Irgendwo weit unter sich sah sie die blinkenden Lichter eines Feuerwehrwagens um die Ecke fahren. Dann verließ die letzte Kraft ihren Körper und sie versank in der Dunkelheit.

17

EDEN WUSSTE NICHT, was sie zu sehen erwartete, als sie ihre Augen öffnete, aber das war es nicht. Sie blinzelte mehrmals, aber der Anblick änderte sich nicht.

Sie lag in einem hell erleuchteten Raum. Blaue Vorhänge hingen um sie herum und wogten sanft in die eine und dann in die andere Richtung. Hinter den Vorhängen bewegte sich etwas, aber zuerst konnte sie es nicht erkennen. Einen Moment später kehrte ihr Gehör zurück. Schuhe quietschten auf dem Boden, dann sprach eine Stimme, und eine andere antwortete.

Eden sah sich hektisch um, Panik stieg in ihrer Kehle auf. Sie lag in einem Bett, halb zugedeckt. Sie bemerkte, dass sie nicht ihre eigene Kleidung trug, sondern einen Krankenhauskittel. Auf einem Schrank zu ihrer Linken stand eine Kanne Wasser, und rechts von ihr lagen ein paar andere Dinge, die sie nicht kannte.

Wieder quietschten Schritte von irgendwo hinter den Vorhängen, und dann kam ein Kopf durch den Spalt in den Vorhängen.

"Hallo", sagte eine Frau, die Eden aufgrund ihrer

Uniform als Krankenschwester identifizierte. Die Krankenschwester trat an das Bett heran. "Sie sind wach. Das ist
fantastisch."

Eden versuchte zu sprechen. Ihre Stimme war heiser
und brüchig. "Was? Wo bin ich? Was ist passiert?"

"Sie sind im Krankenhaus", erklärte die Krankenschwester mit einem melodischen irischen Akzent. "Sie sind
erst seit ein paar Stunden hier." Sie zog ein Klemmbrett vom
Ende des Bettes und studierte es sorgfältig. "Sie waren in
einen Hausbrand verwickelt. Die Feuerwehrleute waren
überrascht, Sie lebend vorzufinden. Offenbar hatten Sie es
geschafft, sich auf das Dach zu retten. Wären Sie drinnen
geblieben, wären Sie jetzt auf keinen Fall hier."

Die Krankenschwester schob das Klemmbrett zurück
auf das Fußende des Bettes.

"Was ist los mit mir? Bin ich ..."

"Hauptsächlich Rauchinhalation. Ein paar Schrammen
und Prellungen, aber nichts Ernstes. Es ist ein Wunder,
wirklich. Nach dem, was ich gehört habe, ist das viel besser,
als alles, was man von dem Haus sagen kann. Sie haben
ewig gebraucht, um das Feuer unter Kontrolle zu bringen.
Gibt es jemanden, den ich anrufen soll? Ihre Familie macht
sich sicher Sorgen um sie."

Eden blinzelte wieder und versuchte, sich einen Reim
auf die Dinge zu machen. Sie erinnerte sich, dass der Van
wegfuhr und dann alles schwarz wurde.

"Nein. Sie müssen niemanden anrufen", entgegnete
Eden. "Wo ist mein Telefon?"

"Ihre Tasche steht dort oben auf der Seite." Die Krankenschwester zeigte auf den Schrank links von Eden. "Alles, was
in Ihren Taschen war, habe ich auch dort hineingelegt.
Oben am Kopfende ist ein Buzzer. Drücken Sie ihn, wenn
Sie etwas brauchen, und ich komme sofort." Die Kranken-

schwester verschwand wieder durch den Vorhang und in den Trubel des Krankenhauses.

Eden wandte sich dem Schrank zu. Ihre Muskeln schmerzten, obwohl sie der Prognose der Krankenschwester zustimmte, dass sich nichts ernsthaft verletzt anfühlte. Sie hievte die kleine Tasche mit viel mehr Kraftaufwand auf ihren Schoß, als normalerweise nötig gewesen wäre. Dann klappte sie den Deckel auf und blätterte durch die Fotos, ein paar Bücher, den Stapel Papiere sowie den Schlüssel und das Pergament, das sie aus dem Büro gerettet hatte.

Eden war immer noch neugierig, warum der Schlüssel und das Pergament in dem steinernen Schädel gewesen waren, und zog sie zuerst heraus. Der Schlüssel war groß und vom Alter gezeichnet. Wenn sie ihn genau betrachtete, erwartete sie, dass die Tür, die er öffnen würde - wo auch immer das sein mochte - groß und sicherlich sehr alt war. Dann kramte sie das Pergament heraus. Sie drückte das brüchige Papier gegen die Bettdecke. Das Papier war braun vom Alter und mit einer kleinen, sehr sauberen Handschrift versehen. Einen Moment lang schwammen die Buchstaben vor ihren Augen, bevor sie sich wieder fokussierten.

Mein lieber Freund, ich fürchte, meine Zeit wird knapp. Suche den Ort, wo Stein und Glaube sich verflechten und die Mönche mehr als nur ihre Gebete bewachen. Suche das Symbol, wo es dreimal erscheint: Einmal in Stein, von der Zeit verwittert, einmal in Tinte, verborgen vor neugierigen Augen, und einmal im Schatten, der geworfen wird, wenn Ra den Horizont küsst. Möge Weisheit deine Schritte leiten und das Glück deine Bemühungen begünstigen. Unsere Freundschaft setzt sich im nächsten Leben fort, Rassam.

Nachdem sie den Brief gelesen hatte, blickte sie finster an die Decke. Ohne zu wissen, wer der Absender, Rassam, war, machte der Brief überhaupt keinen Sinn.

Um eine Internetsuche durchzuführen, kramte sie ihr Handy hervor und entsperrte es. Das Telefon leuchtete kurz auf, dann blinkte das Zeichen für einen leeren Akku, bevor der Bildschirm schwarz wurde.

Eden ließ das Telefon auf das Bett fallen und fragte sich, ob die Krankenschwester ihr ein Ladegerät besorgen könnte. "So lange bleibe ich aber nicht", sagte sie zu sich selbst.

Erneut öffnete sie die Tasche und bemerkte eine Visitenkarte, die am Boden lag. Sie kramte sie heraus. Archibalds Name glitzerte im Neonlicht des Krankenhauses. Sie legte die Karte beiseite und kramte das Foto von Godspeed und ihrem Vater heraus. Sie sah sich das Foto genau an und versuchte herauszufinden, wo es aufgenommen worden war. Obwohl ihr Vater ein Experte für die Archäologie des Nahen Ostens war, hatte er irgendwann die ganze Welt bereist.

"Das könnte überall sein, von Marokko bis zum Irak", sagte sie und blickte auf den Sand unter ihren Füßen und den blauen Himmel darüber. "Vielleicht, wenn Papa ihm vertraut hat", sagte sie und legte das Foto auf das Bett, als die wogenden Vorhänge ihre Aufmerksamkeit erregten.

Sie lehnte sich in das Kissen zurück und ließ die Ereignisse der letzten Tage Revue passieren. Sie vermisste ihr Zuhause im Wald und sehnte sich danach, so schnell wie möglich dorthin zurückzukehren. Mit geschlossenen Augen stellte sie sich die vom Morgentau bedeckten Glockenblumen vor, die Tiere, deren Leben sich mit dem ihren vermischten, und die Stille der ruhigen Nachtluft.

Ein Geräusch, das sich wie eine zuschlagende Tür anhörte, holte Eden in die Gegenwart zurück. Sie öffnete die Augen und sah sich um. Der blaue Vorhang, der leicht geweht hatte, hing jetzt still herunter. Irgendwo am anderen

Ende der Station ratterte eine Klimaanlage. Ansonsten war alles still. Unerschütterlich still. Totenstill.

Obwohl Eden noch nie so lange im Krankenhaus verbracht hatte, fühlte sich die Stille unnatürlich an. Sie hatte erwartet, dass es immer das Klopfen von Schritten oder das Rumpeln eines vorbeifahrenden Wagens geben würde.

Sie lauschte aufmerksam und hörte dann ein Geräusch, das sie erschaudern ließ. Ihr Blut wurde kalt, und ihre Muskeln spannten sich an. Das Geräusch war zunächst nur leise, aber es ließ ihr die Nackenhaare zu Berge stehen - der Aufprall schwerer Stiefel auf dem Linoleumboden.

Ein Bild schoss Eden durch den Kopf. Sie lag wieder hinter dem Bücherregal im Haus ihres Vaters - ein Bücherregal, das nicht mehr existierte, in einem Haus, das jetzt bis auf die Grundmauern niedergebrannt war - und sah zu, wie die Stiefel in den Raum stapften.

Edens Hände ballten sich oben auf der Decke zu Fäusten. Ihr Herzschlag beschleunigte sich und sie zwang sich, aufrecht zu sitzen, bereit zu kämpfen oder zu rennen.

Ein weiterer Schritt hallte durch den Raum, dann schlug eine Tür zu. Sie lauschte dem Geräusch und bemerkte, dass eine Reihe von Schritten etwas schwerer war als die anderen. Es waren zwei Personen, die auf sie zukamen, zwei große Personen. Sie stellte sich die Männer vor, die das Haus niedergebrannt hatten und nun kamen, um ihre Arbeit zu beenden. Sie versuchte herauszufinden, wie weit die Männer entfernt waren. Da sie nur ein paar Schritte durch die Haupttür gemacht hatten, waren sie wahrscheinlich noch ein gutes Stück entfernt.

Langsam und leise zog Eden die Decke weg. Vorsichtig, ohne sie fallen zu lassen, richtete sie die Kissen auf und klappte den Bezug wieder darüber. Obwohl die Täuschung nicht lange anhalten würde, könnte es bei einem flüchtigen Blick so aussehen, als ob noch jemand im Bett schliefe. Sie löschte das Licht, duckte sich hinter das Bett und warf sich die Tasche über die Schulter.

Die Männer näherten sich dem Vorhang und hielten inne. Ihr Zögern war ein kleiner Segen, denn es zeigte ihr, dass sie nicht genau wussten, wo sie war.

Unauffällig duckte sich Eden durch den hinteren Vorhang in den nächsten Raum. Das Bett hier war leer. Ein Herzfrequenzmonitor auf einem Wagen stand neben dem Bett, sein Bildschirm leuchtete.

Dann rissen die Männer die Vorhänge beiseite und traten in den Bereich, in dem Eden eben noch gestanden hatte. Zwei leise Knallgeräusche hallten durch die Station.

Eden unterdrückte ein Keuchen, als sie das Geräusch einer schallgedämpften Waffe wahrnahm.

Einer der Männer flüsterte und der andere antwortete. Offensichtlich hatte der Schütze in das Bett geschossen, ohne zu merken, dass es leer war. Die List hatte Eden eine Sekunde Zeit verschafft, aber nicht viel mehr.

Von einer Seite zur anderen blickend, suchte sie verzweifelt nach einem Ausweg. Sie löste die Bremse an den Rädern des Herzfrequenzmessgeräts und schob das Gerät so fest sie konnte durch den Vorhang. Während es in die eine Richtung rollte, sprintete Eden in die andere. Ihre nackten Füße klatschten auf das Linoleum, während sie so schnell wie möglich rannte.

Das Herzfrequenzmessgerät krachte mit zersplitterndem Glas und klirrendem Metall auf den Boden. Eden hielt nicht inne und schaute auch nicht zurück. Sie sprintete los, ihr Kopf huschte von rechts nach links, auf der Suche nach einem Fluchtweg. Kalte Luft strömte an ihren Beinen vorbei und erinnerte sie daran, wie ungeschützt und verletzlich sie war. Sie rannte an mehreren leeren Betten vorbei und dann an der Schwesternstation.

Sie hörte zwei weitere Knallgeräusche in der Ferne, gefolgt von dem Geräusch von Kugeln, die in den Putz in der Nähe einschlugen. Sie wich aus, als ein Beleuchtungskörper von der Decke fiel und in einem Funkenregen explodierte.

"Puh, meine Liebe, Sie sollten nicht rennen. Sie sollten nicht einmal aus dem Bett aufstehen", warnte die Krankenschwester, die aus einem Nebenraum herbeieilte und versuchte, sich Eden in den Weg zu stellen.

Eden versuchte, eine Warnung zu rufen, konnte die Worte aber nicht mehr rechtzeitig hervorbringen. Die schallgedämpfte Waffe knallte, ein paar Kugeln sausten durch die Luft und trafen die Krankenschwester in die Brust. Sie keuchte; ein Schrei kam ihr nicht über die Lippen. Karmesinrot überzog ihre Uniform, und sie fiel keuchend und gurgelnd zu Boden.

Eden drehte sich um und sah die Männer auf sich zukommen. Zum ersten Mal konnte sie die Mörder richtig sehen und hatte keinen Zweifel daran, dass diese Männer gekommen waren, um zu beenden, was sie begonnen hatten. Schnell drehte sie sich um und rannte weiter.

Sie näherte sich dem Ende des Raumes und steuerte auf eine Reihe von Doppeltüren zu. Ihr Atem kam in kurzen, panischen Stößen, als sie hindurchstürzte und die Türen gegen die Wände knallten. Sie fand sich in einem Betontreppenhaus wieder. Eine Treppe führte nach oben und die andere nach unten. Ihre Gedanken rasten, während sie ihre Möglichkeiten abwog.

Es war logisch anzunehmen, dass sie nach unten in Richtung Boden gehen würde. Runter bedeutete normalerweise raus und Flucht. Die Geräusche ihrer Verfolger wurden lauter, ihre Stiefel stampften auf den Boden. Mit diesem Gedanken im Hinterkopf fasste Eden den schnellen Entschluss zu klettern. Sie stürzte sich nach oben und nahm zwei Treppenstufen auf einmal. Ihre Beine brannten vor Anstrengung, und ihre Lungen fühlten sich an, als stünden sie in Flammen, aber sie konnte es sich nicht leisten, langsamer zu werden.

18

Als Eden das nächste Stockwerk erreichte, krachte die Tür unter ihr auf. Ihre Verfolger stürmten in das Treppenhaus, und der Klang ihrer Schritte hallte ihr entgegen.

"Alles klar, ich gehe runter", sagte ein Mann. Die Antwort kam über Funk und bedeutete, dass sich die Männer getrennt hatten.

Eden wagte nicht, sich zu bewegen oder gar zu atmen. Sie hörte, wie der Mann in die untere Etage hinabstieg. Sie atmete langsam ein, drehte sich dann zur Tür und schlüpfte hindurch. Auf der anderen Seite verlief ein langer Korridor in beide Richtungen, Türen säumten beide Seiten. Fluoreszierendes Licht tauchte alles in eine unheimliche Stimmung.

Sie bog nach rechts ab und begann zu rennen. Auf den Zehenspitzen laufend, gaben ihre nackten Füße kaum ein Geräusch auf dem kühlen Linoleumboden von sich. Sie hielt inne und spähte durch eine Tür auf der rechten Seite. Betten säumten beide Seiten des Raumes mit schlafenden Gestalten, die sich im Schein der verschiedenen lebenserhaltenden Maschinen abzeichneten. Sie drehte sich um und vergewisserte sich, dass ihr noch niemand gefolgt war. Abgesehen vom Brummen der Maschinen in der Nähe war es still.

Eden drehte sich um und rannte weiter. Ihre Atmung und ihr Puls verlangsamten sich, während ihre Muskeln von der Anstrengung und dem Adrenalin kribbelten. Der nächste Raum bestand aus einer Reihe von Toiletten und dann aus einem Raum mit der Aufschrift "*Nur für Personal*".

"Perfekt", flüsterte Eden und schob sich hinein.

Ein Licht ging automatisch an, und sie sah sich in dem Raum um. Eine kleine Küchenzeile nahm die eine Seite des Raumes ein, in der Mitte standen einige bequeme Stühle. Verschiedene bunte Zettel, die an einer Pinnwand hingen, flatterten im Luftzug eines Lüftungsschachtes. An einer Wand befand sich eine Reihe von Schließfächern, über denen eine Uhr anzeigte, dass es kurz vor sechs war.

Eden schnappte sich ein Messer aus einer Schublade in der Küchenzeile und brach einen der Schränke auf. Sie durchstöberte die Kleidung, fand aber nichts Brauchbares. Dieser Spind gehörte offensichtlich einer Person, die viel größer war als sie. Sie öffnete zwei weitere Spinde und holte ein Paar Turnschuhe, eine Jeans, ein schwarzes T-Shirt und eine Jacke heraus, die ihr alle gut passten. Sie zog sich schnell um und tauschte dann die Tasche ihres Vaters gegen einen Rucksack aus. Sie schnitt das Identifikationsbänd-chens des Krankenhauses von ihrem Handgelenk ab und knüllte es zusammen mit dem Krankenhauskittel in den Papierkorb.

Als sie sich endlich bereit fühlte, nach draußen zu gehen, stieß sie die Tür auf und spähte hinaus. Als sie sah, dass der Korridor leer war, trat sie hinaus. Sie ging zügig weiter und zwang sich, nicht durch Laufen aufzufallen. Als sie das Ende des Korridors erreichte, ging sie durch eine weitere Doppeltür. An der einen Wand befanden sich drei Aufzüge und die Treppe, während ein Fenster an der gegenüberliegenden Wand den Blick auf das Krankenhausgelände freigab.

Eden ging zum Fenster und spähte hinaus. Beim Blick auf verschiedene kleinere Gebäude und eine sich schlängelnde Zufahrtsstraße, die zurück in die Stadt führte, wurde ihr klar, dass sie sich im fünften oder sogar im sechsten Stock befinden musste. Sie wandte sich der Treppe zu. Ein Gebäude dieser Größe hatte wahrscheinlich mehrere Treppenhäuser und Ausgänge, so dass sie ihre Verfolger in dem Labyrinth der Gänge verlieren konnte.

Sie schnallte sich den Rucksack über die Schultern und ging langsam hinunter. Auf jedem Treppenabsatz hielt sie an, um sich zu vergewissern, dass niemand auf sie wartete. Im Erdgeschoss angekommen, ignorierte sie die Schilder für den Hauptausgang und ging auf die nächstgelegene Feuerleiter zu. Am Ende des Korridors lief sie auf eine Tür zu, die mit einer Druckstange verriegelt war. Beim Untersuchen der Tür stellte sie fest, dass an jeder Ecke elektrische Sensoren angebracht waren, die vermuten ließen, dass das Öffnen der Tür einen Alarm auslösen würde.

"Wenn es darauf ankommt, bin ich schon lange weg", flüsterte sie und drückte auf den Entriegelungshebel der Tür. Der Mechanismus rastete ein und die Tür schwang auf. Sie trat hinaus in die kühle Luft, doch bevor sie Luft holen konnte, ertönten Schritte hinter ihr. Sie wirbelte herum und nahm eine Kampfstellung ein, ihre Muskeln waren angespannt und bereit. Die Männer kamen um die Ecke und sprinteten auf sie zu.

Eden warf einen Blick auf eine kleine Kamera an der Decke über ihrem Kopf. Ihr wurde klar, dass die Männer Funkkontakt mit jemandem haben mussten, der das Sicher-

heitssystem des Krankenhauses überwachte. Sie hatten sie
wahrscheinlich bis hierher verfolgt.

"Es ist noch nicht vorbei", stöhnte Eden, drehte sich auf
dem Absatz und lief in die entgegengesetzte Richtung.

Sie stürmte die Länge des Gebäudes hinunter, übersprang Blumenbeete und Bänke. Die schlechtsitzenden
Turnschuhe rutschten an ihren Füßen herum und bremsten
sie leicht. Sie wich nach links aus und umrundete eine
Reihe von geparkten Autos. Als sie das letzte Auto erreichte,
riskierte sie einen Blick über ihre Schulter. Sie war schneller
als die Männer und hatte sich einen Vorsprung erarbeitet.

Als sie die Zufahrtsstraße erreichte, hielt sie inne. Direkt
vor ihr ragte eine hohe Mauer auf, die ihr die Wahl
zwischen rechts und links ließ. Sie drehte sich von einer
Seite zur anderen und überlegte sich ihren nächsten Schritt.

Das Ende der Zufahrtsstraße war in beide Richtungen
nicht einsehbar. Die Straßenlaternen spendeten ein wenig
Licht, während der Rest der Straße in Dunkelheit gehüllt
war.

Eden bog nach rechts ab und setzte zu einem Endspurt
an. Sie blickte zurück zu den Männern, gerade rechtzeitig,
um zu sehen, wie der führende Mann seine Waffe zog und
sie auf Eden richtete. Er feuerte, zwei Kugeln schlugen ein
paar Meter entfernt in die Wand ein, eine weitere prallte
von einer Straßenlaterne ab. Obwohl keine der Kugeln ihr
Ziel traf, zeigten die Schüsse ihre Wirkung - Eden rannte
allein und war zahlen- und waffenmäßig unterlegen.

Das Geräusch eines Automotors, der sich durch die
geparkten Autos bewegte, schnitt durch die Nachtluft. Helle
Scheinwerfer schwenkten um die Ecke und fegten über das
Krankenhausgelände. Das Auto kam in Sicht und beschleunigte auf Eden zu.

Eden hob ihre Hand gegen die blendenden Scheinwerfer und wusste nicht, ob sie zum Auto rennen oder weglaufen sollte. Ohne ihr die Möglichkeit zu geben, sich zu entscheiden, kam das Fahrzeug quietschend zwischen Eden und den Männern zum Stehen. Die Männer hörten auf zu rennen und feuerten. Die Kugeln schlugen in das Auto ein und zersplitterten den Lack, richteten aber keinen weiteren Schaden an.

Die Beifahrertür, die Eden am nächsten war, schwang auf, und das Kabinenlicht ging an. Eden erkannte den Mann im Inneren und keuchte.

"Steig ein!", rief Godspeed, wobei seine Stimme das Motorengeräusch übertönte.

Die Verfolger schossen erneut, und dieses Mal flogen mehrere Kugeln knapp an ihr vorbei.

Eden duckte sich und rannte auf den Bentley zu. Im Moment, so dachte sie, war Godspeed weitaus besser als diese beiden Männer, die ihr Leben beenden wollten.

19

"WOHER WUSSTEN SIE, WO ICH BIN?", brüllte Eden über das Dröhnen des Motors hinweg. Der Bentley beschleunigte die leeren Straßen entlang, weg vom Krankenhaus.

Archibald Godspeed betrachtete Eden, und die vorbeiziehenden Straßenlaternen zeichneten ein Muster auf sein Gesicht.

"Ich habe in den Nachrichten von dem Brand im Haus Ihres Vaters gehört, und als ich Sie nicht erreichen konnte, haben Baxter und ich Nachforschungen angestellt."

Baxter, der eindeutig mehr als nur ein Fahrer war, nickte. Sie rasten mit hoher Geschwindigkeit um eine Kurve.

"Es gibt vieles, was Sie nicht wissen, Eden. Wie ich Ihnen bereits zu sagen versucht habe, steht hier viel auf dem Spiel. Mächtige Leute wollen, was sie haben."

Eden blickte von Godspeed auf die Stadt, die an den Fenstern vorbeizog. Alles fühlte sich fremd und beunruhigend an, als wüsste sie nicht einmal mehr, wo sie war. Es fühlte sich an, als würde ihr das Leben, das sie kannte, entgleiten, und sie konnte nichts dagegen tun. Wut und Trauer wirbelten unkontrolliert in ihr herum.

"Wartet, nein, stopp!", rief Eden und versuchte, die Kontrolle wiederzuerlangen. "Lasst mich raus. Das ist Wahnsinn!"

Baxter betrachtete Godspeed im Rückspiegel. Godspeed nickte einmal und sie fuhren an den Straßenrand.

Eden stürzte aus dem Auto. Sie überquerte den Fußweg, lehnte sich an die Fassade eines geschlossenen Ladens und atmete mehrmals tief und kräftig durch. Nach einer Minute stieß sie sich ab und sah sich um. Nach dem Regen des Vortages war die Luft kühl und ruhig, ganz im Gegensatz zu Edens aufgewühlten Gefühlen.

Godspeed stieg ebenfalls aus dem Auto. Er sah wieder elegant aus, trug ein hellblaues Hemd und eine schwarze Hose.

Eden ging zurück zum Auto und zeigte mit dem Finger auf den älteren Mann. "Erst sagen Sie mir, Sie brauchen etwas, das mein Vater hat, dann brennt sein Haus ab. Dann werde ich fast umgebracht, als die zwei Männer im Krankenhaus auftauchen, die das Haus abgefackelt haben. Ich weiß, dass Sie etwas damit zu tun haben, und ich steige erst wieder in den Wagen, wenn Sie mir sagen, was hier los ist."

Eine Bewegung in der Ladentür hinter sich veranlasste Eden, über ihre Schulter zu schauen. Ein Obdachloser, der dort Schutz gesucht hatte, drehte sich im Schlaf um. Als er sich seinen Schlafplatz zurechtgemacht hatte, legte er sich wieder hin.

Godspeed fasste Eden am Ellbogen und zog sie von der schlafenden Gestalt weg.

Der Motor des Bentleys schnurrte weiter.

"Ich habe nicht vor, Ihnen etwas zu verheimlichen", flüsterte Godspeed. "Aber wir können hier nicht reden, es ist nicht sicher. Ich werde Ihnen alles erzählen. Sie verdienen es zu erfahren, worin Ihr Vater verwickelt war, aber wir müssen das an einem sicheren Ort besprechen."

"Ich steige nicht wieder ein, bis ..."

"Hören sie zu", zischte Godspeed, jetzt mit mehr Nachdruck. "Sie haben zwei Möglichkeiten. Sie kommen mit mir und erfahren, was hier wirklich vor sich geht, oder sie versuchen Ihr Glück allein." Er wies die Straße hinunter in Richtung Stadtzentrum.

Godspeed ging um den Bentley herum und setzte sich wieder hinein. Die Tür schlug polternd zu. Der Motor lief leise im Leerlauf weiter.

Eden blickte in beide Richtungen. Seit sie aus dem Auto ausgestiegen war, war kein einziges Fahrzeug vorbeigefahren. Sie überlegte, ob sie ein Taxi rufen sollte, aber der Akku ihres Handys war leer. Dann erinnerte sie sich an das Bild, das sie von Godspeed und ihrem Vater in seinem Büro gefunden hatte. Das Bild, das auf seinem Schreibtisch stand, bedeutete ihrem Vater eindeutig etwas. Er war nicht der Typ Mann, der Dinge ohne Grund tat. Unter der Trauer und der Angst stieg ein Hauch von Neugierde in ihr auf. Wenn ihr Vater in etwas Gefährliches verwickelt gewesen war, wollte sie wissen, was es war. Nachdem sie ihren Entschluss gefasst hatte, ging sie zurück zum Bentley und stieg ein.

"Gut", sagte Eden und verschränkte die Arme, als sie sich neben Godspeed setzte. "Aber sie reden, sobald wir da sind. Keine Zeitverschwendung mehr."

Ohne einen Ausdruck von Frustration oder Besorgnis über die Verzögerung zu zeigen, legte Baxter den Gang ein und beschleunigte den Bentley.

Eden starrte missmutig aus dem Fenster, während sie durch die ruhigen Straßen der Stadt hinaus aufs Land rasten. Noch bevor die drei Insassen des Wagens ein Wort miteinander gewechselt hatten, rasten sie an Feldern und Dörfern vorbei.

"Macht es Ihnen etwas aus?", erkundigte sich Godspeed und kramte sein silbernes Zigarettenetui aus einer Tasche.

"Tun Sie, was Sie nicht lassen können", murrte Eden und schüttelte den Kopf.

Godspeed kurbelte sein Fenster herunter und zündete sich eine Zigarette an. Als Eden den Duft des Tabaks wahrnahm, erinnerte sie sich an die Kamillenzigaretten, die ihr Vater geraucht hatte.

Nach weiteren Minuten des Schweigens bogen sie von der Hauptstraße ab und fuhren auf eine Schotterstraße. Sie warteten, dass sich zwei große Eisentore öffneten. Baxter saß schweigend da und starrte durch die Windschutzscheibe. Godspeed, der seine Zigarette zu Ende geraucht hatte, trommelte mit seinen Fingern auf seinen Knien. Die Tore schwangen zurück, und der Bentley rollte weiter knirschend über den Schotter.

Godspeed beugte sich vor und klopfte Baxter auf die Schulter. "Machen Sie das Licht für unseren Gast an, ja?"

Baxter drückte auf einen Knopf in der Mittelkonsole des Bentleys. Die Lichter flackerten auf und beleuchteten ein großes Herrenhaus, das auf dem Kamm eines Hügels lag. Sie schnurrten die Auffahrt hinauf und hielten vor dem Haus.

Eden stieg aus und schaute zu dem extravaganten Gebäude hinauf. Eine breite Steintreppe führte zwischen Regency-Säulen hinauf zu einer riesigen, mit Wein bewachsenen Fassade. Obwohl es ein beeindruckender Ort war, wollte sie Godspeed das nicht wissen lassen.

"Ich hoffe, es ist nicht kalt", sagte sie, schwang sich ihre Tasche über die Schulter und schlenderte in Richtung der

Vorderseite des Hauses. Zwei gemeißelte Delphine starrten von der Spitze der Marmorsäulen auf sie herab.

"Ihnen wird nicht kalt sein. Hier entlang." Godspeed führte sie in die entgegengesetzte Richtung, an der Seite des Hauses entlang und in einen kleineren, viel weniger prunkvollen Eingang. Er knipste das Licht an und beleuchtet wurde eine große Küche mit einem altmodischen Herd, Eichenschreibtischen und mehreren großen, roten Ledersesseln.

"Nehmen Sie Platz", bot er an und deutete auf die Stühle. "Tee oder Kaffee?" Er füllte den Kessel. "Oder etwas Stärkeres?"

Eden schlenderte durch den Raum, ließ ihre Tasche fallen und plumpste in einen der bequemen Stühle. Sie musste zugeben, dass sie den Raum mochte, er hatte eine gemütliche Wärme, in der sie sich wie zu Hause fühlte.

"Keinen Drink, es ist Zeit zu reden", beschloss Eden.

"Nun, ich trinke einen", erwiderte Godspeed und wuselte in der Küche herum. "Es war eine höllische Nacht, und ich fürchte, sie fängt gerade erst an."

Eden warf einen Blick auf die sterbende Glut des Feuers auf dem Rost.

"Ich lege gleich noch ein Holzscheit ins Feuer", bemerkte Godspeed, als er Edens finsteren Blick registrierte. "Es wird im Handumdrehen heiß sein."

Eden befürchtete, dass es nicht die Temperatur war, die ihr Unbehagen bereitete, aber sie wies ihren Gastgeber nicht darauf hin. Sie lehnte sich im Stuhl zurück und versuchte, sich zu beruhigen, während sich ihr Magen vor Angst und Erwartung auf das, was Godspeed ihr offenbaren würde, zusammenkrampfte.

Godspeed stellte ein kleines Glas mit irischem Sahnelikör, einen starken Kaffee und ein Glas Wasser auf den kleinen Tisch neben Eden. Als sie die Getränke erblickte, wurde ihr klar, wie durstig sie war. Mit einem dankenden Nicken schnappte sie sich das Wasser und leerte fast das ganze Glas.

Godspeed schürte das Feuer erneut und ließ sich dann auf dem Stuhl gegenüber von Eden nieder.

"Als mein Großvater hier lebte, war dies der Bereich für die Bediensteten. Er wäre wohl kaum jemals hierhergekommen. Jetzt ist es mein Lieblingsraum. Ich benutze nur selten eines der anderen Zimmer." Er deutete nach oben.

Eden nahm einen tiefen Schluck und schaute sich demonstrativ um. "Ja, mir gefällt es auch. Und nun reden Sie!"

Godspeed nickte und seine Miene verhärtete sich. Er stellte sein Glas auf den Tisch neben Edens. "Es gibt keinen einfachen Weg, das zu sagen, Eden."

Eden bewegte sich in ihrem Stuhl und nickte. Sie lehnte sich vor. "Na los, erzählen Sie schon!"

"Ich weiß zweifelsfrei, dass der Tod Ihres Vaters kein Unfall war."

ACHT SCHWARZ GEKLEIDETE MÄNNER BEWEGTEN SICH AUF DIE Umfassungsmauer des Herrenhauses von Archibald Godspeed zu. Die Männer waren in höchster Alarmbereitschaft, ihre Sturmgewehre suchten das Gelände nach Bewegungen ab.

Der führende Mann, der nur an seinem einzigen funktionierenden Auge zu erkennen war, das in einem gut eingeübten Muster nach links und rechts huschte, gab den anderen ein stummes Zeichen. Die Männer kletterten über die drei Meter hohe Mauer und ließen sich in die Büsche auf der anderen Seite fallen.

Der Anführer lauschte und versuchte, Bewegungen auf dem Hang auszumachen. Wie erwartet, war alles ruhig. Das Team hatte keine Verstärkung, die in der Nähe wartete. Es gab weder Luftunterstützung noch einen Rückzugspunkt. Der Erfolg der heutigen Mission hing davon ab, ob sie es hineinschaffen, den Job erledigen und wieder herauskommen würden.

Auf der anderen Seite der Mauer schwärmten die Männer durch das Gestrüpp aus. Sie befanden sich nun tief in der Gefahrenzone, und die nächsten Minuten würden über Erfolg oder Misserfolg ihrer Mission entscheiden. Bei ihrer Arbeit kamen ihnen diese Minuten wie eine Ewigkeit vor.

Der Anführer zog sich an der Mauer hoch, die alten Ziegel bröckelten unter seinen behandschuhten Händen. Als er spürte, wie der alte Mörtel nachgab, zog er eine Grimasse, hielt aber seinen Griff fest. Er schwang seine Beine über die Mauer und ließ sich auf der anderen Seite zu Boden fallen, wo er trotz seines Gewichts sanft landete. Er wandte sich wieder der Wand zu und richtete einen Efeustrang, der sich beim Klettern verzogen hatte, vorsichtig wieder auf. Die grünen Ranken waren nun perfekt ausgerichtet und verdeckten jedes Anzeichen einer Störung. Sie konnten es sich nicht leisten, auch nur eine Spur ihrer Anwesenheit zu hinterlassen. Es kam auf jedes Detail an. In ihrem Metier war Perfektion nicht nur ein Ziel, sondern eine Notwendigkeit.

Er schlüpfte durch das Unterholz und spähte Richtung Herrenhaus. Die Scheinwerfer tauchten das Gebäude in ein warmes, goldenes Licht, das die prachtvolle Architektur hervorhob. Zwischen den Männern und dem Haus erstreckte sich ein dreihundert Meter langer, akkurat getrimmter Rasen. Er drehte sich von rechts nach links und überblickte die offene Rasenfläche, denn er wusste, dass sie beim Überqueren der Fläche völlig ungeschützt wären. Aber das spielte keine Rolle. Ihre Befehle waren klar: verdeckt bleiben und abwarten. Vorerst würden sie ihre Zeit abwarten, im Schatten verborgen, bereit, im richtigen Moment zuzuschlagen.

20

GODSPEEDS WORTE TRAFEN Eden wie ein Blitz. Sie klammerte sich an den Armlehnen des Stuhls fest, während der Raum um sie herum zu schwanken und zu taumeln schien. Als sie sich wieder konzentrieren konnte, begegnete sie Godspeeds Blick.

"Sie meinen ... Sie meinen, er wurde ermordet?"

"Ja. Ermordet. Lassen Sie mich das erklären. 1998 entdeckte Ihr Vater in den Bergen des Libanon ein Grab aus der Zeit um 4000 vor Christus. Er hatte gehofft, etwas zu entdecken, das die archäologische Gemeinschaft schockieren würde. Seltsamerweise haben sie aber nichts entdeckt." Godspeeds drahtige Brauen zogen sich zusammen. "Das Seltsame ist", fuhr er fort und biss sich auf die Lippe, "dass in den letzten Wochen alle, die an dieser Ausgrabung beteiligt waren, gestorben sind."

Eden saß einige Sekunden lang regungslos da und dachte über die Auswirkungen dessen nach, was Godspeed erklärt hatte.

"Aber sie haben doch gar nichts gefunden?", fragte sie

leise. "Wie kann es schockierend oder gar gefährlich sein, nichts zu finden?"

"Ihr Vater behauptete, sie seien zu spät gekommen, die Gruft sei bereits geöffnet und der Inhalt entwendet worden."

"Und Sie glauben, mein Vater hat gelogen?", vermutete Eden und ihr Blick verhärtete sich.

Godspeed räusperte sich und richtete sich auf. Er nahm einen Schluck von seinem Kaffee, um Zeit zu gewinnen und seine Worte sorgfältig zu wählen.

"Ja, in der Tat, das tue ich. Ihr Vater war ein brillanter Mann. Es wurde gemunkelt, dass er erwartet hatte, etwas Explosives in der Gruft zu finden. Ich glaube, dass er gefunden hat, was er suchte, und es über zwanzig Jahre lang unter Verschluss gehalten hat, weil er auf den richtigen Zeitpunkt gewartet hatte, um es zu enthüllen."

"Warum sollte er so lange warten?"

"Ihr Vater wusste, dass das Establishment diese Informationen begraben hätte, wenn sie zu früh veröffentlicht worden wären. Mächtige Leute hätten ihn und seine Arbeit diskreditiert. Das ist schon vielen fähigen Forschern passiert ... sie finden etwas, das zu nahe an der Wahrheit liegt und ..." Godspeed hielt inne und blinzelte. "Was ich meine, ist, dass er auf einen Zeitpunkt gewartet hat, an dem er die Wahrheit ohne Gefahr für sich selbst und die, die ihm wichtig sind, enthüllen konnte." Godspeed neigte den Kopf in Richtung Eden. "Er hat auf einen Zeitpunkt gewartet, von dem er dachte, die Welt sei bereit für eine solche Verkündung."

"Okay", entgegnete Eden und versuchte, sich einen Reim auf das Ganze zu machen. "Was sollte denn in der Gruft sein? Es muss etwas sehr Wichtiges gewesen sein."

"Das ist nicht die Frage, die sie wirklich stellen wollen, oder?", erwiderte Godspeed, dessen Augen im Licht des Feuers funkelten.

Eden starrte Godspeed mit feurigen Augen an. Einen Moment lang erwog sie, aufzustehen und dem Mann eine Ohrfeige zu verpassen. Die Kombination aus aufgeschobener Trauer, Schlafmangel und der Verfolgung durch ein Schlägerduo hatte sie besonders ungeduldig werden lassen.

"Bevormunden Sie mich nicht und spielen Sie keine Spielchen", schnauzte sie und deutete auf Godspeed. "Ich bin nicht hier, um in Rätseln zu sprechen oder Ihre Probleme zu lösen. Sagen sie mir, was sie über meinen Vater wissen, oder ..."

"Was ich meine", schaltete sich Godspeed ein, "ist, dass wir an der richtigen Stelle anfangen müssen." Er streckte seine Hände in einer beschwichtigenden Geste aus. "Was zunächst wichtig ist, was ich Ihnen sagen muss, ist ..."

"Wessen Grab war es?", wollte Eden wissen.

"Das ist der Schlüssel zu diesem ganzen Schlamassel." Godspeed deutete auf Eden, sein Tonfall änderte sich und nahm den eines Meistererzählers an. "Das Grab gehörte einer jungen Frau namens Aloma, die vor mehreren tausend Jahren lebte. Aloma stammte aus einer sehr angesehenen Familie. Man spricht noch heute von ihrem Schwiegervater." Er machte eine Kunstpause, um seine Wirkung zu erhöhen. "Er trug den Namen Noah ..."

"Sie meinen ... unmöglich. Der Typ mit der Arche?" Eden schüttelte den Kopf.

"Richtig. Jetzt kommt der interessante Teil: Aloma führte ein Tagebuch, eine Art Journal, in dem sie ihr Leben *vor* der großen Flut beschrieb." Godspeeds Stimme war nur noch ein Flüstern, als würde er gleich ein großes Geheimnis preisgeben.

Eden rutschte auf ihrem Stuhl nach vorne, legte die Hände auf die Knie und klammerte sich an jedes Wort. Das einzige andere Geräusch war das leise Knistern des Feuers im Kamin.

"Der Fund dieses Tagebuchs wird beweisen, dass die Geschichte der Welt nicht so ist, wie wir sie glauben", fuhr Godspeed fort. "Stellen Sie sich eine Welt vor, in der Menschen bis zu tausend Jahre alt werden, in der Engel und Dämonen Seite an Seite leben, in der das menschliche Gedächtnis so groß ist, dass wir uns an alles erinnern können, was wir hören und sehen. Stellen Sie sich eine Welt vor, in der die Menschen große Wunder erschaffen können, ohne die Vorteile der modernen Technologie und der Maschinen ..."

"Wie die Pyramiden", unterbrach Eden ihn mit großen Augen.

"Oh, da ist noch mehr, so viel mehr." Godspeed hatte sich nun aufgewärmt und sprach mit Eifer. "In der modernen Welt denken wir, dass wir unglaublich erfolg-reich sind, aber wir sind nur ein Schatten von dem, was früher war. Was in diesem Tagebuch steht, ist ein lebendiges Zeugnis unserer wahren Vergangenheit." Godspeed wurde lebhafter, seine Stimme wurde höher. "Was Ihr Vater in diesem Grab zu finden erwartete, würde die Vorstellungen der heutigen Wissenschaftler, religiösen Führer und sogar der Regierungen völlig umstoßen. Das ist die Art von Dingen, über die wissenschaftliche Außenseiter wie Von Däniken seit Jahrzehnten schreiben, und jetzt werden sie recht behalten." Godspeed stieß gegen den Tisch, und die Gläser klirrten. "Vergessen Sie Ancient Aliens im Fernsehen - der Inhalt dieses Journals wird Darwin wie einen Klassen-clown aussehen lassen."

"Okay, okay", sagte Eden und hob eine Hand, um Godspeed zu stoppen. "Nehmen wir einmal an, dass ich

Ihnen glaube und dass Sie sich das nicht nur zu Ihrer eigenen wahnhaften Unterhaltung ausgedacht haben."

Godspeed holte scharf Luft, als wolle er etwas sagen. Eden hob einen Finger, um anzuzeigen, dass sie noch nicht zu Ende gesprochen hatte. Der Mann rutschte unbeholfen auf seinem Platz hin und her, da er es offensichtlich nicht gewohnt war, dass jemand anderes das Tempo der Unterhaltung bestimmte.

"Warum sollte der Rest der Welt das glauben? Sie sprechen hier von einer dramatischen Veränderung der Glaubensstrukturen von Milliarden von Menschen. Hier geht es nicht darum, die Luft aus einem Ballon zu lassen, sondern um etwas Kompliziertes. Sie werden echte Beweise brauchen."

"Ja, natürlich! Das ist der wichtigste Teil der ganzen Sache. Das Tagebuch ist der Beweis!"

"Wie, ich verstehe nicht ..."

"In seiner ursprünglichen Form wird das Tagebuch auf Steintafeln in Keilschrift geschrieben worden sein. Wenn wir die Tafeln finden, könnten wir sie mit einer Kohlenstoffdatierung versehen, um zweifelsfrei beweisen zu können, in welcher Zeit sie entstanden sind. Das würde nicht nur die Echtheit der Tafeln bestätigen, sondern auch die außergewöhnlichen Behauptungen des Tagebuchs." Godspeeds Augen leuchteten vor Aufregung.

"Aber sie haben die Tafeln 1998 nicht gefunden. Sie haben mir gesagt, dass das Grab leer war."

"Das stimmt." Godspeed streckte einen Finger aus und tippte sich ans Kinn. "Das hat zumindest Ihr Vater behauptet. Die Tafeln waren nicht da, weil sie bereits aus der Gruft entfernt worden waren. Auch wenn er es nicht verraten hat, glaube ich, dass er wusste, wer sie entfernt hat."

Eden hob ungläubig eine Augenbraue. "Mein Vater war

ein kluger Mann, aber wie hätte er das herausfinden können?", fragte sie und fand Godspeeds Logiksprünge immer schwieriger zu verstehen.

"In der Gruft wurden offenbar einige Hinweise hinterlassen."

"Okay, und wo sind diese Tabfeln jetzt?"

Godspeed nahm einen langen Schluck von seinem Getränk und ließ die Frage in der Luft stehen. Dann grinste er. "Ich weiß noch nicht, wo, aber ich weiß, wer sie genommen hat. Ihr Vater glaubte, dass die Tafeln 1876 von zwei Männern aus der Gruft entwendet worden waren." Godspeed blähte seine Brust ein wenig auf. "George Godspeed und Horsam Rassam."

Bei der Erwähnung von Rassam zuckte Eden zusammen und ein Keuchen entwich ihren Lippen. Ihre Gedanken rasten zurück zu dem Moment, als sie das Pergament entdeckt hatte, das im Schädel im Büro ihres Vaters versteckt gewesen war.

Godspeed, der ihre veränderte Haltung deutlich bemerkte, neigte seinen Kopf zur Seite. Sein Blick bohrte sich in Eden.

"Moment", sagte Eden und wich schnell zurück, um diesem Mann, dem sie noch immer nicht traute, nichts zu verraten. "George Godspeed war Ihr ..."

"Mein Urgroßvater."

"Dann müssen Sie doch eine Aufzeichnung darüber haben, wohin er die Tafeln gebracht hat, oder? Oder zumindest einige Hinweise, denen wir folgen können." Edens Tonfall wurde eindringlich, als Godspeeds Aufregung sie anzustecken begann.

"Ich fürchte, so einfach ist das nicht", entgegnete Godspeed und blickte in die Flammen. "Kurz nach der Entdeckung des Grabes ist George Godspeed in Baalbek gestorben. Ich vermute jedoch, dass das nicht stimmt ... Ich werde gleich erklären, warum. Rassam, der Mann, der zusammen mit George die Tafeln entdeckt hatte, wäre in der Lage gewesen, einen Tod vorzutäuschen. Rassams Vater war damals ein hohes Tier in der Regierung. Genau wie heute wussten diese Männer, dass der Inhalt der Tafeln lebensbedrohlich war. Zufälligerweise ist Rassam auf demselben Friedhof begraben wie Ihr Vater." Godspeed hielt inne und war in Gedanken versunken.

"Und ...?"

Godspeed riss sich aus seiner Träumerei los und schoss auf die Beine. "Es ist besser, wenn ich es Ihnen zeige. Für diesen Teil der Geschichte müssen wir einen Spaziergang machen."

Eden trank ihren Kaffee mit einem großen Schluck aus und stand auf.

Godspeed schritt durch den Raum und führte Eden aus der Küche. Sie gingen in einen langen Korridor, der sich über die gesamte Länge des Gebäudes zu erstrecken schien. Auf halber Strecke des Korridors öffnete Godspeed eine Tür und gab eine schmale Treppe frei. Er knipste ein Licht an.

"Passen Sie auf, wo Sie hintreten", sagte Godspeed über seine Schulter, wobei er offensichtlich außer Acht ließ, dass er mindestens dreißig Jahre älter war als Eden. Er trat durch die Tür und ging die Treppe hinunter.

Eden hielt sich am Geländer fest und stieg langsam hinunter. Etwa zwei Stockwerke tiefer mündete die Treppe in einen in den Felsen gehauenen Raum. Auf der rechten Seite führte ein weiterer Gang in die Dunkelheit.

"Spüren sie das?", erkundigte sich Godspeed, drehte sich zu Eden um und hielt einen Finger in die Luft. Er nahm einen langen und langsamen Atemzug. "Hier unten herrschen das ganze Jahr über genau zwölf Grad Celsius. In der

Vergangenheit diente es als Kühlraum, zum Bierbrauen und sogar als Luftschutzbunker während des Zweiten Weltkriegs. Jetzt hat er einen ganz anderen Zweck." Godspeed wandte sich einer Stahltür zu, die in der hinteren Wand eingelassen war. "Ich habe sie vor etwa dreißig Jahren einbauen lassen." Er tippte eine Nummer in ein kleines digitales Tastenfeld.

Eden zählte instinktiv die Ziffern - zehn.

"Über zehn Milliarden Kombinationen des Zugangscodes", bestätigte Godspeed, als ob er Edens Gedanken lesen könnte. "Wenn Sie sich dreimal irren, ist der Tresor für vierundzwanzig Stunden verschlossen und mein externes Sicherheitsteam ist in zehn Minuten hier."

"Sie müssen eine Menge sehr wertvoller Sachen haben", folgerte Eden.

Godspeed stieß die Tür auf, und ein Hauch von trockener Luft strömte heraus.

Eden folgte dem Mann und sah sich um. Ihre Augen weiteten sich, als sie die riesige Sammlung in Augenschein nahm. Der Raum war nicht groß, aber von Wand zu Wand und vom Boden bis zur Decke mit allen Arten von Antiquitäten gefüllt.

Glasvitrinen beherbergten erlesene Artefakte: eine goldene Totenmaske, die an die von Tutanchamun erinnerte, eine kleine Statue eines geflügelten Wesens - halb Mensch, halb Tier -, dessen Ursprung eindeutig keiner bekannten antiken Zivilisation zuzuordnen war, sowie Rollen um Rollen von Manuskripten. In einer Ecke bedeckte eine Sammlung von Landkarten die Wand, die mit roten Stecknadeln versehen und mit Schnüren verbunden waren. Die Luft war angefüllt vom modrigen Geruch von altem Pergament und dem schwachen metallischen Geruch von Konservierungschemikalien. Dies war nicht nur eine Sammlung, es war eine Schatzkammer.

"Eine ganz nette Sammlung, nicht wahr?", fragte Godspeed und wandte sich an Eden.

Eden nickte langsam. "Wo und wie sind sie zu all dem gekommen?"

"Das ist eigentlich nur ein geringer Teil meiner Sammlung. Ich habe mehrere Stücke an Museen und Galerien in der ganzen Welt verliehen. Es wäre eine Schande, diese Stücke vor der Öffentlichkeit zu verstecken. Ab und zu lasse ich ein anderes dieser Schönheiten für eine Weile auf Reisen gehen - solange sie zurückkommen. Aber das hier", Godspeed schritt auf eine Edelstahltruhe am anderen Ende des Raumes zu, "das würde ich niemals hergeben."

Er schnippte mit der Hand, wie ein Magier einen Trick vorführt, und zeigte auf einen Stapel vergilbter Papiere hinter einer schützenden Glasscheibe.

Eden trat dicht an das Glas heran und las den Text auf der Titelseite. Ihre Augen wurden groß.

"Das ist das Tagebuch von Aloma", sagte sie entgeistert.

21

EDEN HATTE ihren Vater einmal gefragt, warum er sein
Leben der Archäologie und dem Altertum gewidmet hatte.
Damals war er nicht in der Lage gewesen, eine klare
Antwort zu geben.

Jahre später hatte Alexander das Thema jedoch wieder
aufgegriffen. Offenbar hatte er die ganze Zeit über die Frage
nachgedacht und endlich den wahren Grund für seine
lebenslange Hingabe an seine Arbeit verstanden. Die Erklärung, so hatte er ihr gesagt, war eine ganz andere als die, die
er ursprünglich geglaubt hatte.

"Es ist sehr schwer zu erklären", sagte er, "aber da ist so
ein Gefühl, wenn ich mit einem bedeutenden Gegenstand
zusammen bin. Ich weiß, was du jetzt denkst. Das klingt wie
Hokuspokus. Ich behaupte nicht, dass ich besondere Kräfte
habe oder so etwas in der Art. Obwohl, vielleicht ist es so.
Vielleicht ist es so. Ich weiß es nicht. Ich glaube, ich verstehe
es selbst nicht wirklich." Er hielt einen Moment inne. "Ich
meine, wenn ich einen Gegenstand berühre, der eine histo-
rische Bedeutung hat, ist es, als ob ich die Vergangenheit

spüren kann. Ich kann die vergangene Zeit riechen, schmecken und fühlen - wenigstens in meiner Vorstellung. Es ist, als ob dieser Gegenstand eine Art Nabelschnur mit der Geschichte hätte, mit unserer Geschichte als Bewohner dieses Planeten. Ich habe das Gefühl, dass durch mich - als wäre ich eine Art Medium oder Verbindung - die Vergangenheit wieder lebendig wird."

IN DER KÜHLEN HÖHLE UNTER DEM HERRENHAUS VON Godspeed im ländlichen England verstand Eden zum ersten Mal die Worte, die ihr Vater vor all den Jahren gesprochen hatte. Es war buchstäblich so, als könne sie die Bedeutung dieses Dokuments spüren.

Sie schüttelte langsam den Kopf, die Stirn in Falten gelegt. "Das verstehe ich nicht. Ich dachte, sie hätten gesagt, es wurde nie wiedergefunden?"

Godspeed streckte den Zeigefinger aus. "Sie haben recht. Mein Urgroßvater ist angeblich gestorben, und die Tafeln wurden nie wiedergefunden. Dann, zwei Jahre später, erhielt seine Witwe dieses anonyme Dokument, das die Geschichte von Aloma und ihrem Tagebuch erzählt."

Godspeed öffnete die Glasvitrine und blätterte auf die erste Seite des Dokuments. "Er hat sogar einen Bericht über den Fund der Tafeln beigefügt." Er las aus dem Text vor: "Die Bäume blühten weiß und dicht und die Sonne brannte heiß, als wir uns auf unserer langen Reise zur Rast niederließen."

Eden hörte ein paar Minuten lang zu. Der Bericht erzählte von zwei Männern, die auf ihren Pferden durch die Hügel eines bergigen Landes ritten. Einer der Männer hielt sich an einem Ast fest, um sich vor dem Fall zu retten. Er riss den Baum versehentlich von einer Felswand weg, wodurch der Eingang zu einem Grab freigelegt wurde, und im Inneren fanden sie die Tafeln.

"Warum können Sie das nicht einfach veröffentlichen, dann weiß die Welt Bescheid?"

"Weil das kein Beweis ist." Godspeed klopfte auf die Glasvitrine. "Es ist anonym geschrieben, vor zweihundert Jahren. Es gibt für niemanden einen Grund, das zu glauben. Falls – nein, wenn – wir die Tafeln finden, kann bewiesen werden, dass die Tafeln aus dieser Zeit stammen. Sie sind der Beweis dafür, dass die unglaubliche Geschichte dieses Dokuments wahr ist."

Ideen wirbelten in Edens Kopf herum, während sie versuchte, das Ganze zu verstehen. Sie trat von dem Dokument zurück und wandte sich Godspeed zu. "Okay, okay, Moment. Lassen Sie mich das klarstellen. Woher wissen wir, dass das überhaupt von ihrem Urgroßvater stammt? Vielleicht ist er tatsächlich in Baalbek gestorben. Vielleicht wurde das von einem Kollegen oder jemand anderem geschickt."

"Nun, das ist eine gute Frage." Godspeed tippte sich ans Kinn. "Wie ich bereits sagte, waren die Tafeln in Keilschrift geschrieben. Wissen Sie, wie viele Menschen im Jahr 1876 Keilschrift lesen konnten?"

Eden schüttelte den Kopf.

Godspeed blähte sich ein oder zwei Zentimeter auf. "Im Jahr 1876 gab es nur zwei Menschen auf der Welt, die diese Tafeln hätten übersetzen können. Der eine war mein Urgroßvater, und der andere war das ganze Jahr über auf einer Ausgrabung in den Wüsten Nordafrikas, völlig abgeschnitten von der Außenwelt."

"Sie glauben also, dass Ihr Urgroßvater seinen Tod

vorgetäuscht hat und mit den Tafeln nach Amerika geflohen ist."

"Nicht ganz, nein. Jede Tafel wäre etwas kleiner als eine Postkarte aus Stein gewesen, und es hätte mehrere tausend davon gegeben. Sie wären schwer und unhandlich gewesen, unmöglich zu transportieren ohne ein Team und einen organisierten Transport."

"Wie hat Ihr Urgroßvater das dann gemacht?" Eden zeigte auf das Tagebuch. "Es ist ja nicht so, dass er in den 1870er Jahren einfach ein Foto hätte machen können."

"Die Tafeln sind im Wesentlichen in Stein geritzte Buchstaben." Godspeed schnappte sich ein Stück Stein aus dem Regal. Eden zuckte zusammen angesichts der Nachlässigkeit, mit der er den Gegenstand behandelte. "Ich vermute, dass George mit einem Team von Leuten zusammengearbeitet hat, um einen Abdruck von jeder Tafel auf Papier zu erstellen. Sie haben einfach ein Stück Papier über die Schrift gelegt und ..."

"Frottage, wie wir sie in der Schule gemacht haben", unterbrach Eden ihn.

"Ganz genau! So einfach, und das würde bedeuten, dass die ..."

"Tafeln die Gruft nie verlassen haben", warf Eden wieder ein. "Und mein Vater hat nur *gesagt,* dass sie nicht da sind, weil er sie erst holen wollte, wenn die Zeit reif ist."

"Das ist zumindest das, was ich glaube. Alexander Winslow wusste, dass diese Tafeln seit Tausenden von Jahren verborgen lagen und beschloss, dass ein paar weitere Jahrzehnte keinen Unterschied machen. Also ließ er sie an ihrem Platz, versteckt in aller Öffentlichkeit, und wartete auf den richtigen Zeitpunkt, um sie mit der Welt zu teilen. Und nun rückte diese Zeit endlich näher."

"Der Vortrag zum Thema Grenzverschiebung", sagte Eden, als ihr etwas klar wurde. "Er sagte mir, es sei die wichtigste Präsentation seines Lebens."

"Genau darum geht es", bestätigte Godspeed. "Der Vortrag war genau der Rahmen, den Ihr Vater brauchte, um die Existenz der Tafeln zu enthüllen. Ich glaube, dass Ihr Vater ein oder zwei Tafeln aus dem Grab mitgenommen hat, um sie zu untersuchen und zu datieren und die anderen zurückgelassen hat. Vielleicht kehrte er sogar mehrmals in den Libanon zurück, um weitere Proben zu sammeln, nur um genug Beweise für seinen Vortrag zu haben. Dann, als die Welt von seiner Entdeckung erfuhr und der Geist sozusagen aus der Flasche war, sammelte er die restlichen Tafeln ein und arbeitete an einer gründlichen Übersetzung. Das Problem ist, dass wir jetzt, wo er weg ist, nicht wissen, wo die Tafeln sind."

Godspeed winkte Eden zu einem Tisch in der Mitte des Raums. Er zog eine Karte hervor und entfaltete sie, wobei er Steine auf jede Ecke legte, um sie flach zu halten.

"Ich schätze, dass sich die Gruft mit den Tafeln irgendwo in dieser Gegend befindet", sagte Godspeed und zeichnete mit dem Finger einen Kreis auf die Karte. "Ich habe Jahre gebraucht, um überhaupt in diese Nähe zu kommen. Die ganzen Nachforschungen, die Ihr Vater und mein Urgroßvater in dieser Sache angestellt haben, waren inoffiziell, verstehen Sie? Das Problem ist, dass alle, die das Grab je gesehen haben, jetzt tot sind, also gibt es keine Möglichkeit, ganz genau zu wissen, wo es ist."

"Nicht ganz." Jetzt war es an Eden, selbstgefällig zu tun. Sie nahm ihren Rucksack ab und ließ ihre Hand hinein gleiten. Da sie immer noch nicht alles mit Godspeed teilen wollte, ignorierte Eden den Schlüssel und das Pergament, kramte aber das Foto von sich und ihrem Vater heraus. "Es gibt eine Person, die noch lebt und Ihnen vielleicht helfen kann."

Godspeeds Augen weiteten sich, und sein Gesichtsausdruck wurde zu einem Ausdruck des Erstaunens. Dann ertönte ein hoher Alarmton im Gewölbe.

22

ARCHIBALD GODSPEED STARRTE in die Richtung aus welcher der Alarm kam und dann wieder zu Eden.

"Verdammt", rief er und schlug mit der Faust auf den Tisch. Er holte sein Handy heraus, tippte auf ein paar Tasten und hielt es dann an sein Ohr. "Baxter, was ist hier los?"

Eden hörte aufmerksam zu, konnte aber keine Antwort hören.

"Eindringlinge", sagte Godspeed, beendete das Gespräch und steckte das Telefon zurück in seine Tasche. "Irgendwie haben sie den Weg hierher gefunden. Sie müssen uns vom Krankenhaus aus verfolgt haben. Ich weiß nicht, wie." Er drehte sich um und starrte Eden an. "Jetzt ist alles klar. Sie sind hinter Ihnen her. Sie sind die letzte lebende Person, die den Ort des Grabes kennt. Sie sind der Schlüssel zu dieser Sache."

Godspeed packte Eden an beiden Schultern, seine Finger gruben sich in ihr Fleisch. Die unerwartete Intensität ließ ihr Gleichgewicht für einen Moment ins Wanken geraten.

"Sie sind in großer Gefahr, Eden. Diese Leute werden nicht aufhören, bis sie tot sind, oder bis sie die Tafeln haben. Und wenn sie die Tafeln bekommen, werden sie nie mit der Welt geteilt werden. Ihre Auftraggeber sind sehr daran interessiert, dass alles so bleibt, wie es ist. Sie fürchten Veränderungen und den Verlust der Kontrolle."

Ein Blitz der Angst durchfuhr Edens Körper und rüttelte sie wach. "Um die Tafeln zu finden, müssen wir von hier verschwinden. Aber wie?"

"Zum Glück haben meine Vorfahren auch daran gedacht. Nehmen sie das!" Godspeed rollte die Karte zusammen und gab sie dann Eden. Sie stopfte sie in die Tasche.

"Jetzt folgen Sie mir!"Godspeed rannte aus dem Tresorraum und stieß die Tür mit einem lauten Knall zu. Der Schließmechanismus surrte, als er wieder einrastete.

"Hier entlang", rief er und winkte Eden, ihm durch einen anderen Gang zu folgen, weg von der Treppe. "Baxter berichtet, dass sich drei taktische Einheiten dem Haus nähern. Jeweils zu viert. Sie alle sehen wie Profis aus. Nachtsichtgeräte, die komplette Ausrüstung."

Der Gang verengte sich und zwang Eden, hinter Godspeed herzulaufen. Die Luft war feucht und muffig, es roch nach Erde und Verfall. Etwa alle zehn Schritte hingen nackte Glühbirnen von der Decke und warfen mit ihrem schwachen Licht lange Schatten, die an den rauen Steinwänden entlang tanzten. Nach ein oder zwei Minuten machte der Gang eine Biegung nach rechts und begann anzusteigen. Die Steigung war anfangs gering, wurde dann aber immer steiler und machte das Laufen zu einer größeren Herausforderung. Während sie aufstiegen, schienen sich die Wände zu verengen. Schließlich erreichten sie eine Steintreppe am Ende des Ganges.

Godspeed führte sie hinauf und erreichte bald eine Luke, die ihnen den Weg versperrte. Dicke Spinnweben und Staubschichten deuteten darauf hin, dass die Luke schon seit einiger Zeit nicht mehr geöffnet worden war.

Godspeed holte sein Telefon wieder heraus, tätigte einen Anruf und hielt es an sein Ohr.

"Baxter, wir sind in Position. Okay. Ja." Er drehte sich um und winkte Eden zu sich. "Kommen Sie her. Ich brauche Ihre Hilfe. Wir müssen diese Luke zur Seite schieben und dann zum Auto laufen, auf mein Zeichen. Haben Sie das verstanden?"

Eden schleppte sich neben Godspeed die Treppe hinauf und drückte ihre Schulter gegen die Luke. Feuchtigkeit sickerte in ihre Kleidung.

"Er kommt uns holen", sagte Godspeed, das Telefon immer noch an sein Ohr geklemmt.

Eden spürte, wie der Boden um sie herum vibrierte. Zuerst war es nur ein leises Rumpeln, das immer heftiger und lauter wurde, bis die Luke an ihrer Schulter zitterte. Sie biss die Zähne zusammen und machte sich bereit zu pressen.

"Fertig. Ich zähle von 3 runter!", rief Godspeed hinter ihr. "Drei."

Eden spannte ihre Muskeln an. Ihre Zehen krümmten sich und drückten gegen die Steinstufen.

"Zwei!"

Das Grollen hörte sich an, als käme es jetzt von über ihnen. Es durchzog den Boden und schüttelte Staub von den Wänden und der Decke des Tunnels.

"Eins! Jetzt schieben!"

Das Geräusch bewegte sich über ihren Köpfen, nur wenige Zentimeter von der Luke entfernt.

Eden stemmte sich nach oben, ihre Muskeln spannten

sich vor Anstrengung an. Schweiß rann ihr über das Gesicht und brannte in den Augen, als sie die Zähne zusammenbiss und sich noch mehr anstrengte. Ein Fuß rutschte auf den feuchten Stufen aus und sie krachte gegen die Wand. Der Aufprall raubte ihr den Atem, aber sie rappelte sich auf, ignorierte den stechenden Schmerz in ihrer Schulter und stieß weiter.

Die rostige Luke ächzte unter Protest, gab aber langsam nach. Sie hob sich erst einen Zentimeter, dann zwei. Eden und Godspeed stöhnten, als sie sich mit vereinten Kräften abstießen. Mit einem lauten Quietschen gab die Luke nach, schwang auf und ließ die feuchte Nachtluft hereinströmen.

Eden spähte in die Dunkelheit hinaus, ihre Augen gewöhnten sich langsam an das schwache Mondlicht, das durch die Bäume fiel. Sie befanden sich in einem dicht bewaldeten Gebiet, die Luft war erfüllt vom Duft von Kiefern und feuchter Erde. Blätter raschelten in der Brise.

Zehn Meter entfernt wartete ein Land Rover Defender im Leerlauf. Mit ausgeschalteten Lichtern fügte sich das Fahrzeug in das umliegende Laub ein.

Eden blinzelte und versuchte, irgendeine Bewegung um das Fahrzeug herum wahrzunehmen. Sie konnte niemanden sehen, was aber nicht bedeutete, dass sie nicht in der Nähe waren. Sie warf einen Blick auf Godspeed und bemerkte, wie angespannt sein Kiefer war, als auch er die Situation beurteilte.

"Gehen sie!", zischte Godspeed und deutete auf den Land Rover.

"Gehen sie zuerst!", sagte Eden und schätzte die Entfernung zwischen ihrer versteckten Position und dem Fahrzeug ab. "Ich bin schneller als sie."

"Nein, meine Liebe", widersprach Godspeed und schaute Eden mit einer Intensität an, wie sie sie noch nie gesehen hatte. "Sie müssen zuerst gehen. Sie sind vielleicht schneller, aber sie sind auch wichtiger. Der einzige Schlüssel, um die Wahrheit zu erfahren, liegt in ihrem Gedächtnis. Um der Menschheit willen müssen sie als Erste gehen."

Eden nickte und bejahte Godspeeds Logik. Sie kroch aus dem Gang auf die nasse Erde. Dann stürmte sie wie eine Sprinterin nach dem Startschuss zum Land Rover. Die Erde rutschte unter ihren Füßen, während sie mit den Armen um Gleichgewicht und Geschwindigkeit kämpfte. Der Wald schien sich um sie herum zu schließen, die Äste streckten sich wie greifende Finger aus. Als sie sich dem Fahrzeug näherte, fiel ihr eine flackernde Bewegung auf. Eine der hinteren Türen schwang auf. Sie sprang durch die offene Tür und kletterte auf die Sitze.

Sie warf einen Blick auf Baxter, der auf dem Fahrersitz saß und das Lenkrad umklammerte.

Dann hörte sie es - das erste Heulen von Maschinengewehrfeuer. Das Geräusch zerriss die Nacht wie ein Chor. Kugeln zischten durch das Laub, zersplitterten Äste und schlugen in die Bäume ein. Ein Geschoss schlug in die Tür ein, durch die Eden gerade gesprungen war. Der Aufprall der Kugeln war ohrenbetäubend, begleitet vom Klirren zersplitterten Glases. Instinktiv duckte sie sich, als die Scherben herabregneten. Eine weitere Kugel durchschlug das Innere des Fahrzeugs, zerfetzte die Polsterung und ließ Plastik- und Metallsplitter umherfliegen.

Ein schmerzhaftes Grunzen erfüllte den Wald, gefolgt von dem dumpfen Aufprall eines Körpers auf dem Boden.

Eden drehte sich um, spähte zurück zur Luke und suchte hektisch die Dunkelheit ab. Die Öffnung, ein paar Schritte entfernt auf dem Waldboden, war leer. Sie kletterte über den Sitz, ignorierte die Stiche von zerbrochenem Glas und suchte nach Godspeed. Inmitten des Chaos aus gesplittertem Holz und glitzernden Scherben lag eine Gestalt regungslos auf dem Waldboden.

"Godspeed!", schrie Eden und kletterte aus dem Fahrzeug, um ihn hineinzuziehen.

"Nicht!", bellte Baxter und packte Eden am Handgelenk.

Wie aufs Stichwort zischten weiterere Schüsse durch den Wald und rissen Stücke aus einem nahegelegenen Baum. Mehrere weitere Schüsse prallten von den Türen und dem Dach des Land Rovers ab.

Godspeed wälzte sich, krallte sich dann am Boden fest und bewegte sich Zentimeter für Zentimeter auf das Fahrzeug zu. Er wälzte sich hin und her und presste eine Hand auf seinen Bauch. Blut bedeckte seine blasse Haut. Er blickte zu Eden auf, seine Augen waren wild und voller Schmerz.

"Sie müssen los", wisperte er angestrengt. Er blickte in das Waldgebiet hinter ihnen. Irgendwo außerhalb der Sichtweite stürmten Schritte über die nasse Erde. Die Männer näherten sich. "Sie wollen Sie, um mich geht es ihnen nicht. Sie sind die einzige lebende Person, die weiß, wo das Grab ist." Godspeed schnappte nach Luft wie ein Fisch auf dem Trockenen. "Sie können das groß rausbringen."

Eden nickte, ihre Augen weit aufgerissen, ihr Herz klopfte heftig.

Godspeed drehte sich mit einiger Mühe zu Baxter um. "Du arbeitest jetzt für Eden. Du musst sie begleiten. Fahrt zum Flugplatz und nehmt den Jet. Du gibst ihr alles, was sie braucht, um die Tafeln zu finden. Hast du das verstanden?"

Baxter nickte und ließ den Motor aufheulen.

Eine weitere Salve von Schüssen hämmerte durch den Wald. Zwei Kugeln schlugen in der offenen Tür ein.

"Fahrt jetzt. Ihr müsst los!" Godspeed kämpfte gegen den Schmerz an und drehte sich noch einmal um.

Baxter gehorchte und trat das Gaspedal durch. Der Motor des Land Rovers brummte, als sich die Reifen in die Erde bohrten, und die plötzliche Beschleunigung zwang Eden zurück in ihren Sitz. Sie spähte durch die zerbrochenen Fenster hinaus und lauschte auf den Wald hinter sich. Irgendwo, vom Wind getragen, hörte sie weitere Schüsse.

23

EDEN, die endlich zur Besinnung kam, nahm den Rucksack ab und zog die Tür zu. Das Geräusch des Motors verstummte, obwohl der Wind immer noch durch das zerbrochene Fenster heulte.

Eden warf einen Blick auf Baxter, dessen Gesicht im Licht des Armaturenbretts unheimlich glühte. Das Bild von Godspeed, der blutend auf dem Waldboden lag, schoss ihr wieder durch den Kopf. In was auch immer sie hier verwickelt war, es hatte bereits zu viele Menschenleben gefordert.

Baxter beschleunigte in einer Kurve, und der Land Rover geriet ins Schleudern, bevor er auf der nassen Erde Stabilität erlangte. Zwischen zwei Hecken kam ein altes Holztor in Sicht.

"Festhalten!", bellte Baxter und packte das Lenkrad mit beiden Händen. Er trat das Gaspedal durch, und die Beschleunigung drückte Eden noch fester in den Sitz. Sie duckte sich tief und hielt sich am Türgriff fest.

Der Land Rover prallte gegen das Tor, wobei die Hälfte des Holzes auf die Motorhaube geschleudert wurde und die andere Hälfte in Stücke zerbrach und zwischen die Bäume flog. Baxter betätigte die Bremse und drehte das Lenkrad, als das Auto auf einen schmalen Feldweg sprang. Das Fahrzeug hüpfte mehrmals, bevor es wieder festen Boden unter den Füßen hatte und die Geschwindigkeit wieder anstieg.

Baxter beschleunigte jetzt gleichmäßiger. Offensichtlich kannte er die Kurven und Unebenheiten dieser Straße auswendig. Die starken Lichter des Land Rovers schienen durch die Nacht und warnten jeden in der Nähe, der sich ihnen näherte.

"Wo genau fahren wir hin?", fragte Eden und erhob ihre Stimme über den Motor und den Wind, der durch das Fenster blies. Sie kletterte auf den Beifahrersitz und schnallte sich an.

"Godspeed besitzt ein Flugzeug, genauer gesagt mehrere Flugzeuge, auf dem Flughafen von Shoreham. Wir werden in einer knappen Stunde dort sein."

"Und was dann? Fliegen wir einfach in den Libanon und stolpern über diese alten Relikte?"

"Zumindest ist das der einzige Plan, den wir im Moment haben."

Baxter blickte Eden an, ein Schimmer in seinen Augen.

"Ich bin eher ein Mensch, der alles im Voraus plant", sagte Eden. "Auf gut Glück zu arbeiten, macht mich nervös."

"Sie wollen mir sagen, dass es geplant war, mit dem Motorrad durch das Südterminal von Gatwick zu fahren?", wollte Baxter wissen und schaute Eden wieder an.

"Woher wissen Sie das?"

Baxter zuckte mit den Schultern und lächelte fast, wenn auch nicht ganz.

"Ich habe das nicht wirklich geplant, nein. Nennen wir es einfach einen glücklichen Geniestreich."

"Ich hoffe, Sie haben noch mehr Glück auf Lager", entgegnete Baxter und blickte in den Rückspiegel. "Denn es sieht so aus, als hätten wir Gesellschaft."

Eden drehte sich auf dem Sitz herum. Scheinwerfer durchdrangen die Nacht hinter ihnen. Sie warf einen Blick auf das Armaturenbrett. Sie fuhren bereits hundert und die Lichter hinter ihnen holten schnell auf.

Baxter schaltete einen Gang höher und gab dem Land Rover mehr Schwung. Der Motor steigerte sich von einem nachgiebigen Schnurren zu einem lauten Brüllen. Die Lichter hinter ihnen wurden immer heller.

Dann dröhnte das ratternde Geräusch von Schüssen durch die Nacht.

Edens Körper reagierte, bevor ihr Verstand verarbeiten konnte, was geschah. Sie duckte sich und drückte sich so tief wie möglich in den Sitz.

Die Kugeln zischten durch die Luft und prallten gegen den Land Rover.

Die Windschutzscheibe zersplitterte, ein Spinnennetz aus Rissen breitete sich auf ihrer Oberfläche aus. Einer der Seitenspiegel verschwand in einer Gischt aus Plastik und Metall.

"Unten bleiben!", befahl Baxter über das Lenkrad gebeugt, und wich nach links und rechts aus, um den meisten Schüssen zu entgehen.

"Ich nehme nicht an, dass Sie etwas Nützliches dabeihaben?", fragte Eden und klappte das Handschuhfach auf. "Sie wissen schon, so etwas wie eine Waffe?"

"Eine von Mr. Godspeeds Schrotflinten liegt hinten, glaube ich", erwiderte Baxter. Er trat auf die Bremse und lenkte den Land Rover um eine enge Kurve. Äste und Blätter peitschten an die Seiten. Die Reifen quietschten über den losen Schotter. "Wie gut können sie schießen?"

"Besser als Sie Auto fahren können." Eden kletterte auf die Rückbank des Wagens und klappte die Sitze herunter. Wie Baxter vermutet hatte, lag eine Tasche mit einer Schrotflinte im Kofferraum. Sie öffnete den Reißverschluss der Tasche und untersuchte die Waffe.

"Dies ist ein nettes Teil", sagte Eden. Sie schnappte sich eine Schachtel mit Patronen und schob die Rücksitze in ihre Position zurück.

Mehrere Sekunden lang waren ihre Verfolger hinter einer Ecke verschwunden. Als die Straße wieder gerade wurde, tauchten die Lichter wieder hinter ihnen auf. Die beiden verfolgenden Fahrzeuge beschleunigten stark.

"Sie sind auf Quads unterwegs", stellte Eden fest. "Es sieht so aus, als ob auf jedem zwei Männer sitzen. Einer fährt und einer ..."

Eine weitere Salve schlug im Heck des Land Rovers ein und unterbrach Eden mitten im Satz. Sie duckte sich hinter die Rücksitze, als das Sperrfeuer die hintere Windschutzscheibe weiter zerstörte und Glasscherben in den Innenraum des Fahrzeugs regnen ließ.

Baxter beschleunigte und zog von den Quads davon.

"Können wir zu einer größeren Straße fahren?", fragte Eden. "Auf der offenen Straße könnten wir sie sicher abhängen."

"Nicht für mindestens fünfzehn Kilometer", antwortete Baxter, während sie sich in die nächste Kurve warfen.

"So lange werden wir nicht durchhalten", vermutete Eden und schob zwei Patronen in die Schrotflinte. Die Kugeln aus diesem Gewehr konnten jemanden, der Schutzkleidung und einen Helm trug, zwar nicht töten, aber ein guter Schuss konnte sie von der Straße drängen.

"Auf mein Zeichen hin bremsen Sie", befahl Eden und schwang die Schrotflinte über die Hutablage und durch die zerbrochene Windschutzscheibe. Sie legte sich flach, als ein weiteres Sperrfeuer in ihre Richtung flog und nur die Hecke rechts von ihnen traf. Sie zielte auf das führende Quad.

"Jetzt!", rief Eden.

Baxter trat kräftig auf die Bremse.

Eden feuerte beide Schüsse nacheinander auf das führende Quad ab. Der Scheinwerfer erlosch und tauchte die Szene in Dunkelheit.

Eden warf sich hinter den Sitz zurück. Mit einem Rumpeln und einem Knall prallte das vordere Quad gegen das Heck des Land Rovers. Der Fahrer des Quads flog aus seiner Position und durch die Heckscheibe des Land Rovers. Er lag quer auf der Hutablage, seine Beine baumelten hinten aus dem Fahrzeug heraus.

"Los!", rief Eden.

Das ließ sich Baxter nicht zweimal sagen. Er trat aufs Gas und sie beschleunigten kräftig.

Eden packte den Quadfahrer an den Schultern und sorgte dafür, dass er im Land Rover blieb, als sie weiterfuhren. Das verunglückte Quad blieb mitten auf der Straße liegen, die Front war eingedrückt, und die Räder waren verbogen.

Der Quadfahrer kam ein paar Sekunden später wieder zu sich. Er drehte sich um und sah Eden an, die Beine baumelten hinten aus dem Land Rover heraus. Eden grinste den Mann an und stieß ihm dann ihren Ellbogen in die Wirbelsäule, um ihn daran zu hindern, sich zu wehren.

Das zweite Quad bahnte sich einen Weg um das Wrack herum und beschleunigte hinter ihnen her. Wie Eden vermutet hatte, wurde nicht auf sie geschossen. Die Verfolger wollten offensichtlich nicht riskieren, einen ihrer eigenen Leute zu treffen, der hinten am Fahrzeug hing.

Ein Blick auf einen Bauernhof brachte Eden auf eine Idee.

"Was haben Sie vor?", wollte Baxter wissen und beobachtete Eden im Rückspiegel.

"Es ist kein Plan", antwortete Eden, "aber es ist das Beste, was wir haben."

24

DER FAHRER des zweiten Quads beobachtete, wie der Land Rover auf einem geraden Straßenabschnitt stark beschleunigte. Die Beine seines Kameraden hingen am Heck des Fahrzeugs und traten um sich, als er versuchte, sich zu befreien. Der Fahrer beschleunigte vorsichtig, weil er Angst hatte, dem Land Rover zu nahe zu kommen, falls sie das Gleiche noch einmal versuchen sollten.

Der Land Rover verschwand zweihundert Meter vor ihm um eine Kurve. Das war gut, dachte er, er kannte diese Straße. Ein Stück Landstraße zwischen Bauernhöfen und Dörfern, auf den nächsten Kilometern gab es keine Kreuzung mehr. Auf beiden Seiten der Straße blitzten Felder vorbei. Auf der rechten Seite stieg der Hang steil an, und auf der linken Seite fiel er zu einem Fluss in der Talsohle ab.

"Alles in Ordnung, wir haben sie", rief der Mann auf dem hinteren Teil des Quads und hielt sein Gewehr bereit. "Ab hier geht es nur noch bergauf, wir werden sie leicht einholen."

Der Fahrer nickte und beschleunigte gleichmäßig auf die Kurve zu. An der Kurve drosselte er die Geschwindigkeit. Der nächste Straßenabschnitt kam in Sicht und schlängelte sich etwa einen Kilometer lang auf den Gipfel des Hügels zu. Hecken säumten beide Seiten.

Beide Fahrer blickten nach vorne und hielten Ausschau nach einem Aufblitzen der Rücklichter oder einem anderen Hinweis darauf, dass der Land Rover in der Nähe war. Nichts. Alles war in Dunkelheit gehüllt.

"Warte, langsam. Was ist das?" Der Beifahrer zeigte auf etwas auf der Straße ein paar hundert Meter vor ihnen. Der Fahrer drückte auf die Bremse und brachte das Quad direkt vor dem Körper des ersten Quadfahrers zum Stehen. Er lag quer auf dem Asphalt und blockierte fast die gesamte Fahrbahn. Die beiden Männer betrachteten ihren gefallenen Kameraden einen Moment lang. Sein Brustkorb hob und senkte sich leicht, was darauf hindeutete, dass er nicht tot war.

"Wir kommen nicht vorbei, du musst ihn zur Seite schieben", sagte der Fahrer.

"Warum ich? Du machst das. Ich gebe dir Deckung, falls ..."

Helle Lichter leuchteten über die Fahrbahn und blendeten Fahrer und Beifahrer. Der Land Rover brauste aus der Einfahrt zu einem Feld am Rande der Fahrbahn. Fahrer und Beifahrer sprangen in Panik von dem Quad. Der Beifahrer stolperte und ließ seine Waffe fallen, der Fahrer sprang in den Graben auf der rechten Seite der Straße und rollte die steile Böschung hinunter.

Baxter gab Gas, schob das Quad auf der anderen Seite der Fahrbahn den Randstreifen hinauf und durchbrach dann ein Tor. Mit einem letzten Tritt auf das Gaspedal schob er das Quad in das abschüssige Feld. Das Quad wippte auf zwei Rädern und rollte dann, wobei es Teile abwarf, als es durch das Feld in Richtung des Flusses stürzte, der etwa zweihundert Meter tiefer lag.

Baxter legte den Rückwärtsgang ein und fuhr zurück auf die Fahrbahn.

"Schafft ihn aus dem Weg", rief Eden und erschien mit der Schrotflinte am Fenster des Landrovers.

Der Quadfahrer, der aufgestanden war, hob seine Hände zur Kapitulation. Er eilte zu seinem Kameraden hinüber und tat, was Eden verlangte.

Baxter gab Gas, und der Land Rover raste in einer Staubwolke die Fahrbahn hinauf.

"Gar nicht schlecht", sagte Baxter und betrachtete Eden im Rückspiegel.

Eden ließ die Schrotflinte fallen und krabbelte zum Beifahrersitz. "Ich muss zugeben, das lief besser als erwartet."

EINE HALBE STUNDE SPÄTER SCHAUTE EDEN DURCH DIE zerbrochenen Fenster des Land Rovers auf den Brighton City Airport. Sie warf einen Blick in Richtung Stadt, die versteckt am Horizont kauerte. Obwohl es erst gestern gewesen war, dass Eden in Brighton ihren Vater beerdigt hatte, kam es ihr wie eine Ewigkeit vor.

Mit ihrem demolierten Land Rover, bei dem mehrere Fensterscheiben fehlten und der mehrere Einschusslöcher aufwies, war es ein Glück, dass das Verkehrsaufkommen gering war. Obwohl der Land Rover ziemlich ramponiert aussah, wusste Eden, dass diese Fahrzeuge bis zur Apokalypse und darüber hinaus fahren würden - sie besaß selbst einen, den sie in einer stillgelegten Scheune ein paar Kilometer von ihrem Truck entfernt abgestellt hatte.

Baxter fuhr langsamer, als sie das winzige Terminalgebäude des Flughafens passierten. Er hielt hinter einem der privaten Hangars an, kletterte hinaus und tippte einen Code in ein Tastenfeld an der Wand. Ein rostiges Metalltor knarrte auf. Er kletterte wieder in den Land Rover und fuhr hinein, hielt dicht an der Rückwand an und stellte den Motor ab.

Eden stieg aus und schwang ihre Tasche über eine Schulter. Sie trat von dem Fahrzeug weg und schaute einmal ringsum. Das Dach war eindeutig reparaturbedürftig, denn die Vögel trappelten zwischen den zerbrochenen Metallrippen der Konstruktion. Das Licht der Morgendämmerung drang durch die zerbrochenen Fenster und färbte den gesamten Raum in ein ätherisches Licht. In der Mitte des Hangars standen, im Gegensatz zum Rest des Gebäudes, drei Flugzeuge.

"Mr. Godspeed war so etwas wie ein Flugzeugliebhaber", erklärte Baxter und ging auf die Flugzeuge zu. "Er kam oft hierher. Die Tiger Moth hat ihm am besten gefallen." Baxter deutete auf ein Flugzeug mit Doppelflügeln. "Manchmal nahm er auch den Piper Warrior." Baxter berührte die Flügelspitze eines anderen propellergetriebenen Flugzeugs.

"Was ist das?" Eden zeigte auf das Flugzeug auf der anderen Seite des Hangars. Es war die kleinste düsengetriebene Maschine, die sie je gesehen hatte.

"Das ist das, was wir heute benutzen", sagte Baxter. "Eine Cirrus SF50. Es ist der kleinste Jet auf dem Markt, und mit einer Reichweite von über dreitausend Kilometern und einer Geschwindigkeit von fast sechshundert Stundenkilometern sollten wir noch vor der Mittagszeit im Libanon sein." Baxter zog eine Fernbedienung aus seiner Tasche und entriegelte das Flugzeug. Die Tür öffnete sich nach außen und ließ eine Leiter herab.

"Steigen Sie ein und machen Sie es sich bequem. Wir werden bald in der Luft sein."

"Warten wir auf den Piloten?", fragte Eden und schritt auf das Flugzeug zu.

"Sie schauen ihn an", sagte Baxter, und der Hauch eines Lächelns umspielte seine Lippen.

Eden kletterte die Leiter hinauf und betrat das Flugzeug. Der Innenraum war nicht größer als ein Auto, mit zwei Sitzen vorne und drei hinten. Eden nahm einen der hinteren Sitze ein und stellte ihre Tasche neben sich.

Baxter kletterte auf einen der Vordersitze, prüfte die Ziffernblätter und betätigte verschiedene Schalter.

"Wo haben sie fliegen gelernt?", erkundigte sich Eden und sah zu, wie Baxter zwei Schalter an der oberen Konsole umlegte. Die Systeme des Flugzeugs erwachten zum Leben, die Anzeigen flackerten nach und nach auf. Ohne ein Wort zu sagen, überprüfte Baxter methodisch eine Reihe von Messgeräten und Anzeigen und vergewisserte sich, dass alle Systeme betriebsbereit waren.

"Schön mit Ihnen zu reden", sagte Eden, die die Botschaft verstanden hatte, dass sie einfach schweigen sollte. Sie setzte sich wieder in den Sitz.

"Wir haben ausreichend Kraftstoff", sagte Baxter und klopfte auf die Kraftstoffanzeige. "Und der Öldruck ist normal." Er setzte sich ein Headset auf und startete den Motor. Der Jet heulte auf und hallte durch den Hangar.

"Ich dachte, sie würden ihn einfach einschalten und los geht es", sagte Eden.

Baxter verstellte die Drosselklappe und lauschte aufmerksam auf die Tonhöhe des Motors.

"Wenn es nur so einfach wäre", meinte Baxter, holte eine

Fernbedienung aus einem versteckten Fach und drückte einen Knopf. Mit einem knirschenden Geräusch schob sich die massive Tür auf. Das Licht der Morgendämmerung durchflutete den Hangar.

"Sind Sie bereit?", fragte Baxter und griff nach der Steuerung. Er löste die Bremsen, und die Cirrus begann vorwärts zu rollen, in Richtung Landebahn.

"So bereit wie möglich", antwortete Eden.

25

ARCHIBALD GODSPEED LAG IM SCHLAMM, hielt sich den Bauch und lauschte dem Geräusch von Stiefeln, die auf ihn zu rannten. Das Brummen des Landrover-Motors verschwand in der Nacht.

Er hatte einen seltsamen Geschmack im Mund - etwas Chemisches oder Metallisches. Der Geruch des Waldbodens kitzelte seine Nase.

Er erschauderte, als mehrere Schüsse durch den Wald hallten. Diesmal spürte er nichts mehr. Er lag unbeweglich auf dem Boden, als sich Schritte aus allen Richtungen näherten. Er wagte nicht zu sprechen. Noch nicht. Er sagte nicht einmal ein Wort, als sich ein letztes Paar Stiefel langsam an seine Seite schob.

"Die Luft ist rein, Sir, sie sind weg."

Godspeed nahm die Hand von seinem Bauch und setzte sich auf. Er sah zu den Männern um ihn herum auf. Helios' Männer, Croft und Stone, standen an der Spitze, umgeben von der zusätzlich angeheuerten Unterstützung.

"Und?", bellte er.

"Alles ist genau so gelaufen, wie Sie es gesagt haben,

Sir", fasste Croft zusammen. "Baxter ist jetzt bei ihr, und sie sind auf dem Weg zum Flughafen. Unsere Männer haben sich auf die Verfolgung gemacht. Sie werden sie eine Weile auf Trab halten, aber sie werden uns nicht in die Quere kommen."

"Es sah sehr überzeugend aus", fügte Stone hinzu.

"Ausgezeichnet." Godspeed blickte auf das falsche Blut und den Schmutz an seinen Händen und seiner Kleidung hinunter. Er spuckte das Blutkügelchen auf den Boden und wischte sich die rote Schmiere aus dem Mundwinkel.

"Hilf mir doch jemand auf." Er streckte seine Hand aus. Stone hievte ihn wieder auf die Beine. Godspeed spähte in das Waldgebiet. Die Reifenspuren des Land Rovers führten in Richtung der Straße.

"Gute Arbeit", sagte Godspeed und schaute zu der Gruppe von Männern. Sie standen aufrecht, die Gewehre auf den Boden gerichtet.

"Sie hat einen gewissen Kampfgeist", meinte Croft. "Wir haben nicht erwartet, dass sie im Krankenhaus so eine Show abzieht."

"Wir haben den Job erledigt", antwortete Godspeed und wischte sich den Schlamm von seiner Kleidung. Er spuckte erneut. Der seltsame Geschmack des Blutkügelchens, das er zwischen die Zähne geklemmt hatte, als sie die Luke aufstießen, lag ihm noch auf der Zunge. "Jetzt halten wir den Druck aufrecht. Sie hat jetzt schon Angst, und so muss es auch bleiben. Es muss ihr nichts anderes übrigbleiben, als uns zu dieser Grabstätte zu führen. Bring mich zurück zum Haus. Ich muss diesen Dreck los werden."

Stone bellte in ein Funkgerät, und die Lichter eines geländegängigen Quads schnitten durch den Wald. Das Fahrzeug hielt neben den Männern an, der Motor lief im Leerlauf. Godspeed kletterte hinter dem Fahrer auf.

"Wir lassen nicht locker, bis wir diese Tafeln haben, hört ihr? Wir treiben sie den ganzen Weg vor uns her."

EDEN WACHTE AUF UND BLICKTE DURCH DIE FENSTER DER Cirrus. Mehrere hundert Meter unter dem kleinen Flugzeug schimmerte das Mittelmeer wie ein Bett aus Diamanten.

Sie rieb sich die Augen, gähnte und streckte sich. Dann löste sie ihren Sicherheitsgurt und kletterte auf den Vordersitz neben Baxter.

"Wo sind wir?", fragte sie und schaute durch die Windschutzscheibe hinaus.

"Wir haben gerade Zypern passiert", erklärte Baxter und blickte auf die Kontrollleuchten. "Wenn Sie aus dem linken Fenster schauen, können Sie es sehen."

Eden sah, wie sich die Insel verschwommen unter ihnen ausbreitete. Sie lehnte sich in den Sitz zurück und sah zu, wie Baxter eines der Steuerelemente einstellte.

"Sie sind ein ziemlich cleverer Kerl, nicht wahr?", fragte sie und beobachtete, wie sicher er mit dem Flugzeug umging.

Baxter grunzte als Antwort.

"Allerdings ist er kein großer Redner", sagte Eden und wandte sich wieder dem Fenster zu.

"Wir haben einen Auftrag zu erledigen. Wir werden in vierzig Minuten landen. Ruhen Sie sich etwas aus."

Ein paar Minuten später kam am Horizont Land in Sicht. Eden beobachtete, wie Reihen von Betongebäuden, die sich an die Küste klammerten wie die schmutzigen Zähne eines Hais, in Sicht kamen. Die Cirrus flog über das Land, und die Gebäude lösten sich in Wüste auf.

Baxter drückte die Controller nach vorne und das Flugzeug driftete zu Boden.

"Schnallen Sie sich an", befahl Baxter, als eine staubige Landebahn in Sicht kam.

"Ja, Kapitän." Eden lächelte und schnallte sich an.

Während sie den Flughafen umkreisten, dachte Eden an das letzte Mal, als sie vor über zwanzig Jahren hier war. 1998 war sie ein Kind gewesen. Jetzt war sie zurück, um ihre Schritte zurückzuverfolgen und die Wahrheit zu erfahren.

Sie stiegen hinab, wodurch die Landschaft immer deutlicher hervortrat. In der einen Richtung waren die antiken Ruinen von Baalbek mit ihren massiven Steinsäulen zu sehen, in der anderen ragten die Gipfel des Libanongebirges in die Wolken.

Baxter verstellte verschiedene Regler und richtete sie auf die Landung aus. Die Tonhöhe des Motors änderte sich und wurde zu einem tieferen Brummen. Er griff an die obere Schalttafel und legte Schalter um, um die Klappen auszufahren.

Eden klammerte sich an ihren Sitz, als der Boden auf sie zukam. Mit einem sanften Aufprall setzten die Räder auf.

Baxter lenkte die Cirrus von der Startbahn auf eine Rollbahn und folgte den Anweisungen zu ihrem Parkplatz. Sie fuhren an einem riesigen Frachtflugzeug vorbei, das auf den Start wartete, und kamen schließlich vor einem sandfarbenen Hangar am anderen Ende des Flughafens zum Stehen.

Baxter tippte auf die Steuerung, und das Motorengeräusch wurde ein Flüstern bis es dann ganz verstummte. Ein Jeep Wrangler raste über das Rollfeld auf sie zu.

"Bleiben Sie hier und fassen Sie nichts an." Baxter kletterte auf die Füße und verließ das Flugzeug. Durch die geöffnete Tür drangen der Lärm der heulenden Düsentriebwerke und der Geruch von Treibstoff ins Innere. Auch die Hitze nahm zu, und der Schweiß prickelte sofort auf Edens Haut.

"Was für ein charmanter Kerl", sagte Eden und verschränkte die Arme fest.

Baxter schritt zum Jeep hinüber, kramte ein Bündel Geldscheine aus seiner Tasche und reichte sie durch das Fahrerfenster. Der Fahrer schob die Scheine außer Sicht- weite und die beiden Männer wechselten ein paar Worte. Baxter ging zurück zur Cirrus und bedeutete Eden, auszu- steigen.

"Bitte sagen kostet nichts", sagte Eden und warf sich ihre Tasche über die Schulter. Sie kletterte aus dem Jet und ging zum Jeep, wo sie hinten einstieg, während Baxter auf dem Beifahrersitz Platz nahm.

Der Fahrer, bekleidet mit einem fleckigen khakifar- benen Hemd und Shorts, musterte sie im Rückspiegel.

"Los geht's", sagte Eden und weigerte sich, den Blick des Fahrers zu erwidern.

Sie fuhren los und holperten mit hoher Geschwindig- keit über die Landebahn. Als sie sich einem Sicherheitskon- trollpunkt näherten, hob der Fahrer eine Hand, und die Wachen winkten sie durch. Der Jeep Wrangler brauste aus dem Flughafen und wirbelte eine Staubwolke auf, als er auf die Hauptstraße fuhr. Der Fahrer navigierte durch die Straßen mit der Leichtigkeit von jemandem, der jedes Schlagloch und jede Kurve kennt.

Eden beugte sich vor, ihre Augen huschten von einer Seite zur anderen und nahmen jedes Detail auf, in der Hoff- nung, etwas zu sehen, das sie aus ihrer Zeit hier vor all den Jahren noch kannte.

Als sie sich dem Stadtzentrum näherten, waren sie gezwungen, langsamer zu werden, da Straßenhändler ihre

Waren an bunten Ständen am Straßenrand feilboten. Sie fuhren durch enge Gassen, in denen Kinder spielten oder Menschen in Gruppen standen und rauchten. Gebäude aus altem Stein drängten sich neben modernen Betonmonolithen. Menschen, Fahrräder und Tiere bevölkerten die Straßen. Sie bremsten hinter einem schwerfälligen Lastwagen, der große Rauchwolken aushustete. Die Luft war hier anders - heiß, staubig und voller Abgase von Autos, die so alt waren, dass sie schon lange hätten verschrottet werden müssen. Schließlich hielt der Jeep vor einem großen Gebäude im arabischen Stil mit vergitterten Balkonen, gewölbten Fenstern und einem verschnörkelten Kuppeldach.

Eden blickte hinauf zu der komplexen Architektur. Ein stilisierter Schriftzug hoch über ihren Köpfen verkündete, dass es sich um das *Hotel Saint George* handelte. Sie drehte sich um und blickte auf einen Markt auf der gegenüberliegenden Straßenseite. Reihen von Gemüse, Früchten, Gewürzen und Stoffen erstreckten sich in bunten Schichten, so weit sie sehen konnte. Sie hatte viele Nachmittage mit ihrem Vater auf solchen Märkten verbracht, und jetzt, wo sie darüber nachdachte, wurde ihr klar, dass sie vielleicht vor vielen Jahren genau diesen Markt besucht hatten.

Baxter stieg aus dem Jeep aus, und Eden folgte ihm. Als sie auf dem Fußweg stand, atmete sie den Duft von süßen Gewürzen ein, der vom Markt herüberwehte. Allein dieser Geruch weckte in ihr Erinnerungen an unzählige Tage, die sie mit ihrem Vater verbracht hatte. Nachdem sie ihre Tasche im Hotel abgestellt hatte, beschloss sie, sich umzusehen, ob irgendetwas in der Nähe ihre Erinnerungen wachrief. Zumindest würde sie sich ein paar angemessenere Kleider für die Reise besorgen.

Baxter führte sie durch eine Drehtür in die Hotellobby.

Im Gegensatz zur hellen Nachmittagssonne war es drinnen düster. Lichter in Kristallschirmen hingen an langen Ketten von der gewölbten Decke und eine geschwungene Treppe führte eine Seite der Lobby hinauf.

Ein Mann in roter Weste fegte den Boden, ein anderer stand hinter dem Empfangstresen. Abgesehen von dem entfernten Rauschen des Verkehrs und dem Knarren der Drehtür war es totenstill im Gebäude.

Baxter schritt zur Rezeption und sprach im Flüsterton mit dem Concierge. Er tauschte noch ein paar Geldscheine gegen ein Paar Schlüssel ein, dann winkte er Eden, ihm zu folgen, und trabte die Treppe hinauf in den dritten Stock. Er schloss eine Tür auf und gab den Blick auf ein großes Zimmer mit einem Balkon frei. Lange weiße Vorhänge, die den Blick auf den Markt einrahmten, bewegten sich im Luftzug. Er winkte Eden hinein.

"Das ist Ihr Zimmer", sagte er. "Wenn Sie etwas brauchen, rufen Sie die Rezeption an, und man wird es Ihnen bringen. Ruhen Sie sich etwas aus. Morgen früh brechen wir auf."

Baxter schob sich an Eden vorbei und schloss die Tür hinter sich. Eden wollte ihm gerade folgen, als sie hörte, wie sich der Schlüssel im Schloss drehte.

26

ARCHIBALD GODSPEED LEHNTE sich in dem breiten Ledersitz zurück, als die Gulfstream G650 auf dem Flughafen von Baalbek landete und zum privaten Hangar rollte. Er unterdrückte einen kleinen Anflug von Frustration darüber, dass er Baxter die Cirrus überlassen hatte und deshalb gezwungen gewesen war, die schwerfälligere Gulfstream zu nutzen.

Er warf einen Blick auf seine Uhr. Sie lagen bereits mehrere Stunden hinter dem Zeitplan zurück. Eigentlich sollten sie nur wenige Minuten nach der Landung von Baxter und Eden hier sein, aber die Fahrt zu einem anderen Flughafen, um an Bord der Gulfstream zu gehen, hatte fast zwei Stunden länger gedauert als geplant.

Letztendlich war es egal, dachte Godspeed, denn obwohl Edens Vorgeschichte auf dem Papier gut aussehen mochte - sie kannte sich mit gestohlenen Relikten aus -, war sie es nicht gewohnt, allein und so weit weg von zu Hause zu sein. Sie war weder Soldatin noch Spionin, sondern eine verwöhnte Göre mit einem Autoritätskomplex.

Godspeed holte sein Handy aus der Jackentasche. Es

war an der Zeit, ein wenig mehr Druck zu machen, dachte er. Er wählte Sergeant Khoury von der Polizei in Baalbek an. Khoury war ein Mann, der, wie Godspeed durch einen Kontakt erfahren hatte, mit allen möglichen ruchlosen Aufgaben betraut werden konnte. Das Telefon läutete mehrere Male, dann klickte es. Schließlich meldete sich Khourys Stimme in der Leitung.

"Sie müssen einen Mann für mich töten", sagte Godspeed und kam direkt zur Sache. "Er wohnt im Saint George Hotel in Baalbek. Er hat heute eingecheckt. Lassen Sie es wie einen schiefgelaufenen Raubüberfall aussehen."

"Natürlich, Sir", antwortete Khoury, als sei die Anfrage eine Selbstverständlichkeit. "Wie ist der Name des Herrn?"

"Baxter."

Es war eine Schande, dass Baxter sterben musste, dachte Godspeed. Er war ein guter Soldat. Er konnte rennen, kämpfen und Flugzeuge fliegen wie die Besten von ihnen - aber die Sache war immer größer als ein einzelner Soldat. Baxter würde das verstehen.

Khoury stellte ein paar Fragen zu Baxters Person und dazu, wie Godspeed einen solchen Dienst zu bezahlen gedenke, und beendete dann das Gespräch.

Es war alles zu einfach, dachte Godspeed, als die Gulfstream schließlich zum Stillstand kam und die Tür aufschwang. Der wohltuende Geruch von Staub und Wärme strömte in die Kabine.

Innerhalb von dreißig Minuten würde Eden allein in einem fremden Land sein. Er würde weiterhin Druck an der richtigen Stelle ausüben, und sie würde verängstigt davonlaufen. Dann würde sie ihn dorthin führen, wo Helios sie haben wollte.

Kaum hatte Godspeed sein Telefon wieder in die Jackentasche gesteckt, da klingelte es erneut. Der ungewöhnliche

Klingelton jagte einen kalten Schauer durch sein Nerven-
system. Es war ein Geräusch, das Godspeed trotz der
Einstellungen an seinem Telefon nicht abstellen konnte.
Helios war am Apparat.

Godspeed fummelte das Telefon aus seiner Tasche,
seine Hände waren taub. Er nahm das Gespräch an.

"Mr. Godspeed, Helios möchte Sie sprechen." Die sterile
Stimme der Sekretärin ertönte aus dem Hörer. Godspeed
saß wie angewurzelt auf seinem Platz, die Erwähnung des
Namens dieses Mannes verursachte bei ihm ein mulmiges
Gefühl im Magen.

"Natürlich", antwortete Godspeed so jovial, wie er
konnte.

Die Leitung klickte und verstummte dann.

"Godspeed, ich hoffe, Sie haben einen guten Grund,
warum das so lange dauert", sagte Helios und nahm den
Anruf entgegen.

Godspeed versuchte zu antworten, aber es war, als hätte
er die Kontrolle über seine Zunge verloren.

"Sind sie dran?", bellte Helios.

"Ja, Sir, absolut. Ich kann Ihnen versichern, dass ich alles
unter Kontrolle habe. Ich weiß, wohin sie gehen, und ich
habe einen Mann vor Ort."

"Wissen sie, Godspeed, was es dieser Organisation
ermöglicht hat, ihre mächtige Position in den letzten fünftausend Jahren zu halten?", fragte Helios in einem tiefen
und bösartigen Ton. Er fuhr fort, um zu verdeutlichen, dass
die Frage rhetorisch gemeint war. "Wir sind immer einen
Schritt voraus. Wir bereiten uns auf jede Eventualität vor.
Wir haben alle Trümpfe in der Hand. So wie ich das sehe,
jagen Sie blindlings einer jungen Frau hinterher, in der
Hoffnung, dass sie sich vielleicht erinnert, wo diese Tafeln
sind. Ich habe nicht den Eindruck, dass Sie alle Trümpfe in

der Hand halten. Tatsächlich sitzen Sie im Moment in der Gulfstream, während sie fast fünfzig Kilometer entfernt ist."

Godspeed drehte den Kopf hin und her, überrascht darüber, dass der andere Mann seinen genauen Standort kannte.

"Ich habe ... es ist alles unter ...", stotterte Godspeed.

"Das scheint kaum so", unterbrach Helios. "Ich habe Sie darum gebeten, weil ich dachte, Sie wären der richtige Mann für diese Aufgabe. Enttäuschen Sie mich nicht. Wir müssen diese Tafeln bergen, und dann werden ich und der Rat über ihr Schicksal entscheiden. Es liegt nicht an Ihnen, und es liegt ganz sicher nicht an Eden Black. Ich erinnere Sie nur einmal daran, Godspeed, nur ein einziges Mal." Helios' Ton verdunkelte sich. "Wenn Sie dem Rat nicht das gewünschte Ergebnis liefern, werden wir keine andere Wahl haben, als Sie aus dem Verkehr zu ziehen."

Die Leitung war tot. Godspeed nahm das Telefon vom Ohr und starrte darauf hinunter, seine Hände zitterten. Alle Farbe war aus seinem Gesicht gewichen.

Godspeed hatte schon immer gewusst, dass der Rat das Beste von seinen Leuten verlangte, aber die persönliche Drohung mit dem Ausschluss aus der Gemeinschaft durch Helios selbst traf ihn wie ein Hammer auf einen Amboss. Er hatte viele Gerüchte darüber gehört, was es bedeutete, nicht mehr kontaktiert zu werden. Manche meinten, man würde verschwinden, ja sogar die Existenz würde aus den öffentlichen Registern gelöscht werden. Andere meinten, dass der Rat einen öffentlich bloßstellen würde, was ausreichte, um einen für immer zu diskreditieren. Godspeed hatte genug Berichte über reiche und berühmte Menschen gelesen, die in Ungnade gefallen waren, um solche Drohungen ernst zu nehmen. Was auch immer Helios vorhatte, Godspeed hatte nicht vor, es herauszufinden.

DER MANN, DER SICH HELIOS NANNTE, GING ÜBER DAS DECK der *Balonia*, der Hundert-Meter-Yacht, von der aus er seine Operationen leitete und kontrollierte. Er blickte nach Osten, zu den fernen Küsten des Libanon. Er lehnte sich an die Reling, kniff die Augen gegen die helle Nachmittagssonne zusammen und versuchte, den schemenhaften Fleck Land zu erkennen, der einige Kilometer von ihrem derzeitigen Ankerplatz entfernt lag.

Er dachte an den Anruf, den er gerade mit Archibald Godspeed geführt hatte.

Der Mann war ein Narr, das wusste Helios totsicher. Aber einem Narren konnte man zutrauen, dass er das tat, was ihm gottgegeben war, nämlich sich wie ein Narr zu verhalten. Helios hatte keinen Zweifel daran, dass Godspeed sich jetzt mit der gleichen nonchalanten Beharrlichkeit verhalten würde, mit der er sein ganzes Leben lang gehandelt hatte. Dem Rat würde es jedoch helfen, für den Fall der Fälle ein Backup zu haben.

Helios tippte auf sein Telefon und hielt es dann an sein Ohr. Nach einem Moment ertönte die Stimme seiner Sekretärin durch den Lautsprecher.

"Holen sie mir Athena!"

Obwohl die Sekretärin darauf trainiert war, bei den Ereignissen des Rates keine Emotionen zu zeigen, sprach ihr kurzes Schweigen Bände. "Ja, natürlich, Sir. Ich werde sie sofort zu Ihnen nach oben schicken."

"Gut. Ich danke Ihnen." Helios legte auf. Er starrte einen Moment lang auf das Gerät hinunter und klopfte es sich gegen die Hand. Sein Wunsch, die Situation diskret zu halten und sie schnell zu einem Abschluss zu bringen, widersprach seinem Verstand. Wenn er noch eine weitere Person hinzuziehen wollte, war Athena die richtige Frau für diesen Job.

Helios nickte, sein Entschluss stand fest. Er drehte sich um und blickte auf die elegante Architektur des riesigen Schiffs. Hinter den getönten Fenstern arbeitete ein Team der beeindruckendsten technischen Köpfe der Welt unermüdlich daran, die Ziele der Organisation zu erreichen. Unter seiner Leitung hatte der Rat von Selene viele Veränderungen erlebt. Er hatte unermüdlich daran gearbeitet, die Organisation zu rationalisieren und zu modernisieren. In ihren verschiedenen Labors auf der ganzen Welt, die stets unter dem Namen mehrerer Unternehmen firmierten, arbeiteten Wissenschaftler an der Technologie, die die Zukunft prägen sollte. Letztendlich würde der Einfluss einer bestimmten Technologie auf die Welt von Helios und seinem Rat abhängen.

Helios dachte noch einmal an das letzte frustrierende Treffen. Er hatte immer eine fortschrittliche Haltung eingenommen und war der Meinung, dass die Entwicklung von Technologien, wo immer möglich, transparent sein sollte. Wenn die Weltbevölkerung von etwas profitieren würde, dann sollte es erlaubt sein.

Einige Mitglieder des Rates waren jedoch nicht so willensstark. Sie glaubten an eine strenge Kontrolle und ließen sich selten dazu bewegen, die andere Seite zu sehen. Dies war Helios ein Dorn im Auge, seit er gewählt worden war. Aber er musste damit arbeiten, wie alle Inhaber seines Amtes in den letzten paar tausend Jahren.

Die Türen öffneten sich, und Athena trat auf das Deck hinaus. Athena war eine der zuverlässigsten Problemlöserinnen des Rates und eine Kraft, mit der man rechnen konnte. Trotz ihres jungen Aussehens hatte Helios erlebt, wie sie einige der am besten geschützten Organisationen des Planeten infiltriert hatte.

"Sie wollten mich sprechen, Sir", sagte sie und lehnte sich neben Helios an das Geländer. Ihre Stimme war sanft, und ihr Akzent hatte eine feine osteuropäische Note, obwohl sie im Handumdrehen wie fast jeder andere klingen konnte. Die untergehende Sonne funkelte in ihren großen, mandelförmigen Augen.

"Ja." Helios räusperte sich. "Ich habe eine Aufgabe für Sie."

27

EDEN STARRTE mit offenem Mund und ungläubig auf die Tür. Sie konnte nicht begreifen, dass Baxter sie einfach eingesperrt hatte und sie wie eine Kriminelle behandelte. Sie schloss ihren Mund, schritt durch den Raum und rüttelte an der Türklinke. Sie war fest verschlossen, wie sie es erwartet hatte. Und da es auf der Innenseite kein Schlüsselloch gab, konnte sie nicht einmal versuchen, sie zu öffnen. Sie zog erneut an der Klinke. Die Tür war aus dickem Holz und hatte ein solides Schließsystem, das nicht einmal zitterte.

Eden knurrte und wandte sich dem Bett zu. Sie ließ ihre Tasche fallen und stakste dann auf den Balkon hinaus. Sie war aus eigenem Antrieb hier, um herauszufinden, was hinter diesem Schlamassel steckte, und jetzt hatte man sie wie einen bockigen Teenager in ihrem Zimmer eingesperrt. Sie presste eine Faust in die Handfläche der anderen Hand. Das war genau der Grund, warum sie nicht gerne mit anderen Menschen zusammenarbeitete - sie waren unberechenbar. Wenn sie allein arbeitete, wusste sie wenigstens, auf wen sie sich verlassen konnte.

Eden lehnte sich über das Geländer und blickte auf den Markt auf der anderen Straßenseite. Sie hätte Godspeed sagen sollen, er solle sich zum Teufel scheren und zu ihrem Truck im Wald zurückgehen. So hatte sie noch nie jemand behandelt, niemals. Sie dachte an die Zeit, als ihr Vater versucht hatte, sie auf ein Internat zu schicken. Das hatte nicht geklappt. Am ersten Abend hatte man sie in der nächstgelegenen Stadt herumirren sehen. Der Schulleiter hatte schließlich vorgeschlagen, dass sie zum Wohle von Eden und den anderen Schülern ihre Schulzeit woanders fortsetzen sollte. Die Erinnerung daran zauberte ein Grinsen auf Edens Gesicht, als sie sich vorstellte, wie ihr Vater versuchte, auf sie böse zu sein. Sie wusste, dass er solche Schulen genauso hasste wie sie und genau das Gleiche getan hätte.

Ein kräftiger Windstoß kam von der Straße herauf, zog den Geruch des Marktes unter ihr mit sich und riss Eden aus ihren Erinnerungen. Der Geruch brachte einen fernen Ton der Vertrautheit mit sich. Sie konzentrierte sich darauf und versuchte, den Geruch zuzuordnen, konnte es aber nicht.

Eden spähte weiter über den Balkon und sah zwei Hotelangestellte, die an ihren roten Westen zu erkennen waren und auf dem Balkon unter ihr rauchten. Ihr Gesicht verzog sich zu einem Lächeln, als eine Idee Gestalt annahm.

Sie schritt zurück in den Raum und griff nach einem der langen, fließenden Vorhänge. Sie betrachtete den Stoff, der mindestens drei Meter lang war.

"Das reicht", sagte sie, zog einen Stuhl durch den Raum und stellte ihn neben die Vorhänge. Sie kletterte auf den Stuhl und hängte den Vorhang von der Stange ab. Dann zog sie den Vorhang nach draußen und befestigte ein Ende an der Steinbalustrade, die den Balkon umgab. Sie zog an dem

Vorhang, um die Festigkeit des Stoffes und die Qualität ihres Knotens zu prüfen. Zufrieden setzte sie ihren Rucksack auf und zog die Riemen fest.

"Niemand sperrt Eden Black ein", sagte sie zu sich selbst und wickelte den Vorhang um ihr Handgelenk. "Jedenfalls nicht lange."

Mit einer raschen Bewegung ließ sie den Vorhang über den Rand des Balkons hinunter. Sie schwang ihre Beine über die Brüstung und ließ sich Stück für Stück hinunter. Als sie das Ende des Vorhangs erreicht hatte, schwang sie sich in Richtung des Gebäudes. Sie ließ los und landete in der Hocke auf dem Balkon.

"Tut mir leid", sagte sie und warf den Hotelangestellten ein Grinsen zu. "Ich habe meine Schlüssel vergessen." Sie schritt hinein, trat auf den Flur hinaus, joggte die Treppe hinunter und hinaus auf die Straße.

DIE HINTER DEN GEBÄUDEN VERSINKENDE SONNE UND DAS Knurren ihres Magens erinnerten Eden daran, dass sie bereits mehrere Stunden damit verbracht hatte, über die Märkte, Stände und Geschäfte zu schlendern. Der Lärm des Marktes wurde nun leiser, da die Händler ihre Waren einpackten.

Eden blickte zurück in die ungefähre Richtung des Hotels. Sie grinste und stellte sich vor, wie Baxter in ihr Zimmer zurückkehrte und merkte, dass sie verschwunden war. Das würde ihm zeigen, dass sie sich nicht herumschubsen ließ. Sie wählte mehrere Tücher von einem Stoffstand und reichte sie dem Händler. Der Mann faltete sie zusammen und steckte sie in eine Tasche. Ohne zu verhandeln, reichte Eden dem Mann ein paar der Geldscheine, die sie an einem nahegelegenen Geldautomaten abgehoben hatte. Sie gab ihm mehr Geld, als die Tücher wert waren, aber sie dachte sich, dass er das Geld dringender brauchte als sie. Sie bedankte sich bei dem Händler, nahm die Tasche entgegen und machte sich auf die Suche nach Essen.

Eden folgte ihrer Nase und schlängelte sich auf der Suche nach etwas Essbarem durch das Gewirr der engen Gassen. Vor einem kleinen Restaurant blieb sie stehen und schnupperte die Luft. Der wohlriechende Duft von Gewürzen vermischte sich mit dem von über Holzkohle gebratenem Fleisch. Das Restaurant war ein Ort, an dem man ohne viel Aufhebens ein gutes lokales Essen bekommen konnte - genau das Richtige für ihre momentanen Bedürfnisse. Sie spähte durch das Glas. Eine Gruppe von Männern hielt in ihrem Gespräch inne und drehte sich zu ihr um. Da sie schon viele Male durch die Welt gereist war, wusste Eden, dass solche Blicke keine Bedrohung darstellten. Die Aufmerksamkeit, die ihr zuteilwurde, war mehr Neugierde als Böswilligkeit.

Sie trat ein und schenkte den Gästen ein breites Lächeln, woraufhin der Raum voller Lächeln war. Sie wählte einen Tisch in der Nähe des Fensters und ließ sich dort nieder. Während sich ihr Körper ausruhte, machte sich ihr Geist wieder an die Arbeit und ließ die Ereignisse der letzten Tage Revue passieren. Sie dachte an den mysteriösen Tod ihres Vaters, an die Begegnung mit Godspeed und nun an diese wilde Verfolgungsjagd in ein fremdes Land.

Plötzlich fiel ihr eine Bewegung auf. Eine Gestalt in einer dunklen Jacke schlängelte sich durch die belebte Straße draußen. Eden beobachtete die Gestalt, die immer näherkam und immer klarer wurde.

Als sie Baxter erkannte, spannte sie sich an und war

bereit zu handeln. Sie beobachtete Baxter einige Sekunden lang und dachte über seine Beweggründe nach. Sie hatte keine Ahnung, warum ein scheinbar fähiger Mann wie Baxter für einen Kerl wie Godspeed arbeiten würde. Eines war sicher, sie wusste, dass in Baxter mehr steckte, als man auf den ersten Blick sehen konnte, und bis sie herausgefunden hatte, was dahintersteckte, würde sie ihm kein bisschen vertrauen.

Als er an dem Restaurant vorbeiging, schaute Baxter nicht einmal in Edens Richtung.

Eden beobachtete weiter, wie zwei Männer die Straße hinunterpirschten. Der Geschwindigkeit ihrer Schritte nach zu urteilen, sah es so aus, als hätten sie es eilig. Von ihrer Position im Restaurant aus sah Eden nicht mehr als ihre breiten Rücken. Beide trugen Leinenhemden, eines weiß, eines grau. Sie blickte von den Männern zu Baxter, der um eine Ecke in eine Seitenstraße einbog. Die Männer beschleunigten ihren Schritt und ließen keinen Zweifel daran, dass sie Baxter auf den Fersen waren.

Neugierig lehnte sich Eden in ihrem Sitz nach vorne, wobei ihr klappriger Stuhl knarrte. Vielleicht war dies eine Gelegenheit für sie zu verstehen, was hier wirklich vor sich ging. Um keinen weiteren Moment zu vergeuden, erhob sie sich von ihrem Platz, kramte in ihrer Tasche und legte sich einen der Schals um Kopf und Schultern. Sie betrachtete sich im Spiegelbild des Fensters. Es war nicht gerade eine Verkleidung, aber wenn Baxter oder die Männer zufällig in ihre Richtung blickten, würde sie keine Aufmerksamkeit erregen.

Eden schlüpfte aus dem Restaurant, ihren Körper nach vorn gebeugt und zitternd in einer geübten Darstellung einer älteren Frau. Die Straßen von Baalbek, die einst voller Leben waren, schienen nun voller Gefahren zu sein. Jeder

Schatten konnte ein Angreifer sein, jeder Passant eine potenzielle Bedrohung. Sie schlich sich hinter einen schwerfälligen Lastwagen und beobachtete die Männer, die Baxter verfolgten, als sie in die Seitenstraße schlüpften.

Eden sprintete zur Ecke. Sie drückte sich gegen die raue Steinmauer und spähte in die enge Gasse. Die Mauern ragten auf beiden Seiten hoch auf und bildeten eine natürliche Falle. Sie schlich weiter, ihre Sinne waren nun in höchster Alarmbereitschaft. Sie kam an einem überquellenden Müllcontainer vorbei, und der Gestank der Verwesung drang ihr in die Nase. Etwas huschte durch die Dunkelheit.

Vor ihnen stürzten die Verfolger durch einen Lichtfleck, der aus einem Fenster hoch oben schien. Eden bemerkte, wie ihre Bewegungen raubtierhaft geworden waren, als sie sich ihrer Beute näherten. Dann fiel ihr Blick auf das Schimmern von Stahl, als die Verfolger ihre Messer unter der Tunika hervorholten.

28

DIE NÄCHSTEN AUGENBLICKE VERGINGEN, als ob die Zeit langsamer geworden wäre. Der Lärm der Stadt schrumpfte zu einem entfernten Murmeln zusammen. Das Pochen von Edens Herzschlag stieg in ihren Ohren an.

Baxter drehte sich zu den Männern um. Zuerst war sein Gesichtsausdruck verwirrt, bevor die Erkenntnis ihn in Angst verwandelte. Er wich zurück. Seine Arme hoben sich in eine Kampfhaltung und seine Hände ballten sich zu Fäusten.

Der Mann im weißen Hemd stürzte vor und schwang das Messer in einem weiten Bogen nach unten. Die gezackte Klinge glitzerte im schwachen Licht der Gasse. Baxter wich dem Messer leicht aus und versetzte dem Mann einen rechten Hieb in den Nacken. Die Augen des Weißhemdes weiteten sich, und er wich einen Schritt zurück, wobei seine Stiefel über das unebene Kopfsteinpflaster schrammten und er fast das Gleichgewicht verlor.

Der im grauen Hemd nutzte die Gelegenheit und stürzte sich mit einem markerschütternden Schrei nach vorne. Er stieß sein Messer mit einer ruckartigen Bewegung zu und zielte auf Baxters Mittelteil. Baxter wich blitzschnell aus und rammte seinen Ellbogen in Grauhemds Rippen. Das Messer wackelte im Griff des Möchtegern-Attentäters, aber es gelang ihm, es festzuhalten. Der Angreifer stieß ein schmerzhaftes Grunzen aus und ging zur Seite, um den Weg für den nächsten Angriff seines Partners freizumachen.

Der Mann im weißen Hemd, war wieder auf die Beine gekommen und preschte erneut vor. Er täuschte eine Finte an, änderte dann die Richtung und zielte mit dem Messer auf Baxters Hals. Die Klinge zischte durch die Luft. Baxter wich aus, das Messer verfehlte ihn nur um Haaresbreite.

Jetzt nutzte der im grauen Hemd seine Chance. Den Schmerz in seiner Seite offensichtlich ignorierend, stürzte er sich mit ausgestrecktem Messer in den Kampf. Er fletschte die Zähne in einem wilden Knurren, Spucke flog von seinen Lippen. Die Enge der Gasse ließ Baxter nur wenig Spielraum für Konter.

Für Eden, die sich hinter einem Stapel Kisten versteckt hielt, war die Absicht der Männer klar. Das war kein zufälliger Angriff, das war ein Attentat.

Baxter wich dem Angriff des Mannes im grauen Hemd aus, seine Muskeln spannten sich an. Wut verknotete seine Züge und verwandelte sein Gesicht in eine Maske der Rage. Als er die Ausweglosigkeit seiner Situation erkannte, ging er in die Hocke, seine Muskeln spannten sich wie Sprungfedern, und er stürzte sich mit explosiver Geschwindigkeit auf die Angreifer. Er verpasste Grauhemd einen Schlag in den Magen, der ihm mit einem befriedigenden Zischen die Luft aus der Lunge trieb. Als der Mann umkippte und nach Atem rang, drehte sich Baxter. Er schwang seinen Ellbogen und traf Weißhemd direkt im Gesicht. Der Aufprall war ekelerregend - ein nasses Knirschen, gefolgt von einer purpurnen Gischt. Die Nase von Weißhemd explodierte in einem Chaos aus Blut und Knorpel. Das Messer glitt ihm aus den Fingern und klirrrte auf den Boden.

Nachdem der eine Angreifer vorübergehend ausgeschaltet war, drehte sich Baxter auf dem Absatz und schlug denselben Ellbogen in das Gesicht von Grauhemd. Der Ellbogen erwischte ihn am Kinn und sandte eindeutig Schockwellen durch seinen Schädel. Grauhemd taumelte nach links, prallte fast gegen die Wand, blieb aber aufrecht stehen. Der Attentäter beruhigte sich einen Moment, bevor er erneut zuschlug. Diesmal hielt er das Messer tief und zielte auf Baxters Magen. Baxter wich der Klinge aus und konterte mit einem weiteren Schlag, der auf Grauhemds Gesicht abzielte. Der Schlag war zwar kraftvoll, aber ein bisschen zu langsam, so dass der andere Mann sich in Sicherheit bringen konnte.

Als Baxter aus dem Gleichgewicht war, stieß Grauhemd erneut mit dem Messer zu. Baxter erwischte den Arm des Mannes im letzten Moment und schob ihn zur Seite, so dass die Klinge ihn um einen Zentimeter verfehlte.

Weißhemd stand vom Boden auf und griff erneut nach seinem Messer. Die Angreifer standen nebeneinander, beide mit erhobenen Messern. Sie machten gemeinsam einen Schritt nach vorne.

Als Eden den Angriff beobachtete, spürte sie, wie sich ein Knoten des Entsetzens in ihrem Magen bildete. Sicher, sie und Baxter hatten sich nicht gerade gut verstanden, aber sie waren beide hier, um die Tafeln zu suchen. Der Kerl hatte sich zwar bisher als so sympathisch wie ein Schlangenbiss erwiesen, aber dass er in einer Gasse erstochen wurde, war für keinen von ihnen gut.

Die Attentäter rückten im Tandem vor. Wie Wölfe, die ein verwundetes Reh umkreisen, schwärmten sie aus und umstellten ihn von beiden Seiten. Da Baxter nur noch wenige Möglichkeiten hatte, wich er einen Schritt zurück. Die Attentäter rückten vor und zwangen Baxter erneut zum Rückzug. Als sein Fuß die Rückwand des Ganges berührte, wurde ihm klar, dass er nicht mehr weitergehen konnte. Er war in die Enge getrieben und stand mit dem Rücken zur Wand.

Baxter ballte seine Fäuste, die Knöchel waren weiß, und er bereitete sich auf einen verzweifelten Kampf vor, der ein letzter Ausweg sein sollte. Die Attentäter, die ihren Vorteil witterten, erlaubten sich ein leichtes Lächeln - Raubtiere, die den Moment vor dem Töten auskosten.

Eden presste die Lippen zusammen und griff an. Sie sprintete den Gang hinunter auf die Attentäter zu und schnappte sich im Vorbeigehen ein Stück ausrangierter Metallrohre. Sie verringerte den Abstand, hob das Rohr hoch und schätzte seine Nützlichkeit als Waffe ein. Schwer und solide, aber auf jeden Fall besser als nichts.

Als Eden noch ein paar Meter entfernt war, sprang Weißhemd in Aktion. Er stürzte sich mit verblüffender Geschwindigkeit auf Baxter. Baxter rammte seinen Unterarm in das Handgelenk seines Gegners und lenkte die Klinge im letzten Moment von seiner Kehle ab. Mit dem Schwung stieß Baxter den Mann weg und verschaffte sich so eine wertvolle Sekunde Luft.

Grauhemd nutzte die Gelegenheit, griff an und versuchte, sein Messer tief in Baxters freiliegende Rippen zu stoßen. Baxter drehte sich und wich der Klinge nur knapp aus. In einem verzweifelten Gegenzug holte er mit einem kräftigen Tritt aus. Sein Fuß traf genau in die Seite von Grauhemd. Der Attentäter taumelte zurück und stürzte auf einen Stapel ausrangierter Kisten.

Weißhemd kam wieder auf die Füße und stürzte sich erneut auf ihn, ohne Baxter einen Moment Zeit zu geben, sich zu erholen. Er täuschte eine Linke vor und schlug dann mit der Rechten in einer komplexen Schlagserie zu, die Baxter zum Ausweichen zwang. Baxter versuchte, sich zurückzuziehen, aber er stieß mit dem Rücken an die Wand.

Als er merkte, dass seine Beute nicht mehr weiterlaufen konnte, ließ sich Grauhemd Zeit. Er ging in die Hocke, bereit, einen letzten Angriff zu starten.

In diesem Moment schlug Eden das Rohr auf seinen Hinterkopf. Der Aufprall verursachte ein unangenehmes, hohles Geräusch. Die Augen von Grauhemd weiteten sich für den Bruchteil einer Sekunde, bevor sie nach hinten rollten. Sein Messer klirrte auf den Boden, während sein Körper schlaff wurde und auf das Kopfsteinpflaster sackte.

Baxter, der gerade dabei war, Weißhemd abzuwehren, drehte sich bei dem plötzlichen Geräusch um. Er erstarrte und seine Augen trafen Edens. Überraschung flackerte über sein Gesicht, gefolgt von einer Welle der Erleichterung. Für einen kurzen Moment wich die harte Schärfe des geschulten Agenten, und ein Schimmer echter Dankbarkeit kam zum Vorschein.

Weißhemd, der sich plötzlich in der Unterzahl befand, schwankte sichtlich. Sein Blick huschte zwischen Eden und Baxter hin und her und bewertete die drastisch veränderte Situation neu. Das zuversichtliche Grinsen, das er zuvor aufgesetzt hatte, schmolz dahin und wurde durch einen Blick wachsender Unsicherheit ersetzt.

Baxter stürzte nach vorne und rammte seine Faust tief in den Magen von Weißhemd. Der Aufprall war hörbar, ein dumpfer Aufschlag, gefolgt von einem Zischen der ausgestoßenen Luft. Die Augen des Gegners weiteten sich, sein Mund klaffte auf wie bei einem Fisch auf dem Trockenen, während er nach Luft rang.

Weißhemd schwang sein Messer in einem wilden Bogen

auf Baxter zu, der sich darauf vorbereitete, auszuweichen oder zu blocken. In einem verzweifelten Spiel drehte sich der Attentäter im letzten Moment und richtete die Klinge auf Eden. Unvorbereitet auf den Angriff rutschte Eden rückwärts, wobei ihre Füße über das Kopfsteinpflaster scharrten. Die Bewegung war unbeholfen, aber sie erfüllte ihren Zweck - die Spitze des Messers zischte an ihrem Gesicht vorbei. Als die Klinge frei war, sprang sie zurück und schwang das Rohr wie ein Samurai. Mit einem Knall schlug sie das Rohr auf das Handgelenk von Weißhemd.

Ein Urschrei entrang sich der Kehle des Attentäters, und das Messer fiel zu Boden.

Baxter trat vor, packte den Mann am Hemd und drückte ihn gegen die Wand. Er holte mit der Faust aus, bereit, die Nase des Mannes zu pulverisieren. Die Augen des Schlägers weiteten sich.

"Wer hat Sie hergeschickt?", knurrte Baxter.

Die Lippen des Mannes bebten, aber er sagte kein Wort.

Baxter schlug dem Mann auf den Mund. Weißhemd schrie auf und Blut und Spucke Spritzten aus einer aufgeplatzten Lippe.

Baxter zog seine Faust wieder zurück. "Das war nur ein Aufwärmen. Dieses Mal breche ich dir den Kiefer. Wer schickt ..."

Ein Schuss schallte durch den Gang. Der Körper von Weißhemd zuckte heftig. Seine Augen weiteten sich, und ein flüchtiger Moment der Überraschung huschte über sein Gesicht, bevor es von einem leeren Blick abgelöst wurde. Eine dunkle, purpurne Blume erblühte auf der linken Seite seines Kopfes, direkt über seiner Schläfe.

Eden und Baxter ließen sich auf den Boden fallen und drehten sich zu dem Schützen um. Grauhemd, dessen Gesicht ein Chaos aus Blut und Knochen war, sah zu ihnen auf, seine zerschlagenen Lippen zu einer Art Lächeln verzogen. In seiner zitternden Hand hob er eine Waffe und richtete sie auf Eden.

Da es in der Gasse keine Deckung gab, dachte Eden, dass Angriff besser sei als Verteidigung. Sie rollte sich über den Boden, wobei sie das Rohr hochhob, während sie sich bewegte.

Der Verbrecher feuerte und ein weiterer Schuss ertönte. Das Geschoss prallte vom Beton ab und durchschlug ein Fenster im zweiten Stock.

Weißglühender Schmerz schoss durch Edens Schulter. Das Rohr, das sich bereits in Bewegung gesetzt hatte, krachte gegen Grauhemds Schlüsselbein. Die Waffe flog ihm aus der Hand und prallte gegen die gegenüberliegende Wand. Er kreischte und stieß eine Reihe von Schimpfwörtern aus.

Eden ignorierte den Schmerz und das Adrenalin, das ihren Körper durchströmte, setzte die Metallstange neu an und schlug sie hart auf den Schädel des Mannes. Der Knall ließ das Metall vibrieren und der Mann verstummte.

Eden atmete aus, der Schmerz aus der Nähe ihres Halses überrollte sie. Mit einer Hand rieb sie sich über die Seite ihres Gesichts und ihren Hals. Blut rann aus einer Verletzung an ihrer Schulter und über ihr Hemd. Plötzlich fühlte sie sich kalt und schwindlig. Eden drückte ihre Hand fest gegen die Wunde.

Baxter übersprang Weißhemd und hielt ihren Arm. Sie sahen sich in die Augen. Er zog den Schal von Edens Hals, knüllte ihn zusammen und drückte ihn fest auf die Wunde.

Er schob zwei Finger unter das Tuch und spürte den Puls.

"Du hast Glück", sagte er, nahm seine Finger weg und drückte das Tuch fest auf die Wunde. "Es ist nur eine Hautabschürfung. Noch einen Zentimeter weiter links und du wärst ..." Er beendete den Satz nicht.

Eden hielt sich an seiner Schulter fest, um sich zu stabilisieren. "Ich fühle mich nicht sehr glücklich", sagte sie und sah zu ihm auf. "Und überhaupt, bist du jetzt auch noch Arzt?"

"Teil meiner Ausbildung bei der Royal Air Force, ja. Insbesondere Verletzungen auf dem Schlachtfeld, Schuss- und Messerwunden und so weiter."

"Vielleicht ist das ein Glück."

Baxter blickte auf die beiden Männer hinunter. "Wir müssen hier weg. Wer auch immer dahintersteckt, wird mehr Männer schicken, wenn er merkt, dass diese Jungs versagt haben."

"Moment mal, weißt du, warum die Typen hinter dir her sind?" Eden drückte den Schal gegen ihren Hals und spürte bereits, wie das Blut weniger wurde.

"Nein", sagte Baxter, einen Moment zu langsam. "Aber sie meinten es eindeutig ernst."

"Das sind doch fast noch Kinder", sagte Eden und blickte auf die verletzten Gestalten zurück.

"Eine Waffe in der Hand eines Kindes ist genauso tödlich", entgegnete Baxter. Er griff nach unten und hob eines der Messer auf, die die Attentäter fallen gelassen hatten. "Wir müssen zurück zum Hotel und dann schnell aus der Stadt verschwinden."

29

"SAGEN SIE MIR, dass es erledigt ist", zischte Archibald Godspeed, der in seiner Hotelsuite auf und ab ging und sich das Telefon ans Ohr klemmte. Der Mann am anderen Ende der Leitung, Sergeant Khoury, blieb stumm.

"Bei der Summe, die Sie bekommen, sollten Sie in der Lage sein, mir eine Beschreibung des Toten zu geben." Godspeed schritt zum Fenster und spähte zwischen den Vorhängen hervor. Die Nacht war schon vor einiger Zeit über Baalbek hereingebrochen, doch in den engen Straßen herrschte noch immer reger Verkehr.

Khoury bellte Anweisungen in ein Funkgerät, wobei seine Stimme so klang, als würde er auf der anderen Seite des Raumes sprechen. Alles, was Godspeed jetzt noch brauchte, war die Bestätigung, dass Baxter tot war; dann wäre Eden auf sich allein gestellt. Die Leitung surrte und klickte, dann sprach Khoury.

"Wir haben einen Toten und einen Mann mit einer schweren Gehirnerschütterung. Beide sind als Unruhe-stifter in der Stadt bekannt."

Godspeed ließ den Vorhang los und stapfte zurück in den Raum. Sein Kiefer spannte sich an und seine Fingerknöchel umschlossen das Telefon. Fast hätte er das Telefon gegen die Wand geworfen, konnte sich aber gerade noch zurückhalten.

"Ist der Tote ein Engländer?", schrie Godspeed.

Khoury sprach wieder in das Funkgerät, seine Stimme war weit entfernt. Es folgten einige lange Sekunden der Stille und seltsame Klopfgeräusche.

"Nein, Sir, ich fürchte nicht", erwiderte Khoury. "Nur die beiden einheimischen Kerle. Einem wurde ins Auge geschossen und der andere hat vermutlich einen Schädelbruch."

Godspeed war wütend. Dies sollte ein einfacher Job sein. Einen Mann in einer Gasse töten und es dann wie einen schief gelaufenen Raubüberfall aussehen lassen.

"Sie haben gesagt, dass diese Jungs die Besten sind", brüllte Godspeed. "Wie konnten sie das so vermasseln?"

"Ich weiß es nicht, Sir. Angesichts der Verletzungen, die die Männer erlitten haben, denke ich, dass es mehr als eine Person gewesen sein könnte. Wenn ich mehr weiß, werde ich ..."

"Ich werde Ihnen genau sagen, was Sie tun werden", brüllte Godspeed, dessen Frustration in pure Wut umschlug. "Sie werden den Mann finden und mir sagen, wo er ist. Sie haben es einmal vermasselt, jetzt machen Sie es wieder gut."

"Kein Problem", sagte Khoury. "Ich werde das sofort in die Wege leiten."

"Gut, ich sehe wir verstehen uns."

Das Geräusch von raschelnden Papieren erfüllte die Stille. Khoury räusperte sich.

"Der Tote wurde in die Leichenhalle gebracht, der Mann

mit dem gebrochenen Schädel ins Krankenhaus. Ich gebe Ihnen jetzt die Adresse. Haben Sie einen Stift?"

"Nein, Sie Idiot!" Godspeed schrie, und jeder Anschein von Ruhe verflog. Eine Ader trat hervor und pulsierte auf seiner Stirn. "Nicht dieser Mann. Der ist mir egal. Ich will, dass Sie den Mann namens Baxter finden und eliminieren."

EDEN ZOG EIN WEITERES TUCH AUS IHRER TASCHE UND schlang es um ihre Schultern, um das Blut zu bedecken. Die Bewegung verschlimmerte die Wunde und ein stechender Schmerz schoss durch ihren Körper.

Baxter spähte auf die Straße hinaus. Es war jetzt still und düster. Ein Auto rumpelte die Straße hinauf und blendete Eden mit seinem einzigen funktionierenden Scheinwerfer. Sie wandte sich ab, als das Auto vorbeifuhr. Der Ruf zum Gebet hallte durch die Stadt. Der gespenstische Klang, der sie normalerweise für ferne Länder begeisterte, klang jetzt wie eine Warnung. Zwei heulende Sirenen gesellten sich zu dem Gebetsruf und erzeugten ein unharmonisches zwei-stimmiges Wehklagen.

"Hier rein." Eden zog Baxter in eine Tür, als zwei Polizei-autos mit Blaulicht um die Ecke fuhren.

"Du hast schnell gelernt", sagte Baxter.

"Vielleicht hat jemand die Schüsse gehört."

"Das bezweifle ich", antwortete Baxter. "Sie werden nach zwei Fremden suchen. die sich die Hände schmutzig gemacht haben" Baxter sah auf seine blutverschmierten Hände hinunter. "Sprichwörtlich."

"Wie? Denkst du, jemand hat ihnen von uns erzählt?"

Eden stellte sich die grausige Szene vor, die sie in der Gasse vorfinden würden.

"Sie wussten, dass ich hier bin, nicht wahr? Jemand will nicht, dass wir diese Tafeln finden." Der Klang der Sirenen verstummte, und Baxter schaute auf die Straße, um zu sehen, ob die Luft rein ist. "Alles klar."

Sie überquerten den menschenleeren Marktplatz und hielten sich so gut es ging im Schatten auf. Verglichen mit dem geschäftigen Treiben tagsüber war es hier unheimlich still. Irgendwo in der Nähe klapperte ein Rudel streunender Tiere zwischen den Mülltonnen.

Eden führte sie durch einen schattenumhüllten Eingang gegenüber dem Hotel und sah sich das Gebäude an. Die meisten Zimmer schienen unbewohnt zu sein, die Lichter waren ausgeschaltet.

"Wir sollten einen anderen Weg hineinfinden", sagte Eden. "Ich traue dem Kerl an der Rezeption nicht." Eden deutete durch die Türen in die Lobby, wo sie gerade noch den Mann in der roten Weste hinter der Rezeption ausmachen konnten.

"Einverstanden." Baxter ließ seinen Blick über die Fassade des Hotels schweifen und bemerkte den Vorhang, der noch immer am Balkon von Edens Zimmer hing. "Was ist das?", zeigte er auf den wogenden Stoff. "Vergiss es einfach."

Eden grinste ihn an und deutete dann mit einem dezenten Nicken an, dass sie weiter die Straße hinunter-gehen sollten.

Sie hielten sich im Schatten und schlüpften in die schmale Gasse, die hinter dem Hotel verlief. Die Gasse war nicht anders als die, aus der sie gerade entkommen waren, und die Luft war stickig vom Geruch von Müll und abge-standenem Speiseöl. Auf der Rückseite des Hotels standen

ein paar überquellende Mülltonnen neben einer unscheinbaren Servicetür.

Baxter nahm das Messer heraus, das er einem der Attentäter abgenommen hatte. Er arbeitete die Klinge in den
Türrahmen und übte mit geübtem Geschick Druck aus. Mit
einem leisen Klicken schwang die Tür auf.

Sie schlüpften hinein und schlossen die Tür leise hinter
sich.

"Hier entlang", sagte Eden und wies einen spärlichen
Gang hinunter, der nur von einer flackernden Glühbirne
beleuchtet wurde. Sie kamen an einer hell erleuchteten
Küche vorbei, durch deren Tür das Klappern von Töpfen
und Pfannen und das Brutzeln von gekochtem Essen drang.
Als nächstes kam ein kleiner Personalraum, dessen Tür
leicht angelehnt war und einen Blick auf Spinde und ein
abgenutztes Sofa freigab. Von irgendwo in der Nähe ertönte
das Geräusch einer müßigen Unterhaltung.

Am Ende des Korridors angekommen, spähte Eden in
den Empfangsbereich hinaus. Der Mann in der roten Weste
stand hinter dem Empfangstresen, den Blick auf den
Eingang gerichtet.

Sie blieben außer Sichtweite, drehten sich um und
eilten die Treppe hinauf. Der Plüschteppich dämpfte ihre
Schritte, aber sie widerstanden der Versuchung, zu rennen.
Als sie den dritten Stock erreichten, fischte Baxter zwei
Schlüssel aus seiner Tasche.

"Es tut mir leid wegen ... du weißt schon." Er schloss die
Tür zu Edens Zimmer auf.

Eden blickte ihn mit stechenden Augen an. "Wenn du
das noch einmal machst, lasse ich dich mit den Killern
allein."

Baxter nickte, sein Blick begegnete dem ihren für einen
Moment, bevor er schuldbewusst wegschaute.

"Ich habe alles", sagte Eden und klopfte auf ihren Rucksack. "Ich reise mit leichtem Gepäck."

"Gut, aber bevor wir gehen, müssen wir die Wunde säubern", sagte Baxter und blickte auf Edens Hals. "Du willst wirklich nicht, dass sie sich infiziert. Hier gibt es sauberes Wasser, und ich habe einen Erste-Hilfe-Kasten."

Eden berührte ihren Hals. Das Blut war noch feucht, obwohl es aufgehört hatte zu fließen. "Sieht es so schlimm aus?"

"Du hast ein ziemliches Chaos angerichtet, ja." Baxter führte Eden in sein Zimmer. Er zog einen Stuhl hervor und winkte Eden, sich zu setzen. Er öffnete seinen Rucksack und fischte einen kleinen Erste-Hilfe-Kasten vom Militär heraus.

"Du nennst mich chaotisch, charmant." Sie nahm ihre Tasche ab und setzte sich auf den Stuhl. "Nimmst du das überall mit hin?", fragte sie und betrachtete den Erste-Hilfe-Kasten.

"Selbstverständlich", erwiderte Baxter, öffnete das Set und nahm mehrere sterile Mullbinden und eine Tube mit antiseptischer Salbe heraus.

"Stört es dich, wenn ich ...?" Baxter zeigte auf den Träger von Edens Oberteil. Eden schob den Träger von ihrer Schulter. Baxter reinigte die Wunde vorsichtig mit einem der Handtücher des Hotels und Wasser aus dem Wasserkocher.

"Dafür könnte man dich anklagen", witzelte Eden und blickte auf das blutverschmierte Handtuch.

"Ich denke, wir sollten gehen, ohne auszuchecken", erwiderte Baxter mit ausdruckslosem Gesicht. "Es ist wahrscheinlich besser, wenn wir niemandem erzählen, dass ..."

"Das war ein Witz", sagte Eden und rollte mit den Augen. Baxter nickte, sein Gesicht war ernst.

"Es ist nicht so schlimm, wie es aussah", sagte Baxter und begutachtete die Wunde, nachdem das Blut verschwunden war. Er tupfte antiseptische Salbe auf einen Wattebausch. "Du musst nicht genäht werden und die Wunde sollte von selbst heilen. Du hast großes Glück gehabt. Einen Zentimeter nach links und ..."

"Und einen Zentimeter weiter rechts, und vielleicht hätte es dich stattdessen getroffen", entgegnete Eden und knirschte mit den Zähnen, als Baxter die Wunde abtupfte. "Was ist eigentlich Baxter für ein Name?", wollte Eden wissen und betrachtete den Mann im Spiegel auf der anderen Seite des Raumes.

"Baxter ist mein Nachname", antwortete er schlicht und einfach.

"Ja, das habe ich mir schon gedacht", sagte Eden.

"War das wieder ein Scherz?" Baxter begegnete ihrem Blick im Spiegel. Eden wandte den Blick ab und spürte, wie die Intimität sie in Verlegenheit brachte.

"Du musst aber noch einen anderen Namen haben. Einen Vornamen."

"Gavin", sagte Baxter, ohne aufzublicken.

Vielleicht war es die gelöste Anspannung der letzten Stunden oder der Adrenalinabbau, aber Eden konnte nicht anders, als laut zu lachen. "Jetzt machst du aber Witze?"

"Nein, mache ich nicht." Baxter wählte einen der Verbände aus, die er aus dem Erste-Hilfe-Kasten genommen hatte. Er fing Edens Blick im Spiegel wieder auf.

"Ist das wirklich dein Name?"

"Natürlich, warum sollte ich deswegen lügen?" Baxter richtete seine Aufmerksamkeit wieder auf die Wunde. "Das ist kein Verhör, oder?"

"Nein. Ich dachte nur, dass in den letzten 60 Jahren keine Gavins mehr geboren wurden. Ich dachte, ihr wärt eine aussterbende Rasse."

Diesmal grinste auch Baxter.

"Deshalb bevorzuge ich meistens Baxter. Ich glaube, nur meine Mum nennt mich noch Gavin."

"Ja, es wäre komisch, wenn sie dich Baxter nennen würde."

Die beiden sahen sich im Spiegel an, bis Baxter den Blick abwendete und weiter das Antiseptikum auftrug. "Du kämpfst ziemlich gut, für eine ..."

"Frau? Nur weil ich eine Frau bin, soll ich nicht kämpfen können? Wenn ich nicht wäre, Mr. Action Man, würdest du jetzt auf einer Wolke sitzen und Harfe spielen."

"Für eine Zivilistin", sagte Baxter ohne Umschweife. "Einige der besten Leute, mit denen ich je gekämpft habe, waren Frauen. Hast du viel praktische Erfahrung?"

"Ja, ich trainiere hin und wieder." Sie stellte sich die Stunden vor, die sie sowohl mit ihrem persönlichen Ausbilder als auch allein im Wald verbracht hatte, um ihre Bewegungen zu perfektionieren. Das kurze Handgemenge mit den Attentätern hatte ihr Können kaum unter Beweis gestellt. "Wie lange warst du bei der Air Force?"

Das Geräusch von hochdrehenden Motoren drang durch das Fenster. Die Bremsen quietschten, dann erstarben die Motoren. Baxter blickte zum Fenster, beendete das Anlegen des Verbands und eilte durch den Raum.

"Drei Polizeiwagen." Er eilte zurück durch den Raum und legte den Erste-Hilfe-Kasten zurück in seine Tasche. "Übrigens, das muss mindestens achtundvierzig Stunden lang sauber und trocken gehalten werden."

"Ja, Doc." Eden fuhr mit ihren Fingern instinktiv über die Stelle, an der Baxters Hände gelegen hatten. "Können wir jetzt von hier verschwinden?"

30

EDEN ERHOB sich und ging zur Tür. Sie dehnte ihren Nacken und Rücken. Die Wunde fühlte sich schon besser an. Obwohl sie ihn geneckt hatte, hatte Baxter gute Arbeit geleistet. Sie öffnete die Tür einen Spalt und spähte hinaus. Der Flur war leer, aber das Geräusch von trampelnden Schritten drang die Treppe hinauf.

"Sie kommen", sagte Eden. "Hilf mir, das vor die Tür zu stellen." Sie zeigte auf einen klobigen Frisiertisch.

"Es wird sie nicht lange aufhalten, aber es sollte uns etwas Zeit verschaffen", vermutete Baxter, während sie den Frisiertisch in Position brachten.

"Wir brauchen einen anderen Weg nach draußen", sagte Eden. Sie zuckte mit den Schultern und eilte zum Fenster, das einen Blick auf das Flachdach eines benachbarten Gebäudes bot. Sie berechnete den Sprung und verengte ihre Augen.

Aus dem Korridor drangen donnernde Schritte, die mit jeder Sekunde lauter wurden. Die Beamten näherten sich der Tür und blieben dann stehen. Es folgte ein raues Flüstern, die Worte undeutlich, aber der Tonfall unverkennbar feindselig. Dann kam das knirschende Geräusch eines Schlüssels aus dem Türschloss. Der Mechanismus klickte, und die Tür schwang auf, um dann gegen die Kommode zu knallen.

"Hier spricht die Polizei, öffnen Sie die Tür!"

Eden warf einen Blick auf die Tür und sah eine Waffe durch den Türspalt.

"Machen Sie die Tür auf, oder ich schieße!", kam die Stimme wieder.

Eden warf einen Blick auf eine schwere Messinglampe auf dem Nachttisch. Sie zog den Stecker heraus, entfernte die Lampe von der Kommode und ging zur Tür.

"Ich werde schießen, wenn Sie nicht sofort die Tür öffnen", wiederholte der Mann. Er schob die Pistole weiter in den Spalt hinein. Sein Handgelenk bog er in einem ungewöhnlichen Winkel ab und fuchtelte mit der Waffe blindlings von einer Seite zur anderen.

Eden krachte die Lampe auf das entblößte Handgelenk des Mannes. Ein gequälter Schrei folgte auf das unangenehme Knirschen von Metall auf Knochen.

"Los, los, los!", rief Eden Baxter zu, der sich bereits wieder zum Fenster bewegte.

Draußen auf dem Flur brach das Chaos los. Schmerzensschreie mischten sich mit wütenden Befehlen, als die Beamten sich neu formierten und dann gegen die Tür schlugen. Die Kommode schob sich bei jedem Aufprall über den Teppich und vergrößerte die Lücke.

"Ich gehe zuerst", sagte Eden und kletterte durch das Fenster. "Du springst, sobald ich in Sicherheit bin."

Sie schwang ihre Beine über die Brüstung und stieß sich dann ab, um mit einer kontrollierten Rolle auf das Dach zu fallen. Sie kam in die Hocke und drehte sich sofort wieder zum Fenster.

Die Rufe aus dem Zimmer wurden lauter, unterbrochen vom Geräusch der Tür, die gegen die Kommode schlug.

Mit einem raschen Blick nach hinten hievte sich Baxter auf das Fensterbrett und sprang hinaus. Mit einer offensichtlich gut geübten Bewegung schlug er auf dem Dach auf und rollte sich ab, um den Aufprall abzufedern. Er sprang neben Eden auf die Füße, wobei seine Augen bereits die neue Umgebung abscannten.

"Beeindruckende Beweglichkeit", sagte Eden. "Aber wir sind noch nicht aus dem Schneider."

Wie um ihren Standpunkt zu unterstreichen, ertönte aus dem Raum über ihnen ein gewaltiges Krachen, gefolgt vom Zersplittern von Holz, als die Beamten schließlich ins Innere vordrangen. Schritte dröhnten über den Boden wie ein Trommelschlag. Erhobene Stimmen folgten, als die Beamten ins Innere drängten, einige bellten Befehle, andere verfluchten die Hindernisse, die sich ihnen in den Weg stellten. Dann erschien eine Silhouette am Fenster und verdunkelte das Licht im Raum.

"Bewegung!", rief Baxter, packte Edens Arm und trieb sie beide zu einem Sprint über das Dach an.

Schüsse ertönten und Kugeln zischten an ihnen vorbei, einige bohrten sich mit einem dumpfen Aufprall in die Dächer, andere prallten mit einem lauten Knall am Metall ab. Sie rannten im Zickzack und machten es so schwerer sie zu treffen, während die Kugeln um sie herum das Dach durchlöcherten.

"Dahinter!", rief Eden und zeigte auf eine große Klimaanlage. Sie tauchten hinter die Metallkonstruktion, gerade als eine weitere Salve von Kugeln in ihre vorherige Position einschlug.

Die Beamten feuerten weiter, die Geschosse schlugen mit dem hohlen Klopfen von Metall auf Metall in die Klimaanlage ein. Ein Beamter rief ein Kommando, und der Beschuss hörte auf.

In geduckter Haltung tauschten Baxter und Eden einen kurzen Blick aus, ihre Augen trafen sich in stummer Kommunikation. Eden kletterte an den Rand der Anlage und spähte dahinter hervor. Ein Beamter kletterte mühsam durch das Fenster und auf das Dach.

"Sie kommen", flüsterte Eden. "Wir müssen weiter."

"Links von uns ist ein weiteres Gebäude", sagte Baxter und blickte über die Dächer. "Da ist eine Lücke, aber ich denke, wir können es schaffen."

Eden beobachtete, wie der Beamte sich auf das Dach fallen ließ und dann in die Knie ging, wobei seine Waffe in ihre Richtung gerichtet war.

"Jetzt oder nie", sagte Eden und drehte sich in die von Baxter angegebene Richtung. "Kannst du sehen, wie breit die Lücke ist?"

"Es sind ein paar Meter", meinte Baxter und zuckte lässig mit den Schultern. "Ich würde sagen, knapp zwei, aber vielleicht auch ein bisschen mehr."

"Das ist nicht beruhigend", sagte Eden und bereitete sich vor wie ein Sprinter auf dem Block. "Es ist kein guter Plan ..."

"Aber es ist der beste, den wir haben", beendete Baxter Edens Satz. Auch er machte sich zum Start bereit und grub seine Zehen in den Beton.

Ein weiterer Beamter fiel hinter ihnen auf das Dach und stöhnte beim Aufprall.

"Jetzt!", rief Eden. Die beiden brachen aus ihrer Deckung hervor und rannten mit voller Kraft auf den Rand des Gebäudes zu. Die Nachtluft peitschte an Edens

Gesicht vorbei, während ihre Füße gegen das Dach stießen.

Von den Beamten hinter ihnen ertönten Alarmrufe, gefolgt vom erneuten Knall der Schüsse.

Eden biss die Zähne zusammen, als sie sich dem Rand des Gebäudes näherten. Die Lücke erschien Zentimeter für Zentimeter vor ihnen.

"Das ist weiter als zwei Meter!", rief Eden und raste auf den Abgrund zu. Ihr wurde flau im Magen, als sie erkannte, dass die Entfernung wahrscheinlich doppelt so groß war, als Baxter geschätzt hatte.

Kugeln zischten durch die Luft um sie herum, so nah, dass Eden die verdrängte Luft auf ihrer Haut spüren konnte. Das scharfe Scheppern der Schüsse hallte von den umliegenden Gebäuden wider.

"Wir können es schaffen!", rief Baxter, und seine Stimme war ein raues Ausatmen.

Sie erreichten die Kante, und die Zeit schien sich zu verlangsamen. Eden konzentrierte sich auf ihren Stand und versuchte, sich mit dem rechten Fuß so nah wie möglich am Abgrund abzustoßen. Sie trat einen Zentimeter vor die Kante und sprang mit aller Kraft, die sie besaß.

Die Welt drehte sich um sie herum, während sie durch die Luft flogen. Eden blickte auf die Gasse unter ihnen hinunter, ein schwindelerregendes Durcheinander von Lichtern und Schatten. Sie fuchtelte mit den Armen, als ob sie sich dadurch irgendwie weiterbewegen könnte.

Baxter, der direkt vor ihr war, beugte sich vor und griff nach dem gegenüberliegenden Gebäude. Er landete hart auf dem Dach und rollte sich dann ab.

Eden, die ein wenig langsamer war, erkannte mit Schrecken, dass sie es nicht schaffen würde. Ihre ausgestreckten Hände schwangen durch die Luft, und einen schrecklichen

Moment lang spürte sie, wie sie zu fallen begann. Sie landete hart auf der Ecke des Daches, und der Beton schlug ihr die Luft aus der Brust. Sie baumelte unsicher, ihre Füße stießen in die leere Luft, ihre Hände krallten sich an das Dach. Als die Schwerkraft ihre Arbeit tat, spürte sie, wie sie zurückrutschte. Sie streckte sich erneut aus, krallte sich mit den Fingern in den nackten Beton, konnte sich aber an nichts festhalten.

Baxters Hand schoss hervor und packte ihr Handgelenk in einem schraubstockartigen Griff. Er zog sie auf das Dach, wo sie nach Luft schnappend und mit Schmerzendem Brustkorb zusammensackte.

"Wir müssen weiter", stieß Eden aus, die endlich wieder zu Atem kam.

Erneut fielen Schüsse und zwangen Baxter, sich zu ducken.

"Da!", rief Baxter und deutete auf eine metallene Feuerleiter auf der anderen Seite des Gebäudes.

Eden kletterte auf die Füße und die beiden rannten mit Vollgas zur Feuerleiter. Die Metalltreppe klirrte, als sie hinabstiegen, und der Lärm erfüllte eine weitere dunkle Gasse.

Als sie den Boden erreichten, hielten sie inne und lauschten einige Sekunden lang. Irgendwo in der Nähe tönte das Heulen einer Sirene durch die stille Luft, obwohl sie nicht näher zu kommen schien.

"Hier entlang", flüsterte Eden und führte sie vom Hotel weg. Sie erreichten eine Kreuzung zur Hauptstraße und spähten hinaus. Die Straße war in beide Richtungen leer. Schilder hingen an den mit Fensterläden verschlossenen Geschäften, die die Straße säumten. Kubische Betonbauten ragten in den Himmel. Die Fenster der Wohnungen in den oberen Stockwerken leuchteten einladend.

Sie wandten sich vom Stadtzentrum ab und gingen mehrere Minuten lang zu Fuß, wobei sie sich so weit wie möglich außer Sichtweite hielten. Zwei- oder dreimal, wenn sie ein Fahrzeug hörten, das in ihre Richtung fuhr, schlichen sie sich in eine Tür oder in einen Schatten.

Sie passierten eine Kreuzung mit einer unbeleuchteten Seitenstraße. Etwas klapperte, was Edens Aufmerksamkeit erregte. Sie blickte in Richtung des Geräusches und sah, wie sich etwas in der Dunkelheit bewegte.

Dann sah sie, fast völlig von der Dunkelheit verdeckt, eine Reihe von geparkten Fahrzeugen.

"Wir brauchen eine Mitfahrgelegenheit", sagte Eden und deutete auf die Autos. "Das ist der einzige Weg aus der Stadt, ohne Spuren zu hinterlassen."

Eden sah sich die Fahrzeuge an und fühlte sich sofort zu einem staubbedeckten Volvo 114 hingezogen. Sie näherte sich dem Auto und spähte durch die Fenster. Das Alter des Fahrzeugs ließ vermuten, dass es weder eine Wegfahrsperre noch eine Alarmanlage hatte, und die dicke Staubschicht verriet ihr, dass es schon lange nicht mehr benutzt worden war. Außerdem hatte sie in den letzten Stunden mehrere ähnliche Fahrzeuge in der Stadt gesehen, was bedeutete, dass dieser Wagen unbemerkt bleiben würde.

"Gib mir das Messer", forderte Eden und Baxter gab nach.

Eden nahm das Messer, schaute sich um, um sicherzugehen, dass niemand zusah, und näherte sich der Fahrertür. Sie schob die Klinge in den Dichtungsstreifen am oberen Rand des Fensters und arbeitete sie nach unten, bis sie den Schließmechanismus spürte.

"Pass auf", murmelte sie zu Baxter, während sie das Messer bewegte.

Nach ein paar angespannten Sekunden hörte sie ein

zufriedenstellendes Klicken. Sie öffnete langsam die Tür, wodurch das Innenlicht aufflammte. Eden schlüpfte hinein und schaltete das Licht aus, um keine Aufmerksamkeit zu erregen. Sie beugte sich unter das Lenkrad und suchte nach der Abdeckung, hinter der sich die Zündkabel befanden. Als sie sie gefunden hatte, hob sie sie vorsichtig ab, so dass ein Gewirr bunter Drähte zum Vorschein kam.

"Soweit alles klar", berichtete Baxter und lehnte sich so lässig wie möglich gegen den Kotflügel. "Jetzt nur nicht nachlassen."

"Du kannst gerne übernehmen, wenn du glaubst, dass du es schneller schaffst", zischte Eden und trennte Batterie-, Zündungs- und Anlasserkabel. Mit dem Messer zog sie die Enden des Batterie- und des Zündkabels ab und verdrehte sie miteinander.

Die Lichter im Armaturenbrett flackerten auf. Eden erlaubte sich ein kleines zufriedenes Lächeln, bevor sie sich dem Starterkabel zuwandte. Sie zog auch dessen Ende ab und atmete dann tief durch.

"Jetzt kommt es darauf an", flüsterte sie und berührte das Starterkabel mit den verdrehten Batterie- und Zündkabeln. Der Motor stotterte einmal, zweimal, dann brüllte er auf. Schnell sicherte sie die Verbindung, damit sie sich während der Fahrt nicht löste.

"Wir sind im Geschäft", rief sie und richtete sich auf dem Fahrersitz auf. "Los geht's."

"Dein Schutzengel ist heute Abend in der Nähe", sagte Baxter, ließ sich auf den Beifahrersitz gleiten und lächelte zum ersten Mal, wie Eden glaubte.

"Sieht ganz so aus", erwiderte Eden und ließ den Motor aufheulen. Sie fuhr aus der Bucht und beschleunigte.

"Ach übrigens, wir sind jetzt quitt", brummte Baxter. "Nachdem ich dir auf diesem Dach das Leben gerettet habe."

Eden warf Baxter einen Blick zu, der so eisig war, dass er die Wüste hätte gefrieren lassen können, antwortete aber nicht.

Als die Rücklichter des Volvos in das Chaos der Stadt eintauchten, flammte eine Zigarette auf. Auf das Glühen folgte eine Wolke aus Kamillenrauch.

31

GODSPEED ZOG den Vorhang beiseite und blickte auf die umliegenden Dächer. Er betrachtete die Hügel, die die Stadt umgaben. Er verstand nicht, was falsch lief, Baalbek war nicht so groß, also sollte eine kompetente Polizei nicht so lange brauchen, um einen Mann zu finden und aus dem Verkehr zu ziehen. Sein Telefon zirpte auf dem Tisch neben ihm. Er erkannte die Nummer von Sergeant Khoury, nahm den Hörer ab und ging ran.

"Habt iht ihn?", schrie Godspeed.

"Nicht ganz, Sir", sagte Khoury. "Aber wir wissen, wo er ist."

Godspeed warf den Vorhang zurück und pirschte durch den Raum. Mit zusammengebissenen Zähnen sog er die Luft ein. "Dann holt ihn euch, verpasst ihm eine Kugel zwischen die Augen und schmeißt seine Leiche irgendwohin, wo sie nie gefunden wird."

"Natürlich, natürlich", entgegnete Khoury lässig. "Aber ich fürchte, ganz so einfach ist es nicht."

Godspeed ballte die Fäuste. Er wusste genau, wie einfach es war, oder zumindest wie einfach es sein sollte.

"Sie wurden gesehen, wie sie die Stadt in Richtung Norden verließen. Unsere Beamten haben die Verfolgung aufgenommen, aber dann war ihre Schicht zu Ende, und wir mussten sie gehen lassen. Wir können nicht zulassen, dass Beamte nicht rechtzeitig zu ihren Familien nach Hause kommen, das verstehen Sie sicher."

Godspeed hatte das Gefühl, als wäre die ganze Luft aus dem Raum gesaugt worden. Er versuchte zu atmen, aber sein Kiefer war so fest zusammengebissen, dass er kaum einen Hauch Sauerstoff bekam.

"Die beiden Polizisten, die ihnen gefolgt sind, haben wirklich gute Arbeit geleistet, da werden Sie mir zustimmen. Sie wurden gesehen, wie sie über ..."

"Halt die Schnauze. Halt einfach die Schnauze!", brüllte Godspeed.

Croft und Stone, die entspannt an der Tür gestanden hatten, richteten sich bei dem Geräusch auf.

Godspeed hielt das Telefon mehrere Sekunden lang auf Armlänge. Eine Ader an seinem Kopf wölbte sich, als würde sie gleich explodieren. Er hielt das Telefon wieder an sein Ohr und seine Stimme verklang zu einem Flüstern.

"Von nun an werde ich das selbst in die Hand nehmen. Sag mir, was du weißt."

"Ich kann Ihnen versichern, Sir, dass das nicht nötig ist", sagte Khoury. "Wir haben die Sache hundertprozentig unter Kontrolle."

"Sag mir einfach, was du weißt."

"Okay. Sie sind in einem blauen Volvo unterwegs. Wir glauben, dass das Auto wahrscheinlich gestohlen ist, aber wir überprüfen es gerade. Sie fahren in Richtung Norden aus der Stadt heraus."

"Gut", zischte Godspeed.

"Wie möchten Sie ..."

Godspeed legte auf. Er ging zurück zum Fenster und betrachtete die Landschaft, während er sich mit dem Finger ans Kinn tippte. Nach einigen Sekunden drehte er sich wieder zu Croft und Stone um.

"Meine Herren", sagte er, kaum mehr als ein Flüstern. "Es wird Zeit, dass wir an die Arbeit gehen."

DAS HÄMMERNDE GERÄUSCH HALLTE DURCH DEN RAUM UND weckte Eden mit einem Ruck. Sie öffnete ihre Augen und sah sich um. Sie befand sich in einem Zimmer, einem Hotelzimmer, wie es aussah, und die Sonne schien durch die Fenster. Sie blinzelte heftig und rieb sich dann die Augen.

Wieder schlug eine Faust gegen die Tür und rüttelte am Holz des Türrahmens.

Das Bewusstsein kehrte zurück und Eden erinnerte sich an die Ereignisse des vergangenen Abends. Sie waren auf dem Highway aus der Stadt gefahren. Die einzigen anderen Fahrzeuge, die sie gelegentlich sahen, waren die Fernlastwagen, die in die entgegengesetzte Richtung rumpelten. Baxter saß schweigend auf dem Beifahrersitz und beobachtete, wie die Lichter eines Bauernhofs oder eines kleinen Dorfes vorbeizogen.

Nach einer gefühlten Ewigkeit erreichten sie schließlich die Stadt Maalqa. Sie war kaum mehr als eine Ansammlung von Gebäuden entlang der Autobahn, aber sie hofften, dass die Stadt groß genug war, um ihnen ein Bett für die Nacht zu bieten. Wie es der Zufall wollte, kamen sie auf dem Weg in die Stadt an einem Hotel vorbei.

Da sie nicht wollte, dass ihr geliehenes Auto Aufmerk-

samkeit erregte, fuhr Eden hinter das Hotel und bog ein
paar hundert Meter weiter in eine Seitenstraße ein. Mit
einem Seufzer gluckste der Volvo leise vor sich hin. Sie
schnappten sich ihre Taschen und gingen zurück zum
Hotel.

"Ich gehe rein", sagte Baxter, als sie sich dem Eingang
näherten. "Du siehst immer noch ..." Er beendete seinen
Satz nicht, sondern deutete auf Edens Oberteil. Sie blickte
nach unten und bemerkte, dass das Blut an ihrem Hals zwar
weggewischt worden war, aber immer noch ihr Oberteil
bedeckte.

Baxter joggte die Treppe hinauf und klopfte an die
Glastür an der Vorderseite des Gebäudes. Ein schläfrig
aussehender Mann erschien und ließ ihn eintreten.

Einige Minuten später kam Baxter mit Schlüsseln für
zwei Zimmer im ersten Stock zurück. Er gab Eden einen
Schlüssel und gemeinsam stiegen sie schweigend die
Treppe hinauf. Eden betrat das Zimmer, zog ihre blutver-
schmierte Kleidung aus, duschte und ließ sich dann auf das
Bett fallen.

Das Klopfen an der Tür ertönte erneut, das aggressive
Klopfen hallte durch den Raum wie der Schuss einer
Pistole.

Edens Herz schlug ihr bis zum Hals, während ihr die
Möglichkeiten durch den Kopf gingen - keine davon war
gut. Sie sprang auf, schnappte sich den Hotelmantel und
wickelte ihn um sich. Ihre Augen huschten durch den
Raum, auf der Suche nach etwas, das als behelfsmäßige
Waffe dienen könnte. Lautlos schritt sie auf eine schwere
Glasvase zu, die auf einem Beistelltisch stand. Sie war zwar
nicht tödlich, aber sie würde ihr wertvolle Sekunden
verschaffen, wenn die Situation es erfordern sollte.

Ein weiteres heftiges Klopfen rüttelte an der Tür. Sie

bewegte sich langsam durch den Raum, hielt die Vase hoch in der rechten Hand und drehte den Griff mit der linken. Sie ging rückwärts in die Hocke, bereit, zu rennen oder zu kämpfen.

"Guten Tag, Madame", sagte eine Stimme im Singsang. "Ich habe Ihr Frühstück. Gestern Abend hat der Herr es für 10:00 Uhr bestellt. Es tut mir leid", der Mann schaute auf seine Uhr, "dass es zwölf Minuten zu spät ist. Ich werde mir den Koch vorknöpfen."

Eden trat zurück und öffnete die Tür, während das Adrenalin noch immer durch ihre Adern schoss. Sie betrachtete den Mann, der vor ihr stand. Er war fast so breit wie groß und hatte ein Nest aus grauem Haar auf dem Kopf, aber er schien keine Bedrohung darzustellen. Sie warf einen Blick auf das Tablett. Mehrere kleine Schälchen mit Joghurt, kleingeschnittenen Früchten, Spiegeleiern, gegrilltem Haloumi und mehreren Scheiben Brot machten ihr klar, wie hungrig sie war. Ihr Magen meldete sich mit einem Knurren zu Wort.

"Danke", sagte Eden mit heiserer Stimme. Sie nahm das Tablett entgegen und watschelte zurück zum Bett, da der Hunger nun ihre Müdigkeit verdrängte. Sie aß schnell, dann duschte sie. Nachdem sie ein paar Kleider angezogen hatte, die sie am Vortag auf dem Markt gekauft hatte, klopfte sie an Baxters Tür.

"Frühstück war eine gute Idee", sagte Eden und trat sofort ein, als er die Tür öffnete. Baxter war bereits angezogen, als wäre er einsatzbereit. Sie warf ihm einen Blick zu und fragte sich, ob er in seinen Kleidern geschlafen hatte. "Ich wünschte, du hättest mir gesagt, dass es gebracht wird, denn ich hätte den Kerl fast mit einer Vase erschlagen."

Baxter stieß ein Lachen aus. "Tut mir leid, das muss mir entfallen sein."

"Ich denke, die wird uns sagen, wo wir als Nächstes hinmüssen", sagte Eden, nahm Godspeeds Karte aus ihrer Tasche und reichte sie Baxter. Er schritt zum Bett hinüber, glättete die Laken und entfaltete die Karte.

Eden warf einen Blick auf die Laken und stellte fest, dass sie immer noch unbenutzt aussahen, was ihre Theorie untermauerte, dass Baxter sich einfach darauf ausgeruht hatte. Bei einer Mission wie dieser war er eindeutig jederzeit einsatzbereit.

"Willst du auch einen?", fragte Baxter und deutete auf eine frische Kanne Kaffee auf dem Nachttisch.

"Ich dachte schon, du würdest nie fragen", witzelte Eden. "Ich glaube, ich könnte eine ganze Kanne trinken."

Baxter schenkte Eden eine Tasse ein und reichte sie ihr, dann wandten sich die beiden der Karte zu, die auf dem Bett ausgebreitet lag.

"Das wirkt ziemlich aussichtslos", sagte Baxter und schaute auf die Karte. "Godspeed konnte ein paar Gebiete ausschließen, aber das lässt uns immer noch viel Spielraum."

"Wie hat er das berechnet?", wollte Eden wissen und schaute auf die Karte.

"Er sah sich die Aufzeichnungen der verschiedenen Ausgrabungen an, die zu der Zeit stattfanden, als George Godspeed, sein Urgroßvater, hier war.

"Das setzt voraus, dass mein Vater und Godspeed Senior tatsächlich in der gleichen Gruft waren."

"Richtig", bestätigte Baxter und starrte konzentriert auf die Karte.

"Moment mal, ich dachte, Godspeeds Urgroßvater hätte seine Expedition völlig geheim gehalten."

"Das stimmt, aber es ist schwer, etwas zu tun, ohne Spuren zu hinterlassen. Godspeed senior brauchte auch

Ausrüstung und Transportmittel, und so etwas hinterlässt Spuren. Es war Godspeed Juniors Theorie, dass sein Urgroßvater und Rassam tatsächlich Material von anderen Ausgrabungsstätten unterschlagen und hierher gebracht haben."

"Ja, ich glaube, Mr. Rassam ist hier der Schlüssel", sagte Eden und starrte Baxter an, während sie überlegte, ob sie ihm vertrauen sollte oder nicht. Vor zwölf Stunden hätte sie sich noch gesträubt, ihm irgendetwas zu geben. Jetzt, nach dem, was sie zusammen erlebt hatten, hielt sie es für besser, die Karten auf den Tisch zu legen.

"Er hatte sicherlich einen großen Anteil daran", sagte Baxter und blickte immer noch auf die Karte. "Godspeed Senior hätte es ohne Rassams Hilfe nicht geschafft."

Ihre Entscheidung stand fest, und Eden hob ihre Tasche vom Boden auf. Sie holte den Brief und den Schlüssel heraus, die sie im Schädel im Büro ihres Vaters gefunden hatte. Schnell erklärte sie, wie und wo sie sie gefunden hatte und wie ihr Vater sie auf seine eigene seltsame Art direkt dorthin geführt hatte. Dann faltete sie das alte Papier auseinander und las den Brief von vorne bis hinten. Sie blickte von dem Text auf und sah Baxter mit offenem Mund dastehen.

"Bevor du fragst, ich habe keine Ahnung, wie mein Vater das gefunden hat, aber ich vermute, dass er so das Grab entdeckt hat."

Baxter klappte den Mund zu, durchquerte den Raum und blickte auf das Pergament. Dann beugte er sich über die Karte und fuhr mit dem Finger krampfhaft über die Oberfläche. "Was war das für eine Zeile über die Mönche?"

Eden überflog den Brief und las die Zeile laut vor. "Suche den Ort, wo Stein und Glaube sich verflechten und die Mönche mehr als nur ihre Gebete bewachen."

"Das muss es sein." Baxter stocherte verzweifelt auf der Karte herum.

Eden umrundete das Bett und sah auf die Karte hinunter.

"Dieses Gebiet", sagte Baxter und umkreiste mit seinem Finger einen Bereich der Karte. "Das ist das Kadischa-Tal, in dem sich einige der ältesten christlichen Klostergemeinschaften des Nahen Ostens befinden. Es gibt Klöster, die in die Felsen gehauen sind und von denen einige auf die frühchristliche Zeit zurückgehen."

"Einmal in Stein, von der Zeit verwittert, einmal in Tinte, verborgen vor neugierigen Augen, und einmal im Schatten, der geworfen wird, wenn Ra den Horizont küsst", sagte Eden und wiederholte eine weitere Zeile des geheimnisvollen Briefes. "Wie viele Klöster genau?"

"So wie es aussieht, sind es einige", antwortete Baxter, und seine Zuversicht schwand. "Wir haben nicht einmal einen Anhaltspunkt, wo wir anfangen sollen."

"Trotzdem klingt das wie der perfekte Ort, um ein altes Grab zu verstecken", sagte Eden und studierte die Karte. "Ich wette, diese Orte bergen eine Menge Geheimnisse."

"Auf jeden Fall, aber wo fangen wir an?"

"Warte", sagte Eden und lehnte sich näher an die Karte. "In dem Brief steht, dass das Symbol dreimal auftaucht. Was, wenn das unser Schlüssel zum richtigen Kloster ist?"

"Ja, aber welches Symbol?"

"Wir haben es eindeutig mit einem sehr alten Ort zu tun, also lass uns die Klöster aus der frühchristlichen Zeit heraussuchen und sehen, was wir finden können." Eden holte ein paar Zettel aus dem Nachttisch und gemeinsam recherchierten sie jedes Kloster in der Region, notierten das Gründungsjahr und sahen sich dann alle Bilder an, die sie im Internet finden konnten.

"Diese Orte sind unglaublich", sagte Eden und scrollte durch die Bilder der kunstvollen Gebilde, die der Schwerkraft zu trotzen scheinen. "Und die meisten Menschen wissen nicht einmal, dass es sie gibt."

"Das ist das Schöne daran. Die meisten Leute stellen sich den Libanon nur als Sand vor, aber in Wirklichkeit ist es so." Er wischte zu einem Bild mit grünen Tälern und sanften Hügeln. "Es ist ein Land voller Geheimnisse, und das war es schon immer."

Eden nickte und ging zum nächsten Kloster weiter. Sie scrollte erneut, und dann erstarrte ihre Hand. Ihre freie Hand bewegte sich instinktiv zu ihrer Brust, und ihre Finger strichen über die vertraute Form des Anhängers unter ihrem Hemd.

"Es ist, als ob er mir die ganze Zeit den Weg gezeigt hätte", flüsterte Eden.

Baxter schaute auf und runzelte die Stirn. "Was ist das?"

Mit zitternden Fingern griff Eden nach der Kette um ihren Hals. Langsam, ehrfürchtig zog sie den Anhänger unter ihrem Hemd hervor. Er fing das Licht auf und schien mit einem inneren Feuer zu glühen. Sie hielt ihn hoch, wobei ihre Augen Baxters Gesicht nicht aus dem Blick ließen.

Dann drehte sie wortlos den Bildschirm ihres Telefons zu ihm hin. Dort, in den alten Stein des Klosters eingemeißelt und in einer Reihe von Fenstern im obersten Stockwerk wiederholt, war die unverwechselbare Form des Schlüssels zum Nil zu sehen.

32

DIE ERSTE STUNDE fuhren sie in südlicher Richtung zurück nach Baalbek. Baxter bestand darauf, zu fahren, um Eden die Möglichkeit zu geben, die Landschaft anzuschauen, falls ihr etwas bekannt vorkommen sollte. Anfangs war Eden damit nicht einverstanden, sie wollte lieber die Kontrolle haben, aber schließlich gab sie zu, dass Baxters Plan logisch war.

Eden starrte auf die sandfarbenen Hügel, die sich zu beiden Seiten der Straße erhoben, und konnte nichts Vertrautes entdecken. Sie fuhren durch mehrere kleine Städte, die aus ein paar hundert Betonbauten bestanden, die sich alle um eine Moschee gruppierten. Alle Gebäude in den Städten schienen die gleiche Farbe wie die umliegenden Hügel zu haben, als ob der Staub, der durch die Stadt floss, alles mit seinem Kielwasser befleckte.

Kurz hinter dem Dorf Rasm AL Hadath bogen sie von der Autobahn ab und fuhren nach Westen. Die Straße schlängelte sich nun durch eine Landschaft, die mit jeder Kurve üppiger und baumbestandener wurde.

Eden rutschte in ihrem Sitz nach vorne und betrachtete

die vorbeiziehenden Bergfelsen und Laubbüschel in der Hoffnung, dass irgendetwas eine Erinnerung auslösen würde. Nichts.

Dreißig Minuten später verließen sie den Asphalt und bogen auf einen schmalen, staubigen Weg ab, der sich im Zickzack durch üppiges Unterholz schlängelte. Die Straße zog sich einen Hang hinauf, die Pflanzen wichen überhängenden Klippen.

"Das Kloster liegt direkt vor uns", sagte Baxter und steuerte den Volvo langsam um eine steile Kurve. Die Reifen des Volvos, die für die steilen Straßen ungeeignet waren, ruckelten und rutschten. Er beschleunigte, und der Wagen geriet ins Schleudern, wobei Splitt in alle Richtungen geschleudert wurde. Er schaltete in einen niedrigeren Gang und ging vom Gas. Die Reifen fanden wieder Halt, und der Volvo kroch vorwärts.

"Klingt gut", sagte Eden und blickte aus dem Fenster. Im Laufe der Fahrt hatte sie sich entspannt, aber jetzt, wo sie sich ihrem Ziel näherten, spürte sie, dass der Druck wieder anstieg. Seit sie die Hauptstraße verlassen hatten, hatten sie kein anderes Auto mehr gesehen, und das war genau so, wie sie es wollte.

"Keine Sorge, wir werden hier draußen schon von weitem jemanden kommen sehen", sagte Baxter und zeigte auf die Staubwolke, die der Volvo in die Luft schleuderte.

Eden warf Baxter einen Blick zu, überrascht, dass er ihre wachsende Sorge bemerkt hatte. "Stimmt, obwohl das bedeutet, dass sie uns auch sehen können." Sie warf einen Blick zurück auf die Spur, die sich hinter ihnen den Hang hinunterschlängelte. Soweit sie sehen konnte, war ihnen noch niemand gefolgt.

"Wie weit ist es bis zum Kloster?", wollte Eden wissen

und drehte sich wieder zu Baxter um, während er vorsichtig um eine weitere Kurve bog.

"Zwei Kilometer, vielleicht drei", vermutete er und hielt das Lenkrad fest in der Hand.

"Das nächste Mal, wenn wir einen Platz zum Anhalten sehen, nutzen wir ihn", sagte Eden. "Wir werden uns zu Fuß nähern."

"Du sorgst dich doch nicht ernsthaft über ..."

"Im Moment mache ich mir über alles Sorgen", raunte Eden. "Und wenn ich nicht wäre ..."

"Ich weiß, ich wäre tot", sagte Baxter. "Ich stehe eindeutig für immer in deiner Schuld."

Eden warf ihm einen wütenden Blick zu, doch als sie sein wölfisches Grinsen sah, verflog ihre Verärgerung.

"Verstecken wir es dahinter", sagte Eden und deutete auf ein blechgedecktes Gebäude am Straßenrand.

Baxter schwenkte das Lenkrad, und der Volvo schlitterte eine schmale, zerfurchte Zufahrtsstraße hinunter. Er fuhr um die Rückseite der Gebäude herum, in denen sich ein Pickup und ein klappriger Traktor befanden, dem die Hälfte seiner Innereien fehlte.

Eden stieg aus dem Volvo aus und steckte eine Flasche Wasser in ihre Tasche. Sie blickte zum Himmel hinauf. Die Hitze des Tages hatte zwar noch nicht ihren Höhepunkt erreicht, aber die Temperatur war bereits weit über ein angenehmes Maß hinaus gestiegen. Ein Paar großer Vögel kreiste und schwang sich über den Himmel, ihre Rufe hallten über die Landschaft.

Eden schlug eine Hand vor die Augen und betrachtete die Vögel genau. Wahrscheinlich waren es Adler, die auf eine leichte Mahlzeit warteten. Sie beobachtete die Vögel noch einige Sekunden lang, wie sie in großen Bögen mit den thermischen Strömungen flogen, dann bemerkte sie etwas anderes am Himmel, mehrere hundert Meter über ihnen. Als sie erkannte, was es war, setzte ihr Herz einen Schlag aus. Die kleine, dunkle Gestalt schwebte unnatürlich ruhig vor dem Hintergrund der kreisenden Adler. Es war zu geometrisch, zu zielgerichtet in seinen Bewegungen, um natürlich zu sein.

"Baxter", zischte sie und versuchte, ihre Stimme leise und ihr Gesicht neutral zu halten. "Schau nicht plötzlich hoch, aber ich glaube, wir werden beobachtet."

Baxter streckte sich lässig und nutzte die Bewegung, um den Himmel abzuscannen. "Ich sehe es. Eine DJI Matrice 300 RTK."

"Und jetzt noch einmal verständlich, bitte", sagte Eden.

"Tut mir leid, ich bin Pilot. Ich weiß eine Menge über das Fliegen von Dingen. Es ist eine kommerzielle Drohne. Sie wird häufig bei Vermessungs- und Inspektionsarbeiten eingesetzt."

"Wie lange verfolgt die uns schon?", fragte Eden.

"Das kann ich nicht genau sagen, aber das Standardmodell hat eine Flugzeit von etwa fünfzig Minuten und eine maximale Reichweite von zwanzig Kilometern ab Steuergerät."

Eden blickte finster drein, während sie ihre Optionen durchdachte. "Wir haben sie bereits hierhergeführt", sagte sie mit geballten Fäusten. "Wir können jetzt nicht mehr umkehren. Gibt es eine Möglichkeit, herauszufinden, von wo aus sie uns beobachten?"

"Da wir keine herannahenden Fahrzeuge sehen können und sie nicht wussten, dass wir hierherkommen, vermute ich, dass sie mit einem anderen Fahrzeug hinter uns hergefahren sind und dann die Drohne losgeschickt haben, als wir auf den Schotterweg abgebogen sind."

"Das verschafft uns ein paar Minuten Vorsprung, um

zum Kloster zu gelangen und das zu finden, was wir brauchen", sagte Eden. "Wir gehen zu Fuß weiter, schön ruhig. Wir sollten ihnen nicht das Gefühl geben, dass wir wissen, dass sie uns beobachten."

"Verstanden." Baxter schwang seine Tasche und die beiden wanderten zur Straße hinauf. "Sie sind keine Gefahr für uns, es sei denn, sie denken, wir hätten etwas gefunden."

Sie gingen den Hang hinauf, und Eden riskierte einen weiteren Blick über ihre Schulter. Da waren keine Staubwolken, die darauf hindeuteten, dass sich ihnen jemand näherte. Sie eilte hinter Baxter her und musste sich sehr anstrengen, um mit seinen langen Schritten mitzuhalten. Als sie die nächste Kurve erreichten, pochte ihr Herz und jeder Atemzug fühlte sich an, als würde er zu kurz kommen.

"Es ist die Hitze, die die Anstrengung noch viel schwieriger macht", sagte Baxter und wischte sich über die Stirn. "Damals in der Grundausbildung mussten wir mit vollem Gepäck die Berge hinauflaufen. Ich glaube, das wäre mir lieber, als bei über dreißig Grad Celsius zu laufen."

"Auf jeden Fall", bestätigte Eden. "Ich bin sicher, dass es auf dem Weg nach unten einfacher sein wird."

"Das hängt davon ab, ob wir Gesellschaft bekommen."

Die beiden stapften um eine Kurve und erstarrten dann. Das Kloster hing nur ein paar hundert Meter entfernt an der Felswand. Das Gebäude selbst war aus hellbraunem Stein gebaut, und seine verwitterte Fassade hatte die gleiche Farbe wie die umliegenden Felsen.

Geschnitzte Bögen und kunstvolle Balustraden schmückten Fenster und Balkone, deren filigranes Mauerwerk in starkem Kontrast zu den schroffen Felsen stand. Auf den Dächern thronten Heiligenstatuen, als ob sie das Tal unter sich betrachteten. Doch was Eden wirklich ins Auge stach, waren die Fenster im obersten Stockwerk. Im Gegensatz zu den anderen waren sie in der charakteristischen Form des Schlüssels zum Nil gestaltet. Die Gegenüberstellung der christlichen Architektur mit diesen unverkennbar ägyptischen Elementen war verblüffend und schön zugleich. Der Gesamteffekt, vor allem vor dem Hintergrund des abgelegenen und grünen Tals, war traumhaft.

"Es ist noch unglaublicher als auf den Fotos", sagte Baxter und lehnte sich auf seinen Fersen zurück.

Eden nickte, unfähig, ihren Blick vom Kloster abzuwenden. "Und irgendwo da drin", flüsterte sie, "sind einige Antworten."

"Hoffentlich", erwiderte Baxter, seine Stimme so trocken wie Wüstensand.

"Ein Kloster auf einer Klippe, tief in einem abgelegenen Tal - das ist genau der Ort, den ich wählen würde, um eine Reihe alter Tafeln zu verstecken", sagte Eden und machte sich so schnell wie möglich auf den Weg.

DREI KILOMETER ENTFERNT STAND EIN SCHWARZER TOYOTA Land Cruiser am Straßenrand. Obwohl das Fahrzeug mit seinem eleganten schwarzen Äußeren auffiel, war niemand in der Nähe, der es bemerkte.

Der Motor schnurrte leise, und hinter der getönten Scheibe bewegte sich ein Schatten.

Archibald Godspeed saß im Fond und sah sich die Drohnenaufnahmen auf einem Tablet an. Der Mann, der neben ihm saß, hatte einen ähnlichen Bildschirm an der Steuereinheit der Drohne angebracht.

"Bleib ihnen auf den Fersen", bellte Godspeed, als Eden und Baxter sich auf den Weg zum Kloster machten. "Wir werden sie jetzt nicht verlieren. Ich will innerhalb von Minuten dort sein, wenn sie etwas entdecken."

Stone oder Croft - Godspeed hatte sich nicht die Mühe gemacht, sich zu erinnern, wer wer war - nahm eine Anpassung vor, und die Drohne driftete vorwärts und blieb direkt über ihrer Beute.

"Und du bist sicher, dass sie uns nicht gesehen haben?" Godspeed zeigte auf den Bildschirm.

"Es ist möglich, aber unwahrscheinlich. Sie können sie auch nicht hören, nicht auf diese Entfernung."

Godspeed nickte. Obwohl dieser Fall anfangs Spaß gemacht hatte, war seine Geduld nun erschöpft. Anfangs hatte er sich über die Chance gefreut, in die Fußstapfen seines alten Urgroßvaters zu treten und einen so wichtigen Mann wie Helios zu beeindrucken. Jetzt, da er erkannte, wie viel Arbeit damit verbunden war, wollte er es einfach hinter sich bringen. Sicherlich wäre das Geld nützlich, um das herrschaftliche Haus zu unterhalten und seinen extravaganten Lebensstil zu finanzieren, aber er hatte nicht erwartet, tatsächlich dafür *arbeiten zu* müssen.

Godspeed warf einen Blick auf die Männer, die mit ihm im Land Cruiser saßen. Trotz der langen Stunden, die sie zusammen verbracht hatten, hatte er die Männer kein einziges unnötiges Wort sagen hören. Sie hatten sich den ganzen Tag lang in einer seltsamen Militärsprache gegenseitig Anweisungen zugebellt.

"Irgendein Zeichen?", fragte Godspeed und blickte wieder auf den Bildschirm.

Eden und Baxter waren fünfzig Meter vor dem Kloster stehen geblieben. Sie blickten zu dem Gebäude hinauf, als wollten sie entscheiden, wohin sie gehen sollten.

"Negativ", schrie der Drohnenkontrolleur.

Negativ, dachte Godspeed bei sich. Wozu soll das gut sein? *Negativ* ist eigentlich länger als nur *Nein* zu sagen.

"Noch drei Minuten Flugzeit", brummte der Mann.

"Wir gehen rein", sagte Godspeed. Wenigstens würde das die Langeweile des Sitzens im Auto unterbrechen. "Sie sind offensichtlich an etwas dran. Sie sind aus einem bestimmten Grund hierhergekommen."

Die Männer sahen sich gegenseitig an.

"Bestätigt. Wir gehen rein."

Godspeed rollte mit den Augen.

Der Drohnenkontrolleur drückte ein paar Knöpfe, und die Maschine segelte mit beeindruckender Geschwindigkeit zu ihnen zurück.

"Aber bis wir eine visuelle Bestätigung der Tafeln erhalten, sollten Sie im Fahrzeug bleiben", sagte Croft, oder war es Stone.

"Ich glaube wirklich nicht ...", begann Godspeed und schluckte einen Anflug von Frustration herunter, weil ihm gesagt wurde, was er zu tun hatte. Dann wurde ihm klar, dass er keine zusätzliche Aufgabe übernehmen musste. "Nur wenn Sie darauf bestehen", sagte er und lehnte sich in den Sitz zurück.

33

DAS KLOSTER WAR NOCH BEEINDRUCKENDER, als sie sich näherten. Das Gebäude schien zu schweben, als wäre es durch eine magische Kraft an der Felswand befestigt oder von der Natur selbst dort hingestellt worden.

Eden drehte sich um und blickte auf die Talsohle, die nun weit unten lag. Wenn man nicht die Felswand erklimmen wollte, war der einzige Weg zum und vom Kloster der Weg, den sie genommen hatten. Noch war die verräterische Staubwolke eines herannahenden Fahrzeugs nicht zu sehen. Vorerst waren sie allein.

"Hallo, willkommen!"

Eden zuckte zusammen, als sie die Stimme hörte. Sie drehte sich um und sah den Sprecher an.

Ein kleiner Mann mit einem Kopf, der zu groß für seinen schlanken Körper zu sein schien, schritt auf sie zu. Er trug einen einfachen schwarzen Mantel, dessen Kapuze er über den Kopf gezogen hatte. Sein langer grauer Bart schwang in der Bewegung mit.

"Ich bin Simeon", stellte er sich leicht außer Atem vor, als er Eden und Baxter erreichte. Er sprach in Satzfetzen und mit Akzent, aber durchaus verständlich. "Ihr seid gekommen, um mein Haus zu sehen?"

"Ja, das sind wir", bestätigte Eden. "Sie leben hier allein?"

"Das ist der Fall, ja. Dieses Kloster wurde im dreizehnten Jahrhundert erbaut, aber vor hundert Jahren aufgegeben. Ich kümmere mich darum, so gut ich kann."

"Sie leisten großartige Arbeit", sagte Baxter. Er schaute die großen Mauern hinauf. "Es ist sehr gut erhalten."

"Ich versuche es." Der Mönch zuckte mit den Schultern.

"Haben Sie hier viele Besucher?", fragte Eden.

"Manchmal ja, manchmal nein." Der Mönch bewegte den Kopf hin und her und schüttelte und nickte zugleich. "Die Leute wissen, dass ich hier bin und kommen oft vorbei, um mich zu sehen. Ich weiß nicht, woher sie wissen, dass ich hier bin, aber irgendjemand muss es ihnen sagen." Er neigte den Kopf zur Seite.

"Wir suchen etwas", sagte Eden und kam gleich zur Sache. Sie beobachtete den Mann genau, suchte nach Anzeichen für Unehrlichkeit, sah aber keine.

"Jeder sucht etwas", antwortete der Mönch kryptisch.

Eden zögerte einen Moment, dann beschloss sie, ihrem Instinkt zu vertrauen. Sie griff in ihre Tasche und holte den Brief und den Schlüssel heraus.

"Ich frage mich, ob Sie etwas darüber wissen", sagte sie und zeigte dem Mönch den Brief und dann den Schlüssel. "Wir glauben, dass sie irgendwie mit diesem Kloster in Verbindung stehen könnten."

Simeons Blick wanderte vom Schlüssel zum Brief und dann wieder zurück. Als hätte er die Qual der Wahl, streckte er die Hand aus und nahm den Brief zuerst. Er entfaltete ihn vorsichtig und ließ seinen Blick über den Text schweifen.

"Woher haben Sie das?", fragte er, kaum mehr als ein Flüstern in der Stimme.

"Ich habe es von meinem Vater geerbt", antwortete Eden und beobachtete die Reaktion des Mönchs aufmerksam. "Er war ein Archäologe."

Simeon las den Brief einige Sekunden lang schweigend, dann hob sich sein Blick, um den von Eden zu treffen. "Ah. Der große Alexander Winslow."

Die Worte des Mönchs trafen Eden wie eine Kugel in die Brust. Sie trat einen Schritt zurück, und ihre Sehkraft stellte sich neu ein. "Moment, was? Woher kannten Sie meinen Vater?"

"Ja, er war hier, vor vielen, vielen Jahren. Auch er brachte mir den Schlüssel und diesen Brief."

Eden erzählte Simeon schnell, was mit ihrem Vater geschehen war und wie wichtig ihr Fall war.

"Das tut mir leid. Es ergibt Sinn. Ich fürchte, die, die euch auf den Fersen sind, holen euch schnell ein", sagte Simeon und deutete über das Tal hinweg. "Ich bezweifle sehr, dass es nur ein Zufall ist, dass mich über eine Woche lang niemand besucht hat und dann mehrere Leute auf einmal kommen."

Eden drehte sich um und sah einige hundert Meter entfernt eine Staubwolke über der Zufahrtsstraße aufsteigen.

"Wir müssen gehen", sagte Eden und drehte sich zu dem Mönch um. "Zeigen Sie uns, was ..."

Der Mönch hob eine Hand und brachte beide zum Schweigen. Er schaute sich um, als ob er nach unsichtbaren Beobachtern Ausschau hielt, dann bedeutete er ihnen, ihm zu folgen. "Kommt, ich zeige euch, weswegen ihr gekommen seid."

Simeon gab Eden den Schlüssel und den Brief zurück,

drehte sich um und führte sie zu einer Tür in der Kloster-
mauer. Er schwang die Tür zur Seite und die drei traten in
das höhlenartige Innere des Klosters. Von drinnen aus
verstand Eden, warum das Gebäude der Schwerkraft zu
trotzen schien. Die vordere Hälfte des Gebäudes bestand
aus Steinblöcken, während die hintere Hälfte aus Höhlen
bestand, die entweder in den Felsen gehauen oder natürlich
entstanden waren. Das Sonnenlicht strömte durch die
hohen Fenster und projizierte die Symbole des Schlüssels
zum Nil in dicken Strahlen auf die Steine.

"Das Symbol in Stein, Tinte und Schatten", sagte Eden
und erinnerte sich an die Worte des Briefes.

"Diese Höhlen sind seit Tausenden von Jahren die
Heimat von Mönchen wie mir", erklärte Simeon.

Als der Mönch die Tür lässig zuzog, sah Eden, wie das
herannahende Fahrzeug um die letzte Kurve bog und auf
das Kloster zuraste. Simeon schob einen schweren Riegel
vor, der die Tür sicherte.

"Im Laufe der Jahre waren diese Höhlen Zufluchtsort für
viele Menschen. Hier entlang." Simeon ging hinüber zu
einer Gaslampe, die an der Wand hing. "Hier gibt es keinen
Strom, wie Sie sehen. Ich lebe so, wie es die Menschen in
vergangenen Zeiten getan haben." Er holte eine Schachtel
Streichhölzer unter seiner Kutte hervor, entzündete eines
und hielt es an den Docht.

Das Motorengeräusch des Fahrzeugs dröhnte durch die
Tür, dann knirschten die Reifen auf dem Kies draußen.

Eden wippte ungeduldig mit dem Fuß und dachte
daran, dass diejenigen, die da draußen waren, sehr schnell
aufholten.

"Komm schon", krächzte Simeon und wollte die Lampe
zum Leben erwecken. Das Streichholz zischte und ging
dann aus. Der Mönch murmelte und zündete ein neues an.

Schritte polterten über den Boden vor der Tür.

Das Tempo von Edens Puls erhöhte sich. Sie blickte von der Tür zu Simeon und wieder zurück. "Ich denke wirklich, wir sollten ..."

"Na also", sagte Simeon, als die Öllampe widerwillig aufflammte. "Hier entlang." Er deutete weiter in die Höhle hinein.

Ein dumpfer Schlag hallte durch die Tür und ließ das Holz in seiner Verankerung rütteln. Es folgte eine gedämpfte Stimme. Eden konnte erkennen, dass es mindestens zwei Männer waren, vielleicht auch mehr. Sie fragte sich, ob es die Männer waren, die versucht hatten, sie im Krankenhaus zu töten. Auf jeden Fall war sie sich sicher, dass es sich nicht um Pilger handelte, die den alten Mönch besuchten.

"Seit Generationen haben wir hier ein Geheimnis gehütet", sagte Simeon und führte sie in die Dunkelheit. "Es ist ein Geheimnis, das Ihr Vater und seine Vorgänger zu lüften versuchten. Aber die Zeit für sie war nicht reif."

Eden folgte ihm, und ihre Aufregung wuchs mit jedem Schritt. Dieser Teil des Klosters bestand aus einer Reihe von Höhlen, die sich in den Felsen gruben. Sie kamen an einer Reihe von dicken Holztüren vorbei, die alle fest verschlossen waren. Durch den einen oder anderen Spalt in der Steinwand drang Licht, das auch einen Blick auf die Außenwelt ermöglichte. Von irgendwoher in den Höhlen tropfte Wasser.

"Das Wissen, das Sie hier finden, wird eine Brücke schlagen zwischen Glaube und Wissenschaft, zwischen der antiken Welt und unserer eigenen. Dies ist die Art von Wissen, für die mächtige Leute töten würden, um es zu besitzen ... oder um es zu verbergen."

Eden fröstelte, vielleicht wegen des Monologs des

Mönchs oder wegen der sinkenden Temperatur in den Höhlen.

Ein Knall hallte in dem Gang hinter ihnen wider. Die gedämpften Stimmen waren wieder zu hören, gefolgt von einem weiteren Krachen. Es hörte sich so an, als ob die Männer versuchten, sich ihren Weg zu bahnen.

"Da kommen sie nicht durch", murmelte Simeon und schritt voran. Die Lampe schwankte im Takt mit seinem schwerfälligen Gang. "Diese Tür hat schon ..."

Ein weiterer Aufprall ertönte in dem Gang. Es folgte das Geräusch von splitterndem Holz.

"Da wäre ich mir nicht so sicher", sagte Eden atemlos.

Sie bogen um eine Kurve im Gang und erreichten eine Tür, die wie alle anderen aussah. Das Licht von Simeons Lampe tanzte über die feuchten Wände, und die Feuchtigkeit ließ vermuten, dass sie sich tief unter der Erde befanden.

"Es gibt nur einen Schlüssel zu dieser Tür", sagte der Mönch und legte eine Hand gegen das eisenbeschlagene Holz. "Und die letzte Person, die hier durchgegangen ist, war ..."

"Mein Vater", beendete Eden den Satz, hielt den Schlüssel in der Hand und ging auf die Tür zu. Sie steckte den Schlüssel in das Schloss und drehte ihn. Das Schloss ächzte, dann klickte es. Eden holte tief Luft und drückte dann gegen die Tür.

"WAS IST DA DRAUßEN LOS?", BRÜLLTE ARCHIBALD GODSPEED und lehnte sich aus dem Toyota, um zu beobachten, was Croft und Stone taten.

Die Männer wandten sich von der Tür ab, die sie erfolglos zu durchbrechen versucht hatten. Godspeed verstand nicht, wie etwas, das so alt aussah, so viel Schläge aushalten konnte.

"Sir, bleiben Sie im Fahrzeug", sagte Stone. "Wir werden in ein paar Minuten durch sein. Es ist von größter Wichtigkeit, dass Sie außer Sichtweite bleiben, bis wir eine visuelle Bestätigung des Grabes haben."

Godspeed ließ sich in den Sitz zurückfallen und schob die Tür zu. Natürlich hatte der Mann recht. Wenn Eden herausfand, dass er nicht in England gestorben war, würde sie verschwinden, und das Grab wäre für immer verloren. Godspeed erinnerte sich an Helios' Drohung - er musste die Gruft finden, und zwar schnell.

"Wenigstens ist es hier drin kühler", sagte er und hielt seine Hand vor das Gebläse, um zu prüfen, ob die Klimaanlage noch funktionierte. Ein Hauch kühler Luft glitt über seine Finger. Er holte ein Taschentuch aus seiner Tasche und tupfte sich die Stirn ab, wobei er mindestens einen halben Liter Schweiß verlor. Je schneller sie diese verflixten Tafeln fanden und an einen kühlen Ort kamen, desto besser.

Godspeed spähte durch die Windschutzscheibe, während Croft und Stone sich auf einen weiteren Versuch an der Tür vorbereiteten. Bis jetzt hatte das morsche Holz, das von den Jahren in der heißen Sonne Blasen und Flecken bekommen hatte, einen ziemlichen Kampf geliefert. In jeder anderen Situation wäre es amüsant gewesen, diesen beiden Muskelbergen - mit Bizeps und ohne Gehirnzellen - zuzusehen.

"Sollen sie doch die Drecksarbeit machen", sagte Godspeed laut und zuckte mit den Schultern, als der Schweiß endlich zu versiegen begann.

Croft und Stone traten einen Schritt zurück, richteten ihre Schultern auf die Mitte der Tür und griffen an.

"Es ist, als würde man Nashörner in der Serengeti beobachten", sagte Godspeed und erinnerte sich an einen Jagdausflug, den er dort vor einigen Jahren unternommen hatte.

Die beiden rannten gegen die Tür, prallten dann aber zurück, als das Holz nicht nachgab. Godspeed beobachtete mit wachsender Verärgerung, wie Croft und Stone zurückstolperten und sich ihre geprellten Schultern rieben. Seine Geduld hatte ihre Grenze erreicht.

"Um Himmels willen", murmelte er und stieß die Autotür auf. Der Hitzeschwall traf ihn wie ein Brennofen. "Wenn du willst, dass etwas richtig gemacht wird ..."

"Sir, wir raten dringend ...", begann Stone, doch Godspeed brachte ihn mit einem Blick zum Schweigen.

"Eure Methode funktioniert offensichtlich nicht", schnauzte Godspeed. Er ging zum Heck des Toyota und öffnete den Kofferraum. Nach kurzem Wühlen kam er mit einem dicken Stahlseil heraus.

"Befestigt das an der Abschleppstange", befahl er und warf Croft das Kabel zu. "Und du", er zeigte auf Stone, "befestigst das andere Ende an der Tür. Mach es richtig fest."

Die Männer tauschten einen Blick aus, folgten dann aber seinen Anweisungen. Godspeed sah zu und tupfte sich erneut die Stirn mit seinem inzwischen durchnässten Taschentuch ab. Stone befestigte das Kabel wie befohlen am Auto, und Croft führte es um die Tür herum, die aufgrund ihres Alters nicht mehr so gut in den Türrahmen passte. Nachdem das Seil befestigt war, kletterte Godspeed auf den Fahrersitz. Er drehte den Schlüssel, und der Motor heulte auf.

"Achtung!", rief er aus dem Fenster. Dann, ohne auf eine Bestätigung zu warten, trat er das Pedal durch.

Die Reifen des Toyotas drehten sich für einen Moment, bevor das Auto rückwärts schoss. Das Kabel spannte sich. Dann passierte einen Moment lang nichts. Ein gewaltiges Ächzen von sich wehrendem Holz und Metall folgte, bevor die Tür nachgab. Splitter flogen, als die Scharniere aus dem Stein rissen. Mit einem letzten Knall löste sich die Tür vollständig und krachte in einer Staubwolke zu Boden.

Godspeed stellte den Motor ab und stieg aus. "Da", sagte er und betrachtete den klaffenden Eingang. "War das so schwierig?"

Croft und Stone standen stumm da und starrten auf die Zerstörung.

"Und jetzt seid ihr dran", sagte Godspeed und schlug die Hände zusammen. "Geht da rein und sucht mir diese Tafeln!"

34

EIN KRACHEN HALLTE durch das Kloster. Das Geräusch war weitaus lauter als jedes andere zuvor und zwang Eden, Baxter und Simeon, sich umzudrehen und sich ihm zu stellen.

"Ich glaube, sie haben die Tür aufgebrochen", sagte Eden und starrte den Gang hinunter. Das Geräusch von stampfenden Stiefeln auf dem Steinboden bestätigte ihre Aussage.

Eden drückte fester gegen die Tür und brachte die maroden Scharniere dazu, sich zu bewegen. Metall quietschte gegen Stein, als sich die Tür Zentimeter für Zentimeter vom Pfosten löste und langsam den Raum auf der anderen Seite freigab.

Eine gedämpfte Stimme durchbrach die Schritte, als ein Mann Anweisungen gab. Die Verfolger hielten an und testeten offensichtlich eine der anderen Türen weiter unten in dem geschwungenen Gang.

Baxter stellte sich neben Eden und gemeinsam schoben sie die widerspenstige Tür zur Seite. Das Licht von Simeons Laterne strömte ins Innere und enthüllte einen Raum, der wie in der Zeit eingefroren schien. Eden trat mit der

Ehrfurcht eines Menschen vor, der einen längst vergessenen Tempel betrat. Dieser seltsame Geruch, den sie immer mit alten Dingen verband, eine Mischung aus Staub, Feuchtigkeit und etwas anderem, das sie nicht genau zuordnen konnte, lag in der Luft.

Baxter und Simeon folgten ihr und überquerten die Schwelle mit demselben Staunen. Die Kammer war so klein, dass die drei Insassen ihre Ellbogen berührten, als sie sich zur Seite drehten.

Die Schritte hallten wieder den Gang hinunter. Die Verfolger rannten nicht mehr, sondern bewegten sich langsam und überprüften deutlich hörbar jede Tür, an der sie vorbeikamen.

Eden ging zu einem einfachen hölzernen Schreibtisch an der gegenüberliegenden Wand, dessen Oberfläche vom Alter angefressen war. Vergilbte Papiere lagen auf dem Schreibtisch verstreut, einige kräuselten sich an den Rändern, ihre Tinte war verblasst, aber noch lesbar. Als sie durch die Staubschicht hindurchsah, bemerkte sie, dass es sich bei einem der Papiere um eine Karte handelte. Die Ränder waren ausgefranst und zerrissen, aber die Landmassen und Markierungen waren noch deutlich zu erkennen. Die Oberfläche war mit seltsamen Symbolen und Notizen übersät.

Ein schmales Bett mit einer dünnen, mottenzerfressenen Decke stand an der gegenüberliegenden Wand, was darauf schließen ließ, dass derjenige, der dieses Zimmer bewohnt hatte, hier sowohl gearbeitet als auch geschlafen hatte. Ein abgenutzter Teppich bedeckte die Mitte des Steinbodens.

"Hier muss Rassam die ganze Sache geplant haben", sagte Eden und blickte von einer Seite des Raumes zur anderen.

"Ja, das stimmt", bestätigte Simeon. "Obwohl das lange vor meiner Zeit war, ist überliefert, dass er einige Jahre hier gelebt hat. Er traf mit dem Abt eine höchst unübliche Abmachung, dass dieses Zimmer auf ewig ihm gehören sollte, und deshalb hat seitdem niemand mehr die Tür geöffnet. Ich nehme an, er wollte, dass andere ihm folgen ..."

Die Luft explodierte vom Klang der Schüsse. Die Kugeln sausten in die Kammer und prallten vom Stein ab. Simeon, der in der offenen Tür stand, zuckte heftig zusammen, als sich eine Kugel in seinen Magen bohrte. Die Augen des Mönchs weiteten sich, und sein Mund öffnete sich zu einem stummen Schrei.

Die Zeit verlangsamte sich und Eden sah entsetzt zu, wie sich der Stoff von Simeons Gewand durch den Schuss kräuselte. Der Mönch ließ die Laterne auf den Boden fallen, wo sie zerbrach und erlosch. Glasscherben flogen durch den Raum, und die Szene wurde in Halbdunkel getaucht. Simeons Beine knickten unter ihm ein. Er sackte zu Boden, sein Körper fiel in sich zusammen.

Die Schüsse verstummten, als die Männer den Abstand verringerten. Sie hatten offensichtlich erkannt, dass das Fehlen von Gegenfeuer bedeutete, dass ihre Beute unbewaffnet war.

"Nein!" Eden stürmte auf den gefallenen Mönch zu und erreichte ihn nur einen Moment, nachdem er auf dem Boden aufgeschlagen war.

Baxter rannte zur Tür, schlug sie zu und drückte einen schweren Riegel ein, so dass sie einen Moment vor dem Eintreffen der Männer eingeschlossen waren. Die Fäuste hämmerten gegen die Tür. Als die Männer merkten, dass sie sich nicht so leicht öffnen ließ, zogen sie sich zurück und feuerten auf die Tür. Das mindestens fünf Zentimeter dicke Holz schluckte jeden Schuss mit einem Zittern.

"Simeon", flüsterte Eden und hielt den sterbenden Mann an der Hand. "Es tut mir so leid, dass wir das über sie gebracht haben."

Der Mönch atmete schwer, und das Blut verteilte sich auf dem Boden. Er blickte sich benommen im Raum um, bevor er Eden in die Augen sah.

"Bemitleide mich nicht", flüsterte Simeon. "Meine Arbeit hier ist vollendet. Du hast jetzt, was du brauchst." Er schluckte, sein Atem wurde unregelmäßiger. "Es gibt noch einen anderen Weg nach draußen, dort hinten." Er deutete vage in die Richtung des Schreibtischs. Sein Arm zitterte und dann lockerte sich sein Griff um Edens Hand. Sein letzter Atemzug entkam in einem leisen Seufzer.

Eden richtete sich auf und konzentrierte sich wieder auf ihre Situation, als ein weiterer Kugelhagel in der Tür einschlug. Sie zog ihr Handy heraus und aktivierte die Taschenlampe.

"Wir müssen uns beeilen", sagte Baxter und schritt zum Schreibtisch hinüber. "Diese Tür wird sie nicht lange aufhalten können."

"Gib mir mal die Decken", erwiderte Eden und zeigte auf das mottenzerfressene Bettzeug.

Baxter tat, was Eden von ihm verlangte, und sah dann zu, wie sie eine Decke unter den Kopf des Mönchs legte und die andere benutzte, um seinen Körper zu bedecken. Als sie alles für den Toten getan hatte, was sie konnte, stand sie auf und ging zum Schreibtisch.

"Das ist sie", sagte sie und zeigte auf die Karte, die auf dem Schreibtisch ausgebreitet war, als ob Rassam zurückkehren und seine Arbeit fortsetzen würde. Sie wischte den Staub von der Oberfläche der Karte, so dass sie die Markierung sehen konnte. Als sie ihr Handy nur wenige Zentimeter von der Karte entfernt hielt, stellte sie fest, dass sie der modernen Karte, die sie vom Libanon besaßen, ähnelte, auch wenn viele der Orts- und Straßennamen anders lauteten. Es dauerte nur wenige Sekunden, bis Eden fand, was sie suchte.

"Und da ist der Schlüssel zum Nil", flüsterte sie, während ihr Finger über das Papier fuhr.

Ein weiterer Kugelhagel prasselte auf die Tür ein. Splitter verteilten sich in der Kammer, als das Holz, das Rassams Geheimnisse mehr als ein Jahrhundert lang sicher gehalten hatte, schließlich zersplitterte. Die Männer hörten auf zu schießen und rammten die Tür mit den Schultern.

Eden rollte die Karte so sorgfältig wie möglich zusammen und steckte sie in ihre Tasche.

"Das ist seltsam", bemerkte sie und betrachtete einen Gegenstand auf dem Tisch unter der Karte.

"Wir haben keine Zeit für so etwas!", rief Baxter, als die Männer erneut gegen die Tür stießen. Er griff nach der Ecke des Schreibtisches, bereit, ihn von der Wand zu reißen.

"Moment mal!" Eden hob den Gegenstand auf und stellte fest, dass ihr erster Gedanke richtig gewesen war. Es war eine Streichholzschachtel, aber nicht irgendeine Streichholzschachtel. Auf der Vorderseite der Schachtel war ein Aquarell mit einer Ansicht abgebildet, die Eden sehr gut kannte – Brightons Strandpromenade.

"Warum ist das hier?", fragte sie und wandte sich an Baxter.

Die Tür vibrierte. Eines der Scharniere brach aus dem Felsen, die alten Schrauben ragten wie gezackte Zähne heraus.

"Ich habe keine Ahnung", sagte Baxter. "Aber wenn wir hier nicht sofort verschwinden, werden wir es nie herausfinden."

Eden steckte die Streichholzschachtel ebenfalls in ihre

Tasche und half Baxter dann, den Schreibtisch von der Wand zu ziehen. Der Schreibtisch schrammte über den Boden und enthüllte einen kleinen Durchgang in der Wand.

"Los, los, los!", rief Baxter und wies Eden den Weg zur Öffnung.

"Du zuerst", sagte Eden und schaute zu Simeon zurück.

Ein weiterer ohrenbetäubender Schlag gegen die Tür unterstrich ihre Worte. Ein Riss erschien und spaltete das Holz in zwei Teile.

Baxter ging geduckt in den Gang, und Eden folgte ihm. Drinnen angekommen, drehte sie sich um und zerrte den Schreibtisch in seine Position zurück. Kaum hatte sie die Öffnung geschlossen, gab die Tür schließlich mit einem Krachen nach.

Sie hielt den Atem an und blieb in dem engen Tunnel völlig regungslos. Sie drehte sich um und sah Baxter an, einen Finger an den Lippen.

Nachdem die Tür endlich nachgab, kehrte Stille ein. Ein Mann sprach, und ein anderer antwortete. Sie rissen die Tür aus dem Weg und stapften in die Kammer.

Eden wusste, dass die Männer lauter waren als die Geräusche, die sie im Tunnel verursachen würden, und gab Baxter ein Zeichen, dass er losgehen sollte.

"Wo sind sie?", fragte einer der Männer mit verächtlicher Stimme.

Baxter knipste seine Taschenlampe an und beleuchtete den Gang vor ihnen. Der Lichtstrahl offenbarte eine niedrige Decke und einen unebenen Boden. Der Tunnel war eindeutig vor vielen Jahren von Hand gegraben worden.

Sie stapften vorwärts, gebückt, um sich nicht den Kopf an der felsigen Decke zu stoßen. Die Luft war abgestanden und muffig, mit dem Geruch von feuchtem Stein und Erde erfüllt.

Je weiter sie kamen, desto mehr neigte sich der Tunnel nach unten. Anfangs war das Gefälle sanft, doch bald wurde es steiler, so dass sie ihre Hände zum Ausbalancieren benutzen mussten.

"Da vorne ist Licht", flüsterte Baxter und deutete auf einen schwachen Schimmer von natürlichem Licht in der Ferne. Je näher sie kamen, desto stärker wurde das Licht. Bald war der Umriss der Öffnung sichtbar.

Baxter erreichte ihn als Erster und stellte fest, dass vor der Tunnelöffnung ein Steinhaufen aufgeschichtet worden war. Er schob die Steine beiseite, so dass sie einen Abhang hinunterhüpften. Als die Öffnung einen halben Meter breit war, kletterte er auf den kleinen Vorsprung und überblickte das Tal unter ihm.

Eden kroch hinter ihm hervor und schaute den steilen Abhang hinunter zu den Gebäuden, hinter denen sie den Volvo geparkt hatten.

"Wir haben, was wir wollten", sagte Eden. "Jetzt lass uns hier verschwinden."

Mit einem letzten Blick auf das Kloster drehte sie sich um und krabbelte davon.

35

GODSPEED LEHNTE sich in den Sitz zurück und verschränkte die Arme, während sich in seinem Magen eine Mischung aus Vorfreude und Angst breitmachte. Er war jetzt so nah dran - in wenigen Stunden, da war er sich sicher, würden sie die Tafeln haben. Er erlaubte sich einen Moment, sich den triumphalen Anruf bei Helios vorzustellen.

Ja, ich habe den Standort, Sir. Sie hat uns ein wenig an der Nase herumgeführt, aber als ich sie in die Enge getrieben hatte, begann sie die Vorteile zu erkennen, die es hat, ihr Wissen zu teilen. Es ist alles erledigt, so wie Sie es wollten ...

Seine selbstgefällige Fantasie wurde jäh durch den Anblick von Croft und Stone unterbrochen, die mit grimmiger Miene und auffallend leeren Händen zum Toyota zurückkamen. Godspeed setzte sich aufrecht hin, und sein finsterer Blick vertiefte sich mit jedem Schritt, den sie machten.

In diesem Moment surrte das Telefon in seiner Hand. Godspeed blickte nach unten, als eine unbekannte Nummer auf dem Display aufblinkte. Sein Magen krampfte sich zusammen. Es gab nur eine Person, die das sein konnte.

Godspeed brach der kalte Schweiß auf der Stirn aus. Wenn Helios rief, antwortete man. Das war die einzige Möglichkeit. Es spielte keine Rolle, was sonst geschah - man nahm den Hörer ab, oder man musste die Konsequenzen tragen.

Er beobachtete, wie Croft und Stone zum Auto stapften, und verfluchte sich innerlich - wie war es möglich, dass Helios immer im ungünstigsten Moment anrief? Es war, als hätte der Mann einen sechsten Sinn dafür, wann die Dinge schiefliefen.

Schwer atmend fuhr Godspeed sich mit der Hand über das Gesicht, dann drückte er mit einer resignierten Grimasse auf die Antworttaste.

"Es scheint, als ob Ihnen die Dinge entgleiten." Helios' Stimme, ein Klang, den Godspeed allmählich verachtete, dröhnte aus dem Lautsprecher. Die lässige Drohung in seinem Ton ließ Godspeed die Zähne zusammenbeißen. "Sind Sie sicher, dass Sie noch der Richtige für den Job sind?"

"Ich habe es im Griff", knurrte Godspeed, den Blick auf seine herannahenden Gefolgsleute gerichtet.

"Das ist nicht das, wonach es aussieht", antwortete Helios.

Godspeed ließ seinen Blick durch das Tal schweifen. Das paranoide Gefühl, dass Helios ihn irgendwie beobachtete, kroch ihm wieder einmal über den Rücken. Er traute dem Mann zu, dass er überall Augen und Ohren hatte.

"Sie haben achtundvierzig Stunden, Godspeed", rief Helios, und sein Ton ließ keinen Raum für Diskussionen. "Besorgen Sie mir die Tafeln oder der Deal ist geplatzt." Die Leitung wurde mit einem lauten Klicken unterbrochen.

Godspeed starrte das Telefon einen Moment lang an, die Bedrohung hing in der Luft wie eine Gewitterwolke. Er wurde aus seinen Gedanken gerissen, als Croft auf den Fahrersitz rutschte.

"Sie sind nicht da", sagte Croft, seine Stimme wie immer emotionslos. "Sie müssen einen anderen Weg nach draußen gefunden haben."

"Aber sie können nicht weit gekommen sein", fügte Stone schnell hinzu und versuchte, die Situation zu retten. "Wir werden sie einholen, keine Sorge."

Godspeed lehnte sich zurück, seine Gedanken rasten. Achtundvierzig Stunden. Die Uhr tickte, und Versagen kam nicht in Frage. Er konnte fast spüren, wie sich Helios' unsichtbare Schlinge um seinen Hals zuzog.

"Worauf wartet ihr dann noch?", schnauzte Godspeed. "Bewegung! Wir müssen sie finden, und zwar sofort."

Etwa einen Kilometer entfernt hielt ein Jeep Wrangler neben einem staubbedeckten Volvo an. Der Jeep kam knirschend zum Stehen, fast verdeckt von einem riesigen Steinhaufen. Unter der heißen Mittagssonne war das Tal menschenleer. Alle Besucher der Region oder die Arbeiter der nahegelegenen Farmen würden mindestens für die nächsten zwei Stunden Schutz suchen.

Die Tür des Jeeps schwang auf, und Athena kletterte heraus. Da sie an Einsätze auf der ganzen Welt gewöhnt war, machte ihr die Hitze nichts aus. Als erfahrene Agentin hatte Athena schon unter den unwirtlichsten Bedingungen gearbeitet, die Mutter Erde zu bieten hatte.

Sie schlenderte zu dem Volvo 114 hinüber. Der Wagen war auf den Straßen des Libanon weit verbreitet und daher eine gute Wahl für jeden, der ungesehen bleiben wollte. Als sie das Auto erreichte, ging sie in die Hocke. Ihr heutiger Auftrag war einfach. Sie näherte sich einem der Vorderräder, griff um das Rad herum und fand die Stelle, an der das Bremskabel an den Bremsbelägen befestigt war. Sie holte ein kleines elektronisches Gerät aus ihrer Tasche und befestigte es an dem Kabel. Es dauerte weitere zwei Minuten, bis sie den Vorgang an den übrigen Rädern wiederholt hatte.

Athena stand auf und betrachtete den Volvo. Er sah genauso aus, wie er bei ihrer Ankunft ausgesehen hatte. Sie wischte sich den Staub von den Knien und joggte zu dem wartenden Jeep.

Sie startete den Motor und fuhr in die Richtung, aus der sie gekommen war, wobei sie eine Staubwolke hinter sich aufwirbelte. Da die Straße hier nur in eine Richtung führte, würde sie den Volvo und seine Insassen sehr bald sehen.

36

Eden und Baxter sprinteten zurück zum Volvo. Die Temperatur im Tal war in der letzten Stunde angestiegen und ließ Hitzeströme durch die ruhige Nachmittagsluft tanzen. Das Sonnenlicht strahlte von der zerkratzten Karosserie des Volvos ab.

Keuchend und schweißgebadet erreichte Baxter die Fahrerseite und schwang die Tür auf. Die Hitze strömte aus dem Fahrzeug. Sogar der Plastik-Türgriff war zu heiß, um ihn zu benutzen. Er zuckte zusammen und sah auf seine Hand hinunter, dann erblickte er Eden, die ihn angrinste.

"Das wird deine geringste Sorge sein", sagte Eden und riss die Beifahrertür auf. Sie strich sich mit der Hand über das Gesicht und wischte sich den Schweiß ab.

"Wir müssen weiter", erwiderte Baxter und blickte zurück auf den Schotterweg in Richtung des Klosters.

Eden nickte. "Diese Typen geben nicht so schnell auf."

"Ich fahre, und du überlegst dir, wohin wir fahren", beschloss Baxter und ließ sich auf den Fahrersitz gleiten. Er ließ den Motor an und stellte die Gebläse auf volle Leistung, so dass heiße Luft in den Wagen geblasen wurde. Die

Klimaanlage des Volvos hatte offensichtlich schon vor vielen Jahren den Geist aufgegeben.

Eden reagierte missmutig auf die Anweisung und ließ sich auf den Beifahrersitz fallen. Sie erinnerte sich daran, dass sie, wenn das hier vorbei war, wieder allein arbeiten konnte. Sie brauchte Baxter nicht, aber im Moment war es nützlich, ihn in der Nähe zu haben.

Baxter legte den Gang ein und beschleunigte in einer Staub- und Schotterwolke die Piste hinunter. Er schaltete einen Gang höher und der Wagen geriet auf dem schmalen Weg ins Schleudern.

"Beruhige dich", sagte Eden und warf ihm einen Blick zu. "Wenn wir von der Straße abkommen, können wir genauso gut eine Willkommensparty veranstalten." Sie zeigte mit dem Daumen zurück in Richtung Kloster.

Baxter murrte und verringerte den Druck auf das Gaspedal. Der Volvo fuhr langsam, aber konstant vorwärts.

Eden blickte nach hinten - noch war niemand hinter ihnen. Sie wandte ihren Blick wieder Baxter zu. Sein Blick wanderte mit geübter Leichtigkeit von der Straße zum Rückspiegel. Der Volvo rumpelte und holperte durch ein Schlagloch, das die Federung fast bis zum Bruch belastete.

Eden griff in ihre Tasche und holte die Karte heraus, die sie aus dem Kloster geholt hatten. Als sie das verwitterte Pergament betrachtete, entschuldigte sie sich im Stillen bei ihrem Vater dafür, dass sie ein altes Dokument unter diesen Umständen angefasste. Vor ihrem geistigen Auge sah sie ihn in seinem Büro auf dem Dachboden, wo er die Dokumente nur mit den Baumwollhandschuhen anfasste, die er immer dabeihatte.

Eden schüttelte den Gedanken ab und rollte die Karte auf ihren Knien aus, als der Volvo um eine Kurve schlitterte und eine Flut von Kies beiseite schleuderte. Sie ergriff die Karte, ihre Finger durchstachen fast das Papier.

"Tut mir leid", sagte Baxter, dessen Kiefer sich vor Anstrengung zusammenbiss. "Dieses Auto ist nicht für eine Straße wie diese gebaut."

"Das ist ein klassisches Fahrzeug", konterte Eden. "Es ist nicht dafür gebaut, so gefahren zu werden."

Baxter warf ihr ein Grinsen zu, das sowohl amüsiert als auch verärgert hätte sein können. Der Weg vor ihr wurde geradlinig, so dass Eden ihre Aufmerksamkeit auf die Karte richten konnte.

Sie öffnete die Karte Stück für Stück, bis sie fand, wonach sie suchte - das Schlüssel zum Nil Symbol. Sie machte mit ihrem Handy ein Foto, rollte die Karte zusammen und legte sie weg.

"Hast du schon was gefunden?", fragte Baxter mit einem Blick auf Eden, die die Karte zurück in ihre Tasche schob.

"Nein, aber ich werde ein Foto auf meinem Handy verwenden. Das wird den Schaden am Original minimieren."

"Clever."

Eden wandte sich der modernen Karte des Libanon zu, die Godspeed mit Anmerkungen versehen hatte, und verglich die Form der Küstenlinie mit dem Foto, das sie gerade gemacht hatte. Innerhalb einer Minute fand sie den Ort und legte die beiden Karten übereinander.

"Es ist schwer zu sagen, wo es genau liegt, da das Symbol ziemlich groß ist, aber es liegt in der Nähe von Byblos."

"Das ist großartig", sagte Baxter und kämpfte gegen das Verlangen des Lenkrads an, sie von der Straße zu schleudern. "Das grenzt es zumindest um einige tausend Quadratkilometer ein."

"Ja, aber das ist immer noch nicht genug. Die Gruft

wurde seit zwanzig Jahren nicht mehr geöffnet. Wir könnten daran vorbeifahren und nicht einmal wissen, dass sie da ist." Eden markierte den Ort auf der Godspeed-Karte und nutzte dann das Navi ihres Handys, um die Route zu berechnen.

"Das ist doch eine gute Nachricht", meinte Baxter. "Ich bin sicher, dass du den Weg erkennen wirst, sobald wir dort sind."

"Da bin ich mir nicht so sicher", konterte Eden und kramte die Streichholzschachtel aus ihrer Tasche. "Irgendetwas hier ergibt immer noch keinen Sinn."

"Was ist das?" Baxter warf einen Blick auf die Streichhölzer in Edens Hand. Dann warf er einen Blick in den Rückspiegel und wurde sichtlich blass.

"Warum sollte Rassam eine Streichholzschachtel aus Brighton haben? Was ist die Verbindung zwischen diesen beiden ..."

"Eden!", sagte Baxter eindringlich.

"Ich weiß, es ist wahrscheinlich nichts, und ich denke zu viel darüber nach, aber es ergibt einfach keinen Sinn für mich. Irgendetwas ist hier, das ich einfach nicht ..."

"Nein, Eden!", wiederholte Baxter.

"Was?", schnauzte Eden und richtete ihren Blick auf Baxter.

"Entschuldige, dass ich dich von deiner Detektivarbeit abhalte, aber wir haben Besuch." Baxter deutete auf den Rückspiegel.

Die Anspannung kehrte in ihre Muskeln zurück, Eden drehte sich um und blickte auf die Straße hinter ihnen. Obwohl er nur ein Punkt in der Landschaft war, raste der schwarze Toyota den Abhang vom Kloster hinunter. Das Fahrzeug bog um eine Kurve und beschleunigte.

"Weißt du noch, was ich dir über vernünftiges Fahren gesagt habe?"

"Ich weiß, ich weiß, ich tue, was ich kann", antwortete Baxter.

"Nein, vergiss es! Hol uns sofort hier raus, egal wie."

Baxter schenkte Eden ein Lächeln und trat das Gaspedal durch. Der Volvo heulte auf und schwang dann von einer Seite der Piste auf die andere. Der Wagen holperte und schaukelte über das unebene Gelände und drohte bei jeder Bodenwelle und jedem Schlagloch auseinander zu brechen.

Eden umklammerte das Armaturenbrett, ihre Knöchel verloren an Farbe. Sie teilte ihre Aufmerksamkeit zwischen dem sich schnell nähernden Toyota im Rückspiegel und der tückischen Straße vor ihr.

"Sie holen uns ein", zischte sie.

Baxter nickte. "Das alte Mädchen tut ihr Bestes, aber der Toyota ist auf diesem Terrain besser."

Wie zur Bekräftigung seiner Aussage fuhr der Volvo in eine besonders tiefe Spurrille, die sie für einen Moment in die Luft schickte, bevor sie wieder zu Boden stürzten. Die Federung stöhnte auf, als hätte sie körperliche Schmerzen. Baxter schlug mit dem Kopf gegen das Dach und stöhnte auf.

"So können wir ihnen nicht entkommen", bemerkte Eden. "Wir müssen uns etwas anderes einfallen lassen." Eden fischte ihr Handy aus der Mittelkonsole des Autos und rief eine Karte der Umgebung auf.

Die Hauptstraße, ein einziger Asphaltstreifen, der in beide Richtungen verlief, tauchte vor ihnen auf. Baxter, der jetzt auf der Zielgeraden war, legte den Gang ein und beschleunigte. Der Volvo antwortete mit einem Knurren und schleuderte Schotter in alle Richtungen. Schließlich fuhren sie auf den Asphalt auf, und da die Reifen nun Grip hatten, beschleunigten sie kräftig.

Eden warf erneut einen Blick durch die Heckscheibe.

Trotz seiner überlegenen Fahreigenschaften auf der unbe-
festigten Straße lag der Toyota immer noch ein gutes Stück
zurück.

"Bei diesem Tempo sind sie in ein paar Minuten an uns
dran", murmelte Eden und sah sich die Karte auf ihrem
Handy genau an. "Wir können ihnen nicht entkommen,
aber wir könnten ihnen aus dem Weg gehen."

Sie fuhren im Slalom um zwei enge Kurven, als die
Straße zu steigen begann. Jetzt, wo sie auf der offenen
Straße waren, hatte Baxter den Volvo besser im Griff.

Eden blickte auf die sauberen und sorgfältig gepflegten
Reihen von Weinstöcken, die auf beiden Seiten der Straße
vorbeizogen. Sie fand die Veränderung der Landschaft in
weniger als hundert Kilometern überraschend. Es schien
ungerecht, dass die Menschen hier von üppigen Feldern
umgeben waren, auf denen Obst und Gemüse mühelos
wuchsen, während andere in der trockenen Wüstenland-
schaft lebten.

"Da ist ein kleines Weingut, etwa einen Kilometer weiter
auf der linken Seite", sagte Eden und wandte ihre Aufmerksamkeit wieder ihrem Handy zu. "Es sieht so aus, als hätten
sie ein paar Scheunen und so weiter. Wenn wir rechtzeitig
von der Straße abkommen, können wir uns vielleicht dort
verstecken."

"Verstanden", bellte Baxter, ohne den Blick von der
Straße zu nehmen. Der Volvo ratterte und wackelte, als die
Geschwindigkeit weiter anstieg.

"Genau da", sagte Eden und deutete durch die Windschutzscheibe. Sie näherten sich einem Schild mit der
Aufschrift St. Charbel's Vineyard. Gleich hinter dem Schild
überschatteten zwei große Bäume den Weg, der zum Weinberg führte.

Eden drehte sich um und überprüfte die Straße hinter

ihnen. Der Toyota war noch nicht um die Kurve gekommen. Sie murmelte vor sich hin, umklammerte den Sitz und wünschte sich, sie würde fahren.

Baxter, dem die Muskeln in den Armen hervortraten, packte das Lenkrad fest an. Er wartete, bis sie fast an der Abzweigung waren, dann trat er auf die Bremse und drehte das Lenkrad. Der Volvo geriet ins Schleudern und rutschte hart über die Straße. Schließlich fanden die Reifen ihren Halt, und der Wagen schlingerte vorwärts. Baxter drehte das Lenkrad und ließ die Bremse los. Der Volvo prallte vom Asphalt ab und fuhr auf eine andere Spur.

Sie ratterten den Weg hinunter und fuhren auf einen von Gebäuden umgebenen Hof. Auf der einen Seite befand sich eine große Scheune, auf der anderen Seite waren mehrere Traktoren und andere landwirtschaftliche Maschinen geparkt. Baxter setzte den Volvo außer Sichtweite hinter die Scheune zurück.

Eden sprang aus dem Auto, noch bevor es zum Stillstand gekommen war. Sie schwang sich ihre Tasche auf den Rücken und rannte zur Scheune hinüber. Sie spähte um die Mauer herum, zurück in die Richtung, aus der sie gekommen waren. Die Staubwolke, die sie auf dem Weg zur Zufahrtsstraße aufgewirbelt hatten, schwebte langsam wieder zu Boden. Sobald sich der Staub gelegt hatte, würde niemand mehr wissen, dass sie diesen Weg genommen hatten.

Baxter stellte den Motor ab und kletterte ebenfalls hinaus. Er joggte zur hinteren Wand der Scheune und spähte ebenfalls herum.

Eden spähte durch einen Spalt im Scheunentor. Riesige Fässer waren in Reihen vom Boden bis zum Dach gestapelt. Sie richtete ihre Aufmerksamkeit wieder auf die Straße.

Der Weinberg um sie herum war still, die Arbeit im

Freien war für den heißesten Teil des Tages eingestellt worden. Irgendwo oben auf dem Hügel krächzte ein Vogel. Für Eden, die sich hinter der Scheunenwand versteckt hielt, klang es wie eine Warnung.

Dann ertönte das Geräusch eines Motors in der Stille. Das Brummen wurde lauter, als das Fahrzeug die Spitze des Hügels erreichte. Dann wurde der Motor langsamer.

37

ARCHIBALD GODSPEED, der auf dem Rücksitz des Toyota saß, blickte von Croft zu Stone und wieder zurück. Er hatte keine Ahnung, wie es Eden Black gelungen war, zwei erfahrenen Agenten zu entkommen. Wenn dies wirklich die besten Männer waren, die Helios zur Verfügung standen, dann musste der Rat seine Rekrutierungsbemühungen verstärken.

"Fahrzeug vor uns gesichtet", sagte Croft mit lauter Stimme über dem Motor.

Godspeed beugte sich vor und spähte durch die Windschutzscheibe. Mehrere hundert Meter entfernt ruckelte ein baufälliges Auto auf der Schotterpiste hin und her.

"Das sind sie", sagte Godspeed und erkannte in dem Auto den gestohlenen Volvo. "Wir dürfen sie nicht entkommen lassen."

Der Toyota beschleunigte und holperte die schmale Strecke hinunter.

Während Godspeed zusah, erreichte der Volvo die Hauptstraße und fuhr auf den Asphalt auf.

"Sie fahren nach links", berichtete Croft. "Es gibt meilenweit keine andere Stadt, wir werden sie leicht einholen."

Godspeed lehnte sich in den Sitz zurück und dachte darüber nach, was Helios gesagt hatte. Das Gespräch hatte ihn verärgert. Helios hatte mit ihm geredet, als wäre er hier im Urlaub und nicht auf dem Rücksitz eines Geländewagens, der mit einem Paar nachgemachter Action Men durch das Land raste.

Der Toyota stieß auf den Asphalt und schwenkte nach links. Der Geländewagen beschleunigte gleichmäßig auf der glatten Straße und innerhalb weniger Augenblicke sausten sie an Ackerland und Weinbergen auf beiden Seiten vorbei.

Stone beschleunigte wieder, als die Straße wieder gerade wurde und sie ein paar Kilometer weit sehen konnten. Godspeed spähte durch die Windschutzscheibe und stützte sich auf seine Knie. Die Straße vor ihnen war in beiden Richtungen frei von Verkehr.

"Das ist seltsam. Sie waren nicht viel mehr als einen Kilometer vor uns." Godspeed suchte die Straße nach einem Zeichen des Volvos ab.

"Sie müssen Gas gegeben haben, als sie auf die Straße gekommen sind", antwortete Stone, und sein Tonfall ließ keinen Zweifel daran, dass er Godspeeds Unterbrechungen nicht schätzte.

"In dieser alten Rostlaube? Niemals."

Stones einziges funktionierendes Auge fiel auf Godspeed im Rückspiegel.

"Wir sahen sie links abbiegen, also müssen sie wohl eine ..."

"Halt, stopp!", rief Godspeed und schlug mit der Hand auf die Mittelkonsole des Toyota.

Croft und Stone tauschten einen Blick. Stone seufzte und hielt den Geländewagen widerwillig an.

"Zurück, zurück", rief Godspeed.

"Sir, das ist wirklich nicht ..."

"Tu es einfach!" Godspeeds Gesicht rötete sich.

Stone legte den Rückwärtsgang des Geländewagens ein und fuhr hundert Meter zurück.

"Da, seht!" Godspeed zeigte wild gestikulierend auf den Asphalt vor ihnen. Ein Paar langer Gummiabriebe waren die Straße hinunter zu sehen und endeten kurz vor einem kleinen Feldweg.

"Diese Spuren sind frisch. Sie fuhren mit hoher Geschwindigkeit hier hoch, um uns zu entkommen, und bogen dann hier ein", sagte Godspeed.

Croft und Stone tauschten einen weiteren Blick aus.

"Wenn es nicht so war, wird uns das Zeit kosten", sagte Croft, wobei seine Stimme kaum mehr als ein Grummeln war.

"Tu einfach, was man dir sagt", rief Godspeed. "Fahr den Weg hoch. Wir müssen die Sache zu Ende bringen."

EDEN LAUSCHTE AUFMERKSAM, ALS DAS GERÄUSCH DES herannahenden Motors außer Hörweite geriet. Sie klammerte sich an die Rückwand der Scheune, ihre Muskeln bereiteten sich darauf vor, zu kämpfen oder so schnell wie möglich zu verschwinden.

Dann schlich sich der schwarze Geländewagen zunächst langsam, fast unbemerkt, ins Bild.

Eden duckte sich außer Sichtweite, ihr Magen zog sich

zusammen. Sie wartete einen Moment und spähte dann erneut um die Ecke.

Der Toyota holperte vom Asphalt herunter und bretterte den zerfurchten Weg hinunter zur Scheune.

"Ich dachte, sie würden vorbeifahren", sagte Eden fast entschuldigend.

"Vielleicht funktioniert das nur bei dummen Böse-wichten in Filmen."

Der Toyota gewann an Geschwindigkeit, als die Strecke flacher wurde.

Eden machte eine Drehung um die eigene Achse und analysierte schnell ihre Situation. Weinreben führten in beide Richtungen von den Farmgebäuden weg. Obwohl der Toyota ihren einzigen Fluchtweg im Auto versperrte, bedeu-tete das noch nicht, dass sie gefangen waren.

"Es sind nur zwei, richtig?", fragte Eden.

Baxter nickte.

"Wir müssen sie einzeln herauslocken, sie zwischen den Weinstöcken in die Irre führen und dann in diese Richtung zurückkehren. Sorg dafür, dass sie sich aufteilen. Wenn wir es zurückschaffen, bevor sie merken, was los ist, können wir einfach wegfahren."

"Sie sind bewaffnet", wandte Baxter ein.

"Dann pass auf, dass sie dich nicht treffen", konterte Eden und sprang aus ihrem Versteck auf den Hof.

Der Geländewagen kam knirschend vor dem großen Scheunentor zum Stehen. Die Türen schwangen auf, und zwei Männer stürzten heraus und tasteten nach ihren Waffen. Bevor einer der beiden Männer schießen konnte, duckte sich Eden zwischen den Reben außer Sicht.

Einer der Männer lief in einer Art Panik hinter Eden her. Ihm war klar, dass es schwierig sein würde, sie wieder-

zufinden, wenn sie erst einmal zwischen den Reben
verschwunden war.

Noch immer hinter der Scheune versteckt, schüttelte
Baxter langsam den Kopf.

"Ehrlich gesagt, Edens Pläne sind verrückt", flüsterte er
laut, bevor er auf den Hof hinauslief, um die Aufmerksamkeit des zweiten Mannes auf sich zu ziehen.

"Hey Mann, hier lang!", rief Baxter und winkte dem Kerl
zu, der sich gerade auf den Weg zu Eden machen wollte.

Der Mann drehte sich um, seine Waffe bereits erhoben.

Baxter sprang hinter die Scheunenwand zurück, als der
Mann feuerte. Drei Schüsse schlugen im Holz ein und
durchschlugen die Fässer in der Scheune. Rotwein strömte
in verschiedenen Winkeln aus.

Eden rannte im Eiltempo zwischen den Weinstöcken
hindurch und blickte hinter sich. Die Reben waren dicht
und ließen einen freien Weg von nur ein oder zwei Metern
zwischen ihnen und verdeckten die parallelen Reihen zu
beiden Seiten. Wie sie gehofft hatte, war dies der perfekte
Ort, um außer Sichtweite zu kommen.

Der Verbrecher rannte irgendwo hinter ihr den Abhang
hinauf. Durch die überwucherten Stöcke konnte Eden ihn
nicht genau sehen, aber sie konnte seine Schritte hören. Es
hörte sich an, als würde er sie einholen. Mit einem explo-
siven Energieschub sprintete sie los und vergrößerte den
Abstand zwischen ihnen. Sie wirbelte herum und konnte
ihren Verfolger klar erkennen. Obwohl er seine Waffe in der
Hand hielt, hatte er noch keinen Schuss abgegeben. Das
deutete darauf hin, dass er nicht da war, um sie zu töten,
zumindest nicht, bevor er herausgefunden hatte, was sie
wusste.

Eden erreichte einen Pfad, der den Hügel hinaufführte,
und wich nach links aus, aus dem Blickfeld des Schlägers.

Sie sprintete den Hügel hinauf, so schnell sie konnte und blieb dann stehen. Mit hämmerndem Herzen und schweißgebadet drehte sie sich um und sah ihren Verfolger an. Ein paar Sekunden später tauchte der Mann zwischen den Weinstöcken auf. Als er Eden sah, erstarrte er und noch bevor er die Waffe heben konnte, sprang sie zwischen die nächste Reihe von Weinstöcken.

Eden zählte fünf Schritte, ließ sich dann zu Boden fallen und rollte sich unter den Weinstöcken hindurch. Äste krallten sich in ihr Gesicht, aber sie zwang sich durch und kam in der Reihe weiter unten am Hügel wieder heraus.

Den Vorgang wiederholend kroch sie unter zwei weiteren Reihen hindurch. Sie ging in die Hocke und duckte sich dicht hinter einem besonders buschigen Teil der Pflanze. Um das Geräusch der sich nähernden Schritte zu hören, lauschte sie genau. Der Verbrecher rannte direkt an ihr vorbei. Er war so nah, hatte aber offensichtlich keine Ahnung, wo sie war.

Als sie sich vergewissert hatte, dass er in einiger Entfernung war, stand sie auf, wischte sich den Staub von der Stirn und ging in die entgegengesetzte Richtung davon. Als sie eine Kreuzung erreichte, spähte sie um die Weinstöcke herum und in die nächste Reihe. Fünfzig Meter entfernt rannte der Verbrecher in die falsche Richtung. Schon bald würde er seinen Fehler bemerken, aber bis dahin würde Eden auf der anderen Seite des Weinbergs sein.

Baxter führte seinen Verfolger zwischen den Weinstöcken in die entgegengesetzte Richtung, in die Eden gerannt war.

Der Mann schoss und schickte ein Sperrfeuer in Baxters Richtung. Das Geräusch der Schüsse hallte den Hügel hinauf und schreckte einen Vogelschwarm auf.

Baxter fiel zu Boden, als die Kugeln über ihm zischend durch die Luft flogen, Blätter zerrissen und Trauben zerschmetterten. Der süße Duft der beschädigten Früchte vermischte sich mit dem beißenden Geruch des Schießpulvers. Es war klar, dass es diesem Mann egal war, ob Baxter lebte oder starb. Aber andererseits wusste Baxter auch nicht, wo das Grab war. Für diese Männer war er entbehrlich.

Zum Glück war die Entfernung zu groß für einen präzisen Schuss. Zwei weitere Kugeln segelten wild an ihm vorbei und zersplitterten die Holzpfosten, die die Weinstöcke stützten.

Baxter rannte weiter und erreichte einen Pfad, der diagonal auf dem Weinberg verlief. Er hielt inne und warf einen Blick auf den Mann, der hinter ihm lief. Dieser belohnte Baxters Blick mit einem weiteren Schuss, dem Baxter leicht ausweichen konnte, indem er sich hinter einen Holzpfosten duckte.

Ein weiterer grüner Tunnel aus Rebstöcken führte vor ihm einen sanften Abhang hinunter. Der Weg stieg steil nach rechts ab und führte zu etwas, das wie das Hauptgebäude des Weinguts in der Ferne aussah. Als sein Verfolger näherkam, bemerkte Baxter einen Traktor, der ein paar Schritte weiter auf dem Weg stand. Da er immer noch unbewaffnet und sich seiner Verwundbarkeit schmerzlich bewusst war, fragte sich Baxter, ob der Traktor vielleicht etwas bot, das er als Waffe benutzen konnte. Eine Brechstange oder ein schwerer Schraubenschlüssel wären perfekt.

Er stürmte hinter der Mauer hervor und erntete ein paar

weitere Schüsse von seinem Verfolger. Diesmal waren die Schüsse näher dran, die Kugeln schlugen durch die Weinstöcke.

Baxter sprang kopfüber hinter den Traktor, als der Killer erneut schoss. Mehrere Kugeln schlugen vom Motorblock des Traktors ab und im Boden ein. Baxter kroch um das Fahrzeug herum, das, wie er erkannte, mindestens fünfzig Jahre alt sein musste. Er erreichte das Heck des Fahrzeugs und untersuchte den kleinen Anhänger, der an der Deichsel des Traktors befestigt war. Auf dem Anhänger befanden sich zwei große Drahtrollen und eine Reihe von Werkzeugen. Als er die Werkzeuge durchsuchte, fand er eine Schere, ein paar kleine Kellen und ein sehr stumpfes Messer. Obwohl es nichts gab, was er als Waffe benutzen konnte, kam Baxter eine Idee. Er ergriff eine der Drahtspulen und tauchte unter, als zwei weitere Schüsse vom Kotflügel des Traktors abprallten.

Der Killer trat zwischen den Weinstöcken hervor, seine Waffe erhoben. Er näherte sich und suchte eine Möglichkeit, diese eindeutig frustrierende Verfolgungsjagd durch einen gezielten Schuss zu beenden.

Hinter dem Anhänger versteckt, bastelte Baxter flink etwas. Er befestigte ein Ende des Drahtes an der Anhängerkupplung des Traktors und machte mit dem anderen Ende eine große Schlinge.

"Du kannst nirgendwo hinlaufen", sagte sein Verfolger und umrundete den Traktor Schritt für Schritt.

Baxter spähte hinter dem Anhänger hervor. Der Mann war den Hang hinaufgeklettert und befand sich nur noch wenige Meter entfernt.

"Okay, du hast mich", rief Baxter und hielt die Drahtschlinge hinter seinem Rücken. "Nicht schießen, ich komme raus."

Baxter stand langsam auf und sah dem Killer in die Augen.

"Ich bin nicht bewaffnet", sagte Baxter und trat zwei Schritte hinter den Traktor. "Erschieß mich nicht. Ich weiß, wo die Tafeln sind."

Auf dem Gesicht des anderen Mannes blitzte Unentschlossenheit auf, als er versuchte zu überlegen, was er tun sollte.

Baxter vermutete, dass der Mann angewiesen worden war, ihn zu erschießen. Wenn Baxter jedoch wüsste, wo die Tafeln waren, könnte das die Sache ändern. Baxter machte einen weiteren Schritt und warf dann einen Blick auf den Traktor. Er sah, wonach er suchte, und duckte sich hinter die Maschine. Dann ergriff er den Bremshebel und drückte ihn herunter. Die Maschine klapperte und stöhnte, als sich die Bremse löste.

Der Killer feuerte erneut. Ein Geschoss prallte gegen den Kühlergrill des Traktors, ein anderes schlug in die Weinreben ein.

Langsam rollte der Traktor vorwärts. Baxter schob den Radkasten an und lief los, um mit der beschleunigenden Maschine Schritt zu halten. Er blickte auf den verwirrten Gesichtsausdruck des Killers, der sich in Belustigung verwandelte, als er der sich langsam bewegenden Maschine leicht auswich.

Baxter stemmte sich mit dem Rücken gegen das Fahrzeug und schob es erneut an. Es rollte jetzt im Schritttempo, beschleunigte aber mit jedem Zentimeter Bewegung

"Netter Versuch", sagte der Killer und bewegte sich neben dem Fahrzeug, um eine freie Schussbahn zu haben.

Baxter nutzte die Konzentration des Mannes auf den fahrenden Traktor als Ablenkung, ging hinter den Anhänger und verschwand aus dem Blickfeld. Der Attentäter verfolgte das fahrende Fahrzeug, da er eindeutig davon ausging, dass sich seine Beute dahinter befand.

Baxter sprang zwischen den Reihen hervor, jetzt dicht hinter dem Killer. Er warf die Drahtschlinge über die Schultern des Mannes und drückte ihm die Arme an die Seiten. Dann zog er das Kabel fest und umschlang den Körper des Mannes ein weiteres Mal. Als sich das Kabel hinter dem rumpelnden Fahrzeug straffte, weiteten sich die Augen des Mannes. Er feuerte in Panik mehrere Schüsse ab, von denen jeder einzelne in den Boden neben seinen Füßen einschlug.

Der Traktor beschleunigte, rumpelte über den holprigen Boden und zog das Kabel fest. Der Ganove rannte ein paar Schritte und versuchte, sich auf den Beinen zu halten. Dann fiel er um und stürzte schwer auf den Boden.

"Tschüss", rief Baxter und hob eine Hand zum Winken. Mehrere Sekunden lang sah er zu, wie der Killer in einer Staubwolke den Hügel hinunterglitt, bevor er sich wieder dem Hof zuwandte.

38

EDEN BOG auf den Hauptweg ab und joggte in Richtung des Autos. Sie lief über den Hof und sah Baxter bereits auf dem Fahrersitz. Er ließ den Wagen an, als sie sich näherte.

"Wie ist es gelaufen?", erkundigte er sich, als Eden die Tür aufschwang und neben ihm einstieg.

"Ich habe ihn auf die falsche Fährte gelockt. Und du?"

"Ja, ich musste ihn ziehen lassen", sagte Baxter und grinste fast. "Armer Kerl."

Baxter drehte das Lenkrad und fuhr auf den Hof hinaus.

Eden warf einen Blick zurück auf den Toyota, der vor der Scheune stand.

"Warte mal!", sagte Eden und schwang die Tür wieder auf. Bevor Baxter widersprechen konnte, sprang sie heraus und rannte zur Scheune hinüber. Sie riss die Seitentür auf und schlüpfte hinein. Wie sie durch den Türspalt gesehen hatte, stapelten sich riesige Weinfässer mindestens zwanzig Meter hoch, bis zum Dach.

Eden grinste vor sich hin und ging zu dem Stapel von Fässern auf der anderen Seite. Bei einer Sache war sie sich sicher - wenn sie nicht anfing, unfair zu spielen, würde sie nicht bis zum Ende kommen. Menschen würden verletzt werden, und sie musste sicherstellen, dass sie nicht dazugehörte.

Eden hockte sich hin und riss eine der Holzstreben heraus, die das unterste Fass in Position hielten. Die Fässer wackelten, als ob sie sich fragten, ob sie umfallen sollten. Sie zog eine weitere Verstrebung heraus. Wieder wackelten die Fässer und gerieten in ein prekäres Ungleichgewicht. Sie runzelte die Stirn und schritt zum anderen Ende der gestapelten Fässer. Sie stellte sich hinter den Stapel und schob ihn an. Der riesige Stapel aus Holz und Wein ächzte und wackelte. Sie drückte erneut gegen den Stapel und schob ihn so fest sie konnte. Mit einem ohrenbetäubenden Lärm, der das Gebäude bis in die Grundmauern erschütterte, rollte der ganze Stapel Fässer nach vorne. Staub fiel vom Dach, und der Boden bebte.

Die Fässer ächzten und rollten zunächst langsam. Das erste Fass schlug auf dem Boden auf, gefolgt von einem zweiten. Dann verlor der Stapel seine gesamte strukturelle Integrität. Die Fässer stürzten übereinander und zerschmetterten das große Scheunentor. Licht strömte herein und schnitt einen Strahl durch den tanzenden Staub. Die Fässer stürzten und kullerten wie riesige Murmeln.

Eden lehnte sich zurück und sah zu, wie die Fässer auf den Hof stürzten, zerbrachen und ihren Inhalt über den Geländewagen verteilten. Sie rieb ihre Hände und schritt nach draußen, wo sie den wartenden Volvo erreichte.

Der Toyota lag nun unter einem Haufen zerbrochenen Holzes, auf dem noch einige Fässer balancierten.

"Sorry", sagte Eden und rutschte zurück auf den Beifahrersitz, "ich musste nur noch etwas zu Ende bringen."

Baxter warf Eden einen Blick zu und lenkte den Volvo zurück auf die Hauptstraße.

Archibald Godspeed duckte sich in den hinteren Fußraum des Toyotas und spähte vorsichtig durch das Fenster hinaus. Er beobachtete, wie Eden über den Hof rannte, in den Volvo sprang und dann zurück in Richtung Straße fuhr.

Godspeed murmelte vor sich hin. Helios hatte ihm gesagt, dass Croft und Stone die Besten waren, doch bis jetzt hatten sie auf Schritt und Tritt versagt. Wenn sie diese verflixten Tafeln nicht fanden, waren nur Croft und Stone schuld.

Godspeed ballte die Fäuste und sah sich instinktiv im Fahrzeug nach seiner Waffe um. Er sehnte sich danach, hinauszugehen und Eden und Baxter mit Kugeln zu durchlöchern. Andererseits, dachte Godspeed und atmete aus, um seine Frustration abzubauen, würde ihn das nicht weiterbringen.

Er erinnerte sich daran, dass Eden höchstwahrscheinlich der einzige Mensch auf dem Planeten war, der wusste, wo die Tafeln waren, und diese Tafeln waren seine Eintrittskarte zurück zu Ruhm und Reichtum. Insofern war sie im Moment lebendig viel wertvoller als tot. Er dachte darüber nach, wie Godspeed mit dem Geld, das Helios ihm angeboten hatte, das Leben führen könnte, das er verdiente, und sogar noch etwas mehr. Er würde nicht mehr im Staub herumwühlen, wie er es in den letzten zehn Jahren getan zu haben glaubte.

Godspeed blickte zu Eden und Baxter, als der Volvo zurück auf die Straße fuhr. Von dort aus, wo er kauerte, um nicht gesehen zu werden, sah es aus, als würden sie lächeln.

Godspeed grinste. Bald würde die Zeit kommen, dass er dieses Lächeln für immer auslöschen würde.

"Wer zuletzt lacht, lacht am besten", zischte Godspeed, und die Redewendung wurde eine neue, unheilvolle Vorahnung.

Zwanzig Meter weiter unten auf der Strecke hielt der Volvo an.

Godspeed beobachtete sie genau und zog verwirrt die Stirn in Falten.

Eine Tür schwang auf, und Eden sprang heraus. Sie drehte sich um und rannte zurück zum SUV. Godspeed duckte sich und vergewisserte sich, dass er außer Sichtweite war. Wenn sie sein Versteck entdeckte, würde der Plan für immer ruiniert sein. Sie würde aufgeben und die Tafeln nie finden. Oder vielleicht würde Godspeed sie einfach auf der Stelle töten müssen. Er könnte Helios sagen, dass es ein Unfall war, oder dass er nichts damit zu tun hatte.

Godspeed dachte einen Moment darüber nach, verwarf es aber sofort wieder. In dieser Richtung lagen keine Reichtümer. Er rutschte direkt in den Fußraum, als Eden sich dem Toyota näherte.

Eden erreichte das Heck des Toyota, hielt aber nicht an. Sie rannte knapp an dem Fahrzeug vorbei, ohne auch nur einen Blick hineinzuwerfen.

Godspeed atmete langsam aus.

Eden rannte zur Scheune, riss die Tür auf und verschwand darin.

"Was hat sie vor?", murmelte Godspeed. Er hatte erwartet, dass sie sich sofort aus dem Staub machen würden.

Ein Krachen hallte aus dem Inneren der Scheune wider und erschütterte das Gebäude von Grund auf. Auf das Geräusch folgte schnell ein weiterer, noch größerer

Aufprall. Diesmal sprangen die großen Tore der Scheune auf.

Godspeed sah wie erstarrt zu, wie mehrere riesige Fässer, die sich von ihren Halterungen gelöst hatten, aus der Scheune über den Hof rollten und in den Toyota krachten. Er bedeckte sein Gesicht, als weitere Fässer über den Hof flogen und in das Fahrzeug krachten. Die Fensterscheiben zersprangen und verteilten die Glassplitter im ganzen Fahrzeug. Eines der Fässer brach auseinander und bedeckte das Fahrzeug innen und außen mit Wein.

Es folgten weitere Fässer, die über das Dach rollten, das Glas zersplitterten und das Fahrzeug zerbeulten. Der Toyota schüttelte sich, als er den Einschlägen standhielt.

Als die dröhnenden Zusammenstöße endlich aufhörten, spähte Godspeed durch das Wrack und sah Eden zurück zum Volvo rennen. Sie sprang hinein, und der Wagen fuhr in Richtung Hauptstraße davon.

Godspeed sah sich in dem Toyota um. Mehrere Scheiben waren zerbrochen, und das Innere des Wagens war mit Wein verschmiert. Er versuchte, die Tür zu öffnen, aber der Aufprall hatte sie verzogen.

Er schaute sich im Rückspiegel an. Wein tropfte über sein Gesicht. Er schaute wieder finster drein und dachte daran, wie sehr er es genießen würde, Eden Black zu töten, wenn die Zeit gekommen war.

39

EDEN UND BAXTER FUHREN SCHWEIGEND. Der Volvo kam schnell auf dem Asphalt voran. Die libanesische Landschaft zog an ihren Fenstern vorbei. Eine Mischung aus schroffen Hügeln und fruchtbaren Tälern, die in das warme Licht der späten Nachmittagssonne getaucht waren. Nach einigen Kilometern wurden sie langsamer, als sie sich einem kleinen Dorf näherten, das aus kaum mehr als einer Hand-voll verwitterter Gebäude bestand, die die Straße säumten.

Vom Beifahrersitz aus warf Eden einen Blick in ein kleines, belebtes Restaurant. Die Tische füllten sich für den Abend, und die Leute unterhielten sich angeregt. Aus den Öfen stiegen aromatische Rauchwolken auf, die den verlockenden Duft von gegrilltem Fleisch und Gewürzen verströmten. Sie presste eine Hand auf ihren Magen und versuchte, das hörbare Knurren zu unterdrücken. Der Stress ihrer Verfolgung hatte den Hunger verdrängt, doch jetzt kehrte er mit aller Macht zurück.

Eden riss ihren Blick von der verlockenden Szene los, drehte sich um und überprüfte die Straße hinter ihnen. Hinter der Staubwolke, die der Volvo aufgewirbelt hatte, erstreckte sich der schwarze Asphalt unberührt und klar, schlängelte sich zurück zu den Hügeln, die sie hinter sich gelassen hatten.

"Sie werden heute Nacht nicht mehr hinter uns her sein", sagte Baxter in einem Tonfall, der auf Beruhigung abzielte, aber nicht ganz ins Schwarze traf.

"Vielleicht", antwortete sie. "Aber ich habe recht, misstrauisch zu sein. Vor ein paar Tagen habe ich mich noch um meine eigenen Angelegenheiten gekümmert, und jetzt wurde auf mich geschossen, ich wurde eingesperrt und gejagt. Das ist mehr als mir lieb ist."

Ein paar hundert Meter vor ihnen fuhr ein verbeulter Lastwagen an. Das große Fahrzeug beschleunigte langsam und stieß dicke schwarze Rauchwolken aus.

"Sie werden immer verzweifelter", sagte Baxter. "Das muss bedeuten, dass wir nah dran sind."

"Sie *denken,* wir sind nah dran. Und sie haben recht, aber sie sind uns dicht auf den Fersen. Außerdem wissen wir immer noch nicht, wer sie sind und warum sie diese Tafeln wollen."

Baxter trat auf die Bremse, um hinter dem Lkw zu bremsen. Etwas klapperte und ächzte, aber der Wagen fuhr weiter, ohne langsamer zu werden. Er drückte das Bremspedal fester durch bis es den Boden berührte. Er zog die Stirn in Falten, als er den Fuß vom Pedal nahm und es erneut betätigte, diesmal mit festem Druck.

"Gibt es ein Problem?", fragte Eden und beobachtete Baxters hektische Bewegungen. Sie warf einen Blick auf den Lastwagen vor ihnen, der sich nun in der Windschutzscheibe abzeichnete, und dann auf die Anzeigen am Armaturenbrett. Die Nadel des Tachometers sank nicht, sondern stieg sogar noch an, als die Straße bergab führte.

Eine kalte Welle der Erkenntnis überspülte Eden. Sie

wusste, was Baxter sagen wollte, bevor sie ihn sprechen hörte.

"Die Bremsen", sagte Baxter zähneknirschend. "Die Bremsen funktionieren nicht."

Edens Augen huschten zwischen dem herannahenden Lkw, dem Tachometer und Baxters ängstlichem Gesichtsausdruck hin und her. Der Volvo beschleunigte und schloss schnell die Lücke zwischen ihnen und dem Lkw.

"Kannst du herunterschalten?", fragte Eden, und ihre Stimme klang eindringlich.

Baxter hantierte mit dem Schalthebel. Der Motor heulte auf, als er ihn in einen niedrigeren Gang zwang, aber ihre Geschwindigkeit verringerte sich nur geringfügig.

"Es ist nicht genug", knurrte er und Schweißperlen bildeten sich auf seiner Stirn.

Eden suchte die Straße ab, um einen Fluchtweg zu finden. Die Dorfstraße war schmal, gesäumt von geparkten Autos und Fußgängern, die ihrem Feierabend nachgingen.

Der Lastwagen erschien nur wenige Autolängen vor ihnen. Eden konnte jedes Detail des Metalls sehen, jede Delle und jeden Rostfleck. Der Motor des Lastwagens heulte auf, schaltete einen Gang hoch und eine dicke schwarze Rauchwolke stieg in den Himmel.

Das Gefälle wurde steiler, und der Volvo beschleunigte und knatterte heftig. Es hörte sich an, als ob jede Schraube und jede Verkleidung protestierte, als sie den zerfurchten schwarzen Asphalt hinunter rasten. Die Tachonadel kletterte nach oben und dann immer weiter.

Baxter umklammerte das Lenkrad und konzentrierte sich darauf, das Auto gerade zu halten. Er hob den Fuß ganz vom Bremspedal und drückte ihn dann wieder herunter. Das Pedal knirschte wie immer, aber der Schwung des Autos blieb ungebremst.

"Die Handbremse!", rief Eden. Sie packte den Griff und zog mit aller Kraft daran. Der Mechanismus ächzte, aber ihre Geschwindigkeit ließ nicht nach. Im Gegenteil, sie schienen sogar noch schneller zu werden.

Sie beobachtete den Tachometer, der keine Anzeichen einer Verlangsamung zeigte. Der Abstand zwischen dem Volvo und dem Lkw verflüchtigte sich wie Morgennebel.

Eden atmete tief ein und schmeckte die Abgase des Lastwagens, die durch die Lüftungsschlitze eingesaugt wurden. Eine lange Schweißperle rann ihr den Nacken hinunter.

Baxter schwenkte das Lenkrad, um sie auf die Gegen-fahrbahn zu bringen, doch dann sah er einen anderen Lkw, der in der anderen Richtung den Hügel hinauffuhr. Der entgegenkommende Lkw hupte, eine deutliche Warnung, aus dem Weg zu fahren.

Baxter biss die Zähne zusammen und zog das Auto wieder hinter den Lkw. Das große rostige Heck des Lastwa-gens vor ihm füllte jetzt die Windschutzscheibe aus, weniger als zwei Autolängen entfernt. Der Volvo schüttelte sich und ratterte heftig.

Eden klammerte sich am Sitz fest und machte sich auf den unvermeidlichen Aufprall gefasst.

Baxters Hände umklammerten das Lenkrad wie in einem Todesgriff, seine Arme verkrampften sich, als er um die Kontrolle kämpfte. Der Volvo bockte und scherte heftig aus, die Reifen kreischten, als sie von rechts nach links peitschten. Der Abstand zwischen ihnen und dem Lkw verringerte sich in einem beängstigenden Tempo. In wenigen Sekunden waren sie nur noch eine Autolänge entfernt, nah genug, um das verblasste Nummernschild zu lesen. Splitt und Kieselsteine spritzten von den Reifen des Lastwagens auf und prasselten in einem ohrenbetäubenden Trommelfeuer auf die Windschutzscheibe des Volvos.

Als sie sich aufrichtete, sah Eden am Straßenrand einen großen Haufen von etwas, vielleicht Kies oder Erde. "Baxter, da lang!", rief sie und deutete darauf.

Mit einem mühsamen Grunzen riss Baxter das Lenkrad herum. Der Volvo schlingerte und kippte fast auf zwei Räder. Die Welt draußen verschwamm zu einem chaotischen Wirbel aus Farben, während der Volvo bedrohlich kippte und sich zu überschlagen drohte.

Baxter drückte wiederholt auf die Hupe und forderte die Leute auf, aus dem Weg zu gehen. Eine Gruppe von Männern sprang aus dem Weg und wich nur knapp der vorderen Stoßstange des Volvos aus.

Das Auto flog durch die Luft und stürzte dann auf das staubige Ödland neben der Straße. Die Aufhängung brach durch und sandte Schockwellen durch das Fahrgestell.

Baxters Kopf prallte gegen das Dach, und hinter seinen Augen explodierten Sterne. Trotz des Schocks rang er mit dem Lenkrad und versuchte verzweifelt, den Wagen vor dem Durchdrehen zu bewahren. Seine Augen fixierten einen entfernten Schotterhügel - ihre einzige Hoffnung, ohne einen Zusammenstoß anzuhalten.

Der Schotterhaufen kam immer näher. Baxters Kiefer krampfte sich zusammen, und jeder Muskel in seinem Körper bemühte sich, das Auto in der Spur zu halten. Das Lenkrad ruckelte in seinen Händen wie ein lebendiges Wesen, das sich gegen jede seiner Bewegungen wehrte.

Jenseits des Schotters konnte Eden einen Blick auf offene Felder erhaschen, die sich bis zum Horizont erstreckten - ein tödlicher Sturz, wenn sie ihr Ziel verfehlten.

Mit einer letzten, herkulischen Anstrengung schwang

Baxter das Lenkrad. Die Reifen heulten auf und wirbelten einen Strudel aus Staub und Trümmern auf. Mehrere Leute schauten mit entsetzter Faszination zu, offensichtlich unfähig, ihre Augen von dem sich entfaltenden Spektakel loszureißen.

Der Kieshaufen erhob sich vor ihnen wie eine Flutwelle aus Stein und verdunkelte den Himmel. Eden und Baxter warfen sich einen letzten verzweifelten Blick zu, als die Welt draußen verschwand und durch eine graue Wand ersetzt wurde.

40

EDEN KNIFF die Augen zusammen und machte sich auf den Aufprall gefasst. Das Auto schüttelte sich heftig, das Fahrgestell ächzte und verdrehte sich.

Der Volvo bremste mit brutaler, unmöglicher Kraft ab und schleuderte Eden und Baxter in ihre Sicherheitsgurte. Edens Kopf peitschte nach vorne, ihre Nackenmuskeln schrien.

Genauso schnell schien eine unsichtbare Hand sie nach hinten zu schleudern. Ihre Körper drückten sich tief in die Sitze und ihre Mägen verkrampften sich.

Die Kakophonie der Zerstörung erfüllte das Auto - das Knirschen des Aufpralls und das Kreischen des sich verdrehenden Metalls. Dann war plötzlich alles still.

Eden öffnete langsam die Augen, spannte ihre Muskeln an und tastete nach schmerzhaften Stellen. Abgesehen davon, dass der Sicherheitsgurt ihre Brust einschnürte, ging es ihr gut.

Sie richtete ihre Aufmerksamkeit auf ihre Umgebung. Das Erste, was ihr auffiel, war, dass der Volvo in fast völliger Dunkelheit lag. Als sich ihre Augen an das spärliche Licht gewöhnt hatten, das durch die Heckscheibe eindrang, verstand sie, warum. Sie waren mit einer solchen Geschwindigkeit auf den Kies geprallt, dass die vordere Hälfte des Wagens tief in den Haufen gesunken war.

Eden atmete mehrere Sekunden lang langsam aus und ließ die Erleichterung und Anspannung aus ihrem Körper fließen.

"Das war knapp", flüsterte Baxter, schnallte seinen Sicherheitsgurt ab und streckte sich.

Als sich der Staub zu legen begann, hallte ein Stöhnen durch das Wrack. Plötzlich erbebte der Volvo heftig, als würde er von einem unsichtbaren Riesen gepackt.

Eden drehte sich in ihrem Sitz und versuchte zu verstehen, was vor sich ging, als sich das Auto rückwärts bewegte. Durch die hintere Windschutzscheibe konnte sie einen Blick auf eine Bewegung erhaschen. Das Auto schlingerte erneut, diesmal heftiger. Kaskaden von Kies ergossen sich vom Dach vor den Fenstern und tauchten den Innenraum in ein unwirkliches Licht. Während sie sich rückwärts bewegten, hörte sie einen Motor. Sie erkannte, dass sie an einen Traktor angehängt worden waren und aus dem Kies gezogen wurden.

Der Traktor brummte, und der Volvo ruckelte noch ein paar Meter weiter. Noch mehr Kies fiel vor den Fenstern, so dass Eden eine Gruppe von Menschen sehen konnte, die herumstanden. Der Traktor zerrte den Volvo aus dem Kies, und ein Mann eilte herbei, um sie hinauszulassen. Er schwang die Tür auf und sprach mit Eden auf Arabisch.

"Uns geht es gut, danke", sagte Eden und antwortete so gut sie konnte auf Arabisch, da sie sich an das erinnerte, was ihr Vater ihr vor all den Jahren beigebracht hatte.

Der Mann wandte sich wieder der wartenden Menge zu und rief mehrere Befehle. Eine junge Frau trat vor.

"Mein Onkel macht sich Sorgen um dich", sagte die Frau in einem Englisch, das deutlich besser war als Edens Arabisch. "Geht es dir gut?"

Eden nickte. "Die Bremsen haben oben auf dem Hügel versagt."

Die Frau legte den Kopf schief. "Wie bitte?"

"Das Auto konnte nicht anhalten." Eden sprach jedes Wort langsam aus und schlug zur Demonstration eine Handfläche gegen die andere. "Kaputt."

Die Frau übersetzte für die Menge, die sich zum Zuhören eingefunden hatte.

Der Onkel sprach erneut, und die junge Frau übersetzte ein paar Sekunden später.

"Der Freund meines Onkels kocht für euch. Ihr esst mit meiner Familie. Ich bitte euch. Das ist unser Brauch. Mein Name ist Aisha."

Eden erwiderte das Lächeln und stellte sich und Baxter vor. Aisha übersetzte für die versammelte Gruppe. Sie wurden zum nächstgelegenen Haus geführt und sollten sich an einen Tisch setzen, von dem aus sie das Auto und den Schotterhaufen sehen konnten.

Aisha und zwei weitere Frauen kamen aus dem Haus und trugen mehrere Teller mit Essen. Beim Anblick der Fladenbrote, der vor Öl triefenden Salate, des Humus, der gefüllten Blätter und der eng gerollten Kebabs schwoll Edens Magen vor Glück an.

"Essen, bitte", sagte Aisha und setzte sich auf eine umgedrehte Kiste.

Nachdem das Abendessen beendet und das leere Geschirr weggeräumt war, ging Baxter zum Auto, um es zu reparieren.

Eden lehnte sich in ihrem Sessel zurück und nippte an einer weiteren Tasse dampfenden Tees. Sie beobachtete einen Mann, der den Volvo abspritzte. Einige andere, darunter Baxter, stocherten mit einem anderen Onkel von Aisha, der eine örtliche Reparaturwerkstatt betrieb, unter der Motorhaube herum.

"Du wohnst an einem wunderschönen Ort", sagte Eden und fing Aishas Blick auf. "Hast du schon immer hier gelebt?"

"Ja." Aisha nickte. "Meine Familie bewirtschaftet den Hof seit vielen Generationen." Aisha hob den Tee an die Lippen und blickte zum Horizont hinaus. "Was tust du hier?"

Eden holte tief Luft und überlegte sich ihre Antwort. "Ich habe vor kurzem meinen Vater verloren und dies war einer seiner Lieblingsorte. Mein Vater und ich kamen hierher, als ich jung war. Ich nehme an, dass ich auf gewisse Weise versuche, mich wieder mit ihm zu verbinden."

Aisha nickte. "Ich habe meinen Vater auch verloren, vor langer Zeit. Er war im Süden des Landes, um etwas für die Farm zu kaufen, glaube ich. Dann brach der Krieg aus und er wurde auf der Straße getötet."

Eden streckte ihre Hand aus und legte sie auf Aishas. Die Haut der anderen Frau fühlte sich warm und weich an.

Der Volvo heulte auf und die versammelten Männer jubelten. Der verantwortliche Mechaniker bellte Anweisungen und einige der Männer eilten davon, um verschiedene Werkzeuge zu holen.

"Glaubst du, dass du für immer hierbleiben wirst?", fragte Eden und ihre Stimme hellte sich auf. Sie rieb sich die Augen.

"Ich denke schon", antwortete Aisha. "Obwohl ein Teil von mir gerne in die Stadt ziehen würde. Ich komme mir sehr egoistisch vor, wenn ich das sage, weil wir hier gut versorgt sind. Wir müssen nie hungern, und dafür kann man sehr dankbar sein. Ich frage mich allerdings, wie es wäre, dort draußen zu leben." Aisha winkte mit der Hand vage in Richtung Horizont.

"Das kann ich verstehen", sagte Eden und wandte sich dem Horizont zu. "Ich habe einmal versucht, in der Stadt zu leben, aber es hat mir nicht gefallen. Für mich war es das Gegenteil, zu viel Lärm, zu viel los. Ich mag die Ruhe. Da kann ich mich besser konzentrieren." Sie stellte sich ihren Lastwagen vor, tief in den englischen Wäldern.

Aishas Onkel schlurfte mit einer Taschenlampe in der Hand unter dem Volvo hindurch. Baxter stand hinten und sah mit verschränkten Armen zu.

"In welcher Stadt würdest du gerne leben?", fragte Eden.

Aisha überlegte einige Sekunden lang.

"Wir haben hier im Libanon viele großartige Städte, und natürlich gibt es auch andere auf der ganzen Welt. Ich glaube, meine Lieblingsstadt, die ich besucht habe, ist Byblos. Mein Vater hat uns vor vielen Jahren dorthin mitgenommen. Ich war noch ein Kind, aber ich fand es toll. Eines Tages werde ich wieder hingehen."

Eden nickte, ihr Interesse war geweckt, als sie den Namen der Stadt hörte.

"Warst du schon dort?" Aishas Stimme hellte sich vor Aufregung auf.

"Ich bin mir nicht sicher", sagte Eden. "Ich war zuletzt im Libanon, als ich noch sehr jung war. Ich kann mich nicht mehr genau erinnern, wohin wir gefahren sind."

"Ihr müsst hinfahren, bevor ihr abreist. Es ist sehr historisch und liegt direkt am Mittelmeer. Man sagt, es gibt immer mehr Touristen." Alle Spuren von Traurigkeit waren aus Aishas Stimme verschwunden. "Ich habe ein paar Fotos, ich zeige sie dir."

Aisha eilte ins Haus und Eden wandte ihre Aufmerksamkeit dem Auto zu. Der Mechaniker arbeitete weiter an etwas unterhalb des Fahrgestells.

"Es ist so eine wunderbare Stadt", sagte Aisha und ging wieder nach draußen. Sie setzte sich und legte ein Fotoalbum auf den Tisch zwischen ihnen. Sie schlug es auf und enthüllte mehrere sepiafarbene Fotos. Auf den Fotos war Aisha ein Kind von gerade einmal acht oder neun Jahren. Auf dem obersten Bild hielt sie die Hand eines großen, braungebrannten Mannes, als sie an einem Strand entlanggingen. Palmen zogen sich über den Strand, und das Wasser plätscherte über ihre nackten Füßen. Das Foto war ein perfekter Schnappschuss in der Zeit, in der keiner der beiden wusste, dass ihr Leben bald durch einen sinnlosen Konflikt auseinandergerissen werden würde.

"Dein Vater?" Eden zeigte auf das Foto.

Aisha nickte und blätterte auf die nächste Seite. Auf dem nächsten Bild stand die junge Aisha mit ihrer Mutter - einer Frau, die nicht älter war als sie selbst jetzt - und blickte auf ein altes Gebäude.

Eden betrachtete das Bild genau. Ihre Aufmerksamkeit galt nicht der jungen Frau und ihrem Kind in der Mitte, sondern dem Gebäude dahinter. Tief in ihrem Gedächtnis klingelte etwas.

Aisha sprang zum nächsten Foto, auf dem sie mit ihren Eltern über der Stadt stand und das Meer in der Ferne schimmerte.

Eden betrachtete das Foto, und ihr Lächeln löste sich in ein erstauntes Schnaufen auf. Sie blinzelte zweimal und konnte nicht so recht glauben, was sie sah.

"Warte, warte", sagte Eden und kramte in der Tasche neben ihren Füßen. Sie zog das Foto von sich und ihrem Vater heraus. Sie schaute von einem Bild zum anderen und erkannte dieselbe zerklüftete Küstenlinie, dieselben Gebäude und dieselbe kurvenreiche Straße.

Sie sah Aisha eindringlich an. "Ich muss wissen, wo dieses Foto aufgenommen wurde."

Aisha stöberte im Haus herum und kam einige Minuten später mit einem Stadtplan von Byblos zurück. Sie breitete ihn vor ihnen auf dem Tisch aus.

"Byblos gibt es schon seit mehreren tausend Jahren", sagte Aisha und blickte zu Eden. "Ich glaube nicht, dass es sich allzu sehr verändert hat, seit ich ein Kind war."

Eden legte die beiden Fotos neben die Karte. Sie fuhr die Küstenlinie mit dem Finger nach und versuchte festzustellen, welcher Teil davon der Hintergrund der Fotos war.

"Das ist die Zitadelle", sagte Aisha und zeigte auf die blockhafte Silhouette eines Gebäudes auf beiden Fotos.

"Das bedeutet, dass sie irgendwo hier aufgenommen worden sein müssen", folgerte Eden und umkreiste mit ihrem Finger einen Bereich.

"Die Fotos sind von weiter oben aufgenommen worden", sagte Aisha. "Das bedeutet, dass es nicht das Stück hier drüben sein kann." Aisha zeigte auf ein anderes Gebiet im Norden der Stadt.

Eden beugte sich näher heran und sah, dass es laut den winzigen Verlaufslinien nur einen Bereich gab, von dem aus das Foto aufgenommen worden sein konnte.

Ein Schrei ertönte aus dem Volvo, als ein Mann unter dem Auto herausrutschte, ein anderer half ihm auf die Beine. Der Wagen rollte einige Meter vorwärts und kam dann knirschend zum Stehen. Baxter gab mehreren der Männer ein High Five.

"Es sieht so aus, als ob dein Auto jetzt fertig ist", sagte Aisha und lächelte.

"Das verdanke ich dir", sagte Eden und sah der Frau in die Augen. "Und dank dir weiß ich jetzt, wo wir hinmüssen."

Aisha nickte. "Nimm du das." Aisha zeigte auf die Karte, dann nahm sie einen Stift und kritzelte ein paar Wörter an den vergilbten Rand der Karte. "Melde dich, wann immer du möchtest."

"Danke", sagte Eden und berührte die Hand der anderen Frau. "Wir werden uns wiedersehen."

Zehn Minuten später stiegen Eden und Baxter wieder in den Volvo.

"Bitte frag deinen Onkel noch einmal, ob ich ihn für die Reparatur des Autos bezahlen kann", bat Eden, nachdem sie das Beifahrerfenster heruntergekurbelt hatte. Baxter hatte angeboten, die erste Schicht zu fahren, und Eden hatte zugestimmt.

Aisha übersetzte. Ihr Onkel, die Arme vor der breiten Brust verschränkt, schüttelte den Kopf.

Der Volvo tuckerte vor sich hin, Baxter drehte das Lenkrad, testete sicherheitshalber die Bremsen und bog auf die Straße.

ALS DER VOLVO WEGFUHR, TRAT HELIOS AUS DEM HAUS. ER überquerte den Hof und legte seine Hand auf die Rückenlehne von Aishas Stuhl. Die junge Frau setzte sich aufrecht hin und blickte den Neuankömmling an. Ihr Blick wurde hart und konzentriert.

"Du warst makellos wie immer, Athena. Hat sie die Bilder erkannt und alles herausgefunden?", wollte Helios wissen.

"Schneller als ich dachte", antwortete Athena und verfiel in ihren eigenen Akzent.

Die Rücklichter des Volvos verschmolzen mit der Dunkelheit.

"Und sie sind jetzt auf dem Weg nach Byblos?"

"Ja. Sie hatte das Foto, wie du gesagt hast", entgegnete Athena. "Sie hat sehr schnell herausgefunden, wo das Foto aufgenommen wurde. Sie ist scharfsinnig, wir dürfen sie nicht unterschätzen."

"Oh, das weiß ich." Helios fischte eine Zigarettenschachtel aus seiner Tasche. Er klopfte eine heraus und steckte sie sich zwischen die Lippen. "Es hängt eine Menge davon ab, dass sie jetzt scharfsinnig ist, glaub mir. Das Schicksal hält viel für Eden Black bereit."

Athena drehte sich um und sah den Mann an, dessen Gesicht durch den Schatten verdeckt war.

"Hat sie dich eingeladen, mitzufahren?", fragte er und zündete sich eine Zigarette an.

Athena schüttelte den Kopf. "Ich glaube, es ist eine persönliche Mission für sie."

Helios nickte. Eine graue, nach Kamille duftende Rauchwolke stieg zum Himmel auf. "Das dachte ich mir schon. Aber egal. Wir wissen, wo sie hingeht."

41

DIE FAHRT durch das zentrale Gebirge des Libanon, meist auf einspurigen Straßen, war lang und beschwerlich. Obwohl Baxter die ersten paar Stunden fuhr, konnte Eden nicht schlafen. Mit stoischer Miene beobachtete sie, wie die Scheinwerfer von einem felsigen Abhang zum anderen schwankten. Jetzt, da sie eine Ahnung hatte, wo sich das Grab befand, fragte sie sich ständig, ob dies wirklich der Ort sein könnte, wohin ihr Vater sie vor all den Jahren gebracht hatte.

"Machst du dir Sorgen darüber, was wir finden könnten?" Baxters Stimme durchbrach die Stille zum ersten Mal seit mehreren Stunden. Eden blickte ihn an.

"Ich bin mir nicht sicher. Ich habe mich so sehr darauf konzentriert, den Ort zu finden, dass ich nicht wirklich darüber nachgedacht habe."

Baxter nickte und verlangsamte das Tempo wegen einer Kurve.

"Was glaubst du, werden wir finden?", fragte Baxter.

"Mein Vater hat mir gesagt, dass das Grab leer ist, also denke ich, dass es auch leer sein wird."

"Er sagte allen, dass es leer sei, weil er Angst vor dem Chaos hatte, das die Wahrheit verursachen könnte."

"Du fragst dich, wie ich mich fühlen werde, wenn ich herausfinde, dass er mich belogen hat?" Edens Satz blieb mehrere Sekunden lang unbeantwortet.

"Ja, ich denke schon", entgegnete Baxter.

Eden drehte sich um und warf zum x-ten Mal in den letzten Minuten einen Blick durch die Heckscheibe. Wie zuvor waren keine Lichter hinter ihnen zu sehen.

"Er hat getan, was er in dieser Situation tun musste", erwiderte Eden. "Wenn er sich entschieden hat, es mir nicht zu sagen, dann hatte er einen guten Grund. Ich war sehr jung und hätte es sowieso nicht verstanden. Außerdem hätte ich mich in Gefahr befunden, wenn ich gewusst hätte, was dort war." Eden schluckte. Ihr Herz wurde schwer und schien immer schwerer zu werden, je näher sie kamen.

Baxter nickte. "Wenn du mich fragst, ist das richtig. Er hat offensichtlich alles getan, was er konnte, um dich zu schützen. Ich denke auch, dass es leer sein wird. Zumindest hoffe ich das."

"Warum? Willst du nicht die Tafeln finden und ein für alle Mal die Wahrheit erfahren?"

"Sicher, aber es wird nicht einfach sein, Tausende von empfindlichen und streng geheimen Steintafeln aus dem Land zu schaffen."

Eden stieß ein kleines Lachen aus. Das Geräusch durchbrach die ernste Stimmung im Auto.

"Was ist daran so lustig?"

"Ich weiß es nicht. Du bist einfach immer so realistisch. Wenn die Tafeln da sind, werden wir einen Weg finden, sie herauszuholen. Da hast du natürlich völlig recht. Wie auch immer, halt an, ich bin mit dem Fahren dran."

Baxter bremste den Wagen am Straßenrand ab, und sie tauschten die Plätze.

"Das wird nicht leicht", begann Baxter erneut, als sie wieder auf dem Weg waren.

"Ich weiß. Wie viele passen denn in dein kleines Flugzeug?"

"Die Cirrus hat eine Nutzlastkapazität von einer Kilotonne. Ich weiß nicht, wie schwer die Tafeln sind, aber ich wette, sie sind zehnmal so schwer."

"Dann müssen wir zehnmal fliegen. Wir werden das schon hinbekommen, mach dir keine Sorgen. Aber sie werden sowieso nicht da sein."

Baxter war sich da nicht so sicher, ging aber nicht weiter auf das Thema ein.

"Wir sind fast da", sagte Eden, als sie eine Anhöhe erklommen und einen ersten Blick auf Byblos und das Mittelmeer erhaschten. Das blaue Licht der aufkommenden Morgendämmerung strahlte über den Himmel und tauchte die Hügel in ein milchiges Licht.

"Schauen wir uns die Karte an." Eden stellte den Motor ab und kletterte aus dem Auto. Sie streckte ihre schmerzenden Arme und Beine aus. Obwohl ihr das alte Auto ziemlich ans Herz gewachsen war, musste sie zugeben, dass es nicht die bequemste Art der Fortbewegung war. Eigentlich, so dachte sie und massierte ihren unteren Rücken, wäre es wahrscheinlich bequemer gewesen, direkt auf der Straße zu sitzen.

Baxter stieg vom Beifahrersitz und streckte sich ebenfalls.

Eden blickte hinaus auf das Mittelmeer, das hinter der zerklüfteten Skyline von Byblos glitzerte. Eine kühle Brise wehte vom Meer heran und erfrischte sie nach der schlaflosen Nacht. Villen und Hotels reihten sich an den umliegenden Hügeln aneinander; einige glitzerten in heller Tünche, bei anderen sah man noch den Rohbeton. Ein bunt bemaltes Schild am Straßenrand verkündete auf Englisch und Arabisch, dass eine nahe gelegene Cocktailbar den besten Blick auf die Stadt biete.

Es war seltsam, dachte Eden, dass eine der ältesten Städte der Welt versuchte, sich für Touristen neu zu erfinden. Es schien ungerecht, dass nichts gegen die verschlingenden Verheerungen des Kapitalismus immun war.

Baxter zog die Karte heraus und legte sie auf die Motorhaube. Eden studierte die Karte und folgte der Straße mit ihrem Finger, bis sie ihren genauen Standort sah. Sie waren nur ein paar hundert Meter von der Stelle entfernt, an der das Foto aufgenommen worden war.

"Bingo", sagte Eden und stach mit dem Finger auf die Karte. "Ich wusste, dass es nicht weit ist."

"Siehst du schon etwas?", fragte Baxter.

"Noch nicht, aber ich denke, das werden wir bald." Eden warf einen Blick auf einen schmalen Feldweg, der in die Hügel hinaufführte. "Das hoffe ich zumindest. Wir müssen das Auto von der Straße holen." Sie deutete auf den Feldweg.

Baxter nickte und faltete dann die Karte wieder zusammen.

Ihre Muskeln protestierten, und Eden schlüpfte wieder in den Wagen. Sie ließ den Motor an und fuhr den zerfurchten Weg hinauf. Nach ein paar hundert Metern wendete sie und parkte den Volvo außer Sichtweite zwischen einem Schuppen und einem überwucherten Busch. Sie hängte sich den Rucksack über die Schultern und ging zurück zur Straße.

Als sie an einer Tankstelle vorbeikamen, aus deren Überdachung ein orangefarbenes Licht leuchtete, geschah etwas Seltsames. Es war, als ob Eden aus der Realität in eine Traumwelt eingetreten wäre. Sie sah sich mit großen Augen um. Auf der einen Seite der Straße stand ein vierstöckiger Wohnblock, und auf der anderen Seite blickte man von einem kleinen, erhöhten Platz aus auf die Stadt. Sie rannte über die Straße, während die Erinnerungen vor ihrem geistigen Auge vorbeizogen.

Sie erreichte das Geländer und starrte auf die Stadt unter sich hinunter. Das erste Licht der Morgendämmerung wärmte ihr Gesicht und die Meeresbrise kitzelte ihre Haut, und sie war sich sicher, dass sie schon einmal hier gewesen war. Sie saugte die Aussicht in sich auf, die Gebäude der Stadt, die Küste und die alte Zitadelle, die ihr geistiges Auge nährte. Uralte Mauern stießen auf moderne Betonhochhäuser, und mehrere Kräne ragten wie skelettartige Finger aus der Erde.

Eden kramte das Foto aus ihrer Tasche. Sie blickte auf das Bild hinunter und dann auf die Aussicht hinauf, um sich zu vergewissern, dass sie an der richtigen Stelle waren. Ein Lächeln erhellte Edens Gesicht und in ihren Augen glitzerten ungeweinte Tränen.

Sie sah wieder auf das Foto hinunter. Ihr Blick wanderte auf dem Bild, das sie als Kind zeigte, zu ihrem Vater neben ihr. Dann blickte sie instinktiv auf den Platz, der jetzt neben ihr leer war. Das Lächeln verschwand aus ihrem Gesicht, und sie umklammerte das Foto. Sie war sich jetzt mehr denn je sicher, dass ihr Vater gestorben war, weil jemand diese Manuskripte geheim halten wollte. Ihr Kiefer krampfte sich zusammen und ihre Miene verhärtete sich. Jetzt würde sie denjenigen finden und ein für alle Mal dafür sorgen, dass er scheiterte.

42

EDEN WANDTE sich vom Horizont ab und betrachtete die umliegenden Hänge. Sie erinnerte sich daran, dass das Foto weniger als eine Stunde vor der Öffnung des Grabes aufgenommen worden war. Es herrschte eine feierliche Stimmung, bis sie das Grab tatsächlich öffneten, und dann war alles anders. Sie erinnerte sich daran, wie ihr Vater sie von der Stätte wegbrachte, und innerhalb weniger Stunden saßen sie im Flugzeug zurück nach England.

Baxter stand etwas abseits und beobachtete Eden mit Neugierde. "Du erkennst diesen Ort wieder, nicht wahr?"

Seine Stimme überraschte sie fast. "Ja, dieses Foto wurde genau hier aufgenommen. Die Grabstätte war irgendwo da oben." Eden blickte zu dem Hügel über ihnen hinauf. Mehrere moderne Gebäude säumten nun die karge Landschaft. Sie blickte von einem Gebäude zum anderen, und ein Anflug von Angst machte sich in ihr breit. Nach allem, was sie wusste, konnte das Grab jetzt unter Tonnen von Beton liegen.

Eden schüttelte den Gedanken ab und konzentrierte sich auf ihre Erinnerungen.

"Ich bin mir ziemlich sicher, dass wir von hier aus zur Ausgrabungsstätte gelaufen sind." Sie tippte auf dem Foto herum. "Es hat auch nicht lange gedauert. Ein paar Minuten vielleicht. In diese Richtung, glaube ich." Wie in einem Traum überquerte Eden die Straße und schlug einen schmalen Pfad ein, der sich den Hügel hinaufschlängelte. Sie konnte sich nicht genau an den steinigen Pfad erinnern, aber irgendetwas daran kam ihr bekannt vor. Sie kletterte die Steigung hinauf, Staub und Kies rutschten unter ihren Füßen weg.

Baxter ging ein paar Schritte hinter ihr, um sie nicht abzulenken.

Eden sah sich um und hatte Mühe, alles zu verarbeiten. Irgendwie war es seltsam, als wäre sie wieder in der Vergangenheit - sie war wieder zehn Jahre alt und es gab nur sie und ihren Vater, die versuchten, die Welt zu verändern.

Sie blieb stehen, drehte sich um und blickte zurück auf die Stadt. Die Dämmerung brach jetzt schnell herein und wusch die roten und blauen Farben zugunsten des Tageslichts weg.

Fünfzig Meter weiter rechts stand eine halbfertige Villa, die von einem Metallzaun umgeben war. Stapel von Ziegelsteinen, ein Betonmischer und verschiedene andere Baumaterialien lagen auf dem Gelände.

Eden glaubte nicht, dass die Grabstätte noch viel weiter entfernt sein könnte. Sie kehrte um und konzentrierte sich auf den Weg, der weiter den Hügel hinaufführte. Oberhalb der Baustelle wuchsen am Fuße einer kleinen Klippe mehrere verdrehte Bäume. Ihre Stämme waren unförmig und ihre Äste knorrig, offensichtlich durch den felsigen Boden und den rauen Seewind verkrüppelt. Trotz der schwierigen Bedingungen hingen dicke weiße Blüten von den Ästen.

"Die Bäume blühten weiß und dicht und die Sonne brannte heiß", murmelte Eden und wiederholte die erste Zeile des Tagebuchs, das Godspeed ihr vorgelesen hatte. "Die Baumblüte. Diese Bäume sind der Wegweiser zur Gruft. Sie haben sich all die Jahre im Verborgenen gehalten." Sie wirbelte herum und sah Baxter in die Augen. "Da! Das ist es!", sagte sie und deutete auf die Bäume.

Sie sprintete vom Pfad weg und lief, halb rennend, halb krabbelnd, über den staubigen Abhang auf die Bäume zu. Sie sprang über mehrere große Felsen und verlor auf einem Stück unebenem Schotter den Halt. Ihre Knie schlugen auf dem Boden auf, aber Eden spürte den Schmerz nicht einmal. Sie kletterte weiter und zog sich mit Händen und Knien den steilen Abhang hinauf.

Baxter beobachtete sie ein paar Sekunden lang, bevor er ihr folgte.

Schließlich erreichte Eden, außer Atem und staubbedeckt, die Bäume. Sie trat auf eine kleine Fläche und blickte zu den Felsen hinter den sich windenden Bäumen hinauf. Die Klippe war etwa sechs Meter hoch und bestand aus demselben grauen Stein, der die Landschaft prägte. Insekten schwirrten um die Blüten, die dicht an den verbogenen Ästen hingen und fast die gesamte Fläche bedeckten.

Eden schritt auf die Klippe zu und suchte nach weiteren Beweisen dafür, dass sie am richtigen Ort war. Sie schob einen der Äste zur Seite und legte den dahinter liegenden Felsen frei. Blüten fielen zu Boden und Insekten summten ärgerlich. Sie versuchte es erneut und schob wie wild Zweige beiseite, um jeden Zentimeter der Klippe zu untersuchen.

Baxter stand dahinter und beobachtete sie ruhig.

Eden schob den letzten Zweig beiseite und keuchte auf. Ein Symbol war in den Felsen geritzt worden. Es war das

Symbol, von dem Eden glaubte, dass sie es die ganze Zeit verfolgt hatte - der Schlüssel zum Nil.

"Wir sind am richtigen Ort", sagte sie, mehr zu sich selbst als zu Baxter. Sie fuhr mit dem Finger über den zerklüfteten Felsen. "Wie kommen wir rein?"

Sie ließ den Baum los und begann, die Klippe nach einem Eingang abzusuchen. Der Baum schwang zurück in seine vorherige Position und verdeckte das Symbol. Sie ergriff den Ast und riss ihn von der Felswand weg. Der Ast knackte und ein Wirbel von kleinen Steinen löste sich. Sie sah hinauf zu der Stelle, an der der Baum aus der Felswand über ihr herauswuchs. Ein kleines Loch war dort entstanden, wo sie die Wurzeln aus dem Felsen gezogen hatte.

Sie zog erneut an dem Ast und weitere Steine fielen herab und vergrößerten das Loch. Dann ließ sie den Ast los und kletterte auf den Spalt zu. Als sie hineinspähte, konnte sie aber noch nichts sehen.

"Ich habe etwas gefunden. Komm und hilf mir damit", rief sie über ihre Schulter.

Baxter lief hinüber, und gemeinsam zogen die beiden die Steine weg und vergrößerten die Öffnung. Als das Loch etwa einen Meter im Quadrat groß war, holte Baxter eine Taschenlampe hervor und sie spähten hinein. Der Tunnel erstreckte sich in die Klippe und verschwand dann außer Sichtweite.

"Das ist es", sagte Eden und drehte sich zu Baxter um, um dessen Blick zu begegnen. "Wir haben es gefunden!"

Dann schoss eine Kugel durch die Luft und prallte an dem Felsen neben ihr ab.

DIE ROTOREN EINES LEICHTEN MEHRZWECKHUBSCHRAUBERS vom Typ Eurocopter AS350 schnitten durch die Luft. Um nicht entdeckt zu werden, befand sie sich im Tiefflug und erzeugte Wellen auf der Wasseroberfläche des Mittelmeers. Vor ihnen lag die *Balonia* vor Anker und schaukelte langsam auf den Wellen. Der Pilot nahm das Gas weg und verlangsamte den Hubschrauber, bis er über dem hinteren Deck schwebte. Der starke Abwind peitschte das Wasser in der Umgebung zu Schaum. Der Pilot senkte den Hubschrauber ab, bis er aufsetzte und die Yacht kaum noch vibrierte. Die Motoren heulten auf und die Rotoren wurden langsamer.

Die Hecktür des Eurocopters glitt auf und Helios stieg aus. Er schritt über das Deck und betrat das Schiff. Er schlüpfte aus seiner Jacke und ging zu seiner Sekretärin, die hinter einer Reihe von Bildschirmen saß.

"Guten Abend, Sir", ergriff die Sekretärin als erste das Wort. "Wie war Ihre Reise?"

"Gut, danke. Gibt es etwas, das ich wissen sollte?"

"Ein weiterer Bericht über die Verwendung von computergenerierten Kunstwerken", antwortete sie.

"Ich werde das morgen durchlesen. Gibt es etwas Dringendes? Wenn nicht, mache ich Schluss für heute."

"Ja, Uriel hat Kontakt aufgenommen."

Die Müdigkeit, die Helios noch vor wenigen Minuten verspürt hatte, verflog augenblicklich. "Das ist sehr ungewöhnlich außerhalb des vorgesehenen Zeitplans. Hat er mit Ihnen über den Grund des Anrufs gesprochen?"

"Er sagte, Sie wüssten es wahrscheinlich schon." Die Sekretärin tippte auf der Tastatur und rief die Details des Anrufs auf.

"Rufen Sie ihn sofort zurück. Stellen Sie ihn bitte in mein Büro durch." Helios lief die Treppe hinauf zu seinem Büro und Wohnbereich auf dem Oberdeck der *Balonia*.

"Helios, danke, dass Sie mich zurückrufen." Uriels tiefe Stimme ertönte aus dem Lautsprecher. "Ich weiß, dass es gegen das Protokoll verstößt, außerhalb der Sitzungen zu sprechen, aber ich hatte das Gefühl, dass die Enthüllung dieser Tafeln uns einen berechtigten Grund gibt. Als wir in der Schweiz sprachen, sagten Sie, die Sache sei unter Kontrolle. Darf ich davon ausgehen, dass das immer noch der Fall ist?"

Helios atmete tief die stark klimatisierte Luft ein. Seine Fäuste ballten sich und er sah finster drein. "Selbstverständlich dürfen Sie davon ausgehen. Ich habe einige der besten Leute des Rates auf diesen Fall angesetzt. Es wird in den nächsten Stunden zu einem erfolgreichen Abschluss gebracht werden."

"Ja, das sagten Sie schon beim letzten Mal", fuhr Uriel fort. "Es tut mir leid, dass ich die Angelegenheit anspreche, Sir, aber ich denke, dass etwas von diesem Ausmaß vom Rat behandelt werden muss und nicht von Ihnen allein."

Helios schlug mit den Fäusten auf den Schreibtisch. "Seien Sie versichert, dass ich den Rat um Hilfe bitten werde, wenn ich ihn brauche. Ich bin der Leiter dieser Organisation, und ich nehme Bedrohungen unserer Anonymität sehr ernst. Wie ich bereits sagte, habe ich ein kleines, aber schlagkräftiges Team auf diesen Fall angesetzt. Sie sind auf dem besten Weg, die Tafeln in den nächsten Stunden zu finden. Danach werden sie in eine sichere Einrichtung gebracht, wo wir die Bedrohung, die sie für den Rat darstellen, bewerten können. Es ist alles unter Kontrolle."

"Natürlich, Sir", sagte Uriel, wobei sein sanfter Tonfall keine Sorge um Helios' Zorn erkennen ließ. "Ich freue mich auf die Lösung dieses Problems und darauf, Sie als den Mann beglückwünschen zu können, der es zum Wohle des Rates neutralisiert hat."

"Ganz genau. Nun, Uriel, wenn es sonst nichts gibt, habe ich dringendere Angelegenheiten zu erledigen."

Uriels Stimme verklang, und zwei Pieptöne signalisierten, dass die Leitung geschlossen war.

Helios schritt hinaus auf das Deck. Die Lichter der Küste waren von hier aus nur Nadelstiche in der Ferne. Er lehnte sich an die Reling und sah hinunter auf das Wasser, das gegen die Flanke der *Balonia* plätscherte. Das Fass war kurz vorm Überlaufen, das wusste er. Uriel sah nicht das große Ganze und würde es daher nicht verstehen. Was Helios mit Sicherheit wusste, war, dass man manchmal eine Schlacht oder zwei verlieren muss, um den Krieg zu gewinnen.

43

DER SCHUSS ZERRISS DIE STILLE, sein explosives Echo hallte den Hügel hinauf und rollte wieder hinunter. Aus der Einschlagstelle schossen Felssplitter und überschütteten Eden.

Eden und Baxter warfen sich auf den Boden. Sie knallten auf die Erde, und der Aufprall ließ Eden die Luft aus den Lungen strömen. Sie spürte, wie ein weiteres Geschoss nur wenige Zentimeter über ihren Kopf segelte und an der Felswand abprallte. Noch mehr pulverisiertes Gestein regnete herab. Die Schüsse verstummten und wurden durch das Geräusch von Schritten ersetzt. Das Scharren der Stiefel auf dem losen Kies wurde lauter, als ihre Verfolger näherkamen.

Eden hob ihren Kopf und scannte den Hang unter ihr. Ihr lief das Blut in den Adern zusammen, als sie die Männer entdeckte, die den Hang hinaufstürmten.

"Das sind sie", zischte Eden und erkannte die Männer, die sie schon gefühlt seit Wochen verfolgten. Der einäugige Mann hob seine Waffe und feuerte zwei weitere Schüsse ab, die sie zurück in die Deckung zwangen. Sie spähte wieder hinaus und sah, dass die Schläger jetzt einen dritten Mann bei sich hatten. Er war älter und viel förmlicher gekleidet. Er hatte kurz geschnittenes graues Haar und sein Gesicht war von der Anstrengung gerötet.

Mit einem Schock erkannte Eden den Mann. Ihre Hände krampften sich zusammen und gruben sich tief in den Boden. Sie blickte Baxter an und war einen Moment lang unfähig zu sprechen.

Ein weiterer Schuss dröhnte und riss Eden aus ihrem Unglauben. Sie drückte sich gerade noch rechtzeitig auf den Boden.

Baxters Gesichtsausdruck verfinsterte sich, auch er erkannte den Mann eindeutig wieder. Seine Lippen bewegten sich, doch eine Sekunde lang kam kein Ton heraus. "Ich wusste es nicht", flüsterte er, als er endlich sprechen konnte. "Ich verspreche es dir. Ich wusste es nicht."

Der ältere Mann machte noch einen Schritt nach vorne und hielt dann inne, um Luft zu holen.

Eden spähte erneut über die Felsen und hoffte, dass sie sich irrte. Ihr Blick blieb an dem Mann hängen und ein ungutes Gefühl durchfuhr sie.

"Bleiben Sie, wo Sie sind", rief Archibald Godspeed. Er holte mehrmals tief Luft. "Wenn ihr bleibt, wo ihr seid, werden meine Männer nicht auf euch schießen. Lauft, und ihr werdet sterben."

Godspeed und seine Männer stürmten im Gleichschritt vor.

Eden schüttelte den Kopf und richtete dann ihren Blick auf die Situation um sie herum. Der Berghang bot mindestens hundert Meter in alle Richtungen keinen Schutz. Sie richtete ihren Blick wieder auf das Symbol des Schlüssels zum Nil, das in den Felsen gemeißelt war. Plötzlich fügten sich die Teile mit einer erschreckenden

Klarheit zusammen. Ihre Gedanken überschlugen sich, als sich das ganze Ausmaß der Täuschung vor ihr entfaltete. Sie war von Anfang an reingelegt worden, ein Bauer in einem Spiel, von dem sie nicht einmal wusste, dass sie es spielte.

Godspeed hatte ihre Trauer über den Tod ihres Vaters und ihren Wunsch nach Antworten für seine Zwecke genutzt. Er hatte sie gekonnt ausgespielt, ihre Gefühle und ihre Suche nach der Wahrheit manipuliert. Jeder Schritt ihrer Reise, jeder Hinweis, dem sie gefolgt war, war sorgfältig inszeniert worden, um sie hierher zu führen, zu diesem Augenblick.

Ihr Blick wanderte zu Baxter, und in ihren Augen blitzte Misstrauen auf. Sie studierte sein Gesicht aufmerksam, auf der Suche nach einem Anzeichen von Komplizenschaft.

Godspeed führte seine Männer über den Hügel in Richtung des Grabes. Der erste Mann erreichte die Felswand, warf nur einen flüchtigen Blick auf die Öffnung, richtete sein einziges gutes Auge auf Eden und hob seine Waffe. Der andere marschierte auf Baxter zu und versetzte ihm einen Tritt in den Magen. Baxter wich zur Seite aus und blockte das Schienbein des Mannes mit seinem Unterarm. Der Schläger grunzte und holte zu einem weiteren Angriff aus.

"Noch nicht", unterbrach Godspeed. "Du kannst so viel Schmerz verteilen, wie du willst, wenn der Job erledigt ist." Nach dem steilen Aufstieg holte er ein paar Mal schwer Luft.

"Zu viele Zigaretten, alter Mann?", blaffte Eden, und in ihren Augen brannte ein Feuer.

"Halt die Klappe", bellte Godspeed.

Die Schläger traten einen Schritt zurück, ihre Bewegungen synchronisiert. Einer hielt seine Waffe auf Eden gerichtet, die Mündung folgte jeder ihrer leichten Bewegungen. Der andere konzentrierte sich auf Baxter, sein Finger ruhte leicht am Abzug, bereit zum Abdrücken.

Godspeed wischte sich den Schweiß von der Stirn. Der Mann war zwar ins Schwitzen gekommen, aber die Geschwindigkeit, mit der er geklettert war, zeugte von einem hohen Maß an Fitness. Eden befürchtete, dass er ein stärkerer Gegner sein könnte, als sie zunächst gedacht hatte. Sein Blick blieb auf Eden gerichtet, wie der eines Sportlers, der auf seine Trophäe starrt.

Als Eden Godspeeds Vergnügen bemerkte, spürte sie, wie eine Welle der Wut in ihrem Inneren aufstieg. Es begann wie eine brennende Glut in ihrer Magengrube, breitete sich aber schnell wie ein Lauffeuer in ihrem Körper aus. Langsam und bedächtig erhob sie sich. Die Waffe des Schlägers folgte ihrem Aufstieg, der Lauf befand sich nun auf Höhe ihrer Brust. Obwohl sie wusste, dass sie sich in einer heiklen Situation befand, wollte sie Godspeed auf keinen Fall das Vergnügen bereiten, Angst zu zeigen. Sie sah Godspeed in die Augen, ihr Blick brannte vor Wut und Entschlossenheit.

"Mussten Sie ihn wirklich töten?", fragte sie mit einer Stimme, die einem animalischen Knurren glich.

Godspeeds Lippen, die zuvor noch ein Grinsen waren, verzogen sich zu einem dämonischen Grinsen.

"Du bist clever, das muss ich dir lassen." Er nickte langsam und hatte sichtlich Freude an Edens Wut. "Aber bei einem Vater wie deinem ist das ja auch kein Wunder."

Ohne sich dessen bewusst zu sein, nahm Eden ihre Kampfstellung ein. Sie war so wütend, dass sie die beiden bewaffneten Männer nicht mehr sah. Das Bedürfnis, Godspeed in Stücke zu reißen, verzehrte ihr ganzes Wesen. Sie atmete langsam ein und aus und zwang sich, die Kontrolle zu behalten.

"Und all die anderen Leute? Die Piloten und die Besatzung des Flugzeugs. Wie konnten Sie das tun?", rief Eden.

Godspeed zuckte mit den Schultern und wischte dann mit dem Handgelenk durch die Luft, als würde er eine Fliege wegklatschen. "Wieder einmal stellst du die falschen Fragen. Aber das hier ist wichtig." Er deutete auf das Grabmal. "Viel wichtiger als das Leben von fünf, zehn oder gar hundert Menschen."

Eden hörte Godspeed sprechen, aber sie verstand die Worte nicht. "Sie haben den Tod meines Vaters und aller Menschen an Bord des Flugzeugs geplant und angeordnet. Das ist Mord. Nichts rechtfertigt Mord."

"Seit Tausenden von Jahren sind diese Tafeln ein Geheimnis." Godspeeds Stimme nahm einen ehrfürchtigen Ton an. Er schien Edens Anwesenheit überhaupt nicht zu bemerken und war völlig fasziniert von dem, was vor ihm lag.

"Ihr denkt vielleicht, dass es einfach ist, die Welt im Gleichgewicht zu halten", sagte er fast zu sich selbst. "Aber ich kann euch versichern, dass es das nicht ist."

Godspeed machte einen Schritt nach vorne. Mit zitternden Händen streckte er die Hand aus und zog vorsichtig den Zweig zurück, der das Symbol des Schlüssels zum Nil teilweise verdeckte. Er schüttelte ungläubig den Kopf, und ein Lächeln aus purer Verwunderung breitete sich auf seinem Gesicht aus. Es war eine verblüffende Verwandlung - der rücksichtslose Verfolger war verschwunden und durch einen Mann ersetzt worden, der in seinem Erstaunen fast kindlich wirkte.

"Die ganze Zeit", flüsterte er. "Es war die ganze Zeit hier. Genau hier, darauf wartend, gefunden zu werden."

"Auch im Krankenhaus", sagte Eden und schrie, um Godspeeds Aufmerksamkeit zu erregen, "diese Männer haben die Krankenschwester getötet. Sie war unschuldig und hat es nicht verdient ..."

"Kollateralschaden." Godspeed zuckte mit den Schultern, streckte die Hand aus und fuhr mit dem Finger über das Symbol, wie Eden es Minuten zuvor getan hatte. "Menschen sterben jeden Tag. Vielleicht wirst du das eines Tages verstehen."

Wie in Trance drehte sich Godspeed um und betrachtete Eden, dann richtete er seinen Blick auf Baxter. Der ältere Mann sah aus, als wollte er etwas zu seinem ehemaligen Mitarbeiter sagen, überlegte es sich dann aber anders.

Eden drehte sich ebenfalls zu Baxter um; überraschenderweise sah er genauso schockiert aus wie sie. Wenn er wusste, dass dies die ganze Zeit Godspeeds Plan gewesen war, dann versteckte er es gut.

Godspeed zog ein Taschentuch aus seiner Tasche und tupfte sich die Stirn ab. Die Sonne stand jetzt über den Hügeln und schien bereits auf sie herab.

"In den falschen Händen könnten die Informationen auf diesen Tafeln wirklich die Welt verändern. Die Menschheit wird seit Jahrtausenden kontrolliert, und diese Tafeln sind der Beweis dafür." Godspeed drehte sich um und starrte auf die kleine Öffnung. Er breitete seine Arme weit aus. "Es ist schon komisch, wenn man bedenkt, dass hier, unter einem unscheinbaren Stück kargen Hanges, der Beweis liegt, dass die Geschichte, auf der unsere Religionen und Regierungen aufgebaut sind, falsch ist."

"Die Menschen verdienen es, die Wahrheit zu erfahren", entgegnete Eden.

Godspeed lachte und neigte den Kopf gen Himmel. "Der Apfel fällt wirklich nicht weit vom Stamm." Er drehte sich zu Eden um, und sein Lachen wich einem ernsten Ausdruck. "Ich glaube, du verstehst nicht, wie zerbrechlich der Frieden auf dieser Welt ist. Menschen sind in den Krieg gezogen und haben Hunderttausende von Menschen getötet, weil sie ein und denselben Text unterschiedlich interpretiert haben. Kannst du dir vorstellen, welche Auswirkungen ein Manuskript hat, das die ganze Sache herabsetzt? Nein. Wir werden die Tafeln jetzt mitnehmen und sie an einen Ort bringen, an dem sie nie gefunden werden. Die Welt wird in relativem Frieden weiterleben." Er wandte sich wieder der Grabstätte zu.

"Wie wollen Sie zehntausend Tafeln transportieren?", fragte Eden. "Diese Jungs sehen ziemlich fähig aus, aber ihr hattet Mühe, den Hügel hinaufzukommen."

Godspeed grinste. "Mach dir keine Sorgen. Ich habe ein Team in Bereitschaft. Ich werde es hinzuziehen, sobald ich mich vergewissert habe, dass die Tafeln da sind. Und dann werden sie und ich bei Einbruch der Dunkelheit das Land verlassen." Godspeed zog eine Waffe unter seiner Jacke hervor. "Aber ich fürchte, Eden Black, das ist das Ende deines Weges. Danke, dass du mir den Weg gezeigt hast, aber ich muss dir leider sagen, dass deine Dienste nicht mehr benötigt werden." Godspeed richtete die Waffe auf Edens Brust.

Eden starrte auf den Lauf der Waffe und dann auf den Mann, der sie von Anfang an bei diesem traurigen Tanz geführt hatte. Irgendetwas schien plötzlich so falsch zu sein. So sollte es definitiv nicht enden. Sie schnappte in der warmen Morgenluft nach Luft. Sie versuchte zu schlucken, aber etwas verstopfte ihre Kehle.

"Es ist eine Schande, dass ein junges Leben auf diese Weise enden muss. Besonders bei jemandem wie dir, der so vielversprechend ist. Aber, wie dein Vater siehst du einfach nicht das große Ganze." Godspeeds Finger krümmte sich um den Abzug.

Ein Kaleidoskop von Erinnerungen wirbelte in Edens Kopf herum. Bruchstücke der Vergangenheit ordneten sich zu einem neuen Muster. Im Zentrum dieses Strudels stand ein Bild ihres Vaters. Nicht das Bild ihres Vaters, an das sie sich in letzter Zeit erinnerte, sondern das, wie ihr Vater war, als sie vor all den Jahren zusammen hierwaren. Einen Moment lang sah sie den Gesichtsausdruck ihres Vaters, als er sie aus der Grabstätte gejagt hatte, so deutlich, als stünde er direkt vor ihr. Als sich das Kaleidoskop neu zusammensetzte, begann sich Klarheit aus dem Chaos zu schälen.

Eden blinzelte schnell, ihre Augen gewöhnten sich an die neue Perspektive, und die Erkenntnis dämmerte wie die ersten Sonnenstrahlen, die einen nebligen Morgen durchbrechen.

"Diese Tafeln müssen verschwinden, ebenso wie jeder, der von ihrer Existenz weiß", fuhr Godspeed fort und trat einen Schritt vor. Er hielt die Waffe fest in seinem Griff.

Edens Lippen bewegten sich, als wolle sie etwas sagen. Dann lächelte sie.

Godspeed erstarrte, da er mit diesem Ausdruck offensichtlich nicht gerechnet hatte. In diesem Moment der Stille wusste Eden, was sie tat, und sie wusste genau, was sie in der Gruft finden würden.

"Warten Sie!", sagte Eden, ihre Stimme war kaum mehr als ein Flüstern. "Ich will sehen, was in der Gruft ist. Lassen Sie mich die Tafeln sehen. Das sind Sie mir zumindest schuldig."

Godspeed neigte den Kopf zur Seite und betrachtete Eden sorgfältig. "Gut", sagte er. Er wirbelte herum und zeigte auf den Felsen. "Macht das mal auf!"

44

CROFT UND STONE steckten ihre Waffen weg, gingen zur Felswand und begannen, Steine aus der Öffnung zu ziehen.

Eden drehte ihren Kopf leicht und erhaschte einen Blick auf Baxter, der neben ihr stand. Seine Haltung war unnatürlich steif, sein Gesicht war farblos und verriet eine Anspannung, die jede Faser seines Wesens zu durchdringen schien.

Croft und Stone arbeiteten schnell, und die Öffnung des Grabes wuchs und wurde von Minute zu Minute größer.

Eden starrte in das dunkle, gähnende Loch, das nun mehr als einen Meter breit war. Obwohl sie das Gefühl hatte, zu wissen, was sie darin finden würden, schnürte ihr ein Hauch von Zweifel den Magen zusammen.

Godspeeds Augen huschten von der Höhle zu Eden und wieder zurück. Er war sichtlich aufgeregt wegen dem, was sie zu entdecken hatten. Seine Waffe blieb fest auf Eden gerichtet, nur für den Fall, dass sie beschloss, dass jetzt der richtige Zeitpunkt zur Flucht gekommen war.

Eden warf Godspeed einen Blick zu und fragte sich, ob er es tatsächlich schaffen würde, das alles geheim zu halten. Angeberisch und arrogant wie er war, würde er zweifellos der ganzen Welt erzählen wollen, was er erreicht hatte. Er würde den Ruhm und den Reichtum wollen, der mit einer solchen Entdeckung einherging. Er schien nicht die Art von Mann zu sein, der etwas nur zum Wohle der Menschheit tun würde.

Obwohl Godspeeds Waffe unablässig auf Edens Brust gerichtet war, blieb sein Blick auf die wachsende Öffnung des Grabes gerichtet.

Während Godspeed abgelenkt war, blickte Eden auf die Baustelle unter ihnen. Das Betonskelett von etwas, das wie eine große Villa oder ein Hotel aussah, war ihr nächster Schutz. Als sie die Entfernung berechnete, dachte sie, sie hätte gute Chancen, es bis dorthin zu schaffen, während Godspeed sich auf das Grabmal konzentrierte. Aber dann wurde Eden klar, dass sie nicht sehen würde, was sich darin befand. Da ihre Neugierde siegte, wandte sie sich wieder der Öffnung zu. Das letzte Mal, als sie hier war, hatte sie keinen Blick in das Innere werfen können, und das sollte sich auf keinen Fall wiederholen.

Croft und Stone stöhnten auf, als sie einen besonders großen Stein aus der Öffnung zogen.

"Warum jetzt?", wollte Eden wissen und zog damit Godspeeds Aufmerksamkeit auf sich.

Godspeed drehte sich zu ihr um, ein Lächeln erhellte sein Gesicht. "Seit Jahren droht dein Vater damit, die Tafeln zu enthüllen. Wie du jetzt weißt, wusste er schon seit über zwei Jahrzehnten, wo sie sich befinden. Er hat nur auf den richtigen Zeitpunkt gewartet."

"Sein Vortrag in Cambridge", sagte Eden.

Godspeed nickte. "Genau das habe ich befürchtet. In einer vierzigminütigen Rede hätte er die Welt ins dunkle Zeitalter zurückgeworfen. Das durfte nicht passieren."

"Wir sind drin", rief Croft, als sie den letzten Felsbrocken beiseite wuchteten und den Eingang vollständig freilegten. Die Felsen lagen nun rund um die Öffnung verstreut, wo die Männer sie abgelegt hatten.

Eden schritt auf die Öffnung zu. Das Grabmal selbst war direkt in den Felsen gehauen, seine Wände waren kunstvoll mit Bildern und Symbolen verziert.

Croft und Stone schritten auf die Öffnung zu. Sie zogen Taschenlampen heraus und leuchteten in die Dunkelheit.

"Nein", schnauzte Godspeed und wandte seine Aufmerksamkeit von Eden ab. "Ich gehe zuerst." Godspeed stürzte nach vorne und griff mit großen Augen nach Stones Taschenlampe. "Darauf habe ich schon so lange gewartet." Er steckte seine Waffe in den Halfter und betrat die Gruft mit der langsamen Ehrfurcht eines religiösen Erwachens.

Eden beobachtete, wie Godspeed tiefer in die Gruft eindrang, ohne auf die Markierungen an den Wänden um ihn herum zu achten. Croft und Stone folgten ein paar Schritte hinter ihm. Sie warf einen Blick auf die Baustelle unter ihr und rechnete aus, dass sie in zwanzig Sekunden dort sein konnten und in ein paar Minuten wieder beim Volvo sein würden. Sie drehte sich zur Öffnung um und sah, wie Godspeeds Licht durch die Dunkelheit drang. Aber dann würde sie nie sehen, was sich darin befand.

Eden rieb sich den Nacken. In ihrem Magen bildete sich ein Knoten. Ihre Beine und ihr Kopf flehten sie an, wegzulaufen, aber ihr Herz sehnte sich danach zu sehen, was ihr Vater vor all den Jahren versteckt hatte. Die Männer bewegten sich jetzt tiefer in das Innere der Gruft hinein, nur sichtbar durch die schwenkenden Strahlen ihrer Taschenlampen.

Eden machte einen halben Schritt nach vorne, drehte sich dann um und betrachtete die Baustelle. Sie drehte sich zu Baxter um. Sein Blick war auf die Öffnung gerichtet, und er dachte zweifellos über das gleiche Dilemma nach wie sie.

Eden fasste einen Entschluss und schritt auf die Öffnung zu. Sie kletterte über die Felsen und trat dann hinein. Als sie die feuchte unterirdische Luft tief einatmete, wurde sie von einer Welle der Nostalgie erfasst. Der modrige Geruch erinnerte sie an all die unterirdischen Orte, die sie im Laufe der Jahre mit ihrem Vater erkundet hatte.

Sie ging langsam den Gang hinunter und betrachtete die Schnitzereien im Vorbeigehen. Sie zückte ihr Handy und schoss ein paar Fotos, um sie später zu studieren. Der Raum war sorgfältig und mühevoll in den massiven Felsen gehauen worden, und die Dicke der Wände zeugte von der Entschlossenheit der Erbauer, den Inhalt für kommende Generationen zu bewahren.

Nach etwa dreißig Metern öffnete sich der Gang in eine größere Kammer. Die weitreichenden Strahlen der Taschenlampen beleuchteten den riesigen Raum und offenbarten seine wahre Größe.

Eden betrat die Kammer und reckte ihren Hals, um die Decke zu betrachten, die sich hoch oben zu einer Kuppel wölbte. Die Wände waren mit kunstvollen Schnitzereien und Schriftzügen verziert, die Szenen aus dem alten Leben und scheinbar religiöse Rituale darstellten. Instinktiv schoss Eden noch einige Fotos. Ob sie nun in Gefahr war oder nicht, einen Fund wie diesen konnte sie sich nicht entgehen lassen, zu dokumentieren.

Um sich einen Überblick über die gesamte Kammer zu verschaffen, trat Eden einen Schritt zurück, bis sie an der Wand stand. Der Raum war vollkommen rund, die Wände waren glatt und fühlten sich leicht feucht an. In regelmäßigen Abständen waren Nischen eingemeißelt, die jeweils etwa hüfthoch und tief genug waren, um große Gegenstände aufzunehmen. Töpfe und andere Gegenstände standen auf Sockeln um den Raum herum.

Edens erster Gedanke war, dass der Ort sicherlich groß genug war, um mehr als nur einen Körper zu lagern. Die Kammer könnte leicht eine Schatztruhe mit Artefakten, historischen Aufzeichnungen oder sogar die Tafeln mit dem Tagebuch der Person, die hier begraben ist, beherbergen. Sie senkte ihren Blick auf eine erhöhte Plattform in der Mitte des Raumes, die von drei flachen Stufen flankiert wurde. Ihre Augen mussten sich noch an das schwache Licht gewöhnen, aber langsam wurden die Details sichtbar. In den Boden waren kleine Kanäle gemeißelt, die von den Wänden zu einem zentralen Punkt unter der Plattform führten. Sie fragte sich, wozu sie dienten - vielleicht für eine Art Ritual oder als Abflusssystem, um den Inhalt des Grabes zu schützen.

Sie durchquerte die Kammer und stieg die Stufen zu der erhöhten Steinplatte hinauf. Als sie die Plattform erreichte, bemerkte sie Fetzen von zerrissenem Stoff. Ein Staubhaufen zeichnete die Umrisse einer menschlichen Gestalt, die letzten Überreste der Person, die hier bestattet worden war.

Eden betrachtete die Form sorgfältig im Schein der Taschenlampe. In die Platte selbst waren Symbole eingemeißelt, die sich an ihren Rändern entlangzogen. Sie bemerkte, dass es sich um eine andere Art von Stein handelte als bei den Wänden - vielleicht wurde er aus einem weit entfernten Steinbruch importiert, ein weiteres Zeichen für die Bedeutung des Grabes. Sie machte mehrere weitere Fotos.

Ein Windstoß fegte durch die offene Tür und störte die Stille, die seit Tausenden von Jahren geherrscht hatte. Staub wirbelte auf dem Boden auf und gab den Blick auf die Oberfläche der Platte frei.

"Was? Wo sind sie?" Godspeeds Stimme dröhnte durch die Kammer und zerriss die ehrfürchtige Stille. "Sie sollten hier sein!"

Die Lichtstrahlen überschlugen sich jetzt und untersuchten jeden Zentimeter der Höhle. Sie beleuchteten geschnitzte Nischen in den Wänden, leere Sockel, auf denen einst Artefakte gestanden haben könnten, und seltsame Symbole, die in den Boden und die Wände geätzt waren.

Eden betrachtete die Überreste der Leiche weiter, und ihrem geschulten Auge fiel etwas auf, das hier nicht hingehörte. Unter einer Strähne des zerrissenen Stoffes lag ein Gegenstand, der in einer alten Gruft nichts zu suchen hatte. Es war unpassend, verstörend, aber wenn Eden darüber nachdachte, ergab es eigentlich einen perfekten Sinn.

Sie drehte sich um, um die Bewegung vor Godspeed zu verdecken, griff nach unten und hob den Gegenstand auf. Sie untersuchte ihn schnell und stellte fest, dass es genau das war, was sie dachte. Sie grinste, als ihr klar wurde, dass sie die ganze Zeit recht gehabt hatte. Der Gegenstand war der Beweis dafür, dass dieses uralte Rätsel mit einem viel moderneren Mysterium verwoben war.

"Zeit zu gehen", sagte sie, kaum mehr als ein Flüstern in der Stimme. Sie ließ den Gegenstand in ihre Tasche gleiten, drehte sich um und sprintete davon.

45

KAUM WAREN Eden und Baxter durch die Öffnung, ertönte Godspeeds Stimme aus der Gruft. "Sie entkommen. Haltet sie auf!"

Auf Godspeeds Kommando folgte schnell das Geräusch von Stiefeln, die durch die Kammer polterten, während Croft und Stone die Verfolgung aufnahmen.

Edens Füße gruben sich in den lockeren Boden, als sie mit Volldampf den Hang hinunterlief. Ihre Arme schleuderten mit rasender Energie durch die Luft, jede Bewegung trieb sie vorwärts.

Neben ihr zog Baxter Schritt für Schritt mit ihr gleich. Er blickte finster drein und konzentrierte sich nur darauf, so viel Abstand wie möglich zwischen sie und seinen ehemaligen Arbeitgeber zu bringen. Lose Steine rutschten verräterisch unter ihren Füßen, und verknotete Pflanzen drohten, sie mitten im Lauf zu Fall zu bringen.

Wütende Rufe wurden laut, als die Verbrecher aus dem Eingang des Grabes stürmten. Der scharfe Knall einer Gewehrentladung hallte den Hügel hinunter wie ein Donnerschlag.

Eden duckte sich, ihr Körper reagierte, bevor ihr Verstand die Gefahr vollständig erfassen konnte. Mit einer schnellen Bewegung drehte sie sich hinter eine Wand aus zerklüfteten Felsen, die aus dem Hang ragten. Die Kugeln schlugen nur wenige Zentimeter von der Stelle entfernt ein, an der sie gestanden hatte. Die Kugeln prallten von den Felsen ab und vergruben sich in der weicheren Erde in der Nähe.

Sie setzte sich wieder in Bewegung, halb laufend, halb rutschend den Hang hinunter. Da die Baustelle nun verlockend nahe war, weigerte sie sich, ihren hart erkämpften Vorsprung aufzugeben. Lose Steine glitten unter ihr durch und lösten eine kleine Geröulllawine aus. Sie kämpfte gegen die Schwerkraft an, ihre Arme fuchtelten, während sie versuchte, sich auf den Beinen zu halten.

Wieder bellte ein Gewehr, und weitere Kugeln sausten vorbei, verfehlten ihr Ziel nur knapp und schlugen in den Boden ein.

Eden schwenkte nach links und wich nur knapp einem Gestrüpp aus verworrenen Büschen aus, deren Blätter mit dem Staub der Baustelle bedeckt waren. Sie konzentrierte sich auf ihr Ziel und versuchte, die Männer hinter sich zu ignorieren. Sie erblickte den Maschendrahtzaun, der die Baustelle umgab, und dachte für einen kurzen Moment an die Umzäunung des Flughafens Gatwick, die viel stabiler war und die sie in Sekundenschnelle überwunden hatte. Ein Kran ragte still und leise über das Gelände. Zum Glück schien die Baustelle leer zu sein, denn die Arbeiter hatten offensichtlich noch nicht mit ihrem Tagwerk begonnen.

Eden stürzte sich auf den Zaun, prallte gegen den Draht und drohte, das ganze Ding umzukippen. Sie grub ihre Finger in den Maschendraht und kletterte, bis sie die Spitze erreichte. Der Draht gab unter ihrem Gewicht nach und verdrehte sich. Erst schlang sie ihre Finger und dann einen Arm um das Ende und zog sich hinauf und hinüber. Als sie in der Hocke auf der anderen Seite landete, riskierte sie einen Blick zurück auf ihre Verfolger.

"Hier entlang", rief Baxter, packte Eden am Arm und zog sie in Richtung eines halbfertigen Gebäudes. Sie duckten sich durch ein glasloses Fenster und rannten die kahlen Betontreppen hinauf. Freigelegte Rohre und elektrische Leitungen ragten aus den Wänden und warteten darauf, versteckt zu werden.

Als sie den ersten Stock erreichten, hielten sie für den Bruchteil einer Sekunde inne und blickten durch einen weiteren leeren Fensterrahmen hinaus. Godspeeds Schläger kletterten über den Maschendrahtzaun unten.

"Komm schon, wir sind nicht hier, um die Aussicht zu genießen", rief Eden und rannte bereits die nächste Treppe hinauf. Baxter folgte ihr dicht auf den Fersen, und ein paar Sekunden später stürmten sie auf das Dach hinaus.

Wie ein Wald von Stahlbäumen ragten Metallstangen in die Höhe und markierten die Stelle, an der bald der Beton für das nächste Stockwerk gegossen werden würde. Der unbewegte Kran ragte über ihnen auf und streckte seinen Arm über die Baustelle aus. Ziegelsteine lagen in verschiedenen Stapeln, einige ordentlich angeordnet, andere verstreut, als wären sie mitten in der Arbeit liegen geblieben. Stromkabel schlängelten sich über den Boden, und ein Generator saß still in einer Ecke, die Werkzeuge ordentlich daneben angeordnet. Ein Baugerüst war an einer Seite des Gebäudes befestigt, seine zerrissene Plastikverkleidung kräuselte sich in der Brise.

Schritte polterten jetzt die Treppe hinauf, als ihre Verfolger näherkamen.

Eden rannte zum Rand des Gebäudes und blickte auf ein leeres und ungekacheltes Schwimmbecken darunter.

"Hier drüben", sagte Baxter und winkte sie zu einer großen Kiste. Er wühlte in der Kiste und holte mehrere mögliche Waffen heraus.

"Hast du vor, ein paar Möbel zu bauen?", fragte Eden und betrachtete die Säge und den Hammer, den Baxter ihr anbot. "Diese Typen sind bewaffnet und schießwütig." Sie nickte in Richtung der Treppe, aus der ihre Verfolger jeden Moment auftauchen würden. Sie lief zu einem weiteren großen Werkzeugkasten und kippte ihn um. Eine Auswahl an Schraubenziehern in verschiedenen Größen hüpfte über den Boden.

"Die sind sogar noch nutzloser ..." Baxters Kommentar erstarb in seiner Kehle, als Croft vom Gerüstturm sprang und seine Arme um Baxters Hals schlang. Der Instinkt setzte ein, und Baxter schlug sofort zurück. Seine Hände krallten sich verzweifelt in Crofts Griff, seine Finger versuchten, sich unter den Armen des Mannes zu verkeilen. Croft war vorbereitet, sein Griff wurde mit jeder Bewegung fester. Baxters Röcheln nach Luft wurde immer heftiger.

Baxter weigerte sich, nachzugeben, stellte sich auf die Füße und stieß sich gegen seinen Angreifer. Die plötzliche Gewichtsverlagerung brachte Croft ins Straucheln und sein Griff lockerte sich für den Bruchteil einer Sekunde. Baxter nutzte die Gelegenheit, holte tief Luft und schwang eine Faust über seine Schulter.

Der Schlag traf Crofts Wange mit voller Wucht. Der Schläger stöhnte, sein Kopf schnappte zurück. Crofts Griff blieb jedoch fest, seine Arme lagen wie Stahlseile um Baxters Kehle.

Baxter schlug erneut zu. Diesmal war Croft jedoch

bereit. Er änderte seine Haltung, und Baxters Faust schwang nutzlos durch die Luft. Der verfehlte Schlag brachte Baxter aus dem Gleichgewicht und ermöglichte es Croft, seinen Würgegriff noch fester zu ziehen.

Baxter fuhr mit dem Ellbogen zurück und zielte auf Crofts Magen. Der Schlag landete richtig und bohrte sich tief in den Magen des Mannes. Croft stieß ein schmerzhaftes Stöhnen aus, das ihm die Luft aus den Lungen trieb. Obwohl er außer Atem war, hielt er sich weiter fest. Baxters Gesicht färbte sich rot, seine Bewegungen wurden langsamer, als der Sauerstoffmangel einsetzte.

Eden drehte sich um und sah die beiden Männer kämpfen. Sie schnappte sich einen Klauenhammer aus der Kiste und eilte Baxter zu Hilfe.

"Lass ihn los", knurrte sie und hob den Hammer.

"Oder was?", fragte Croft und wich einen Schritt zurück. Seine schmalen Lippen verzogen sich zu einem Knurren.

Eden stürzte nach vorne und schwang den Hammer gegen die Brust des Mannes. Croft machte einen Schritt nach hinten, wich leicht aus und zog Baxter mit sich.

Baxter, dessen Gesicht nun aschfahl war, machte einen schwachen Versuch, sich zu befreien. Er schlug wild mit der Faust um sich, in der Hoffnung, irgendeinen Teil seines Peinigers zu treffen. Aber seine Kräfte verließen ihn. Sein Schlag traf ins Leere, der Schwung ließ ihn stolpern.

Eden stellte sich in Position und verstärkte ihren Griff um den Hammer. Sie schlug erneut zu, diesmal zielte sie mit der Klaue auf Crofts Mittelteil. Croft wich dem Schlag aus und verspottete dann Edens Versuche mit einem Kichern.

Die letzten Reste von Farbe verschwanden aus Baxters Gesicht, seine Kämpfe wurden schwächer und sein Körper wurde schlaff.

Crofts Kichern wuchs zu einem lauten Lachen. Und gerade als Eden dachte, es könne nicht mehr schlimmer werden, kam ein zweites Lachen hinzu. Sie drehte sich um und sah Stone aus dem Treppenhaus kommen.

46

"BLEIB, wo du bist! Hier ist Endstation", sagte Stone und trat auf Eden zu. Er zog seine Waffe aus dem Halfter und richtete sie auf Eden. "Ich habe das Gefühl, dass mir das Spaß machen wird."

Beide Männer lachten wieder.

Eden drehte sich um und sah Baxter an. Überraschenderweise waren Baxters Augen auf sie gerichtet, seine Lippen verzogen sich zu einem leichten, wissenden Grinsen. Sie bemerkte den leisesten Schimmer von etwas Metallischem in seiner Hand. Er hatte das Messer, das wurde ihr mit einem Mal klar. Sie hatte vergessen, dass Baxter das Messer hatte, das sie den Attentätern damals in Baalbek abgenommen hatten. Er hatte es offensichtlich die ganze Zeit versteckt gehalten, um sich auf die richtige Bewegung vorzubereiten.

Baxter brachte das Messer in Position. Dann rammte er es mit einem raschen Stoß tief in Crofts Seite. Der Schläger brüllte vor Schmerz, und der bedrohliche Blick in seinen Augen löste sich in einem Ausdruck des Schmerzes auf. Der dicke Arm um Baxters Hals lockerte sich. Baxter duckte sich und sprang nach vorne, saugte gierig Sauerstoff in seine Lungen.

Abgelenkt schwang Stone die Waffe in Richtung Baxter. Er feuerte, aber Baxter hatte sich bereits hinter den Generator geduckt. Stone feuerte erneut, einige der Kugeln prallten vom Beton ab und flogen über das Dach, andere prallten vom Betonstahl ab. Keine traf ihr Ziel. Dann klickte die Waffe leer.

Eden ergriff ihre Chance und stürzte sich auf Croft, der näher an ihr dran war. Obwohl der Schläger mit dem Messer in der Seite vor Schmerzen zuckte, blieb er stehen.

Eden legte die Distanz in drei Schritten zurück und schwang den Hammer, wobei sie die Klaue tief in Crofts Oberschenkel rammte. Sie zog den Hammer zurück und schwang erneut, diesmal mit einem Schlag auf seinen Hals. Der Mann wehrte sich und schlug in blindwütiger Panik mit den Armen um sich. Dann stieß Eden ihn fort. Croft wich zurück, um das Gleichgewicht zu halten, seine Hände drehten sich. Sein Fuß trat nur ins Leere. Seine Augen weiteten sich, als ihm klar wurde, dass er gerade vom Dach des Gebäudes getreten war.

Stone stürzte nach vorne, um seinen Kameraden zu retten, aber er war zu weit weg. Ein grässlicher Schrei hallte durch das Gebäude, gefolgt von einem dumpfen Knacken.

Eden warf einen Blick über die Seite des Gebäudes. Croft lag auf dem Grund des leeren Schwimmbeckens. Seine Beine waren hinter ihm verschränkt, sein Gesicht hatte einen Ausdruck des ewigen Schreckens. Auf dem Boden sammelte sich Blut, das ihm spiralförmig aus dem Körper lief.

Baxter, der nun wieder zu Atem gekommen war, schnappte sich eine Gerüststange und rannte auf Stone zu. Er schwang die Stange tief und ließ sie gegen den Knöchel des Mannes krachen, so dass der Knochen brach. Stone sackte auf den Boden. Baxter hob die Stange erneut und schlug dem Mann in die Flanke, wobei er ihm die Rippen brach und dieser einen schmerzhaften Schrei ausstieß.

Stone rollte sich auf den Bauch, was Baxter für eine unbewusste Reaktion auf den Schmerz hielt. Er krümmte sich erneut, drehte sich auf den Rücken und steckte ein neues Magazin in die Waffe. Immer noch auf dem Boden liegend, richtete er die Waffe auf Baxter und drückte ab.

Die Waffe heulte auf und zwang Baxter, mitten im Schuss zu erstarren. Die Kugel zischte an Baxters Gesicht vorbei und verbrannte seine Haut. Obwohl der Schuss nicht getroffen hatte, hatte Stone seinen Standpunkt klar gemacht.

Der Verbrecher richtete sein Ziel sorgfältig aus und zielte nun mit der Waffe auf Baxters Brust. Er zwang sich in eine sitzende Position und spuckte einen Klumpen Blut und Schleim auf den Boden.

"Ich habe mich schon darauf gefreut, dich zu töten", sagte Stone, wobei seine Stimme kaum mehr als ein Flüstern war. "Bewege dich, und wir werden gleich sehen, wie es passiert."

Eden beobachtete die Szene von der anderen Seite des Gebäudes aus.

Baxters Adamsapfel wippte und zum zweiten Mal innerhalb von zwei Minuten wurde er ganz blass.

"Ich liebe diesen Moment", sagte Stone und atmete ein, als könne er Baxters Angst riechen. "Der Moment, in dem ein Mensch erkennt, dass er sterben wird, hat etwas Schönes an sich. Ich habe das schon oft gesehen." Obwohl er verletzt war, wusste Stone genau, dass er die Oberhand hatte und nichts überstürzen musste.

Eden wirbelte im Kreis und suchte nach etwas, mit dem

sie die Situation ausgleichen konnte. Da sie sich auf der gegenüberliegenden Seite des Daches befand, konnte sie nicht an Stone herankommen, ohne dass er zuerst schoss, aber das hieß nicht, dass sie machtlos war.

"Tut mir leid wegen deines Freundes da unten", sagte Baxter und nickte in Richtung der Gebäudekante. Er blickte Eden an, und seine Augen funkelten in einer stummen Mitteilung, die besagte: *Tu etwas.*

"Du wirst dich ihm bald anschließen, und dann werde ich auch Eden töten", sagte Stone und zuckte mit den Schultern, als ob Crofts Tod nichts bedeuten würde. "Ich werde der Einzige sein, der von hier weggeht."

"Hinkt vielleicht", sagte Baxter und blickte auf den gebrochenen Knöchel des Mannes. "Ich bezweifle, dass du in nächster Zeit wieder laufen wirst."

"Der letzte Witz eines sterbenden Mannes, das gefällt mir." Stone gab ein gurgelndes Geräusch von sich, das eher an eine Katze erinnerte, die versucht, einen Haarball auszuwürgen, als an ein echtes Lachen.

Während die Männer sprachen und Baxter offensichtlich versuchte, Zeit zu gewinnen, suchte Eden nach einer Lösung, die nicht dazu führte, dass Stone Baxter erschoss und dann die Waffe auf sie richtete. Sie sah zu dem Kran hinauf, der sich über ihnen erhob. Ein großer Stahlträger hing an dem riesigen Haken und schwang sanft hin und her. Sie studierte den Kran und erkannte Modell und Konstruktion. Eden hatte einen ähnlichen Kran benutzt, um vor einigen Monaten in eine Penthouse-Wohnung in London einzubrechen. In Vorbereitung auf diesen Auftrag hatte sie stundenlang über die Maschine recherchiert, und es schien, dass dieser Kran sehr ähnlich war.

"Ich versuche nur, die Stimmung aufzulockern", sagte

Baxter und trat von einem Fuß auf den anderen. "Leute wie ihr scheinen die Dinge immer so ernst zu nehmen."

Stone grinste und zeigte seine blutverschmierten Zähne. "Genug geredet. Ich habe keine Zeit zu verlieren, Mr. Godspeed und ich müssen einen Flug erwischen."

Eden schritt leise zum Kran hinüber und nahm die Fernbedienung in die Hand. Sie drehte den Schlüssel, der glücklicherweise steckte, und das System erwachte zum Leben. Sie spielte mit den Bedienelementen, und weit über dem Dach summten die Motoren. Der riesige Stahlträger schwebte mühelos durch die Luft.

"Woher weißt du, dass Godspeed sich nicht gegen dich wendet, wie er es bei mir getan hat?", fragte Baxter. "Vor allem, weil ihr wieder versagt habt. Nach all dem habt ihr die Tafeln immer noch nicht."

Stones Augen verengten sich ein wenig, er überlegte, was Baxter gesagt hatte.

Baxter spürte, dass er einen Nerv getroffen hatte, und fuhr fort. "Schau dir an, wie Godspeed mich behandelt hat. Eben noch war ich einer seiner engsten Vertrauten, und im nächsten Moment wollte er mich umbringen lassen. Ich würde ihm nicht trauen."

Eden betätigte den kleinen Steuerknüppel und beobachtete, wie der Stahlträger durch die Luft schwang. Sie überprüfte die Position des Balkens an der Stelle, an der Stone saß, und drückte dann erneut auf die Steuerung.

"Ich würde gerne sehen, wie er es versuchen würde", sagte Stone. "Ich stehe nicht in Godspeeds Dienst. Wenn das hier erledigt ist, bin ich weg. Apropos, es ist an der Zeit, den Job zu beenden." Stone hob die Waffe um ein paar Zentimeter, um zu signalisieren, dass die Zeit des Redens vorbei war.

Eden holte tief Luft und zog dann mit aller Kraft, die sie aufbringen konnte, den Hebel. Die Seile gaben ein hohes

Heulen von sich, als sie sich abwickelten und das massive
Gewicht durch die Luft stürzte.

"Baxter", rief Eden. "Bewegung!"

Baxter duckte sich und warf sich dann nach hinten.

Stone, der durch das Geräusch und die Bewegung überrascht wurde, feuerte reflexartig seine Waffe ab. Der Schuss
krachte durch die Luft, die Kugel knallte auf den Beton, wo
Baxter gestanden hatte. Zementsplitter sprangen umher, als
die Kugel in Richtung des Hügels davonsauste.

Stone sah auf und seine Augen weiteten sich vor Entset-
zen. Der massive Stahlträger warf einen dünnen, dunklen
Schatten auf sein Gesicht, als er herabstürzte. Seine Lippen
formten einen Schrei des Entsetzens und des Schmerzes,
aber der Laut kam nicht über seine Kehle.

Der Strahl schlug mit einem ohrenbetäubenden
Krachen und dem Zerbersten von Knochen auf. Das
gesamte Gebäude wurde durch den Aufprall erschüttert.
Der Kran surrte und brummte weiter, die Kabel spulten sich
über den Stahl und den Haken. Blut floss aus dem nun
unkenntlichen Körper.

47

EDEN UND BAXTER eilten die Treppe hinunter und sprangen von Treppenabsatz zu Treppenabsatz, um schneller hinunterzukommen. Als sie unten waren, rannten sie auf die Baustelle hinaus.

"Wir müssen uns beeilen", rief Eden und führte sie zum Eingang der Baustelle. "Es wird nicht lange dauern, bis die Arbeiter eintreffen, und ich habe keine Lust zu erklären, warum wir hier sind."

"Einverstanden", sagte Baxter und rieb sich den Hals, wo Crofts Arm einen fiesen roten Striemen hinterlassen hatte.

Sie schlängelten sich zwischen Stapeln von Baumaterial und Fahrzeugen hindurch. Als sie das Tor erreichten, erregte das entfernte Brummen eines Motors Edens Aufmerksamkeit. Sie erstarrte mitten in der Bewegung, ihre Hand schoss hervor, um Baxter aufzuhalten. Durch den Maschendrahtzaun sah sie einen Jeep, der mit aufgewirbeltem Staub die Zufahrtsstraße hinauffuhr. Auf dem Jeep prangte der Name der Baufirma.

"Schnell, geh dahinter!", befahl Eden und zog Baxter hinter einen Stapel Zementsäcke.

Sie gingen in die Hocke und beobachteten, wie der Jeep die Steigung hinauffuhr und dann am Eingang des Geländes anhielt.

"Ich nehme an, du machst gerade einen neuen Plan", sagte Baxter und blickte Eden an.

"Natürlich, aber im Moment warten wir."

Ein stämmiger Mann mit einem gelben Schutzhelm und einer Warnweste stieg aus dem Jeep und ging zum Tor. Er fummelte an einem großen Schlüsselbund herum und wählte schließlich den richtigen aus, um das Tor zu öffnen.

"Er hat den Jeep laufen lassen", flüsterte Eden. "Mir nach!" Sie sprang hinter dem Zementstapel hervor und ging in die Hocke, während sie die anderen Fahrzeuge als Deckung nutzte. Baxter folgte dicht hinter ihr.

Der Mann schob ein Tor auf und wandte sich dann dem zweiten zu. Er bewegte sich ohne erkennbare Dringlichkeit und war für einige Sekunden mit dem Rücken der Baustelle zugewandt.

Im Eiltempo sprinteten Eden und Baxter durch das geöffnete Tor und rannten knapp an dem Mann vorbei.

Eden sprang auf den Fahrersitz, ihre Hände fanden sofort die Gangschaltung und lockerten die Bremse. Baxter hatte gerade noch Zeit, sich auf die Beifahrerseite zu werfen, bevor Eden das Gaspedal durchdrückte. Das Fahrzeug schlingerte rückwärts, die Reifen drehten sich auf dem losen Schotter, als es den Abhang hinunterhüpfte.

Die plötzliche Bewegung und das Geräusch erweckten die Aufmerksamkeit des Mannes. Er wirbelte herum, Schock und Verwirrung standen ihm ins Gesicht geschrieben. Er rief etwas, aber seine Stimme ging im Dröhnen des Motors und dem aufspritzenden Schotter unter. Er begann zu rennen und stürmte hinter dem gestohlenen Jeep her.

Die Spur verbreiterte sich, und Eden drehte das Lenkrad, wodurch sie ins Schleudern gerieten. Als der Jeep wieder in die richtige Richtung zeigte, legte sie den Gang ein und gab Vollgas. Das Fahrzeug schlingerte vorwärts und geriet ins Schleudern, während sie davonbrausten.

"Es tut mir leid!", sagte Eden und beobachtete den Mann im Rückspiegel, wie er die Verfolgung aufgab. Er riss sich den Schutzhelm vom Kopf und schleuderte ihn mit voller Wucht nach dem gestohlenen Jeep. Der Helm knallte auf das Heck des Fahrzeugs und prallte dann auf den Boden. "Kein Grund, darüber verbittert zu sein", fügte sie hinzu und richtete ihre Aufmerksamkeit wieder auf die Straße vor ihr.

"Das ist keine schöne Art, in den Tag zu starten", sagte Baxter und beobachtete den Mann, als er zurück zur Baustelle schritt.

"Sein Tag wird noch viel schlimmer, wenn er die neue Dachdekoration bemerkt."

"Und den Typen, der das Zehnmeterbrett getestet hat."

"Das ist widerlich, dass du dich über den Tod von jemandem so lustig machst", sagte Eden todernst.

"Moment, das hast du auch gerade getan!"

Eden konnte nicht anders, als in Gelächter auszubrechen. Sie erreichten das Ende des Weges und bogen auf die Hauptstraße in Richtung Stadtzentrum ab.

"Sollten wir ein schlechtes Gewissen haben, weil wir das Auto von dem Kerl geklaut haben?", fragte Eden, als sie mit hoher Geschwindigkeit um eine Ecke bog.

"Nee, da würde ich mir keine Sorgen machen." Baxter grinste und durchwühlte das Handschuhfach. "Es ist ein Firmenwagen, also sind sie bis zum Maximum versichert. Morgen früh wird er einen neuen haben. Es sieht dir gar nicht ähnlich, dich zu sorgen."

"Ich weiß nicht, was du meinst", erwiderte Eden und täuschte einen Schock vor. "Ich bin kein Monster."

"Wie sieht jetzt der Plan aus?"

"Wir verschwinden hier so schnell wir können", meinte Eden.

"Das ist eher ein Ziel als ein Plan. Ein Plan beschreibt in der Regel, *wie* wir etwas tun werden, und nicht nur das Endergebnis", konterte Baxter.

"Na gut, kein Grund zur Angeberei. Ich bin eher der Typ, der Ideen hat. Du kannst dich um die Feinheiten kümmern."

"Ich habe befürchtet, dass du das sagen würdest." Baxter kramte eine Karte aus der Türtasche des Jeeps, schlug sie auf seinem Schoß auf und suchte nach ihrem Standort.

"Ich möchte ja nicht drängeln, aber wir haben Besuch", sagte Eden, die ihren Blick auf den Rückspiegel gerichtet hatte.

Baxter drehte sich um und schaute durch die Heckscheibe.

"Schwarzer Geländewagen, zwei Autos weiter hinten", erklärte Eden. "Er kam aus einer Seitenstraße, als wir vorbeifuhren."

Der Geländewagen schlingerte vorwärts, überholte einen alten Mercedes mit ungleichen Türen und drängte ein entgegenkommendes Fahrzeug auf den Randstreifen.

"Ja, das ist der Toyota. Das wird dein alter Kumpel Archie sein", sagte Eden und warf Baxter einen finsteren Blick zu. "Er ist hartnäckig, das muss ich ihm lassen."

"Dieser Mann ist vieles, aber er ist definitiv nicht mein Kumpel." Baxter richtete seine Aufmerksamkeit wieder auf die Karte.

"Ich dachte, ihr kennt euch schon lange." Eden trat das Gaspedal durch, und sie rasten durch die Außenbezirke der Stadt, wobei die Landschaft von ländlich in städtisch überging.

"Wir müssen ihn abhängen", sagte Baxter, wobei sein Blick zwischen der Karte und der Straße hin und her wanderte.

"Danke für diese Feststellung des Offensichtlichen." Eden riss das Lenkrad herum und stieß mit dem Seitenspiegel eines Lastwagens zusammen, der am Bordstein entladen wurde. Das zersplitterte Glas verteilte sich auf der Karte auf Baxters Schoß.

"Hey, das war nicht hilfreich." Baxter hob die Karte auf und schüttelte die Scherben in den Fußraum. Er zeichnete mit dem Finger mögliche Wege durch die Stadt nach. "Okay. Ich habe da was. Die nächste rechts ab, dann sofort links. Das bringt uns in die Altstadt."

Eden nickte und legte ihre Hände fester um das Lenkrad. Sie betrachtete den schwarzen Geländewagen im Rückspiegel, der von Sekunde zu Sekunde größer wurde. Sie riss das Lenkrad in die von Baxter angezeigte Kurve. Der Jeep kam ins Schleudern und hinterließ zwei schwarze Streifen auf der Straße.

"Er ist immer noch da", stellte Baxter fest und drehte sich um, um zu sehen, wie der Geländewagen ein paar Sekunden später abbog. "Jetzt nochmal abbiegen!"

Eden riss das Lenkrad erneut herum und brachte sie in eine enge Straße. Das Heck des Jeeps schwang aus und prallte gegen die Mauer. Einen Moment später schwenkte der Geländewagen auf die Straße ein und beschleunigte dann stark, wodurch der Abstand zwischen den beiden Fahrzeugen leicht verringert wurde.

"Wo hat er gelernt, so zu fahren?", murmelte Eden.

"Hat seine Jugend damit verbracht", antwortete Baxter. "Du hast seine Flugzeugsammlung gesehen. Stell dir nur vor, wie viele Autos er hat. Hier rechts abbiegen!"

Die Gasse endete und sie landeten auf einer breiteren

Straße. Dann schwand jede Hoffnung auf ein Entkommen. Die Straße vor ihnen war vollständig blockiert. Eine leuchtend orangefarbene Barrikade zog sich über die gesamte Breite, hinter der Arbeiter den Asphalt aufgruben. Ein Mann bediente einen Pressluftbohrer, während andere mit Schaufeln arbeiteten.

Eden trat auf die Bremse und brachte den Wagen ins Schleudern. Der Jeep kam nur wenige Zentimeter vor der Leitplanke zum Stehen und ließ einen Schauer aus losem Kies gegen die Leitplanken prasseln.

"Ich wusste nicht, dass das hier ist!", sagte Baxter und richtete seine Aufmerksamkeit wieder auf die Karte.

Eden legte den Rückwärtsgang ein und drückte das Pedal durch. Während der Jeep rückwärtsfuhr, beobachtete sie die Öffnung der Gasse, die sie gerade verlassen hatten. Wenn sie da durchkamen, waren sie noch im Spiel. Als sie die Kreuzung passierten, schoss der Geländewagen heraus.

Eden hatte nur den Bruchteil einer Sekunde, um die Gefahr zu erkennen, bevor der Geländewagen in ihre Seite krachte. Der Aufprall war verheerend. Metall quietschte, als es sich verdrehte und zerriss. Der Jeep drehte sich heftig, und seine Reifen verloren auf dem Kopfsteinpflaster jegliche Bodenhaftung.

Eden kämpfte mit der Lenkung und versuchte verzweifelt, die Kontrolle wiederzuerlangen, aber es war vergeblich. Die Welt drehte sich um sie herum in einer Show aus Himmel und Stein. Sie prallten gegen ein geparktes Auto, was die Alarmanlage in schrille Raserei versetzte.

Eden hatte keine Zeit zu registrieren, was geschehen war, als ein weiteres Geräusch den Jeep erfüllte. Das Knallen einer Waffe, kombiniert mit zersplitterndem Glas.

"Runter!", rief Baxter und drückte Eden hinter das Lenkrad.

Mehrere Schüsse peitschten durch das Fahrzeug und zerschlugen die Windschutzscheibe.

Eden blinzelte mehrmals, dann strich sie sich mit der Hand über die Stirn. Sie griff nach oben und riss den Rückspiegel von der Windschutzscheibe, als ein weiterer Schuss durch das Fahrzeug zischte und nur knapp ihre Hand verfehlte. Sie winkelte den Spiegel an, um zu sehen, was hinter ihnen geschah, ohne sich zeigen zu müssen.

Godspeed stakste mit erhobener Waffe auf sie zu. Sie versuchte, die Tür zu öffnen, aber das geparkte Auto, mit dem sie zusammengestoßen waren, hatte sie verkeilt. Godspeed umrundete das Heck des Jeeps und war nun nur noch wenige Schritte von einem sauberen Schuss entfernt.

"Fahr los!", flüsterte Baxter, mit seiner kehligen Stimme.

Eden blickte auf das Armaturenbrett. Desorientiert und mit dröhnenden Ohren, hatte sie nicht bemerkt, dass der Motor des Jeeps wider Erwarten noch lief.

Godspeed verringerte den Abstand und schwang die Waffe in Richtung des Fahrersitzes.

Eden legte den Gang ein und drückte das Pedal durch. Der Jeep knurrte, schüttelte sich und setzte sich dann mit einem gewaltigen schabenden Geräusch endlich in Bewegung.

48

GODSPEED VERGAß jegliche Subtilität und pirschte sich mit erhobener Waffe um den Jeep herum. Seine Augen funkelten mit einer wahnsinnigen Intensität, und jeder Schein von Höflichkeit wurde durch Verzweiflung und Wut ersetzt.

"Steigt jetzt aus, und ich werde nicht schießen", rief er, und seine Stimme schnitt durch die schnurrenden Motoren. Obwohl das eindeutig eine Lüge war, waren sie vielleicht dumm genug, es zu glauben.

Der Aufruhr erregte die Aufmerksamkeit der Passanten. Drei Teenager in Schuluniformen erstarrten, und ein älteres Ehepaar, das vor einem Café saß, schob seine Stühle hin und her, um das Geschehen zu beobachten.

Godspeed kümmerte sich nicht um die Schaulustigen. Angesichts der schwindenden Chancen auf Ruhm und Reichtum, die er hatte, war alles andere unwichtig. Es blieb nur eine Möglichkeit: Eden musste ihm sagen, wo die Tafeln wirklich waren. Sie wusste es, da war er sich sicher.

Godspeed umkreiste den Jeep und spannte den Finger

am Abzug. Er spähte durch das Seitenfenster und sah Eden und Baxter, die auf den Vordersitzen kauerten. Sie sahen aus wie Schlachtlämmer, die auf ihr unausweichliches Schicksal warteten. Der Nervenkitzel der Jagd durchzuckte ihn. Sie waren seine Beute, und er war das Raubtier.

"Das ist eure letzte Chance", sagte er und schrie durch das zerbrochene Fenster hinein. "Steigt jetzt aus und wir können darüber reden. Ansonsten werde ich euer Leben beenden."

Er trat einen weiteren Schritt vor und beschloss, zuerst Baxter zu erschießen. Dann würde er die Waffe auf Eden richten. Nachdem sie ihm die benötigten Informationen geliefert hatte, würde er auch sie töten.

Der Motor des Jeeps heulte auf wie ein Tier in Not. Das Getriebe klapperte, und das Fahrzeug rumpelte vorwärts und zerfetzte dabei Metall, Glas und Gummi. Kraftstoff spritzte auf die Straße. Trotz des Schadens nahm der Jeep wieder Fahrt auf und schleppte Teile des Fahrgestells mit sich wie Blechdosen an einem Hochzeitstag.

"Verdammt", sagte Godspeed, während Wut seine Sicht trübte. Er leerte den Rest des Magazins in das Heck des Jeeps, wodurch die Reste der hinteren Windschutzscheibe zerstört wurden und ein Reifen platzte.

"Sie werden nicht weit kommen", sagte er und sah zu, wie das Fahrzeug ins Schlingern geriet und Kraftstoff und Öl auf die Straße spritzte.

Er steckte die Waffe weg und ging zurück zum Toyota, wobei er sich durch die Gruppe von Leuten drängte, die stehen geblieben waren, um das Spektakel zu beobachten. Er entriss einem der Teenager, der das ungewöhnliche Spektakel filmte, das Smartphone und warf es zu Boden.

Der vordere Teil des Toyotas war bei der Kollision

zusammengequetscht worden, wie eine gebrauchte Piñata. Die Motorhaube hatte sich in einem unnatürlichen Winkel nach oben gebogen und die Windschutzscheibe völlig verdeckt, so dass das Fahrzeug nicht mehr zu gebrauchen war. Aus dem geborstenen Kühler zischte Dampf, der sich mit dem beißenden Geruch von verbranntem Gummi und verschütteten Flüssigkeiten vermischte.

Godspeed begutachtete den Schaden. Das war kaum verwunderlich, dachte er, wenn man bedenkt, was der Wagen bei ihrer Begegnung auf dem Weingut schon alles abbekommen hatte. Er riss die Fahrertür auf, wobei die beschädigten Scharniere quietschten, und griff in das Hand-schuhfach. Er nahm mehrere Ersatzmagazine heraus und steckte sie in eine Tasche.

Dann suchte er die Straße nach einem anderen Fahr-zeug ab. Er entdeckte eine unauffällige Limousine, die darauf wartete, an dem Wrack vorbeizufahren. Mit erho-bener Waffe ging er auf das wartende Fahrzeug zu. Der Fahrer, ein junger Mann vermutlich Anfang zwanzig, erstarrte vor Schreck. Mit einer schnellen, heftigen Bewe-gung riss Godspeed die Fahrertür auf und presste die Mündung der Waffe gegen die Schläfe des Mannes.

"Raus", bellte Godspeed. Auch wenn der Mann kein Englisch sprach, waren Godspeeds Absichten klar.

Der junge Fahrer nickte verzweifelt und murmelte einen Strom von Bitten und Protesten in verschiedenen Sprachen, während er an seinem Sicherheitsgurt herumfummelte.

"Jetzt!", rief Godspeed, dessen Geduld am Ende war.

Als er sich endlich befreien konnte, kletterte der junge Mann aus dem Auto und fiel in seiner Eile fast über seine eigenen Füße. Er stolperte ein paar Schritte die Straße hinunter, bevor er in einen schnellen Lauf überging.

Godspeed schlüpfte auf den freien Fahrersitz, schlug die Tür zu und trat aufs Gas.

Er folgte der Straße in Richtung Stadtzentrum, wo die spärliche Bebauung einer immer dichteren Zersiedelung wich.

"Wo seid ihr?", murmelte Godspeed und nahm eine schmale Seitenstraße ins Visier, die eine mögliche Abkürzung, aber auch das Risiko einer Sackgasse bieten konnte. Er schlängelte sich rücksichtslos durch den Verkehr, schwenkte in den Gegenverkehr und verpasste nur knapp einen Lieferwagen.

Eine Gruppe von Schulkindern blieb auf dem Bürgersteig stehen, um das rasende Auto zu bestaunen, und ihre Lehrerin schob sie eilig vom Bordstein zurück. Die Straße neigte sich und stieg wieder an, wobei jeder Hügel einen flüchtigen Blick auf das alte Stadtzentrum und das glitzernde Meer dahinter freigab. Moscheen und moderne Bürogebäude zogen verschwommen vorbei.

"Aus dem Weg!", rief Godspeed und drückte auf die Hupe, als ein Straßenverkäufer mit einem Obstkarren ihn zum Abbremsen zwang. "Ich werde dich überfahren, du Narr!"

Er fuhr um einen stehenden Bus herum und trat dann auf die Bremse. Von den Fahrzeugen hinter ihm ertönte ein schrilles Hupkonzert, aber Godspeed bemerkte es nicht einmal. Der Jeep saß in einer Benzinpfütze, scheinbar verlassen am Straßenrand.

"Ich wusste, dass sie nicht weit kommen würden", sagte er und lenkte die Limousine über die Straße und hinter den zertrümmerten Jeep.

Godspeed stieg aus der Limousine und verstaute die Waffe unter seinem Hemd. Er warf einen Blick auf den Eingang zum Alten Souk, direkt neben dem zertrümmerten

Jeep. Der Alte Souk, ein alter Teil der Stadt mit sich kreuzenden Gängen und Hunderten von Menschen, die sich dort tummelten, war der ideale Ort, um einen Verfolger abzuschütteln.

"Es ist auch der perfekte Ort zum Jagen", sagte Godspeed und lächelte zum ersten Mal seit Stunden.

49

EDEN UND BAXTER spähten durch das schmutzige Schaufenster eines kleinen Bekleidungsgeschäfts, ihr Atem beschlug das Glas, als sie Godspeed ankommen sahen. Sie sahen, wie er die Waffe unter sein Hemd steckte, ein manisches Grinsen breitete sich auf seinem Gesicht aus, während er zielstrebig auf den belebten Souk zuging.

"Ich habe es dir gesagt", meinte Eden süffisant. "Bis er mit der Durchsuchung des Souks fertig ist, sind wir schon meilenweit weg."

"Perfekt", sagte Baxter und tat so, als würde er die ausgestellten Kleidungsstücke begutachten. Damit wollte er den Ladenbesitzer beschwichtigen, der sie seit ihrem plötzlichen Erscheinen misstrauisch beäugt hatte.

"Ich wusste nicht, dass das dein Stil ist", scherzte sie, während Baxter in einem Regal mit Seidenkleidern stöberte. "Ach, weißt du, jedem das Seine." Godspeed verschwand im Souk, und Eden erkannte ihre Chance. "Komm schon, lass uns gehen", flüsterte sie und ging zur Tür.

Sie traten auf die Straße und bogen nach rechts ab,

wobei sie zügig gingen, aber auch versuchten, keine Aufmerksamkeit auf sich zu ziehen.

"Wir brauchen ein Fahrzeug, und zwar so schnell wie möglich", sagte Baxter und ließ seine Augen durch die Gegend schweifen, um vielversprechende Möglichkeiten abzuschätzen. "Aber nicht hier draußen, das ist zu öffentlich."

"Einverstanden", nickte Eden und führte sie in eine Seitenstraße. "Etwas Unscheinbares."

Sie bogen um eine Ecke, die Geräusche der Hauptstraße verklangen hinter ihnen. Plötzlich wurde die relative Ruhe durch das Heulen von Sirenen unterbrochen.

"Das bedeutet nichts Gutes", vermutete Baxter.

"Einverstanden. Planänderung, wir müssen von der Straße weg, sofort." Eden packte Baxter am Arm und zog ihn in einen schattigen Gang zwischen zwei Gebäuden.

Die Polizeiautos hielten heulend in der Nähe.

"Sie werden die Gegend durchsuchen", sagte Baxter und schaute hinaus. "Glaubst du, der Typ von der Baustelle hat eine Beschreibung von uns abgegeben?"

"Wahrscheinlich", erwiderte Eden. "Obwohl ich bezweifle, dass sie sehr detailliert war."

Das Geräusch von schnellen Schritten war zu vernehmen, gefolgt von gerufenen Befehlen.

"Hier rein", zischte Baxter und entdeckte eine halboffene Tür. Sie schlüpften in einen kleinen Lagerraum, der mit Kisten und dem muffigen Geruch von alten Gewürzen gefüllt war. Eden schwang die Tür zu, als eine Gruppe von Polizeibeamten vorbeistürmte.

"Wir müssen irgendwo hingehen, wo viel los ist", sagte Baxter, als die Schritte der Polizisten verklungen waren. "Irgendwohin, wo wir nicht auffallen werden."

"Einverstanden", stimmte Eden zu, führte sie wieder

hinaus und wandte sich in die entgegengesetzte Richtung, in die die Beamten gegangen waren. Sie überquerten die Straße und bogen in eine Gasse ein, die von kleinen Geschäften und einer wachsenden Menge von Morgenein- käufern gesäumt war.

Obwohl sie rennen wollten, um so schnell wie möglich von dort wegzukommen, hielten sie ihr Tempo langsam und träge, um wie Touristen zu wirken, die die Stadt zum ersten Mal erkunden. Sie bogen um eine weitere Ecke und kamen in eine noch engere Gasse. Große, bunte Stoffbahnen flat- terten zwischen den Gebäuden und bildeten ein flickwerk- artiges Vordach, das sie vor dem blendenden Sonnenlicht schützte. Geschäfte säumten beide Seiten der Straße, ihre Eingänge waren weit geöffnet und einladend.

Eden und Baxter schlossen sich einer großen Familie an und gingen langsam von einem Stand zum nächsten. Eden warf einen beiläufigen Blick über die Schulter und suchte die Menge nach einem Zeichen von Godspeed oder der Polizei ab. Sie sah keine Spur von ihm, was beruhigend war, aber sie hatten es noch nicht geschafft, einen nennens- werten Abstand zwischen sich und die Anderen zu bringen und waren immer noch die Beute in diesem gefährlichen Spiel.

Sie näherten sich dem Ende der Gasse und die Menge lichtete sich. Das Stimmengewirr verstummte, als sie auf einen gepflasterten Platz traten. In der Mitte des Platzes plätscherte ein Brunnen und ein paar ältere Männer saßen auf Bänken und unterhielten sich angeregt. Vier Straßen zweigten in verschiedene Richtungen ab. Eden und Baxter hielten inne und wägten ihre Möglichkeiten ab.

"Was denkst du?", wollte Eden wissen.

"Planänderung." Baxter prüfte sein Telefon und zeigte dann nach rechts. "Lass uns zum Yachthafen gehen. Dort können wir jemanden mit einem Boot finden, der uns die Küste hinunterbringt."

"Gute Idee." Eden nickte und sah sich auf dem Platz um. "Godspeed und die Polizei werden erwarten, dass sie uns auf dem Weg aus der Stadt auf den Straßen erwischen. Mit etwas Glück denken sie nicht einmal ans Meer."

Sie folgten der Karte auf Baxters Handy und gingen eine schmale Gasse entlang, die durch die Altstadt führte. Die Geräusche der Stadt verstummten, als sie durch die engen Gassen gingen. Baxter führte sie unter einem niedrigen Torbogen hindurch und in einen Durchgang, der kaum breit genug war, dass zwei Personen nebeneinander gehen konnten. Schließlich gelangten sie in eine Seitenstraße, die hinter einem großen Hotel verlief.

"Da lang", sagte Baxter und deutete auf eine Abzweigung am Ende der Straße.

Ein baufälliges Auto ratterte vorbei, und das Knurren seines Motors hallte von den Gebäuden wider.

"Wir sind jetzt nah dran", sagte Baxter. "Es ist kurz nach dem ..."

Der Schnellfeuer-Knall eines Schusses zerfetzte die Luft.

Eden stieß Baxter hart an, so dass dieser hinter ein geparktes Auto stürzte, bevor sie ihm hinterher sprang. Zwei Kugeln pfiffen vorbei, prallten gegen die Ziegelsteine und überschütteten sie mit Steinsplittern und Staub.

"Godspeed", sagte Eden, ihr Körper war starr.

Baxter nickte grimmig, dann schob er sich vor und spähte hinter dem Hinterreifen hervor. Die Mündung eines Gewehrs glitzerte, als Godspeed hinter der nächsten Ecke wartete.

"Zwölf Uhr, etwa sechs Meter", sagte Baxter. "Wir müssen zurück."

"Das können wir nicht. Die nächste Abzweigung ist da hinten. Bis wir die Hälfte geschafft haben, sind wir ein Schweizer Käse."

"Na gut, Houdini, hast du eine bessere Idee?" Baxter nahm die Umgebung mit einem kurzen Blick in Augenschein. Die Rückseite des großen Hotels säumte die eine Seite der Straße, und eine Backsteinmauer säumte die andere.

"Es gibt immer einen Weg", meinte Eden und verzog ihre Lippen zu einem entschlossenen Lächeln. "In diesem Fall gehen wir nach oben." Sie deutete auf die Wand hinter ihnen.

50

GODSPEED LEHNTE sich mit der Waffe in der Hand an die Wand und versuchte, lässig zu wirken. Auf den unbeteiligten Beobachter machte er den Eindruck, als würde er auf jemanden warten und den Sonnenschein genießen.

Er blickte wieder um die Ecke und musterte das geparkte Auto, hinter das Eden und Baxter wie die Ratten, die sie waren, gehuscht waren. Er hatte sie in den letzten Minuten verfolgt und darauf gewartet, dass sie in einen der weniger belebten Bereiche des Marktes gingen. Obwohl es ihm egal war, ob Unschuldige im Kreuzfeuer starben, wollte er nicht, dass die Polizei sich ihm in den Weg stellte. Sicher, Helios hatte wahrscheinlich eine Abmachung mit den Behörden, aber das würde Zeit kosten, die Godspeed nicht hatte.

Seine Finger fuhren erneut über das Gewehr und überprüften mit geübter Leichtigkeit jedes einzelne Teil. Ein flüchtiger Gedanke an sein Jagdgewehr kam ihm in den Sinn - damit hätte er diese Verfolgungsjagd aus der Ferne beenden können, ohne dass sein Ziel etwas gemerkt hätte. Auch ohne seine bevorzugte Waffe spürte er den Nervenkitzel des bevorstehenden Sieges. Seine Beute war in die Enge getrieben, gefangen wie Mäuse in einem von ihm geschaffenen Labyrinth.

Er verlagerte sein Gewicht, der Beton schlug rau gegen seinen Rücken, während er seine Position hielt. Jeder Muskel war angespannt, bereit, bei der kleinsten Bewegung seiner Beute in Aktion zu treten.

Ohne den Blick von der Szene vor ihm abzuwenden, griff er mit der freien Hand in seine Tasche. Seine Finger schlossen sich um eine Zigarettenschachtel, und mit einer geübten Bewegung zog er eine Zigarette heraus und steckte sie sich in den Mundwinkel. Dann zündete er sie an, ohne den Finger vom Abzug zu nehmen, bereit, im nächsten Moment abzudrücken.

Er war ein Jäger, dessen größte Tugend die Geduld war. Er nahm einen langen Zug. Der Rauch umhüllte ihn wie ein Schleier.

BAXTER SPÄHTE WIEDER HINTER DEM AUTO HERVOR UND SAH, wie Godspeed eine Rauchwolke ausstieß. Von allen Jobs, die er je gehabt hatte, war die Arbeit für Godspeed bei weitem die frustrierendste. Als Baxter den Mann beobachtete, wünschte er sich, er hätte selbst eine Waffe.

Godspeed spürte eindeutig Baxters Bewegung und feuerte. Baxter wich hinter das Fahrzeug zurück, als die Kugel vom Kühler des Wagens abprallte, gefolgt von einem Zischen, als Wasser auszulaufen begann. Ein entferntes Lachen hallte über die Straße. Godspeed genoss eindeutig seine Position.

"Wir müssen weiter", sagte Baxter und betrachtete die

Wand hinter ihnen. Sie war nicht hoch. Wenn sie auf dem
geparkten Auto standen oder sich gegenseitig hochhoben,
konnten sie sie in Sekundenschnelle überwinden. Aber sie
war ungeschützt und bot Godspeed die gewünschte freie
Schussbahn.

"Du gehst vor!", sagte Baxter. "Damit wird er nicht
rechnen."

"Nein, wir gehen zusammen", erwiderte Eden.

"Auf keinen Fall. Ich bin größer als du. Es wird einfacher
für mich sein, dort rüber zu kommen."

"Du bist auch ein größeres Ziel."

Baxter dachte einen Moment lang nach. "Wenn wir
zusammen gehen, hat er mehr Chancen, uns zu treffen."

Ihre Gesichter waren nur Zentimeter voneinander
entfernt, und Eden fing Baxters Blick auf. Die Augen, die sie
zuerst für kalt gehalten hatte, waren jetzt voller Sorge.
Obwohl Eden sich die Veränderung nicht erklären konnte,
gefiel sie ihr. Sie brach den Blick ab und schaute zur Wand
hinauf.

"Okay. Auf mein Kommando." Eden machte sich bereit.

Baxter legte seine Hände unter ihren Fuß, bereit, sie
nach oben zu schleudern.

Eden zählte von drei herunter und sprang dann. Mit
Baxters Hilfe erreichte sie das Ende der Wand mit Leichtigkeit. Sie stützte sich mit den Ellbogen ab und hievte sich
hoch.

Die Waffe knallte mehrmals. Die Kugeln schlugen in die
Wand ein, zerbrachen die Ziegel und prallten dann auf der
Straße ab.

Eden wartete nicht darauf, dass einer von ihnen
einschlug. Sie stemmte sich hoch, schwang ihre Beine über
die Mauer und stürzte auf der anderen Seite auf den stau-

bigen Boden. Zwei weitere Kugeln schlugen einen Moment zu spät in den Ziegeln ein.

Baxter blickte zur Wand hinauf, als Staub und Trümmer auf ihn herabregneten. Die Schüsse hatten ihr Ziel verfehlt, aber jetzt kannte Godspeed ihr Spiel und würde bereit sein.

"Das war knapp", zischte Eden von der anderen Seite der Wand.

"Zu knapp", antwortete Baxter und spähte um das geparkte Auto herum.

Godspeed stand wie eine Statue, die Waffe im Anschlag, wie ein Raubtier, das zum Angriff bereit ist.

Das Rumpeln eines herannahenden Fahrzeugs erfüllte die Luft. Baxter warf einen Blick über seine Schulter und sah, wie ein Lastwagen in die Straße einbog. Das Fahrzeug schwankte bedenklich, als es über das unebene Kopfsteinpflaster fuhr.

"Warte auf den Lastwagen", schlug Eden vor. "Er wird dir zumindest für einen Moment Deckung geben."

Baxter duckte sich und wartete darauf, dass der Lastwagen ihn verdeckte und Godspeeds Schuss blockierte. Godspeed würde zwar nicht zögern, einen unschuldigen Passanten niederzustrecken, aber er konnte nicht durch das Fahrzeug hindurchsehen oder schießen.

"Jetzt!", rief Eden, als das Fahrzeug in Position war.

Baxter stürzte sich mit explosiver Kraft nach oben. Er hakte seine Hände oben an der Wand ein und hielt sich fest umklammert. Dann schwang er einen Ellbogen hinüber, gefolgt von einem zweiten. Dann hievte er seine Beine hoch und hinüber.

Der Schuss krachte wie ein Donnerschlag durch die Luft. Der Ziegelstein neben Baxters Gesicht explodierte in einer Wolke aus rotem Pulver, und die Splitter trafen seine Haut wie winzige Schrapnells. Er spürte die Vibrationen, als die zurückprallende Kugel an seiner Wange vorbeischoss, so nah, dass er ihre Hitze fast spüren konnte.

Baxter sah auf und erblickte Godspeed, der mit erhobener Waffe unbeirrt auf ihn zuschritt. Godspeed runzelte die Stirn, seine Augen waren frei von jeglichen Emotionen. Baxter konnte nicht glauben, dass er so lange für Godspeed gearbeitet hatte, und jetzt versuchte der alte Mann, ihn kaltblütig zu töten. Ein weiterer Schuss ertönte, das Mündungsfeuer beleuchtete kurz Godspeeds Gesicht. Die Kugel schlug neben Baxters Bein in die Wand ein und ließ Ziegel- und Mörtelsplitter durch die Gegend fliegen.

Baxter hob sich zur Seite, stieß sich von der Wand ab und fiel auf der anderen Seite auf den Boden. Er landete hart und sah Sterne.

"Schön, dass du mir Gesellschaft leistest", sagte Eden, als Baxter auf der anderen Seite angekommen war. "Jetzt hör auf rumzuliegen und lass uns verschwinden."

Sobald der Lastwagen seine Sicht versperrte, wusste Godspeed, was Baxter vorhatte. Er schritt die Straße hinunter, schlüpfte neben das große Fahrzeug und sah, dass er recht gehabt hatte. Baxter hing an der Wand und war dabei, auf der anderen Seite zu verschwinden.

Godspeed hob seine Waffe und gab mehrere Schüsse ab, aber ohne Zeit zum Anvisieren fand keiner sein Ziel. Godspeed begann zu rennen, als Baxter auf der anderen Seite verschwand. Er kletterte auf das geparkte Auto und schwang die Waffe über die Mauer.

Eden und Baxter rannten den Strand hinauf in Richtung Zitadelle. Godspeed drückte den Abzug immer wieder durch, bis das Gewehr mit einem Klicken leer war. Die Schüsse schlugen in den alten Stein ein, verfehlten aber ihr Ziel. Eden und Baxter rannten hinter den alten Zinnen außer Sichtweite.

"Verdammt!", schrie Godspeed, als die Wut seine Sicht trübte. Er verfluchte die unwirksame Waffe. Er verfluchte Croft und Stone, die jetzt tot auf der Baustelle in den Hügeln lagen. Er verfluchte Helios und seinen so genannten "leichten Job".

Er blickte auf die Waffe hinunter. Sicher, er improvisierte jetzt, aber es war noch nicht vorbei. Sobald er Eden eingeholt hatte, würde er sie an einen ruhigen Ort schleifen und ihr ernsthafte Schmerzen zufügen, bis sie ihm alles erzählte, was sie wusste.

Godspeed warf einen Blick zurück auf den Lastwagen, der immer noch hinter ihm im Leerlauf stand. Der Fahrer kauerte sich hinter der Tür zusammen. Godspeed warf das verbrauchte Magazin aus und ließ es auf den Boden fallen, dann holte er ein neues aus seiner Tasche und schob es hinein. Er steckte die Waffe weg,

hievte sich über die Mauer und ließ sich auf der anderen Seite herunterfallen.

51

EDEN UND BAXTER verlangsamten ihr Tempo und reihten sich in eine Touristengruppe ein. Sie folgten ihnen um die riesigen bröckelnden Mauern der Zitadelle und dann durch einen riesigen Torbogen. Die Gruppe bog ab und kletterte eine Steintreppe hinauf, die in die Mitte der Burg führte.

"Da lang", sagte Baxter und deutete geradeaus. "Der Ausgang führt uns hinunter zum Yachthafen."

Abseits der Touristen beschleunigten sie ihr Tempo und liefen um die Außenmauer der Zitadelle herum. Sie liefen an abgebrochenen Zinnen vorbei und schlängelten sich durch einen steinernen Innenhof. Zu ihrer Linken ragten die Mauern der Burg imposant auf. Zu ihrer Rechten fiel das Gelände steil ab und bot einen atemberaubenden Blick auf die Stadt und den Yachthafen unter ihnen.

"Wir sind nah dran!", stellte Eden fest und deutete auf die Masten der Boote, die über den Burgmauern zu sehen waren.

Baxter antwortete nicht, sondern sprintete auf das Tor und die Straße dahinter zu.

"Nein! Halt!", rief Eden, packte Baxter am Arm und

zerrte ihn hinter eine Zinne. Sie drückten sich an die Wand und blickten auf das Geschehen unter ihnen hinunter. Sie deutete auf den Haupteingang, wo sich eine vertraute Gestalt durch die Reihe der Touristen drängte und lauthals schrie.

"Wie hat er es so schnell geschafft?", fragte Baxter sich selbst laut. Seine Frage wurde beantwortet, als er draußen auf der Straße ein Auto sah, das mehr verlassen war als geparkt.

Godspeed schob den letzten Touristen beiseite und rannte, die Rufe eines kleinen Ticketverkäufers ignorierend, auf das Gelände. Er blieb stehen, hielt eine Hand als Sonnenschutz vor die Augen und begutachtete die Szene, dann rannte er geradewegs dorthin, wo Eden und Baxter waren.

"Wir müssen weiter", sagte Eden und wies den Weg zurück, den sie gerade gekommen waren. "Wir gehen dorthin zurück, verstecken uns und kehren zurück, wenn er weg ist."

"Einverstanden", sagte Baxter, machte auf dem Absatz kehrt und ging zurück in die Zitadelle. Sie liefen einen schmalen Steinweg hinunter und dann eine ausgetretene Treppe hinauf.

"Warte, da drin!", sagte Eden und deutete auf eine Öffnung, die für die Öffentlichkeit gesperrt war. Der Durchgang schien unter der Festung zu verlaufen und war unbeleuchtet, was ihnen den perfekten Ort bot, um sich zu verstecken. Sie lief zu dem Durchgang, schob die Absperrung beiseite und schlüpfte hindurch. Baxter folgte ihr, und die beiden verschwanden in der Dunkelheit.

GODSPEED SCHRITT DURCH DAS BURGGELÄNDE, SEINE SINNE IN höchster Alarmbereitschaft. Er wusste, dass der Trick darin bestand, nicht zu hetzen. Seine Beute war verängstigt, also hatte er die Oberhand. Er würde cool und konzentriert bleiben, und er würde sich seine Beute holen.

Er hielt inne und suchte die Mauer nach irgendwelchen Anzeichen von Störungen oder Bewegungen ab. Als er keine sah, ging er weiter, natürlich in Richtung der Stelle, an der Eden und Baxter über die Mauer gesprungen waren, in der Hoffnung, sie abzuschneiden. Die Zitadelle war ein Labyrinth aus Gängen, Höfen und versteckten Nischen, so dass es leicht war, sich zu verstecken.

Er umrundete eine Zinne und hielt inne, um den Anblick zu genießen. Auf der einen Seite fiel eine grasbewachsene Böschung zur Umfassungsmauer ab, und auf der anderen Seite erhoben sich die gewaltigen Steinmauern der Burg. Hier würde es kein Entrinnen mehr geben. Die Zitadelle, einst eine schützende Festung, war zu einer Falle für seine Beute geworden.

Godspeed schlich weiter, um den äußeren Rand herum und eine schmale Treppe hinauf in einen anderen Innenhof. Er bewegte sich lautlos, seine Schritte gingen im Gemurmel der umherschlendernden Touristen und dem Rauschen des Verkehrs auf den Straßen draußen unter. Er hielt inne, begutachtete den Innenhof und hielt Ausschau nach allem, was nicht an seinem Platz zu sein schien, nach jedem Zeichen von

Bewegung oder Störung.

Etwas fiel ihm ins Auge. Eine hölzerne Schranke, die

normalerweise geschlossen war, um Touristen fernzuhalten, stand einen Spalt breit offen. Dahinter führte ein Gang unter der Burg hindurch, dessen Tiefen im Schatten verborgen waren. Vorsichtig näherte er sich, die Hand auf der versteckten Waffe ruhend. Dieses mögliche Versteck war zu praktisch, zu offensichtlich, um es zu ignorieren. Er blieb an der Schranke stehen und lauschte aufmerksam.

Eine geführte Tour schlurfte in den Innenhof, ihr Führer erklärte etwas in einer Sprache, die Godspeed nicht verstand. Er wirkte lässig und schaute die Burgmauern hinauf, als wäre er nur wegen der Sehenswürdigkeiten hier. Als die Gruppe dann durch den nächsten Torbogen verschwand, schlüpfte Godspeed hinter die Absperrung und schlich sich in den Gang.

EDEN UND BAXTER SCHRITTEN DURCH DIE DUNKELHEIT UND tasteten sich vorsichtig über den rauen Steinboden. Die Decke wölbte sich über ihnen, und die Wände ersetzten die Außengeräusche durch Stille.

Eden dachte, dass es ihrem Vater hier gefallen hätte. Sie war sich sogar sicher, dass er sie besucht hätte - auf keinen Fall wäre er nach Byblos gekommen, ohne die berühmte Zitadelle zu besuchen.

Das einzige Licht kam in hauchdünnen Strahlen aus den schmalen Schlitzen in den Wänden, die einst dazu dienten, Pfeile auf die Angreifer der Burg regnen zu lassen. Um den Weg zu finden, nahm Eden ihr Handy heraus und aktivierte die Taschenlampe. Das kleine Licht machte in dem höhlenartigen Durchgang kaum einen Unterschied.

Die Luft wurde mit jedem Schritt kälter und feuchter.

Irgendwo in der Nähe tropfte Wasser auf Stein, und das Echo des Aufpralls erfüllte den Raum wie ein Herzschlag.

"Der Weg nach draußen muss gleich hier unten sein", sagte Baxter. Obwohl seine Stimme kaum mehr als ein Flüstern war, klang sie laut in der Stille.

"Hoffentlich", stimmte Eden zu.

Eden machte einen weiteren vorsichtigen Schritt. Sie konnte die unebenen, rutschigen Steine unter ihren Füßen kaum noch erkennen.

Eine schwere Holztür kam ins Blickfeld und versperrte den Durchgang vollständig. Eden griff nach dem eisernen Griff und zog, aber die Tür rührte sich nicht.

"Es ist verschlossen", sagte sie angestrengt.

Baxter schloss sich ihr an und zog ebenfalls.

"Ach, nur weil du so viel stärker bist als ich, glaubst du, du kannst verschlossene Türen aufbrechen?" Eden warf Baxter einen sarkastischen Blick zu.

"Das ist es nicht, ich wollte nur ...", begann Baxter, aber Eden brachte ihn mit einem erhobenen Finger zum Schweigen.

"Was ist das?", flüsterte Baxter und drehte sich um, um die Dunkelheit zu durchsuchen.

"Ich dachte, ich hätte etwas gehört." Eden lauschte aufmerksam. "Ja, da ist es wieder. Schritte, die in diese Richtung kommen."

Beide verstummten und lauschten, als die Schritte immer lauter wurden. Sie waren langsam und bedächtig. Eden wusste genau, wer es war.

"Verdammt, Godspeed", stöhnte Eden, als der Mann in Sichtweite kam.

Godspeed zog die Waffe unter seinem Hemd hervor und richtete sie auf Eden.

"Es scheint, dass wir das Ende unseres kleinen Katz- und

Mausspiels erreicht haben", sagte Godspeed, wobei seine Stimme aus der gesamten Umgebung zu kommen schien. "Und, was noch wichtiger ist, es scheint, dass ich gewonnen habe."

Eden wandte sich ihrem Feind zu und suchte verzweifelt nach einem Fluchtweg.

"Ich habe auf der ganzen Welt Tiere gejagt, manchmal wochenlang", sagte Godspeed. "Ihr beide habt meine Sammlung gesehen. Hättet ihr nicht gedacht, dass ich euch hier erwischen würde?"

Baxter versteifte sich, seine Muskeln spannten sich wie eine Feder.

"Jetzt haben wir genug Zeit verschwendet", sagte Godspeed so beiläufig, als würde er über das Wetter reden. "Du weißt, wo die Tafeln wirklich sind." Er beäugte Eden misstrauisch. "Und du wirst es mir jetzt sofort sagen."

"Und das einzige Druckmittel verlieren, das ich habe?", fragte Eden und stemmte die Hände in die Hüften, um falsche Zuversicht zu demonstrieren. "Auf keinen Fall."

"Du kannst es nicht aufhalten Godspeed", sagte Baxter, der ebenfalls das Spiel mit dem Vertrauen spielte. "Das ist so viel größer als du, und du stehst wieder einmal auf der falschen Seite".

Godspeed gackerte, und der Nachhall der Wände ließ es noch irrer klingen als sonst.

"Ihr zwei hängt am seidenen Faden." Godspeed spielte mit der Waffe herum. "Ich könnte euch jetzt beide erschießen und weit weg sein, bevor euch überhaupt jemand findet."

"Das wäre nicht sehr klug", sagte Eden. "Dann würdest du nie erfahren, wo die Tafeln sind."

"Ich stürze mich auf ihn", flüsterte Baxter, der hoffte, dass Godspeed ihn in der Dunkelheit nicht sehen würde.

"Wenn ich das tue, rennst du, okay? Er kann nur einen von uns ausschalten."

"Nein, Baxter, das ist Wahnsinn, er wird ...", begann Eden, aber es war zu spät.

Baxter stürmte auf Godspeed zu und legte den Abstand in drei Schritten zurück. Er nutzte die Dunkelheit zu seinem Vorteil und hielt sich möglichst außerhalb des Lichtkegels.

Godspeed feuerte, aber der Schuss ging daneben, prallte im Gang ab und bohrte sich in ein loses Stück Mörtel. Er feuerte erneut, und Baxter wich aus. In dem Glauben, dem Angriff des älteren Mannes ausgewichen zu sein, drehte sich Baxter um und machte sich bereit, Godspeed zu Boden zu werfen.

Godspeed nutzte die Dunkelheit zu seinem Vorteil und trat zurück in den Schatten. Baxter, der dachte, der ältere Mann sei an derselben Stelle, stürmte auf ihn zu. Als Baxter an ihm vorbeiging, schlug Godspeed dem jüngeren Mann mit dem Kolben seiner Waffe hart auf den Hinterkopf.

Das Geräusch des Aufpralls hallte durch den engen Raum, Baxter sackte zu Boden und wurde bewusstlos, bevor er auf dem Boden aufschlug.

Eden atmete scharf ein, Wut ersetzte nun die Angst. Sie stürzte sich auf Godspeed und plante nun, sowohl ihren Vater zu rächen als auch Baxter zu retten.

Godspeed zielte und schoss. Die Kugel zischte an Edens Wange vorbei und schlug in die Tür ein. Eden spürte, wie die Luft von der Kugel verdrängt wurde und erstarrte. Sie war nur einen Fingerzeig von einem Loch im Kopf entfernt.

"Gut", sagte Godspeed und trat ins Licht hinaus. "Jetzt, wo die ganze Heldennummer vorbei ist, ist es an der Zeit, dass du mit mir kommst." Seine Lippen verzogen sich zu einem triumphierenden Lächeln, und er richtete die Waffe direkt auf Eden.

"Ich muss mich vergewissern, dass er noch lebt", sagte Eden und nickte in Richtung Baxters liegender Gestalt. "Das werde ich tun und dann komme ich mit."

"Gut", spuckte Godspeed aus, wobei sich seine Augen ein wenig verengten. "Obwohl ich nicht weiß, warum du dir die Mühe machst, er war sowieso kein guter Soldat. Und ich werde dich erschießen, wenn du irgendetwas versuchst."

Eden ging zu Baxter hinüber, der am Boden lag. Sie kniete sich hin und überprüfte seinen Puls, der gleichmäßig war. Sie betrachtete das Messer, das in seinem Gürtel steckte, und sah dann zu Godspeed auf. Er konzentrierte sich so sehr auf sie, die Waffe auf ihre Brust gerichtet, dass sie beschloss, es nicht zu riskieren.

"Er ist am Leben", bestätigte Eden, stand auf und erwiderte Godspeeds Blick für einen langen Moment.

"Komm jetzt mit, dann bleibt er es", sagte Godspeed und ließ die Waffe sinken, um auf Baxter zu zielen.

Angesichts der begrenzten Möglichkeiten nickte Eden.

52

"GEHEN WIR", sagte Godspeed und nickte mit dem Kopf, um anzuzeigen, dass er den Weg zurückgehen wollte, den sie gekommen waren.

Eden ging ein paar Schritte und warf dann einen Blick über ihre Schulter. Godspeed lief hinter ihr - weit genug entfernt, um außer Reichweite zu sein, aber auch nicht weit genug, um zu sie verfehlen, wenn er schießen würde. Sie erreichten die Öffnung des Ganges und schlüpften an der Barriere vorbei.

"Warte", sagte Godspeed. Eden tat, wie ihr geheißen, während er seine Jacke auszog und sie sich über den Arm hängte, um die Waffe zu verbergen. Dann schob er die Barriere wieder in Position. "Ich bin direkt hinter dir, und ich bin ein sehr guter Schütze. Wenn du Dummheiten machst, jage ich dir eine Kugel in den Rücken."

"Sie? Ein guter Schütze?", lachte Eden. "Das war bisher nicht zu erkennen. Sind Sie sicher, dass Sie das Ding überhaupt in die richtige Richtung halten?"

"Fordere mich nicht heraus!", antwortete Godspeed. "Geh weiter, wir haben keine Zeit zu verlieren."

"Soll ich einfach eine beliebige Richtung wählen, oder gibt es einen Ort, an den wir gehen sollen?"

"Da lang", sagte Godspeed und wies zurück zum Haupteingang.

Eden ging den Weg zurück durch das Burggelände. Sie sah eine Reisegruppe, die in die andere Richtung kam, und überlegte, ob sie die Gruppe irgendwie nutzen könnte, um etwas Abstand zwischen Godspeed und sich zu bringen.

"Wenn du irgendetwas versuchst, wirst du sterben", sagte Godspeed, der klar voraussah, was Eden gedacht hatte.

"Im Gegensatz zu Ihnen riskiere ich nicht das Leben von Unschuldigen", erwiderte Eden.

Sie erreichten den Innenhof an der Vorderseite der Zitadelle und stiegen zum Torhaus hinunter. Eden drehte sich um und warf einen Blick über ihre Schulter. Sie blickte auf die Zitadelle hinter ihnen und dachte an Baxter, der bewusstlos darin lag.

"Die Menschen verdienen es zu erfahren, was auf den Tafeln steht", sagte Eden und schritt auf das Torhaus und die Straße dahinter zu. "Das ist unsere Chance, die Wahrheit zu erfahren."

"Sei nicht so kindisch", meinte Godspeed. "So funktioniert die reale Welt nicht."

"Im Moment ist das nicht der Fall, aber so könnte sein", konterte Eden. "Es ist möglich, dass Menschen ein Leben in Freiheit führen können."

"Jetzt langweilst du mich", erwiderte Godspeed und tat so, als würde er gähnen. "Nimm den Ausgang und beweg dich in Richtung Yachthafen."

Eden tat, was Godspeed ihr aufgetragen hatte. Während sie zum Hafen ging, suchte sie in Gedanken nach einem Ausweg. Sie wusste, dass jeder Schritt weg von der Zitadelle

ein Schritt näher zu dem war, was Godspeed geplant hatte -
höchstwahrscheinlich ihr Tod.

Die Straße schlängelte sich am Ufer entlang und der
Yachthafen kam in Sicht. Ein Wald von Masten wiegte sich
sanft in der Brise. Aus einem Restaurant ertönte Musik, und
eine Gruppe von Männern saß auf einer Mauer und unter-
hielt sich angeregt. Eine Mischung aus Vergnügungsbooten
und Fischerbooten dümpelte auf dem leichten Wellengang.

Eden nahm einen tiefen Atemzug. Die Kombination aus
Meeresgeruch und dem Fang des Tages weckte Erinnerungen aus der Kindheit, Ausflüge ans Meer. Sie dachte an
ihren Vater und an den Mann hinter ihr, der sie beide
betrogen hatte. Wut wallte in ihr auf und veranlasste sie,
stehen zu bleiben.

"Bewegung", knurrte Godspeed. Er dirigierte Eden am
Ufer entlang und sah sich jedes der vorbeifahrenden Boote
an. Als er sich für ein Schnellboot mit zwei klobigen Außenbordmotoren entschieden hatte, wandte sich Godspeed
einer Gruppe von Männern zu, die Zigaretten rauchten und
sich auf ihren Motorrädern ausruhten. Er sprach in flie-
ßendem Arabisch. Eden sprach zwar nicht fließend, aber sie
verstand das Wesentliche ihrer Unterhaltung.

Einer der Männer warf seine Zigarette weg und schlich
sich an Godspeed heran. Godspeed behielt Eden im Auge,
zog ein Bündel Geldscheine aus seiner Tasche und tauschte
einige gegen einen Schlüsselbund.

Die Angst in Edens Magen verknotete sich zu einem
Ball.

"Es ist Zeit zu gehen", sagte Godspeed und schob sie zum
Schnellboot. "Steig ein."

Edens Füße blieben fest auf dem Boden.

"Jetzt", knurrte Godspeed.

Doch Eden rührte sich nicht.

Ohne den Anschein von Normalität stieß Godspeed Eden vom Steg ins Boot. Sie landete hart und hielt sich am Sitz fest, um zu verhindern, dass sie über Bord fiel.

Godspeed löste das Seil mit einer Hand und warf es ins Boot. Dann sprang er hinein, schritt zu den Kontrollen und startete die Motoren. Die Außenbordmotoren erwachten zum Leben und wirbelten das Wasser des Hafens zu Schaum auf. Er drückte den Gashebel nach vorne und das Boot glitt vom Kai weg. Graue Abgaswolken stiegen aus den Motoren auf und vermischten sich mit der Gischt des Meeres. Godspeed lenkte das Schnellboot auf die offene See und beschleunigte.

Als er wieder zu sich kam, wusste Baxter nicht, wo er war. Er tastete umher und suchte nach einem Hinweis auf seinen Aufenthaltsort. Die feuchten und schleimigen Felsen, auf denen er lag, boten keinerlei Anhaltspunkte. Er schloss die Augen und öffnete sie wieder, fast in der Erwartung, dass diesmal Licht in seine Netzhaut strömen würde. Doch nichts geschah.

Nach einigen Sekunden schweren Atmens verflog die Verwirrung. Er erinnerte sich an den Schlag auf seinen Hinterkopf. Langsam bewegte er seine Hände und erkundete mit den Fingern seinen Schädel. Die Stelle war wund, schien aber nicht zu bluten. Sein Kopf pochte jedoch, als stecke er in einer Kesselpauke.

Dann, als hätte jemand ein Licht angeknipst, erschienen die Erinnerungen vor seinem geistigen Auge. Baxter schoss mit der Geschwindigkeit eines Springbrunnens hoch und wünschte sich dann, er hätte es nicht getan, da sein Gehirn pochte.

"Eden", murmelte er, seine Zunge fühlte sich zu dick für seinen Mund an. Die Worte prallten an den Steinwänden ab und kamen zehnfach zu ihm zurück. Der Raum drehte sich um ihn und drohte, ihn wieder umzuwerfen. Er spürte, wie der Inhalt seines Magens kochte, als würde er sich seinen Weg nach draußen bahnen wollen. Er schluckte und unterdrückte den Drang, sich zu übergeben.

"Godspeed hat Eden", sagte er, und sein Herz sank.

Der Gedanke, dass Eden in Gefahr war, wirkte wie ein Adrenalinstoß. Ein Gefühl intensiver Kraft strömte durch seine Adern und zwang ihn auf die Beine. Er stützte sich an der Wand ab, drehte sich um und kämpfte sich zum Licht vor. Nach ein paar Schritten hörte der Raum auf, sich zu drehen, und sein Atem beruhigte sich.

Als er das Ende des Ganges erreichte, stolperte Baxter in das gleißende Sonnenlicht hinaus. Er verfolgte ihre Schritte zurück zum Innenhof und hielt dann inne. Der Grund, warum die Zitadelle an dieser Stelle errichtet worden war, lag auf der Hand - der ungehinderte Blick auf die Bucht, in deren Mitte der Yachthafen lag. Mehrere Boote unterschiedlicher Bauart dümpelten auf der Dünung, ihre bunten Flaggen knatterten an den Masten.

Irgendwie wusste Baxter, dass Godspeed denselben Weg einschlagen würde, den sie geplant hatten. Das Meer bot den einfachsten Ausweg. Ein Touristenpaar ging durch den Eingang der Zitadelle. Als sie den blutenden und zerschundenen Baxter bemerkten, hörten sie auf zu plaudern und eilten in die andere Richtung.

Baxter setzte sich in Bewegung und sprintete in Richtung Yachthafen los. Ein oder zwei Mal drohte ein Schwindelanfall, ihn aus dem Gleichgewicht zu bringen, aber er

blieb aufrecht und in Bewegung. Er drängte sich an
mehreren Leuten vorbei, die den Hügel hinaufkamen. Er
steigerte sein Tempo, seine Schuhe klatschten im Takt mit
dem wilden Schlagen seines Herzens auf die Straße.

Der Schweiß lief ihm in Strömen über das Gesicht, und
Baxter erreichte den Yachthafen so konzentriert wie nie
zuvor. Er hielt inne und betrachtete die Szene. Die Boote,
die er von der Zitadelle aus gesehen hatte, dümpelten fried-
lich in der Brandung. Fest vertäut, gingen sie nirgendwo hin.
Er blickte weiter den Steg hinunter und sah, wie Godspeed,
mit der Waffe in der Hand, in ein kleines Motorboot sprang.

Ohne nachzudenken, setzte Baxter zu einem Sprint an.
Er erreichte die Stelle, an der Godspeed gestanden hatte, in
wenigen Sekunden, aber er kam zu spät.

Godspeed manövrierte das Boot hinaus in den Kanal,
der zum offenen Meer führte.

Baxter schirmte mit der Hand die Sonne ab und
versuchte, einen besseren Blick auf das Boot zu erhaschen.
Wut stieg in ihm auf, als er Eden im hinteren Teil des Bootes
sah. Er warf einen Blick auf die anderen Boote, die an den
Docks warteten. Es waren alles langsam fahrende Boote, die
es nicht mit dem Schnellboot aufnehmen konnten. Als er
seinen Blick wieder Godspeed zuwandte, formte sich eine
Idee.

Baxter wirbelte herum und stürmte auf die Gruppe von
Männern zu, die auf ihren Motorrädern rauchten. Der
nächste Mann saß auf einer klassischen, schwarzen Royal
Enfield, der Schlüssel steckte noch im Zündschloss. Als er
das Motorrad nach einem halben Dutzend Schritten
erreicht hatte, stieß Baxter den Mann vom Sattel und
sprang auf.

Er startete den Motor, legte den Gang ein und drehte
den Gasgriff. Der Motor heulte auf, stotterte und heulte

dann erneut auf. Die Reifen drehten sich und schleuderten Schotter in alle Richtungen, und dann schlingerte das Motorrad vorwärts.

Der Mann rappelte sich auf und stürzte sich auf Baxter. Seine Finger fegten Zentimeter hinter Baxters Rücken durch die Luft.

Baxter schaltete einen Gang hoch und drehte den Gasgriff. Er warf einen Blick auf das beschleunigende Schnellboot. Godspeed beschleunigte das Boot so stark wie möglich und raste auf den Hafenarm und darüber hinaus auf das offene Meer zu.

Baxter richtete seine Aufmerksamkeit wieder auf die Straße, gerade noch rechtzeitig, um einer Gruppe von Männern auszuweichen, die Eimer mit Fisch in einen Lieferwagen luden. Das Motorrad geriet ins Schleudern und lehnte sich in die Kurve. Die Reifen kreischten auf und hinterließen große Schlieren auf dem Beton.

Baxter richtete sich auf und beschleunigte wieder. Er warf einen Blick auf das Schnellboot hinaus. Sie fuhren immer noch mit hoher Geschwindigkeit, und Godspeeds Gesicht verzog sich zu einer entschlossenen Grimasse.

Baxter drehte den Gasgriff und schoss an einem halben Dutzend geparkter Autos vorbei. Zwei Männer, die die Docks entlang schlenderten, sprangen gerade noch rechtzeitig aus dem Weg. Obwohl er sich nicht sicher sein konnte, glaubte Baxter zu hören, wie einer von ihnen umkippte und ins Wasser platschte. Er lenkte das Motorrad in eine Kurve und neigte sich in einem fast unmöglichen Winkel. Die Reifen quietschten und rutschten über ein Stück Schotter. Als er im letzten Moment Halt fand, hüpfte das Motorrad auf den Hafenarm hinaus. Der Beton war hier rauer, und Baxter hatte Mühe, das Motorrad zu kontrollieren. Er stand auf, lehnte sich nach vorne und verlagerte sein Gewicht auf das Vorderrad.

Mehrere Angler, die ihre Ruten ins Wasser steckten, sahen zu, wie das Motorrad vorbeirauschte. Ihre Köpfe drehten sich wie die eines Rudels Erdmännchen auf der Suche nach Ärger.

Als das Motorrad unter Kontrolle war, warf Baxter einen Blick auf das Schnellboot. Das Boot hüpfte über die Wellen, als ob es abheben wollte. Hinter dem Boot wogten riesige Gischt- und Rauchfahnen auf.

Das Ende des Hafenarms mit dem glitzernden Segeltuch des Meeres dahinter kam in Sicht.

Baxter gab wieder Vollgas, diesmal lehnte er sich zurück und zwang das Motorrad auf sein Hinterrad. Er beschleunigte stark und kämpfte darum, das Motorrad im Gleichgewicht zu halten. Der Motor kreischte und heulte auf und polterte über den Beton. Er warf einen Blick vom Boot zum Ende des Hafenarms und dann wieder zurück.

Er fuhr immer noch mit voller Geschwindigkeit und schoss über den Punkt hinaus, ab dem es kein Zurück mehr gab. Jetzt hatte er keine Wahl mehr - er und das Motorrad würden im Wasser landen. Das Motorrad rumpelte weiter, die abgenutzte Federung hielt die Schockwellen kaum von Baxters Armen fern. Und dann war der Beton zu Ende.

53

EDEN HIELT DEN ATEM AN, und ihr Mund blieb vor Unglauben offenstehen. Sie hielt sich am Sitz fest, als alles auf einmal geschah.

Godspeed steuerte das Schnellboot auf das offene Meer hinaus. Sie hüpften und schaukelten über immer größere Wellen, die das kleine Boot zu verschlucken drohten. Gischt flog auf beiden Seiten auf und bildete einen nebligen Heiligenschein um sie herum. Der Rumpf des Bootes schlug gegen das Wasser, und die Stöße sandten Schockwellen durch Edens Körper.

Dann sah Eden mit offenem Mund zu, wie Baxter und das Motorrad aus dem Hafenarm rauschten. Das Motorrad flog durch die Luft, als würde es der Schwerkraft trotzen. Es fühlte sich an, als würde es eine Ewigkeit dauern, bis sich die Silhouette des Motorrads gegen den Himmel abhob. Dann kippte der Vorderreifen unweigerlich nach unten, und das Motorrad tauchte ins Wasser ein.

Baxter stand mit der Grazie eines Turners auf dem Sitz in der Luft. Sein Hemd flatterte im Wind, als er die Maschine mit einem kräftigen Stoß wegschleuderte. Das

Motorrad segelte nur wenige Zentimeter am Schnellboot vorbei und stürzte mit einem Platschen ins Wasser.

Baxter zog seine Füße in die Hocke und war bereit zur Landung. Sein Gesichtsausdruck war der eines Kriegers, der seinem Schicksal mit Stolz entgegensieht. Er stürzte in das Boot und riss Godspeed von den Kontrollen. Die Waffe flog aus Godspeeds Griff und verschwand im Meer. Das Boot geriet in den Seegang und ohne Steuermann schlingerte es stark nach rechts. Der Hafenarm tauchte gefährlich nahe neben ihnen auf.

Eden rannte zu den Steuerknüppeln, riss das Steuer von der Wand weg und zog sie zurück aufs Meer hinaus. Eine Welle schlug dem Boot an die Seite und drohte, es zu kippen. Sie betätigte den Gashebel und das Steuerrad, drehte sie in die Dünung und stabilisierte das Schiff.

Baxter und Godspeed kämpften sich auf die Beine. Godspeed stützte sich an der Bordwand ab und sah sich nach seiner Waffe um. Baxter zog sein Messer und warf es hinter sich, als er es sich anders überlegte. Er wollte Godspeed eindeutig im Nahkampf zu Fall bringen. Er trat vor und ließ sich in die Haltung eines Boxers mit bloßen Fäusten fallen. Er schlug Godspeed direkt auf den Wangenknochen. Der ältere Mann stolperte rückwärts, seine Augen weiteten sich vor Schreck und Schmerz. Er schwankte gefährlich nahe am Wasser und hielt sich dann an der Seite fest, um sein Gleichgewicht wiederzufinden.

Baxter kam näher, sein Gewicht kippte das Boot in einen Winkel und ließ Meerwasser über die Bordwand schwappen. Er holte zu einem blitzschnellen Doppelschlag aus, wobei seine rechte Faust hart aufschlug und seine linke den Kiefer von Godspeed streifte, als der ältere Mann versuchte, auszuweichen.

Godspeed, der sein Gleichgewicht wiederfand, konterte

mit einem wilden Schlag. Baxter duckte sich unter der Faust hindurch und fuhr in derselben Bewegung nach vorne, wobei er seine Schulter in Godspeeds Brust rammte. Godspeed krümmte sich und keuchte. Er griff mit einer Hand nach Baxters Hemd, um nicht in die Tiefe zu stürzen.

Baxter hob sein Knie scharf an und zielte auf Godspeeds Gesicht. Der ältere Mann drehte sich, und das Knie traf ihn an der Schulter. Godspeed holte mit dem Ellbogen aus und traf Baxter an der Schläfe, dann setzte er zu einer Reihe von schnellen Hieben an.

Baxter biss die Zähne zusammen und erwischte eines von Godspeeds Handgelenken mitten im Angriff. Mit einer schnellen Drehung nutzte er Godspeeds eigenen Schwung, um ihn quer über das Boot zu schleudern.

Eden wich aus, als Godspeed gegen die Steuerkonsole krachte und mit dem Rücken gegen das Steuerrad schlug. Das Boot schlingerte heftig und warf sie fast alle über Bord. Er kämpfte sich wieder auf die Beine und drehte sich zu Baxter um, dessen Brust sich hob. Blut tropfte aus einer Wunde über Godspeeds Auge.

Godspeed stürzte sich auf Baxter. Ohne Sinn und Verstand verhielt sich der Mann nun wie eine wilde Bestie. Godspeed packte Baxter und die Männer rangen miteinander. Baxter schleuderte den älteren Mann herum und schlang einen Arm um seinen Hals. Godspeeds Hände schossen einen Moment zu spät zu Baxters Unterarm. Baxter drückte zu und die Augen des anderen Mannes weiteten sich. Ein gurgelndes Geräusch kam aus seiner Kehle.

Eden stellte den Motor ab und drehte sich zu den kämpfenden Männern um. Godspeed verlor jegliche Farbe, als das Leben aus ihm wich.

"Nein, halt!", rief Eden und sprang zu Baxter hinüber. "Du bringst ihn noch um!"

"Du verstehst es nicht, oder?", fragte Baxter und seine stählernen Augen trafen Edens. "Dieser Kerl wird niemals aufgeben. Er kann nicht. Das ist die einzige Möglichkeit, ihn aufzuhalten."

"Du bist kein Mörder", sagte Eden und legte ihre Hand auf Baxters Schulter. "Wir werden einen Weg finden. Mein Vater kannte eine Menge einflussreicher Leute. Wir werden einen Weg finden, um sicherzustellen, dass er vor Gericht gestellt wird."

Baxters Griff lockerte sich leicht. Godspeed schnappte gierig nach Luft, seine Finger krallten sich in Baxters Bizeps.

"Wenn du ihn jetzt tötest, dann bist du genauso schlimm wie er", rief Eden, während Schmerz und Trauer durch ihre Adern flossen. "Ich will, dass die Welt sieht, was auf diesen Tafeln steht, und ich werde dafür sorgen, dass das passiert. Dafür hat er meinen Vater getötet. Aber wir werden uns nicht auf sein Niveau herablassen." Sie deutete auf den älteren Mann, ihre Sicht war durch Meerwasser und Tränen getrübt. "Dieser Mann ist ein Monster, aber du bist so viel besser als er."

Die Wut wich aus Baxters Gesicht und seine Muskeln entspannten sich sichtlich. Er ließ Godspeed fallen, der zu einem keuchenden Haufen auf dem Boden des Bootes zusammenbrach.

Dann, zum zweiten Mal innerhalb von zwei Minuten, schien alles auf einmal zu geschehen. Baxter trat vor, und die großen Arme, die eben noch das Leben aus einem Mann herausgequetscht hatten, umschlangen Eden. Seine Augen, die zuvor von Wut erfüllt waren, waren jetzt weich und ruhig.

Eden atmete tief ein, die salzige Luft vermischte sich mit

Baxters Geruch - einer Mischung aus Schweiß, Salz und etwas Einzigartigem. Sie blickte auf zu seinem Gesicht. Seine Bartstoppeln streiften ihre Wange, als sie sich näher an ihn schmiegte. Das Schaukeln des Bootes verlangsamte sich zu einem sanften Schwanken unter ihren Füßen, und das rhythmische Plätschern der Wellen gegen den Rumpf wirkte fast beruhigend.

"Es gibt etwas, das ich dir sagen muss", flüsterte Baxter, sein Atem war warm an ihrem Ohr.

"Du kannst es sagen, wenn das alles vorbei ist", erwiderte Eden und drückte ihr Gesicht an seine Schulter.

"Nein, wir haben keine Zeit. Ich fühle mich schrecklich, dass ich dir das alles nicht sagen konnte ..."

Dann versteifte sich jeder Muskel in Baxters Körper. Die abrupte Veränderung ließ Eden fast den Atem stocken. Sie zog sich zurück und begegnete seinem Blick. Sein Mund stand vor Überraschung offen, seine Augen waren weit aufgerissen und unscharf. Er rang nach Atem, seine Lippen bebten, als könne er sie nicht mehr kontrollieren.

Ein Schatten zog über sie hinweg, und Eden spürte, wie ihr ein Schauer über den Rücken lief, der nichts mit der Seeluft zu tun hatte. Sie trat einen Schritt zurück und hob vor Schreck die Hände vor ihr Gesicht.

Baxter taumelte vorwärts, seine Bewegungen waren ruckartig und unkoordiniert. Edens Blick schien sich auf ein einziges, schreckliches Detail zu konzentrieren. Das Messer ragte aus Baxters Rücken heraus, direkt unter seinem linken Schulterblatt. Die Klinge, deren Spitze tief in seinem Fleisch steckte, funkelte im Sonnenlicht. Der Griff des Messers zitterte mit jedem von Baxters mühsamen Atemzügen.

Als die Realität der Situation über sie hereinbrach, wich die Kraft aus Edens Körper. Die Welt um sie herum verschwand und hinterließ nur Baxters schmerzerfüllte

Augen und den ekelerregenden Anblick des Messers in seinem Rücken.

Baxter drehte sich wieder zu Eden um, jede Bewegung war mühsam.

Godspeed, dessen Augen angesichts seiner Tat hervorquollen, kroch davon wie ein kauerndes Tier.

Baxter sah Eden in die Augen und nahm sie wieder in die Arme, aber die Kraft von vorhin war bereits verflossen, wie das Blut, das sich nun auf dem Boden sammelte.

"Was ... was wolltest du mir sagen?", fragte Eden.

"Dafür ist jetzt keine Zeit", flüsterte Baxter mit brüchiger Stimme. "Das wirst du bald herausfinden. Du hast einen ..." Sein Gesicht verzerrte sich zu einer schmerzhaften Grimasse. Die Sehnen in seinem Nacken schwollen durch die Haut an. "Du hast einen Job zu erledigen."

"Nein", sagte Eden. "Wir werden ihn zusammen erledigen. Du schaffst das schon."

"Hör mir zu", zischte Baxter. "Ich habe gesehen, wie du in der Gruft etwas aufgehoben hast. Du weißt, wo die Tafeln sind, nicht wahr?"

"Noch nicht, aber ich weiß, wo ich anfangen muss zu suchen", sagte Eden.

"Du findest sie und bringst das zu Ende."

Eden beugte sich vor und umarmte ihn. Dann hielten seine starken Arme sie auf Abstand.

"Du bringst es endgültig zu Ende!", flüsterte Baxter und stieß Eden zurück. Das Wasser rauschte hoch und umhüllte sie, füllte ihre Ohren und trübte ihre Sicht. Sie kämpfte sich gerade noch rechtzeitig aus dem Wasser, um zu sehen, wie Baxter sich der Steuerung zuwandte und die Geschwindigkeit erhöhte. Das Boot fuhr los und spritzte das Wasser in alle Richtungen.

Eden holte tief Luft.

Während das Boot vorwärts fuhr, schritt Baxter zum Heck des Bootes, das Messer immer noch im Rücken, und hob Godspeed auf, als ob er nichts wöge. Er hielt den älteren Mann unter einem Arm und wandte sich wieder der Steuerung zu. Er wendete das Boot, bis sie auf den Hafenarm zuhielten, und erhöhte dann die Geschwindigkeit.

Eden beobachtete alles, als wäre es ein Traum. Das Boot schoss vorwärts, sein Bug prallte auf den Wellen auf. Der Hafenarm bäumte sich vor ihnen auf, eine große Rippe aus Beton ragte aus dem Meer. Die Gischt wölbte sich und spuckte wütend hinter den beiden Außenbordmotoren hervor.

Godspeed zappelte und wandt sich, seine Bewegungen waren hektisch und verzweifelt, als er versuchte, Baxters eisernem Griff zu entkommen. Baxters Arm blieb verschlossen und drückte den Mann gegen seine Brust. Godspeed schlug wild um sich, seine Fäuste prallten mit dumpfen, unwirksamen Schlägen gegen Baxters Oberkörper.

Eden dümpelte im Wasser, die kalten Wellen plätscherten um ihren Hals. Sie beobachtete, wie das Schnellboot in den Schatten des Hafenarms glitt. Die Motoren des Bootes dröhnten auf und trieben es an. Sie versuchte, den Blick abzuwenden, aber sie war wie gebannt von der drohenden Katastrophe. Das Geräusch traf sie zuerst - das unangenehme Knirschen von Glasfaser gegen den unnachgiebigen Beton, gefolgt von dem heftigen Aufprall von Metall, das sich verdrehte und riss. Das splitternde Holz beendete die Sinfonie der Zerstörung. Das Schnellboot zerknüllte wie Papier. Sein Bug klappte nach innen, und der Aufprall zerriss das Boot in Streifen. Trümmerteile explodierten in alle Richtungen, ein tödlicher Regen aus zerbrochenem Fiberglas und verbogenem Metall. Teile des Bootes prallten gegen die Wand, bevor sie in den aufgewühlten Fluten versanken.

Für den Bruchteil einer Sekunde herrschte eine unheimliche Stille. Dann entzündeten sich mit ohrenbetäubendem Gebrüll die gerissenen Treibstofftanks, und heulende Flammen verzehrten den Rest des Bootes. Das Feuer breitete sich mit erschreckender Geschwindigkeit aus und verschlang alles in seinem Weg. Holz splitterte und knisterte, Plastik schmolz und tropfte wie geschmolzene Lava, und Gummi stieß dicken, beißenden Rauch in die Luft.

Die Fischer eilten über den Hafenarm und starrten auf das Wrack. Einige griffen zu ihren Telefonen und riefen um Hilfe, obwohl klar war, dass es kein Leben zu retten gab.

Das Inferno verzehrte die Trümmer und zerriss den Beton. Der brennende Treibstoff ergoss sich über die Wasseroberfläche und flackerte auf den Wellen. Dichter schwarzer Rauch stieg in einer Säule in den Himmel, die meilenweit zu sehen gewesen sein musste.

Eden sah einige Sekunden lang zu, wie die größeren Teile des Schnellbootes im Wasser versanken. Sie berührte ihre Lippen und dachte an ihre sanfte Umarmung. Dann drehte sie sich um und schwamm in Richtung eines verlassenen Küstenabschnitts.

54

Brighton. Zehn Tage später.

EDEN KLETTERTE aus dem Taxi und zog ihren Mantel fest um sich. Es überraschte sie immer wieder, wie schnell sich die Temperatur am Ende des Sommers ändern konnte. An einem Tag sonnte man sich in der milden Hitze, und am nächsten Tag suchte man Schutz vor eiskaltem Regen.

Sie bedankte sich beim Fahrer und überquerte die Straße in Richtung des Friedhofs von Brighton. Ein Möwenpaar schnitt durch den Wind und kreischte sein düsteres Lied während es flog.

Edens Handy vibrierte in ihrer Tasche. Sie holte es heraus und warf einen Blick auf das Display. Sie hatte eine Nachricht von ihrem Kontakt in Indien erhalten, in der stand, dass die sterblichen Überreste des Heiligen Franz Xaver wieder in der Basilika von Bom Jesus waren, wo sie hingehörten.

Eden lächelte schwach. Wenigstens waren ihre Bemühungen, das gestohlene Relikt vom Flughafen Gatwick zu retten, nicht umsonst gewesen. Es fühlte sich an wie die erste gute Nachricht, die sie seit langem erhalten hatte.

Die Kontaktperson sagte, sie werde ein Foto schicken, sobald sie dazu in der Lage sei.

Eden steckte ihr Handy weg, ging durch das Friedhofstor und stieg schnell den Hügel hinauf. Oben angekommen, drehte sie sich um. Bäume umgaben den Friedhof und verschluckten die Geräusche und Sehenswürdigkeiten der Stadt. Hier oben zwischen den Bäumen, dachte Eden, fühlte es sich wie ein ganz anderer Ort an - weit weg vom rasenden Verkehr und dem aufgewühlten Meer. Vielleicht war das der Grund, warum ihr Vater diesen Ort gewählt hatte.

Eden erinnerte sich an das letzte Mal, als sie hier war - den Tag, an dem sie ihren Vater beerdigt hatte. Obwohl es noch nicht so lange her war, war so viel passiert.

Sie spürte die ersten Regentropfen auf ihrer Haut und schaute in den Himmel. Damals hatte es geregnet, und jetzt drohte es ebenso anzufangen. Vielleicht kehrte die große Sintflut, wie prophezeit, für einen neuen Versuch zurück.

Eden schlug den Kragen ihres Mantels hoch und schritt über den Friedhof. Als sie den Grabstein ihres Vaters zum ersten Mal sah, wurde sie langsamer. Er hatte alle Vorkehrungen für die Beerdigung selbst getroffen, einschließlich der Gestaltung und der Inschriften auf dem Grabstein. Nach ihrer Reise in den Libanon war es das erste Mal, dass sie ihn sah. Der neu gemeißelte Grabstein stach hervor und glänzte im Vergleich zu den anderen. Die Zeit und die Witterung würden dafür sorgen, dass er bald das gleiche Grau haben würde. Kein noch so großer weltlicher Einfluss konnte den Zahn der Zeit aufhalten.

Eden stand am Fuß des Grabes und las die Inschrift. Sie war einfach - auf den Namen ihres Vaters folgten die Daten seiner Geburt und seines Todes. Es gab keine weitere

Inschrift, nur ein Symbol. Es war ein Symbol, das Eden in den letzten Wochen Tag und Nacht gesehen hatte - der Schlüssel zum Nil.

Edens Blick wurde unscharf und sie wischte sich über das Gesicht. Sie ließ ihre Hand in ihre Tasche gleiten und holte den Gegenstand heraus, den sie in dem Grab in Byblos gefunden hatte. Es war ein Gegenstand, der auf den ersten Blick nichts in einem sechstausend Jahre alten Grab im Libanon zu suchen hatte. Aber er war nicht zufällig dort - er war dort platziert worden, um sie irgendwohin zu führen, da war sie sich sicher.

Sie untersuchte den Gegenstand genau und wendete ihn in ihren Händen. Es war nur eine einfache Streichholzschachtel mit einem viktorianischen Gemälde der Strandpromenade von Brighton auf der Vorderseite - genau dasselbe wie das, was sie in Rassams Zimmer im Kloster gefunden hatte. Sie schob die Schachtel auf, wie sie es schon dutzende Male getan hatte, und inspizierte die Streichhölzer darin. Sie hatte solche Schachteln schon oft in den Touristenläden gesehen, die die Straßen der Stadt säumten, aber warum man sie in die Gruft legte, konnte sie sich nicht erklären. Sie hatte Stunden damit verbracht, über den Fund nachzudenken und ihn auf jede erdenkliche Weise zu untersuchen, aber ohne Erfolg. In Zeiten wie diesen vermisste sie ihren Vater sehr. Er hätte es in wenigen Augenblicken herausgefunden - es war ein Rätsel, ein Mysterium, ein Enigma - sie wusste nur, dass es sie hierher zurückführte, nach Brighton, aber sie hatte keine Ahnung, warum.

Ein großer Regentropfen traf die Schachtel und plätscherte auf die wächserne Oberfläche. Eden rieb mit ihrem Ärmel über die Schachtel. Die Oberfläche fühlte sich ölig an. Sie betrachtete die Schachtel und bemerkte, dass das

Bild der Strandpromenade verschmiert war und ihren Ärmel befleckte.

Edens Sicht wurde plötzlich scharf. Sie betrachtete das Grab ihres Vaters und atmete langsam aus. Aus irgendeinem Grund, und nicht zum ersten Mal, hatte sie das Gefühl, dass ihr Vater ihr nahe war und dass er sich einen Scherz erlaubte.

Der Regen fiel jetzt stärker, rann über Edens Gesicht und legte ihr das nasse Haar dicht auf die Haut. Sie bemerkte gar nicht, dass sie wieder auf die Streichholz-schachtel in ihren Händen starrte. Sie rieb erneut über die Schachtel. Das Bild verschmierte weiter und löste sich dann von der Schachtel. Mit ihren Ärmeln, die jetzt durch und durch nass waren, rieb sie langsam und systematisch. Mit jedem Regentropfen löste sich das Bild ein wenig mehr. Schon bald konnte sie die Worte erkennen, die auf der Schachtel unter dem Bild geschrieben standen. Sie vermu-tete, dass die Worte auf die Schachtel geschrieben worden waren, bevor das Bild darüber gemalt wurde. Es war das Werk eines Meisters, möglicherweise von jemandem, dessen Leben von der heimlichen Weitergabe von Informa-tionen abhing.

Frustriert gab Eden das Reiben mit dem Ärmel auf und kratzte die wächserne Farbe mit den Fingern ab. Zwei Worte kamen zum Vorschein - ein Name.

"Horsam Rassam", las Eden den Namen laut vor. "Das Tagebuch wurde erstmals 1876 von zwei Männern entdeckt, George Godspeed und Horsam Rassam. Zufälligerweise ist Horsam Rassam auf demselben Friedhof begraben wie ..." Sie wiederholte die Worte, die Godspeed gesagt hatte, hielt aber vor dem Ende inne, als ihr ein kalter Schauer der Erkenntnis den Rücken hinunterlief. Sie blickte auf das

Grab ihres Vaters und ließ vor Erstaunen fast die Streichholzschachtel fallen.

"Rassam ist hier?", fragte sie und sah sich um, als hätte
sie gerade ein Wunder erlebt. Sie konzentrierte sich auf das
in den Grabstein ihres Vaters eingravierte Symbol und
schüttelte dann langsam den Kopf. Es war, als hätte Alexander Winslow sie von jenseits des Grabes selbst hierhergeführt.

Mit einem letzten Blick auf den Grabstein machte sich
Eden auf den Weg. Der Friedhof war zwar riesig, aber sie
wusste, dass Rassam in den späten 1890er Jahren gestorben
sein musste. Das bedeutete, dass sie große Teile des
Geländes ausschließen konnte. Außerdem dachte sie, dass
er kein Grab, sondern ein Mausoleum haben musste, wenn
die Tafeln tatsächlich in seinem Grab aufbewahrt waren. Sie
hatte solche Abteilungen in einem überwucherten Bereich
am anderen Ende des Friedhofs gesehen.

Sie lief an Reihen moderner Gräber vorbei, ihre Füße
rutschten über das nasse Gras. Marmorgrabsteine und
Granitdenkmäler zogen im Flug an ihr vorbei, die polierten
Oberflächen schimmerten matt im grauen Licht.

Als sie die überwucherte hintere Ecke des Friedhofs
erreichte, hielt sie inne. Reihen von baufälligen Grabsteinen
lehnten an der entfernten Mauer, überwuchert von Schling-
pflanzen und Ranken.

Der Weg wurde schmaler, bis er nur noch ein abgenutztes Stück Erde war, das sich zwischen den Bäumen
hindurchschlängelte. Regentropfen prasselten durch das
Blätterdach über ihr. Sie rannte weiter, wobei ihre Füße
mehrmals wegrutschten. Sie schob sich zwischen zwei überwucherten Büschen hindurch und sah ein paar Mausoleen,
die tief im Gebüsch vergraben waren. Dann stapfte sie durch

das umliegende kniehohe Gras und flüsterte den unsichtbaren Gräbern, auf die sie vielleicht trat, eine Entschuldi-
gung zu. In diesem Teil des Friedhofs hatte sich die Natur
ihr Reich zurückerobert und die Grenzen zwischen dem
Reich der Lebenden und dem der Toten verwischt.

Sie näherte sich dem ersten Mausoleum und hielt inne.
Das Bauwerk sah wirklich alt genug aus. Es war aus moos-
bewachsenem Stein gebaut, und ein Baum hatte seine
Wurzeln zwischen die Steine gezwängt und die Seiten-
wände aufgebrochen. Sie ging bis zur Tür und sah sich die
Inschrift an. Es handelte sich um das Mausoleum der
Familie Jones, das zuletzt in den späten 1880er Jahren
benutzt wurde - sie war nahe dran, aber noch nicht am Ziel.

Vorsichtig schlich sie durch das Gestrüpp. Ein Rascheln
unter einem nahen Baum ließ sie herumwirbeln. Ein fettes
Eichhörnchen stürmte den Stamm hinauf und verschwand
mit seinem buschigen Schwanz im Blätterdach darüber. Sie
überprüfte die Namen und Daten einiger weiterer Mausoleen. Einige waren reich verziert, mit geschnitzten Engeln,
die ewige Wache hielten, andere waren schlichter. Sie ging
von einem zum nächsten, verwarf jede einzelne Möglichkeit
und wurde immer frustrierter.

Schließlich sah sie ein Mausoleum, das weit entfernt
von allen anderen auf der anderen Seite des Friedhofs lag.
Mit seinen Türmchen und dem steil abfallenden Dach
wirkte das Gebäude wie aus einem gotischen Horrorroman.
Sie schob sich an einem Brombeergestrüpp vorbei und
ignorierte den Schmerz, als ihre Beine zerkratzt wurden.
Die Wände des Mausoleums waren mit Moos bewachsen
und bröckelten an einigen Stellen.

Sie blieb ein paar Schritte entfernt stehen und schaute
zu dem Gebäude hinauf. Wenn sie den Namen von hier aus
sehen konnte, brauchte sie vielleicht gar nicht weiterzuge-

hen. Sie blinzelte und bemühte sich, einen Namen zu erkennen, der in den verwitterten Stein gemeißelt war. Wo normalerweise Worte stehen sollten, fand sie stattdessen ein Symbol - den Schlüssel zum Nil.

Mit neuer Energie eilte Eden vorwärts und schob die Brombeeren zur Seite. Sie erreichte die dicke Metalltür. Mit zitternden Händen fuhr sie mit einem Finger über das kalte, raue Metall. Und dort, in den Stein neben der Tür, war der Name eingemeißelt, der alles bestätigte - Rassam.

55

Es war leicht, sie hier aufzuspüren, dachte er und folgte dem runtergetrampelten Gras. Das war nicht verwunderlich - sie hatte keinen Grund zu glauben, dass ihr jemand folgte. Aber es lohnte sich immer, vorsichtig zu sein. Er duckte sich hinter einen Baum, als Eden um eine Ecke bog und in den regennassen Büschen verschwand.

In Wahrheit hatte er sich schon daran gewöhnt, ihr zu folgen. Es kam ihm so vor, als wüsste er, was sie vorhatte, noch bevor sie es wusste. Manche Tage waren schwieriger als andere, aber letztendlich wusste er, wohin sie gehen würde.

Als er Eden dabei beobachtete, wie sie sich auf dem überwucherten Friedhof bewegte, holte ihn der vertraute innere Konflikt ein. Einerseits empfand er ein unbestreitbares Gefühl von Stolz auf das, was sie tat. Sie war so weit gekommen, hatte so viele Schwierigkeiten überwunden und war dabei unwissentlich den Brotkrumen gefolgt, die er sorgfältig ausgelegt hatte. Aber mit diesem Stolz kam auch das nagende Schuldgefühl, dass er sie für seine eigenen Zwecke manipulierte.

Er dachte an all die Male, die er aus dem Schatten heraus eingegriffen hatte - der günstig platzierte Volvo in Baalbek, der rechtzeitig vorbeifahrende Lastwagen in Byblos. Jedes Eingreifen hatte er als notwendige Führung gerechtfertigt, aber jetzt, so kurz vor dem Ende, wünschte er sich nichts sehnlicher, als die Geheimhaltung beiseite fegen zu können und ihr die Wahrheit zu sagen.

Er trat hinter dem Baum hervor und schritt durch das Gebüsch. Um das verräterische Rascheln der Blätter zu vermeiden, nahm er den längeren Weg hinter einem anderen Baum entlang. Dort, immer noch außer Sichtweite, wartete er und beobachtete.

Dass heute keine anderen Menschen in der Nähe waren, war ein Risiko. Er hatte fast erwogen, sie am Friedhofstor ziehen zu lassen, weil er wusste, was sie dort finden würde. Aber er konnte es nicht ertragen, sie so kurz vor dem Ende allein zu lassen.

Er ging rückwärts, stieß gegen die raue Rinde eines Baumes und beobachtete, wie Eden auf eines der Mausoleen zuging. Ein Zweig knackte unter seinem Fuß, als er sich bewegte.

Eden, die das Geräusch deutlich gehört hatte, erstarrte und drehte sich um.

Er schlich sich weiter außer Sichtweite hinter einen Baum. Einen Moment lang dachte er, sie hätte seine Anwesenheit gespürt. Auf der Suche nach einem Zeichen für die Anwesenheit einer weiteren Person scannte sie die Umgebung. Sie machte einen Schritt in seine Richtung. Seine Muskeln spannten sich an, bereit, notfalls zwischen den Büschen zu verschwinden.

Dann, als wäre die Natur auf seiner Seite, flog ein Taubenpaar aus einem Baum. Eden sagte etwas zu sich selbst und wandte sich dann, mit einem letzten Blick in seine Richtung, dem Mausoleum zu.

Er stieß einen leisen Atemzug aus. Jetzt entdeckt zu werden, wäre eine Katastrophe. Vielleicht war er zu selbstsicher geworden und ging unnötige Risiken ein. Er erinnerte sich daran, wie sie ihn damals in Byblos fast gesehen hatte. Als er ihr im richtigen Moment den Rücken zugewandt hatte, war er ihrem Blick ausgewichen.

Dennoch erinnerte er sich daran, dass er für sie da sein musste. Da er dies schon so lange geplant hatte, hatte er keine andere Wahl, als es bis zum Ende durchzuziehen. Er spähte um den Baum herum und beobachtete Eden, die sich weiter durch das Gestrüpp kämpfte. Der Regen prasselte leise auf das Blätterdach über ihm. Er würde noch ein wenig im Trockenen warten, dachte er. Immerhin wusste er, wohin sie ging und was sie dort finden würde.

EDEN BLICKTE ZU DEM GEBÄUDE HINAUF. SIE KONNTE NICHT glauben, dass die Streichholzschachtel sie genau hierhergeführt hatte, nur ein paar hundert Meter von der Stelle entfernt, an der ihr Vater begraben war und wo alles seinen Anfang genommen hatte.

Plötzlich sträubten sich die Haare in ihrem Nacken. Sie hatte das Gefühl, als ob sie jemand beobachtete. Sie drehte sich um und suchte die Büsche ab. Regentropfen klopften durch die Blätter und platschten auf den Boden. Ein Taubenpaar, das in den Baumkronen Schutz gesucht hatte, nutzte den Moment, um wegzufliegen. Sie verengte ihren Blick und suchte das Gebüsch erneut ab - keine Gestalt bewegte sich zwischen den Bäumen, und keine bewaffneten

Männer liefen in ihre Richtung. Sie bezweifelte, dass es bei diesem Wetter auf dem ganzen Friedhof noch einen anderen Menschen gab.

"Reiß dich zusammen, Eden", flüsterte sie. Godspeed und seine Schläger waren tot - jetzt war niemand mehr hinter ihr her.

Sie wandte sich wieder der Tür zu und bemerkte ein verrostetes Vorhängeschloss, das die Tür verschloss. Sie kramte ihr Werkzeug zum Aufbrechen von Schlössern hervor und wählte einen Spannschlüssel und einen Harkenschlüssel. Ihre Hände zitterten leicht, als die Aufregung durch ihre Adern strömte. Sie setzte den Spannschlüssel in das Schlüsselloch und übte sanften Druck aus. Mit der anderen Hand schob sie den Harkenschlüssel in das Schloss und tastete nach den Stiften im Inneren.

Sie bewegte den Harkenschlüssel hin und her und lauschte aufmerksam auf das leise Klicken der Stifte. Das Schloss war alt und korrodiert, was das Knacken entweder erleichtern oder völlig unmöglich machen konnte. Ein abgenutzter Mechanismus erleichterte den Vorgang, aber wenn er mit Rost und Schmutz überzogen war, würde sie das Schloss abschlagen müssen.

Glücklicherweise spürte sie nach ein paar angespannten Momenten, wie ein Stift nachgab. Dann rastete ein weiterer Bolzen ein, gefolgt von den anderen. Sie entfernte das Vorhängeschloss und legte es auf den Boden. Sie drückte auf die Tür, die sich knarrend öffnete und den Blick auf das dunkle Innere des Mausoleums freigab. Die Tür ließ einen dünnen Lichtstrahl in den Raum, der durch die Spinnweben fiel, die wie Seile von einer Wand zur anderen hingen.

Eden zückte ihr Handy und aktivierte die Taschenlampe. Ihr erster Gedanke, begleitet von einem flauen

Gefühl im Magen, war, dass das Mausoleum viel kleiner war als das Grab, das sie in Byblos gefunden hatten.

Sie trat ein, schob die Spinnweben beiseite und schwenkte das Licht von einer Seite zur anderen. Das Mausoleum war fast 4 Quadratmeter groß und hatte in der Mitte einen großen Steinsarg. Die Wände waren aus nacktem Stein, und darüber stützten Holzbalken ein Schieferdach.

Als sich Edens Augen an die Dunkelheit gewöhnten, verflog ihre Aufregung völlig. Es war unmöglich, dass Tausende von Steintafeln an einem so kleinen Ort versteckt sein konnten. Dies war nur eine weitere Sackgasse auf einer Reise, die voll davon war.

Sie erinnerte sich an das Symbol des Schlüssels zum Nil an der Tür - das musste doch etwas bedeuten. Sie sah sich noch einmal in dem Raum um. Es musste etwas geben, das sie übersehen hatte. Sie fuhr mit den Händen an den rauen Steinwänden entlang, auf der Suche nach einem Hinweis, der ihr verriet, was ihr nächster Schritt sein könnte.

Da sie sich daran erinnerte, wie ihr Vater ein Problem systematisch anzugehen pflegte, tastete Eden jeden Spalt und jede Fuge ab, in der Hoffnung, einen versteckten Schalter oder einen losen Ziegelstein zu finden. Die Wände blieben unter ihrer Berührung fest, und keine eingeritzten Worte oder geheimen Symbole boten ihr einen Hinweis.

Sie wandte sich dem Steinsarg in der Mitte des Raumes zu. Sie umkreiste ihn langsam, wobei der Lichtstrahl ihrer Taschenlampe die glatten Steinseiten sichtbar machte. Sie strich über die Oberfläche und suchte nach einem Hinweis auf etwas, das im Verborgenen lag. Aber der Sarg enthüllte, wie alles andere in dem Mausoleum, keine Geheimnisse.

Mit wachsender Frustration überprüfte Eden sogar das Dach. Auf den Zehenspitzen stehend fuhr sie mit den

Händen an den Holzbalken entlang. Ihre Bemühungen wurden nur mit einer herunterrieselnden Schicht aus Staub und Spinnweben belohnt. Nachdem sie den Raum gründlich durchsucht hatte, fand sich Eden dort wieder, wo sie begonnen hatte.

Sie ließ sich gegen den Sarg sinken und rutschte auf den kalten Steinboden. Sie holte die Streichholzschachtel wieder hervor und studierte sie eingehend. Es musste eine Verbindung geben, einen Hinweis, den sie übersehen hatte. Das Symbol an der Tür, die Streichholzschachtel, die Lage des Mausoleums - all das hatte eine Bedeutung. Aber welche?

Ihre Gedanken wurden unterbrochen, als sich der Sarg hinter ihr bewegte. Sie sprang auf, das Herz schlug ihr bis zum Hals. Sie wirbelte herum und beruhigte sich etwas, als sie sah, dass keine längst verstorbenen Archäologen nach ihr griffen - aber der Sarg hatte sich definitiv bewegt.

Sie richtete ihr Licht auf den Boden und bemerkte einen helleren Steinstreifen, wo der Sarg ursprünglich gestanden hatte. Der Kontrast zu den dunkleren Steinen, die ihn umgaben, war stark. Der Sarg hatte sich einen Zentimeter von seiner ursprünglichen Position fortbewegt.

Mit einem tiefen Atemzug stemmte sie sich gegen den Sarg. Sie drückte, ihre Muskeln spannten sich gegen das Gewicht an. Zuerst rutschten ihre Füße auf den moosbewachsenen Steinen, dann fand sie Halt und der Sarg bewegte sich mit einer Leichtigkeit, die für seine Größe unnatürlich war. Er glitt wie auf versteckten Rädern, der Stein gab nur ein leises, knirschendes Geräusch von sich, während sie ihn bewegte.

Sie drehte sich um und stieß mit einer Schulter an, als weitere Zentimeter unberührter Steinplatten zum Vorschein kamen. Durch ihren Fortschritt ermutigt, schob

Eden noch einmal, in der Erwartung, noch ein paar Zentimeter Fliesen freizulegen. Doch als der Sarg weiter glitt,
kam etwas anderes zum Vorschein. An der Stelle, an der
eigentlich mehr von dem massiven Steinboden hätte sein
sollen, erschien eine Öffnung.

Eden stieß erneut zu und vergrößerte den Spalt. Ein
feuchter, muffiger Luftzug strömte von dem, was sich unter
dem Sarg befand, nach oben. Als der Spalt etwa einen
Meter breit war, stand Eden auf und holte Luft. Erneut
nutzte sie das Licht ihres Telefons, um einen Blick hinein zu
werfen.

Was sie sah, ließ sie erschrocken einatmen, so dass sie
an der staubigen Luft fast erstickte. Eine verborgene
Kammer erstreckte sich unter dem Mausoleum. Es war
jedoch der Inhalt der Kammer, der einen Adrenalinstoß
durch ihren Körper jagte.

Reihenweise waren in Stoff eingewickelte Gegenstände
zu ordentlichen Stapeln aufgeschichtet. Sie griff in die
Kammer hinunter und hob einen heraus. Vorsichtig zog sie
den Stoff ab. Der Atem blieb ihr im Hals stecken, als sie sah,
was sie in der Hand hielt. Es handelte sich um eine Steinta-
fel, deren beide Seiten mit einer verschlungenen, krakeligen
Sprache beschriftet waren, die Eden nicht entziffern konnte.

In diesem Moment traf eine Erkenntnis Eden wie ein
physischer Schlag. Ihr Verstand raste, verknüpfte Punkte
und füllte Lücken in Windeseile. Sie wusste genau, was sie
gefunden hatte - das verlorene Tagebuch von Aloma.

56

ALEXANDER WINSLOW DUCKTE SICH ZURÜCK, als seine Tochter an der Tür des Mausoleums erschien. Ihr Gesicht verzog sich zu einem Ausdruck großen Schreckens, und in ihren Händen hielt sie eine der Tafeln. Obwohl Winslow die Tafeln seit vielen Jahren nicht mehr gesehen hatte, erkannte er sie sofort.

Nachdem er 1998 entdeckt hatte, dass Alomas Grab leer war, gab es für Winslow nur einen möglichen Ort, an dem sich die Tafeln befinden könnten. Als er nach Brighton zurückkehrte, war er ganz allein in diese Ecke des Friedhofs gekommen und hatte genau das gefunden, wonach er gesucht hatte. So sehr er seine Entdeckung auch in die Welt hinausposaunen wollte, er wusste, dass die Zeit dafür nicht reif war. Damals war die alte Ordnung noch stark, und die Menschen waren noch nicht bereit für Veränderungen.

Die Leute glauben zu lassen, die Tafeln befänden sich immer noch in Byblos, war ein klassisches Täuschungsmanöver. Wer hätte schließlich geglaubt, dass ein weltveränderndes Artefakt seit über einem Jahrhundert auf einem Friedhof in Brighton liegt?

Er spähte hinter dem Baum hervor und beobachtete, wie Eden die Tür wieder schloss. Sie verstaute die Tafel unter ihrem Mantel, schlug ihre Kapuze hoch und stapfte zurück durch das Unterholz.

Jetzt, so sagte Winslow voraus, seien die Menschen bereit für Veränderungen. In den letzten Jahren hatte er beobachtet, wie eine Flutwelle von Unruhen über den Globus schwappte und mit jedem Tag an Schwung gewann. Von den belebten Straßen Hongkongs bis zu den Plätzen Kairos, von der digitalen Welt der sozialen Medien bis zu den physischen Besetzungen der Stadtzentren - die Menschen lehnten sich gegen die Gitterstäbe ihres Käfigs auf. Sie forderten Rechenschaft, Transparenz und ein Mitspracherecht bei der Gestaltung ihrer Zukunft. Die Systeme der Vergangenheit mit ihren festgefahrenen Machtstrukturen und antiquierten Regeln wurden wie nie zuvor in Frage gestellt.

Selbst angesichts der autoritären Repressalien blühten die pro-demokratischen Bewegungen weiter auf. Von Belarus bis Myanmar riskierten die Menschen alles für die Chance auf eine freie und gerechte Gesellschaft. Das Internet war trotz seiner Mängel zu einem mächtigen Instrument für die Organisation, den Informationsaustausch und die Aufdeckung von Ungerechtigkeiten geworden, die sonst vielleicht verborgen geblieben wären.

Winslow sah all dies als Beweis dafür, dass die Welt für die in Alomas Tafeln enthaltenen Enthüllungen bereit war. Vor allem die jüngere Generation schien hungrig nach Wahrheit zu sein und keine Angst zu haben, lang gehegte Annahmen zu hinterfragen und den Status quo in Frage zu stellen.

Als er Eden mit der Tafel in der Hand im Unterholz verschwinden sah, spürte Alexander das Gewicht der

Geschichte auf sich lasten. Das Wissen, das sie nun bei sich trug, hatte die Macht, die Welt zum Guten oder zum Schlechten umzugestalten. Es war ein entscheidender Moment.

Die Machthaber würden ihre Positionen nicht so einfach aufgeben, und die in diesen Tafeln enthaltenen Wahrheiten hätten das Potenzial, ganze Machtstrukturen zu erschüttern. Die bevorstehende Schlacht würde nicht mit Waffen und Bomben, sondern mit Ideen und Informationen geführt werden. Sie würde in den Herzen und Köpfen der Menschen auf der ganzen Welt ausgetragen werden und tief verwurzelte Überzeugungen in Frage stellen. Die Menschen waren bereit für Veränderungen, und er hatte vor, sie ihnen zu geben, oder besser gesagt, Eden würde es tun.

Eine Welle der Traurigkeit durchlief seinen Körper. Er sehnte sich danach, mit seiner Tochter zu sprechen, sie zu umarmen, Zeit mit ihr zu verbringen, so wie es ein Vater normalerweise tun würde. Aber im Moment war das einfach nicht möglich. Es war viel zu gefährlich für sie beide.

Ohne ihn konnte Eden die Antworten finden, die die Menschen suchten. Sie könnte die Geheimnisse aufdecken, die so lange verborgen geblieben waren.

Eine kalte Brise schob sich durch das Unterholz und zischte durch die Bäume. Winslow fröstelte und zog seinen Schal fester um seinen Hals. Für den Moment würde er sich damit begnügen müssen, Edens Schutzengel zu sein. Er würde sie so weit wie möglich aus der Gefahrenzone heraushalten und ihr den Weg zeigen, wenn sie ihn brauchte. Er würde hinter den Kulissen arbeiten und dafür sorgen, dass die richtigen Leute zur richtigen Zeit auftauchten. Er würde ihr Zugang zu seinen Kontakten verschaffen, die ihr die perfekte Plattform zur Verbreitung ihrer Botschaft bieten würden.

Jetzt, wo er nicht mehr da war, hatte sie die Chance, diesen Wandel anzuführen. Und wenn die Dinge so liefen, wie er hoffte, würde sie nicht mehr aufzuhalten sein. Wehmütig blickte Alexander Winslow in Richtung seines eigenen Grabes und zog eine Schachtel Kamillenzigaretten aus seiner Tasche. Manchmal, dachte er, ist es am besten, aus dem Weg zu gehen und der nächsten Generation den Kampf zu überlassen. Er steckte sich eine Zigarette in den Mundwinkel, zündete sie an und sah dann auf die Uhr. Die Zeit war knapp. Eden hatte ein großes Ereignis vor sich, sie wusste es nur noch nicht.

Mit einem Blick in den Himmel zog Alexander Winslow seinen Mantel fest um sich und machte sich auf den Weg zwischen die Bäume.

EPILOG

Universität Cambridge. Einen Monat später.

IN DER LADY Mitchell Hall der Universität Cambridge herrschte ein aufgeregtes Treiben. Unter Missachtung der Vorschriften der Universität war die Kapazität des Saals von fünfhundert Personen um mindestens das Zweifache erweitert worden. Die Leute standen hinten, in den Gängen oder wo immer Platz war.

Ein kleines Fernsehteam überprüfte seine Ausrüstung. Sie sprachen über In-Ear-Funkgeräte mit dem Bildmischer, der in einem Übertragungswagen vor der Tür stand. Bei der heutigen Vorlesung war der Druck groß. Mehrere Millionen Menschen wollten den Vortrag von anderen Orten in der Welt aus verfolgen. Und wenn der Inhalt des Vortrags so faszinierend war, wie alle vorausgesagt hatten, würde er noch jahrelang verfolgt werden. Das Verbot für die Zuhörer, ihre eigenen Kameras zu benutzen, bedeutete auch, dass die Aufnahmen des offiziellen Teams von den großen Nachrichtensendern in der ganzen Welt übertragen werden würden. Fehler konnten auf diesem Niveau nicht geduldet werden.

Ein grauhaariger Professor in der ersten Reihe drehte sich um und musterte die Menge hinter ihm. Seine Augen bewegten sich langsam hinter den Gläsern seiner dicken Brille.

"Ich weiß, was du denkst, so kommen sie nie zu unseren Vorlesungen", sagte sein Kollege, der neben ihm saß.

Der Professor lachte und schob sich die Brille weiter auf die Nase. "So voll war es seit dem Lennon-Konzert nicht mehr." In der Lady Mitchell Hall hatten John Lennon und Yoko Ono vor über fünfzig Jahren ihr erstes gemeinsames öffentliches Konzert gegeben.

"Das ist ein bisschen vor meiner Zeit gewesen", sagte der andere Mann und grinste.

Pünktlich zur vereinbarten Zeit fuhren drei schwarze Range Rover vor den Hintereingang der Halle. Eine Schar wartender Journalisten eilte um die Ecke, wurde aber von Polizeibeamten zurückgedrängt. Acht private Sicherheitsleute verließen die Range Rovers an der Vorder- und Rückseite. Vier von ihnen verschwanden im Inneren der Halle, während die anderen vier eine Absperrung um die Fahrzeuge errichteten.

Mehrere Minuten vergingen, während eine weitere Sicherheitskontrolle des Veranstaltungsortes durchgeführt wurde. Schließlich schwangen die Türen des zentralen Fahrzeugs auf. Zwei weitere Sicherheitsbeamte kletterten heraus, einer trug einen Aluminiumkoffer. Eden folgte ihm.

Eden war sich nicht bewusst, dass sie Gegenstand einer Sicherheitsmaßnahme dieser Größenordnung war, streckte sich und sah sich lässig um. Ihr Haar war hochgesteckt. Ihr blauer Hosenanzug fühlte sich zwar eng an, aber man hatte ihr schon oft gesagt, dass er "gut aussieht".

Mit einem Blick über die Schulter und dem schwachen

Anflug eines Lächelns folgte sie den Sicherheitsleuten ins Innere.

Fast eine Viertelstunde später betrat Professor Richard Beaumont das Rednerpult. Eine Stille legte sich über den Saal, während Hunderte von Menschen den Atem anhielten. Professor Beaumont räusperte sich. Der Ton hallte durch die Lautsprecher des Saals.

"Im Rahmen unseres Vortrages zum Thema Grenzverschiebungen sollte Alexander Winslow heute hier sprechen. Der Inhalt seines Vortrags war ein streng gehütetes Geheimnis, aber es wurde gesagt, dass er, wie soll ich sagen... explosiv sein würde. Wir waren alle traurig, als wir von seinem Tod erfuhren, und nahmen natürlich an, dass das bedeutet, dass der Vortrag abgesagt ist." Beaumont warf einen Blick auf Eden, die in der Tür rechts von ihm stand. Sie stand still und aufrecht, ihr Gesicht starr ohne jede Emotion.

"Aber vor zwei Wochen, in letzter Minute, wenn man so will, hat sich seine Tochter, Eden Black, bereit erklärt, an seiner Stelle zu referieren. Wenn das Medieninteresse an Miss Blacks Vortrag irgendetwas verrät, dann werden wir wohl einen sehr aufschlussreichen Nachmittag erleben." Professor Beaumont trat vom Rednerpult weg und gesellte sich zu seinen Kollegen in der ersten Reihe.

Eden betrat die Bühne und blickte auf das wartende Publikum. Alle Augen waren auf sie gerichtet und warteten darauf, dass sie sprechen würde. Sie schluckte schwer und der Schweiß rann ihr den Nacken hinunter.

Einer der Sicherheitsmitarbeiter schob den Aluminiumkoffer auf einen Tisch neben dem Rednerpult. Eden gab einen Code in das digitale Schließsystem der Aktentasche ein. Das Schloss löste sich und der Deckel klappte auf.

Hunderte von Menschen atmeten gemeinsam ein.

Eden beugte sich vor und räusperte sich. Dann begann sie zu sprechen.

"Mein Vater glaubte an etwas. Er glaubte, dass wir, die Bewohner dieses Planeten, es verdienen, die Wahrheit zu erfahren." Sie ließ ihren Blick wieder über das Publikum schweifen. Hunderte von Menschen starrten gebannt zurück. Millionen weitere sahen in der ganzen Welt zu.

Einen Moment lang spürte Eden einen Anflug von Unruhe. Sie schluckte und umklammerte das Rednerpult.

Sie warf einen Blick auf die Professoren in der ersten Reihe, Männer, die sich ihr ganzes Leben lang auf eine Entdeckung wie diese vorbereitet hatten. Während Eden zusah, zog Professor Beaumont eine winzige Kette aus der Tasche seiner Weste. Er hielt sie hoch, und Eden sah im hellen Licht des Hörsaals ein winziges silbernes Symbol - den Schlüssel zum Nil. Seine Botschaft war klar: *Wie groß die Aufgabe auch sein mag, die vor dir liegt, du musst sie nicht allein bewältigen.*

"Vor einigen Wochen habe ich eine Entdeckung gemacht, die, wie wir jetzt wissen, die Geschichte neu schreiben wird.

Eden zog sich ein Paar weiße Baumwollhandschuhe an. Sie ging zum Koffer hinüber und hob eine der Steintafeln heraus. Ein kollektives Aufatmen ging durch das Publikum. "Professor Beaumont und sein Team arbeiten derzeit daran, diese Tafeln zu übersetzen. Wir wissen jetzt mit Sicherheit, dass sie das Tagebuch einer Frau namens Aloma enthalten. Die Tafeln wurden mit Kohlenstoff datiert, und wir wissen jetzt, dass sie vor über fünftausend Jahren geschrieben worden sind. Wir vermuten, obwohl der komplexe Übersetzungsprozess noch im Gange ist, dass es sich um die ersten und einzigen Aufzeichnungen über einen der prägendsten Momente unseres Planeten handelt - die große Flut."

Eden legte eine Tafel ab und nahm eine andere in die Hand. Sie hielt sie für das Publikum hoch.

"Aber sie enthalten weit mehr als nur einen Bericht über das Leben einer Frau, so interessant das auch sein mag. Sie sprechen von einer Zivilisation, die sich weit von dem unterscheidet, was man uns erzählt hat. Bisher haben wir Berichte über Engel gefunden, die unter uns wandeln, über Geräte, die sich die Kraft der Erde zunutze machen, über Baumethoden, die alles übertreffen, was wir bisher erreicht haben, und über Heilmethoden, die Krankheiten heilen könnten, mit denen wir heute zu kämpfen haben."

Eden holte tief Luft, ihr Blick schweifte über das gebannte Publikum, bevor er sich der Kamera zuwandte. Ihre Stimme war fest und entschlossen.

"Was wir hier entdeckt haben, ist nicht nur ein Relikt aus der Vergangenheit - es ist ein Schlüssel zu unserer Zukunft. Diese Tafeln stellen alles in Frage, was wir über unsere Geschichte, unsere Fähigkeiten und unser Potenzial als Spezies zu wissen glaubten. Diese Tafeln geben uns die Möglichkeit, dieses Wissen zu nutzen, um die drängenden Probleme unserer Zeit anzugehen - Klimawandel, Ungleichheit, Konflikte. Ich glaube, dass die Lösungen für diese Probleme in der Weisheit unserer Vorfahren verborgen liegen."

Eden hielt inne und blickte direkt in die Linse der Kamera. Obwohl jede einzelne Person im Saal und mehrere Millionen weitere auf der ganzen Welt zusahen, hatte Eden das Gefühl, mit nur einer Person zu sprechen. Und seltsamerweise hätte Eden in diesem Moment schwören können, dass auch er zusah.

"Dies ist mehr als eine Entdeckung - es ist der Beginn einer Revolution des menschlichen Wissens und Potenzials", sagte sie zu ihrem Vater. "Und ich verspreche dir, dass ich nicht eher ruhen werde, bis wir sie zu Ende geführt haben. Die Reise, die vor uns liegt, wird nicht einfach sein, aber gemeinsam können wir die Zukunft aufbauen, von der unsere Vorfahren geträumt haben."

DER MANN, DER SICH HELIOS NENNT, SCHALTETE DEN Bildschirm aus und erhob sich von seinem Stuhl. Er hatte gerade eine Live-Präsentation von der Universität Cambridge, England, gesehen, in der eine junge Frau ihre Entdeckung einer Reihe von Tafeln vorgestellt hatte.

Helios schob die Tür auf und betrat das hintere Deck seiner Yacht, der *Balonia*. Er ging zur Reling und blickte auf den Ozean hinaus. Unendliches Wasser umgab die Yacht auf allen Seiten. Die Wärme des Tages verblasste, und über ihm begannen die Sterne zu funkeln. So weit vom Land entfernt, bedeckten die Sterne jeden Zentimeter des Himmels in einem unvergleichlichen Schauspiel aus Licht und Dunkelheit.

Die Entdeckung der Tafeln hatte den Rat von Selene in Aufruhr versetzt. Die Mitglieder forderten sofortige und tödliche Maßnahmen, um Eden und ihr Team auszuschalten. Der Rat war gut gerüstet, um die Tafeln zu zerstören, Eden zum Schweigen zu bringen und die ganze Angelegenheit unter Schichten von Desinformation und Irreführung zu begraben. Sie hatten ähnliche Dinge schon oft getan, wann immer ihnen jemand zu nahe kam.

Helios wusste, dass die Ratsmitglieder recht hatten. Es war nur eine Frage der Zeit, bis Eden den in den Tafeln versteckten Hinweisen direkt zu ihm und schließlich zum Rest des Rates folgen würde. Da Aloma und ihre Familie zum Rat gehört hatten, war es unvermeidlich, dass dies geschehen würde.

Eden würde dann erfahren, dass der Rat im Laufe der Jahrhunderte den Fluss der Finanzen, den Ausbruch und die Lösung von Konflikten, die Erfindung neuer Technologien und sogar die Entwicklung der Medizin kontrolliert hatte. Sie würde herausfinden, dass der Rat sorgfältig von Helios, den Ratsmitgliedern und ihren Vorgängern kontrolliert wurde.

Helios blickte auf den sternenübersäten Horizont, ein Lächeln huschte über sein Gesicht. Aber er war nicht in seine Position gelangt, indem er tat, was vorhersehbar war. Während seine Ratskollegen in Edens Entdeckung eine Bedrohung sahen, erkannte er eine Chance. Eden hatte in einem Punkt recht gehabt - die Zeit des Wandels rückte näher und die Menschheit war bereit für den nächsten großen Schritt. Die Tafeln und Eden selbst könnten die Katalysatoren für diesen Wandel sein.

Helios klopfte in einem komplexen Rhythmus auf das Geländer und dachte über verschiedene Szenarien und Möglichkeiten nach. Er sollte den Forderungen des Rates scheinbar nachgeben und die Rolle des pflichtbewussten Geheimniswahrers spielen. Doch hinter den Kulissen würde er den Grundstein für ein ganz anderes Ergebnis legen.

Es war ein gefährliches Spiel, eines, das ihn alles kosten würde, wenn er entdeckt würde. Aber die potenzielle Belohnung - eine neue Ära für die Menschheit, geleitet von alter Weisheit und modernem Potenzial - war das Risiko wert.

Helios blickte zum Horizont, als die letzten Lichtstreifen am Himmel verschwanden. Bald, so dachte er, war es an der Zeit, der Menschheit eine Chance zu geben, sich selbst zu regieren.

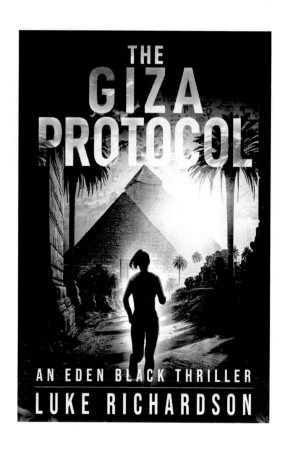

Eden kehrt zurück in The Giza Protocol!

www.lukerichardsonauthor.com/gizaprotocoldeutsch

Tɪᴘᴘᴇɴ Sie auf den obigen Link, scannen Sie den QR-Code oder suchen Sie in Ihrem lokalen Amazon Store nach „The Giza Protocol"

DIE MACHT, DIE WELT ZU BEHERRSCHEN ODER UNS ALLE ZU BEFREIEN.

Als ein unentdeckter Tempel aus dem Wasser eines von Dürre heimgesuchten Sees auftaucht, wird die Welt der Archäologie aufmerksam.

Nach der Entdeckung einer Reihe von Hieroglyphen, die auf eine uralte Energiequelle hinweisen, die so ergiebig ist, dass sie die Weltmeere austrocknen könnte, werden noch viel mehr Menschen hellhörig.

Auftritt: EDEN BLACK.

Angesichts von Waldbränden, Dürren und Hungersnöten auf der ganzen Welt, müssen Eden und ihre Truppe ungewöhnlicher Helden schnell handeln, um sicherzustellen, dass diese Lebensader der Menschheit nicht zu einem weiteren Trumpf für die Superreichen wird.

Vom Nassersee bis zu den labyrinthischen Tunneln

unter dem Gizeh-Plateau gerät Eden ins Fadenkreuz eines geschäftstüchtigen Tycoons, eines rätselhaften Geheimbundes und eines Feindes, der ihr näher ist, als sie es sich je hätte vorstellen können.

Bestelle gleich jetzt die Fortsetzung dieser spannenden Serie!

Besuchen Sie den unten stehenden Link oder suchen Sie in Ihrem lokalen Amazon-Shop nach The Giza Protocol. www.lukerichardsonauthor.com/gizaprotocoldeutsch

ANMERKUNG DES AUTORS

Vielen Dank, dass Sie The Ark Files gelesen haben.

Ich hoffe, es hat Ihnen Spaß gemacht, Eden kennenzulernen. Ich habe es geliebt, ihre Geschichte zu schreiben. Es war mir ein Privileg, Sie in den letzten Stunden zu unterhalten.

Nun, da wir das Ende dieses Teils der Geschichte erreicht haben, muss ich Ihnen ein Geständnis machen. Die Geschichte, die Sie gerade gelesen haben, basiert auf wahren Personen und realen Ereignissen.

Zumindest hat die Person, die sich mit dieser Geschichte an mich gewandt hat, einige äußerst überzeugende Beweise dafür, dass sie wahr ist.

Lassen Sie mich für einen Moment abschweifen. Als Schriftsteller kommen mir Geschichten von allen mögli-chen Orten und auf jede erdenkliche Weise zu Ohren. Die Geschichte für mein Buch "Riga Rising" kam mir in den Sinn, als ich über die Geschichte Lettlands las, "Istanbul Icarus" kam mir nach einem Gespräch mit einem Mann in einer Bar in den Sinn, und viele andere entdeckte ich beim Schreiben.

Aber die Geschichte, die Sie gerade gelesen haben, ist mir ganz anders zugefallen. Eines Abends radelte ich im Regen nach Hause, als mein Telefon klingelte. Ich hielt unter einem Baum an und nahm den Anruf entgegen. Es war ein Freund, den ich seit mehreren Jahren kenne, der hier aber anonym bleiben soll. Der Anruf überraschte mich, denn wir hatten in letzter Zeit viele Male miteinander gesprochen, aber nie wirklich ausführlich.

"Mir ist gerade etwas eingefallen. Ich weiß nicht, warum mir das nicht schon früher eingefallen ist", begann er in einem ungewöhnlich aufgeregten Ton. "Ich habe eine Geschichte, die erzählt werden muss. Du wirst sie lieben."

In der nächsten Stunde und bei mehreren Treffen, die folgten, erzählte er mir eine erstaunliche Geschichte über verborgene Manuskripte, Geheimgesellschaften und jahrtausendealte Verschwörungen.

Während Eden und ihr Truck im Wald meiner Fantasie entsprungen sind, ist fast alles andere in dieser Geschichte real. Einige Namen habe ich aus Gründen der Lesbarkeit geändert, aber einige sind auch gleichgeblieben.

Die Geschichte begann für meinen Freund im Alter von dreizehn Jahren, als er ein Manuskript zu lesen bekam. Das Manuskript trug den Titel *Seola* und wurde 1878 veröffentlicht. Es handelte sich um das Tagebuch einer Frau aus der Zeit vor und während der großen Flut. Inzwischen wurde es umgeschrieben und unter dem Titel *The Diary of Aloma* veröffentlicht - ja, es ist ein echtes Buch. Ich habe ein Exemplar in meinem Regal!

Nachdem er das Manuskript gelesen hatte, wurde meinem Freund eine einfache Frage gestellt: Ist es Realität oder Fiktion? Er war sich sicher, dass es Fiktion sei. Das musste es doch sein, oder?

Bei der Recherche zu diesem Buch habe ich *Das Tagebuch von Aloma* gelesen und hätte das Gleiche gedacht, wenn ich den Hintergrund nicht gekannt hätte.

Erst Jahre später, als er über ein anderes Thema recherchierte, stellte er fest, dass er auf dieselben Informationen schon einmal gestoßen war. Das brachte ihn dazu, *Seola* erneut zur Hand zu nehmen. Da begannen die Dinge langsam einen Sinn zu ergeben. Als er sich *Seola* noch einmal ansah, wurde ihm klar, dass es nicht ganz so fiktiv war, wie er zuerst gedacht hatte. Ich werde hier nicht zu sehr ins Detail gehen, denn das kommt erst in Edens nächstem Abenteuer.

Seitdem hat er Jahrzehnte damit verbracht, die Etymologie zu überprüfen und die historischen Details in *Seola* zu erforschen. Seltsamerweise stellt *Seola* mehrere Behauptungen auf, die historisch nicht bekannt waren, als es in den 1870er Jahren veröffentlicht wurde, und ein besonderes Detail wurde erst in den 1990er Jahren entdeckt.

Auch hinter dem Autor steht ein großes Fragezeichen. Das Buch soll von Ann Eliza Brainerd unter dem Pseudonym Mrs. J. G. Smith geschrieben worden sein. Mein Freund hat eine ganz andere Theorie, wer der Autor von *Seola* sein könnte, auf die ich gleich eingehen werde.

Im Jahr 1924 wurde *Seola* von Charles Taze Russell überarbeitet und unter dem Titel *Angels & Women* veröffentlicht. Im Jahr 2001 wurde es ein drittes Mal von dem Theologen und Historiker Alexander Winslow überarbeitet - richtig, er ist eine reale Person. Unter dem Titel *Diary of Aloma* hat Winslow mehr als zwei Jahrzehnte damit verbracht, *Seola* in Zusammenarbeit mit anderen Historikern, Theologen und Übersetzern zu überarbeiten. Alexander Winslow veröffentlichte viele Jahre lang Bücher und Artikel und starb im Jahr 2021.

In dem 1977 erschienenen Buch *Secrets of the Lost Races* (*Geheimnisse der verlorenen Völker*) weist Rene Noorbergen darauf hin, dass es starke Beweise dafür gibt, dass *Seola* aus alten Dokumenten übersetzt wurde. Solche Dokumente wurden in Briefen zu einem Manuskript namens *Amoelas Tagebuch* erörtert, das im Mittelpunkt einer orientalischen archäologischen Forschungsexpedition im Jahr 1950 stand.

Ob das Tagebuch tatsächlich existierte oder existiert, müssen Sie selbst entscheiden. Unbestreitbar ist jedoch die faszinierende Arbeit der Archäologen, die im 19.und 20. Jahrhundert im gesamten Nahen Osten Tausende von Tafeln entdeckt haben.

Diese Männer und Frauen sind für Krimiautoren keine Unbekannten. Selbst die Königin der Krimis, Agatha Christie, stützte einige ihrer Romane auf die Heldentaten dieser Männer. Das ist keine Überraschung, wenn man bedenkt, dass sie nicht nur zu den erfolgreichsten Archäologen aller Zeiten gehören, sondern auch für die Herrscher im Osmanischen Reich spionierten.

Vier der bedeutendsten Archäologen dieser Zeit waren: George Smith, Hormuzd Rassam, Sir Austen Henry Layard (Assyriologe) und Sir Henry Rawlinson, der "Vater der Assyriologie".

Nun kommen wir zu *Seolas* ursprünglichem Autor. Im Jahr 1876 starb George Smith in Syrien. Dies war ein schwerer Schlag für die archäologische Gemeinschaft, denn er war damals einer der wenigen Menschen auf der Welt, die die Keilschrift übersetzen konnten. Zwei Jahre später wurde jedoch ein anonymes Manuskript aus Amerika an Mrs. J. G. Smith - die angebliche Autorin der ursprünglichen *Seola* - geschickt. Außerdem wurde das Manuskript an die Heimatadresse von Hormuzd Rassam in England geliefert.

Ist es unmöglich, dass George Smith dem Tod in Syrien entkam und in die USA flüchtete, wo er sich an die Übersetzung dieses lebensverändernden Manuskripts machte? Wir wissen, dass er dort Kontakte hatte, nämlich einen anderen George, George Goodspeed.

Die Lebensläufe von George Smith und George Goodspeed ähneln sich so sehr, dass ich beschloss, die Figuren in dieser Geschichte zu dem fiktiven George Godspeed zu verschmelzen. George Smith ist neben Hormuzd Rassam vor allem für die Entdeckung und Übersetzung des Gilgamesch-Epos bekannt. Hormuzd Rassam (Sie erkennen ihn vielleicht wieder, obwohl ich seinen Vornamen in diesem Buch in Horsam geändert habe) ist in Brighton begraben. Er starb im Jahr 1910 als einer der führenden Archäologen seiner Zeit.

Der Kurator des Britischen Museums, Wallis Budge, beschuldigte Rassam, nicht alle von ihm entdeckten Tafeln angegeben zu haben. Zutiefst verletzt verklagte Rassam Budge 1893 wegen Verleumdung und gewann. Doch die daraus resultierende Öffentlichkeitswirkung ließ Rassams Ruf Schaden nehmen. Ob in oder um Rassams Grab in Brighton noch weitere Geheimnisse verborgen sind, weiß ich nicht.

Ich habe mich dafür entschieden, dieses Buch in der Gegenwart spielen zu lassen, was bedeutet, dass wir diese Figuren nicht persönlich kennenlernen. Das bedeutet auch, dass wir nicht mit Aloma in der vor-diluvianischen Ära spazieren gehen können, aber um das zu sehen, können Sie selbst eine Ausgabe von Alomas Tagebuch kaufen. Ich fand es toll, mehr über sie zu erfahren, genau wie Eden, und ich hoffe, Sie auch.

Warum ist das Tagebuch also so wichtig?

Ihre Existenz bedeutet, dass es einen lebenden Zeugen vor Ort gab, der über alle Einzelheiten der Ereignisse während und nach der Sintflut berichtete. Ein Beweis dafür würde bedeuten, dass viele der antiken Stätten im fruchtbaren Halbmond und in Ägypten in eine frühere Epoche fallen würden, was viele Geologen den Ägyptologen schon seit Langem vorwerfen. Dies wäre nur der Anfang einer neuen Geschichtsschreibung.

Um mehr zu erfahren, sollten sie Eden auf ihren künftigen Abenteuern folgen, wenn sie die Wahrheit herausfindet.

Die Person, von der ich die Geschichte habe, zieht es vor, anonym zu bleiben. Er arbeitet an einer Sache im Hintergrund, aber bis er die Beweise hat, ist das nur eine weitere Theorie.

Nochmals vielen Dank, dass Sie mich auf diesem Abenteuer begleiten!

Lukas

September 2022

HALLO, ICH BIN LUKE ...

...und ich bewerbe mich um den Job als Ihr nächster Lieblingsautor!

Als Amazon-Bestsellerautor hatte ich die Ehre, meine Geschichten mit Lesern auf der ganzen Welt zu teilen. Meine Bücher sind eine Abenteuerreise, in der sich Historisches, Intrigen und Spannung zu fesselnden Geschichten verbinden, die Sie an meine Lieblingsorte auf der ganzen Welt entführen.

Von den sonnengefluteten Pyramiden von Gizeh bis zu den glitzernden Wolkenkratzern von Hongkong, von den schattigen Hinterhöfen Kathmandus bis zu den Tiefen des Atlantischen Ozeans - meine Geschichten werden Sie an neue und aufregende Orte mitnehmen. Aber es geht nicht nur um die Reiseziele, sondern auch um die Begegnung mit faszinierenden Charakteren, unerwarteten Wendungen und spannender Action.

Meine Liebe zum Geschichtenerzählen wurde während meiner ersten Reise nach Indien entfacht. Als mein Taxi im Morgengrauen durch die Straßen von Mumbai fuhr, sah ich, wie sich die Stadt wie eine Geschichte entfaltete. Der Anblick der Menschen, die ihrem täglichen Leben nachgingen - sich wuschen, spielten, Tiere versorgten - weckte in mir den Wunsch, diese lebendigen Erlebnisse schriftlich festzuhalten und mit anderen zu teilen.

Wenn ich nicht gerade auf der Suche nach meiner nächsten Geschichte durch die Welt reise, finden Sie mich in Nottingham, England, wo ich zu Hause bin. Bevor ich meine Karriere als Schriftsteller begann, war ich jahrelang als Englischlehrer an einer High School und als DJ in einem Nachtclub tätig.

Nichts macht mir mehr Freude, als zu hören, dass meine Geschichten jemanden an einen neuen Ort entführt haben oder ihn die ganze Nacht wach gehalten haben. Ganz gleich, ob Sie sich von den liebenswerten Charakteren, den ausgeklügelten Plots oder dem rasanten Erzähltempo angezogen fühlen, ich arbeite immer hart daran, Ihnen noch mehr spannende Abenteuer zu bieten.

Wenn Sie also ein Geschichtsliebhaber, ein Reisesüchtiger oder einfach auf der Suche nach Ihrer nächsten literarischen Flucht sind, sind Sie hier genau richtig. Ich freue mich, dass Sie hier sind, und jetzt lassen Sie uns loslegen.

Luke :D

P.S.

Ich lerne seit zwei Jahren Deutsch und muss üben! Kannst du mir eine E-Mail schreiben, und ich werde auf Deutsch antworten. Danke, und ich hoffe, du hast das Abenteuer genossen! :D

Hello@LukeRichardsonAuthor.com

facebook.com/lukerichardsonauthor

Made in United States
North Haven, CT
17 December 2024

62722164R00252